乐园志

温新阶 ◎ 著

长江出版传媒　长江文艺出版社

图书在版编目（CIP）数据

乐园志 / 温新阶著. -- 武汉 ： 长江文艺出版社，
2024.8
ISBN 978-7-5702-3586-5

Ⅰ. ①乐… Ⅱ. ①温… Ⅲ. ①散文集－中国－当代
Ⅳ. ①I267

中国国家版本馆 CIP 数据核字(2024)第 104154 号

乐园志
LEYUAN ZHI

责任编辑：陈欣然　　　　　　　　　责任校对：毛季慧
封面设计：陈希璇　　　　　　　　　责任印制：邱　莉　　王光兴

出版：长江出版传媒　　长江文艺出版社
地址：武汉市雄楚大街 268 号　　　　邮编：430070
发行：长江文艺出版社
http://www.cjlap.com
印刷：湖北新华印务有限公司

开本：710 毫米×1000 毫米　　　1/16　　印张：21.75
版次：2024 年 8 月第 1 版　　　　2024 年 8 月第 1 次印刷
字数：302 千字

定价：60.00 元

一个叫乐园的地方

叶 梅

　　跟作家温新阶是老朋友了，却记不清是何年何月在什么地方与他相识，就如鄂西那片惯熟的山水，无论什么时候想起来都是稔熟的，却难以记清每一个乡镇的地名，只有走近那些地方，眼前的一切才让人陡然想起种种，地名啊故事啊，鲜活得跟昨天似的。

　　与温新阶的交往也是如此。他家住宜昌，但女儿在北京工作安家立业，因此他时常北上，但凡来到京城总会约着我们找一家小酒馆，与我家先生小酌两杯，多时不见也如同昨日，丝毫没有间隙感。席间免不了要谈文学，他会说起他的一些写作，我听着，为他的勤奋和计划点头。之前我读过他很多作品，尤其是散文，他总在不断地写，而且越写越有味道。

　　温新阶一直在写故乡，他的故乡在鄂西长阳一个叫"乐园"的地方。"乐园"，好听的名字，那是他的故乡。他对故乡有着深深的依恋。他写故乡的散文集《他乡故乡》曾获得第七届全国少数民族文学"骏马奖"；还有两本散文集《乡村影像》《典藏乡村》，先后获得湖北省第七届、第九届屈原文艺奖，也是以故乡为题材的。

　　故乡养育了他，他则将最深的情意回报故乡。

　　他的故乡乐园，曾是全国农村合作医疗的发源地，当年为解决广大农民看病吃药的大事创立了一种新方式，并在全国农村推广，意义非凡。2019年庆祝中华人民共和国成立七十周年之际，中央电视台推出了七十个"新中国的第一"系列节目，乐园作为第一个实行农村合作医疗的乡村有幸上榜。温新阶正是乐园人，也是合作医疗的亲历者，近年来，他数次回到乐园，行走于故乡的村寨，与农民同吃同住，和他们一起追溯过往，思谋未来，四处搜集素材，写出了一系列散文，先后在《民族文学》《散文》《天津文学》《散文选刊》《散文百家》《长江丛刊》《民族文汇》《朔方》《海燕》《岁月》《满族文学》《三峡文学》《人民日报》《湖北日报》等诸多报刊发表，获得了散文界的好评，普遍认为他的写作超越了以往，达到了一个新的高度。这些作品近期汇集成《乐园志》一书，其中有很多值得咀嚼的意味。

纵观《乐园志》，不仅写到了合作医疗的初创始末，写到创始人、参与合作医疗的医生，还写到了新时期乡村医生对合作医疗精神的传承；更多的是，他把目光投注于这片土地上的历史文化，投注于精准扶贫和乡村振兴中人们的生存变化，以及传统文化和现代文化的碰撞融合，由此，温新阶通过《乐园志》呈现给读者一幅真实多彩的乡村图画，呈现出一个鄂西南村庄的谱牒。

《乐园志》写到了系列乡村人物的命运变迁。有阔绰威风、名噪一时的"钏大王"戛然谢幕，有舞文弄墨、影响一方的读书人，有前荒后河、妇孺皆知的阴阳先生……真实再现了鄂西乡村的历史文化。新阶善于写小人物，写他们坎坷的命运，心底的善良，写他们在命运中的挣扎和散发出的微光，读来让人感动沉思。《何三叔的生意》中的何三叔，勤恳做事，本分为人，"总得让输的人赢一回"。《家住曹家湾》的曹文阶，从小患小儿麻痹症，中学毕业时能背诵《汉语成语词典》，乐园合作医疗红火的时候，以乐园合作医疗为背景写了长篇小说，后来因故没有出版，民办教师也被解雇，做生意亏了不说，回到家妻子去世，在如此的苦难面前，他没有向命运屈服，在精准扶贫政策支持下，他勤恳劳作，日子过得有声有色。《乙亥人》中的刘维菊，在丈夫当合作医疗医生大红大紫的时候，她一直在生产队养猪场当饲养员，老来仍然守着老宅，守着平淡的光阴。《瓦匠发哲》中的发哲爱打抱不平，捡瓦失手打破别人的瓦缸，主人说不需要赔偿，他硬是在街上买了新的瓦缸，请司机运了过去……《乐园志》中那些性格鲜明的小人物，平凡卑微，却是有尊严的，给这个世界带来温暖和光亮，我们听得见他们的呼吸，能感受到他们的温度，甚至能与他们交流人生。

乐园是一个土家族聚居的村庄，新阶本人就是土家族，《乐园志》生动呈现了民族风俗风情。土家人的哭嫁、跳丧在他的笔下活灵活现："打厢桌，铺锦缎，瓜子、花生、核桃、板栗、麻糖、酥糖、杂糖、娃谷糖，白瓷碟子摆了一溜，又洗了细瓷杯子，杯子盖子都擦得灯下放光，陶罐儿抱出来，瓷勺子舀茶叶，免得染了手上的汗气……安排妥帖，玉珍一拍手，九个姑娘往厢桌边一坐，哭嫁就开始了。"又如："跳丧歌中有很多情歌，这与悼念亡者的情景似乎不协调，这也正好说明了鄂西土家人豁达乐观的生死观。死亡，也许是生命的另外一种形态，生前的快乐在死后也还要继续，每一个活着的人的快乐应该与死者分享……老汉推车、凤凰展翅、浪里捡柴、姑嫂推船、猴子爬岩、犀牛困泥、猴子望月、猛虎下山，各种高难动作套路一样一样表演，咚咚的鼓声，洪亮的歌声，越过门口的小河，漫过那片松树林传到很远很远。"他写乐园的人们在生产生活中寻找到的种种快乐，即使劳动栽秧也是个节日，要请同村人一起吃栽秧饭。乐园人总会利用各种节气相互走动，正月里家家户户接春客，七月十五接客过月半节，腊月里熬糖、打豆腐、请吃杀猪饭。冬日的夜晚来了客人，家里要炒板栗、烧核桃、喝烧酒，修房子至亲要送梁树，家有喜事坐流水席……一幅幅乐陶陶的民俗风情画，体现了山里人自古以来的豁达乐观与团结互助的品质，也正是我们今天所处的时代有所缺失的而让人怀念和呼唤的传统品德。

草木有情，芬芳馥郁。《乐园志》还向读者展示了鄂西南一带的许多植物，如高大的乔木，美丽的花树，药材果实、茎叶等。他在描写这些树木花草之时，通常会将草木与人的命运有所联系，牵出一个个富有意蕴的故事。在这里，读者会明晰地意识到人与自然的某种关系密不可分。在那些巍然的大山深处，草木与人同在，一代又一代，回应着生命的苍凉和执着。

因为热爱，故而倾情，但单有热爱未必能成好文章，散文写作的技艺表现正在一轮轮广泛而又热烈的讨论之中，不乏争议，也不乏创新。

但温新阶的散文显然固守着一定之规，同时又在试图不断有新的拓展。他善于描写环境，寥寥几笔便会情景交融："已是傍晚，西坠的太阳挂在一株栎树的枝丫上，温柔的光芒恋恋不舍地舔舐这片土地，森林、田野、河流、房屋、人、狗、猪、牛、羊以及所有生命都沐浴在一片金辉之中，尽管画面有些虚幻，还是让所有人感到了温暖。"（《从上河到白岩》）文中写到在物质相对匮乏的年代，依然可以有着脉脉温情。"一切景语皆情语"，字里行间，读者感受到了作者的善意和希冀。

温新阶的散文语言流畅，像山间小溪潺潺而下，却有着节制，少见冗长的描写或空泛的议论，开门见山，往往是第一句就入题了。如《袁家街》的开头："袁家街并非一条街，五六户人家的房子一字排列，有些可观的长度，就有了袁家街这个名称。"他的散文结尾也不会有无病呻吟的抒情，要么戛然而止，要么营造一点意蕴，读来简洁明快。《乙亥人》的结尾："又有一团白雪从田边的棕树叶上落下来，落在了麦田里。"留给读者想象的空间。温新阶也写小说，其作品曾被《小说月报》《北京文学》《作品》选载，他的散文也就兼容了小说的一些手法，特别是在写人叙事的篇什中，有人物有情节有细节，几乎可以当作小说来读。本来文无定法，温新阶对于多种技巧的运用，恰是增加了其散文的可读性，使他的散文赢得了广泛的读者。

温新阶有着深厚的生活底蕴，也有着丰富的写作经历，一个叫乐园的地方经由他的书写变成了意味深长的文化符号，他为他的故乡著书立说，既是一部文笔优美的乡土散文集，也是一部富有价值的具有社会学、民族学意义的乡村史。《乐园志》可以看作是他在新时代写作的一个新的开端，我相信，他一定还能写出更多更好的作品，无论散文，还是小说。

2023 年 11 月 15 日于北京甘石桥
（作者为著名作家，中国散文学会会长）

目　录

第四辑　人生的咏叹

第一辑　地名的隐喻

胡家湾

在千山耸立万壑铺陈的千才岭，胡家湾绝对是个例外。

汽车穿过一片茂密的森林，展现在我们眼前的是平平展展的田畴，从脚下一直伸到看不见的远处，挨着山根的地方是高高低低的房舍，有钢筋水泥做的洋房，也有土筑瓦盖的老式的房子。

实在想象不到，沟壑纵横的千才岭会有这样大的一片盆地。

据说，过去，这里是大片的水田，每到秋天，稻浪翻滚，新谷的芳香随风飘扬，站在四周的山岭上往坪里俯瞰，稻呈黄金，树举华盖，房舍连连，炊烟袅绕。

胡家湾确实是一块宝地。

宝地总会有异人。覃千重就是胡家湾的人物，家境富庶不说，还饱读诗书，口才出众，附近大事小情，多有参与，必定条遂理顺，附近村寨，遇有争议，延请千重先生到场斡旋，各方皆可认同。虽居住偏远，县长若到乡里视事，必登门拜访，有时乘轿，有时骑马，农户人家开门而观，眼疾腿快的连忙去千重先生家报信，其实，衙门早几日就来知会了，家里正在杀鸡宰羊。

覃氏一门在胡家湾人口众多，一辈一辈往下传承，千字辈以下是年字辈，没出什么有些建树的人物，再往下一辈是顺字辈，出了被称为"钊大王"的覃顺钊。

覃顺钊读过两年私塾，家境贫寒，辍学回家，和兄弟覃顺甫背脚为生。山里出的木炭、桐油、蜂蜜、药材背到榔坪或者渔峡口，再把食盐、布匹等工业品背回山里。脚背子、打杵、擦汗袱子是全部的生产资料，出门遭人白眼，在胡家湾也抬不起头来。

也是命该发财，一个寒风凛冽的冬日，兄弟俩给货栈老板送完货，饥肠辘辘往家里走，路过雷草湾，意外看到一只老虎睡在那一动不动。兄弟俩几斤重的铁桃树打杵拿在手里，打杵头上的铁钻在石上磨，土里擦，也快抵上一把尖刀了，真跟老虎对阵，还是有七成胜算。覃顺钊捡一块石头朝老虎头上砸过去，老虎一动不动，兄弟俩慢慢走过去举起打杵往虎头上猛砸，老虎还是一动不动，两人一起来掀动老虎，原来是一只死老虎，好像刚死不久，胯下还有一丝温热……

两个人把老虎抬回家，刮了皮，剔了肉，骨头装在坛子里，第二天，去酒厂赊酒来泡虎骨酒。酒厂老板不敢赊酒，要来胡家湾瞅一眼。进了门，虎皮还绷在架子上，坛子里摸出一块虎骨，嗅了嗅，信了，派人背来两百斤上好的白酒。

靠着一架虎骨，覃顺钊发了，起屋，置田，买骡马，在庙垭子设商铺，开栈房，又在松树包修了覃氏宗祠落山分祠，还在胡家湾以外的地方买了房产，袁家街李兴成医生的房子原来就是覃顺钊的屋场。

覃顺钊进出胡家湾，多是骑马，前后还有几个马弁护卫。人有钱了，捧场的也多，后来做了落山乡的乡长。在落山，小孩子哭闹，只需说，钊大王来了，再调皮的孩子也被唬住了。

我们在胡家湾问起覃顺钊，稍微年长的人都知道，他们说，因为幼时家贫，发达后对穷苦人多有体恤，对乡亲也还谦和，但是谁要是敢跟他要横，人脸一取，狗脸一挂，不治到你服软，不会罢休。

1950年，名噪一时的"钊大王"戛然谢幕。如今，他的屋场已经没有一丝痕迹。让人给我们指了一个大概的位置，一片农田，铺了底肥，拢了行子，只等着栽种苞谷苗子。问到他的后人，说他只有一个姑娘，钊大王过世时还只有三四岁，后来嫁在沙地，生了一个儿子，现在是县一中的英语老师。覃顺钊有一个侄子叫覃洪吉，已经去世，养了四个儿子，两个在外地，两个在胡家湾……他们靠劳作养家糊口，用汗水来浇灌生活的树木，祖上的发达和一时的显赫，他们并不感兴趣，够吃够用的常人生活才是最为幸福的。过度地聚敛财富其实同时在积攒灾难。只可惜，很多人并不懂得这个道理，挖空心思不择手段敛财，灾难像一只猩猩，正在前面的路口等着他们，如果没有等到他们，将会等到他们的子孙。

传承得久远的还是文脉的相续。

秦立寿老师一家在胡家湾是另一类发达门户。他的曾祖就是一个粗通文墨很有智慧的人物，讲起故事通宵达旦不炒现饭，历史人物，社会见闻，文野兼备，雅俗共赏。他父亲秦道新是 20 世纪 60 年代的师范生，那个时代，胡家湾走出一个师范生，堪比今天考上一个清华北大。秦道新老师先后在几所小学当老师，任校长，兢兢业业，勤勤恳恳，可谓桃李遍地。晚年退休以后，回到胡家湾，播种收获，喂猪养鸡，享稼穑之乐。秦道新老师重视子女培养，女儿卫校毕业，现供职于县医院，儿子秦立寿子承父业，读师范，执教鞭，曾任多年小学校长。跟父亲一样，秦立寿老师对家乡有着深厚的情感，在老家翻修了房子，逢年过节必定回胡家湾与父母兄弟团聚，为家族大树培土剪枝。左邻右舍遇有红白之事，必定到场，也曾手执大盘，为席上上菜端茶，都被乡亲夺了大盘，安排相宜的事体。

再比如写对联，胡家湾是一片富庶之所，也是倚重文脉之地，吃喝穿戴之外，喜个文墨，讲个字眼，大多爱贴个对联。一副对联贴出了，从内容到字体都有人评价。立寿老师写得一手好字，又有好文墨，做个联，应个对，都是上好的水平。一进胡家湾，到处看到他的手迹。过事时写的对联，事过完了，对联还在，有的被太阳晒得发白，字迹依然清晰可见。还有过年写的春联，三百六十天的风吹日晒，贴得牢固，几无破损，等到腊月，写了新的，才用竹扫帚扫下旧的。

遇有红白喜事，都要恭请立寿老师执掌账房。乡下人，朝夕相处，抬头不见低头见，今天张三结婚，明天李四打喜，后天王五的老人辞世，都要去搭个手帮个忙，空手不好进门。早些年，打个豆腐、生一瓿豆芽子，都是人情，要是生了娃儿打喜，两斤挂面、十个鸡蛋也是拿得出手的，面铺太过忙碌没有换到挂面，两升麦子也能去送个恭贺。你来我往，得有人记个账。现在，拿东西的少了，东西痴重，不好携带，别人家也不一定需要，现在都揣着票子去的，五十、一百、二百，记账要仔细，不能错，还不能收假币，立寿老师是最恰当的人选，胡家湾一湾人家过事，账本拿出来，都是立寿老师的字迹。

今天恰有一家打喜的，二胎，响应国家号召，当是可贺。村委会已经送来告知书，桌数做了限制，动静也勿太过张扬。就告知亲邻，不放鞭炮，现在即便是乡下，红白喜事，多取消了鞭炮，浪费，污染，扰民，有害无利，慢慢由少至无。

还是立寿老师写账，我和妻子也去写了二百元，主家虽不认识，我们来采风，自是不该白吃。随个份子，凑个热闹，沾些喜气，一碗饭，一杯酒，吃喝不至脸红。

村里书记也来了，我们一起来的，来看规模可有突破？也要来道声祝贺。村里书记其实就是农民，没当书记时，同是一片林子里的斑鸠，当了书记，也还没变凤凰。左邻右舍，坡上坎下，有个事，人到情到。书记家有了事，不能操办酒席，不能收礼，群众家里有事，你该来还是得来，还是要凑个不冒尖也不跌份的份子。

有个乐队，渔峡口请来的，人少，一人多角，吹拉弹唱跳样样都会。主持人油嘴滑舌的贫嘴，招来一些放肆的笑声。为了活跃气氛，欢迎当地人上台表演，立寿老师的夫人上台跳了几曲，她在县城教人跳舞，在胡家湾鹤立鸡群，换来阵阵掌声和啧啧声。上来跳舞的还有好几个本地的妇女，都还跳得有模有样，有一个还是贵州的教师，退休后跟随丈夫来到胡家湾，胡家湾还另有一个贵州媳妇，这天没有来。

两棵贵州的青冈在胡家湾生长得枝繁叶茂，这里土地肥沃，气候温润，据说，还有贵州的青冈过来扦插。

胡家湾，千才岭难得的一个盆地，人们勤劳智慧，舍得在外卖力，也舍得在家流汗。外出打工挣回票子，在家稼穑也是丰收年年，新房子一栋一栋冒出来，而且不再是过去的老三间的样式，设计新颖，造型各异，装修讲究。没来之前，你绝对想象不到在这深山之中，还有这么一个现代版的世外桃源。一旦你来过，你会渴望在这里寻个地方住下来，在某栋洋房的露台上，看太阳从山顶的栎树上升起，万道金光把一湾山水一湾农舍涂成金黄；小车在公路上飞驰，平平展展的田畴里，是正在耕作的人们，他们一边劳作一边唱着歌谣；好几栋房子的阶沿上，人们正在用打包机打包，几个电商平台在这里设了点，把这里的土豆、干菜、蜂蜜、苞谷酒卖到全国……而胡家湾的夜晚，月光如银，活脱脱一幅生动的剪纸。广场上，人们自由地舞蹈；灯光下，也有读书的人，看电视的人，还有人在用抖音短视频带货……我还遇到了住在这里写小说的人，他把自己写进了胡家湾，把自己和胡家湾都写进了小说《胡家湾的恋情》。

胡家湾，她的美丽因为她天生丽质，不施粉黛，这样的美丽才是最为震撼的美丽。她的美丽更在于四周都是树木和森林的屏障，让很多人不知道她的美丽，相见恨晚，成了很多人的共同感受。

杨家冲

　　杨家冲过去是三大队的七队，全大队最穷的队，人多，粮食总不够吃，一冲的瘦子。生产队长老杨去大队开会，每次都坐在角落里，抽着自己卷的旱烟，不给别人递烟，别人递的纸烟他也不接。

　　当然，杨家冲也有值得骄傲的人和事，比如高永和，就为老杨挽回了不少面子。

　　高永和是个木匠，高级木匠。大队的礼堂都是他主墨修的。礼堂是开大会的地方，就不能有挡视线的柱子，可是哪有这么长的横梁呢？高师傅会用两根树来接。横梁下没有柱子，横梁上不能没有柱子，得有柱子顶住上面的排架。就有人担心，一根接着的横梁，能承住排架和瓦片的重量？高师傅非但不急，排架立上去了，他还举着几十斤的木锤在顶梁上用力往下锤，没想到奇迹出现了，立在横梁上的柱子慢慢往上顶，原先有些下垂的横梁立马拉平了……

　　其实，高师傅不过是懂得一点力学原理，他在顶梁上用力，力量通过两根斜撑的木杆传达到横梁的两端，两根木头相接的横梁中间就会慢慢升高，立在横梁上的柱子自然会慢慢往上顶。

　　大队的礼堂修好了，公社书记来三大队开会，赞不绝口。公社修礼堂，自然一下子想到了高永和，就来找老杨商量。因为没有工资发，要生产队记工分，每天比一个硬劳力还要多三分，队长稍微表演了一下为难和不情愿，最终爽快地答应了。

那些日子，老杨去大队开会，不再坐角落，还在口袋里装了大公鸡的纸烟，主动给别的队长递烟，一边递一边说，是那天公社书记来他家送的一条烟。事后，大队书记到公社开会跟公社书记提到这件事，公社书记说，他是送了一条烟，老杨从中撕开，给他返了半条。

老杨的半条纸烟抽了很长时间，几个月后在大队开会，还在给别人递烟。仔细的人看出来了，大公鸡的盒子，装的是山羊的烟，倒是没人说破。

高永和修的房子早就灰飞烟灭，高师傅自己也跟大地融为一体。老杨也已过世，他是在欣喜中离开这个世界的。晚年，他成了胖子，啥都吃不完，成为他最开心的理由。他还抽上了蓝壳子的黄鹤楼，儿子给他买过几包中华的烟，要他过过瘾，这回，他把中华烟装在黄鹤楼的盒子里。

关于杨家冲，关于老杨以及他之后的生产队长的故事在风中流传，吸引我们要来亲近这片土地。

我们是在一个春暖花开的日子，再一次来到杨家冲的，把车停在范自兰院子里。这是一栋洋楼，在乐园村，到处都可以看到这样的小洋楼，不同的是，这里还有一个宽敞明亮的院子，还有院门，车停在这，安全放心。

范自兰是范明哲的女儿，范明哲上过好些年的私塾，是当地少有的文化人，曾是区上的干部，却命运多舛，还被诬陷进了监狱。我在松树包小学做民办教师时，他已从牢里出来在老家劳动，偶有接触，只觉这个人谈吐不凡。后来落实政策，恢复了工作，在乡上工作到退休。他懂得读书的重要，将敬畏文化的情怀和刻苦用功的习性都遗传给了女儿。小女儿范书琴读完大学读研究生，毕业后执教信阳师院，现在又在武汉理工大学读博。

现在的杨家冲，没有了高永和那样的高级木匠，却有了范书琴这样的读书人教书人。杨家冲总有自己的骄傲。

我们从范自兰屋旁的公路开始步行，满眼春光，无限生机。

油菜花沿着蜿蜒的山坡铺开金黄的毡子，不仅点亮你的视觉，还让你的嗅觉之门顿时洞开，芬芳，跌进吮吸的漩涡。还有木瓜花，正在告别羞涩，将花瓣张开，深红和粉红的叠加，平添了妖娆，叶片还没有长出，一树繁花，是木瓜最为动人的时节。土豆从泥土中探出头来，如初生婴儿，胖乎乎的叶片，在风中摆动。苞谷苗在穴盘里生长，有摆在稻场里的，也有铺在田里的，三四片叶子，有些弱不禁风，襁褓里的孩子多是如此，过不了几天，移到大田，晒几个太阳，自会强壮。

杨家冲有一股好水，从崖缝里流出来的，水不大，够一个队的人畜饮用，够一冲水田的灌溉。这也是七队队长引以为傲的事情，六、七、八三个生产队没有水源，到处掘了堰塘，挖了水池，下了雨，蓄着大坑小坑的水，死水，夏天里老见跟头虫在水中翻滚。我在松树包小学教书时，学校在六队的地盘，吃的就是校门口的死水，要吃好水，就要走一两里路到矮子冲去挑水，那是六队唯一的一条小溪。每每在大队开会，只要说到水，七队队长的头就扬得很高，虽然二、三、四、五队也是水源充沛的地方，他们值得骄傲的事多，不需要在水上找回面子。

公路就在小溪一侧，听得见水声汩汩，一路步行，耳畔总有水声，心被滋润着，清凉熨帖。

我们在村口的乡道上远远地望见好大一片桃花的花海，在初阳下摇曳多姿，壮观极了。不满足站在公路上远观，想走近它，走进那片桃林，将自己置于一片花海之中，成为一个花中人，那感觉跟远望是绝对不相同的。

走近那片桃花了，一片干净的粉红，把一切非美的东西过滤掉了，一树树淋漓地呈现，一旁还有几丛翠竹，几栋农舍，不是洋房，而是版筑而成的土墙，泛黄，屋顶盖着黑瓦，缕缕炊烟从瓦缝钻出，我们像走进了一幅往日的画卷，这景致，让我想起了元稹的诗句：山泉散漫绕阶流，万树桃花映小楼。

站在这样的一幅画卷里，目光穿过桃林，看到了背着喷雾器的妇人。在田间喷洒除草剂，先喷除草剂，把草杀死了，再来播种，好像成为春播的新程序。现在农民基本不用锄头锄草，全是除草剂，更不用说化肥农药，就随便说一种水果，从开花到成熟，至少得打六道农药，每次打药时，还混有营养剂生长素之类的东西，不打不行啊，不是花掉了，就是果掉了、烂了、走症了，就颗粒无收了。

不知道这妇人是不是喷洒的农达除草剂，百草枯已经不生产了，想必应该是农达，美国孟山都生产的农达。据说，喷了农达以后，杂草不但不会马上死掉，接下来好几天反而比原来长得更青更绿更旺盛，正是这种假象，让兔子、野鸡上当吃食，死掉了不少。我在乐园村住了一个多月，过去随处可见的兔子、野鸡很少见到。

告别桃园的主人，我们继续前行，我们的目标是杨家冲最上面的一户人家，房子就在树林当中了。我想，一个生活在树林当中的人一定有很多趣事。

房主人叫覃万华，儿子媳妇在镇上修车，也买了地基修了房子。老两口在家，田多，不想荒了，种粮食之外，还种些经济作物，茶叶，核桃，还有几百棵吴茱萸。他泡茶给我们喝，就是他自己家的茶，那茶，汤汁醇厚，回味悠长，比很多名茶好喝。核桃和吴茱萸，长势良好，吴茱萸去年就进钱了，今年可能会有不错的收入。他对核桃不甚满意，也许是品种的原因，挂果少，其实倒也无所谓，前几年大家都来种核桃，核桃已经越来越不值钱了。过去寒冬腊月冷不丁来了客人，捡几个核桃，倒一杯烧酒，是天大的礼数，现在，端一盘核桃出来，客人走了，那一盘核桃原封未动躺在那，有些孤苦伶仃的感觉。

住在山边有住山边的苦恼，野猪成群结队一次又一次造访他的庄稼地。不能猎杀，只能驱赶，野猪们并不惧怕他的吆喝和破搪瓷盆的敲打，一次次进犯，啃了不少庄稼。

当然，也有快乐。打山货方便，野菜、香菇出门就能采到。这野香菇跟超市卖的人工种植的绝不是一回事，野香菇炖火锅，香飘一满坡。我们去的时候，覃万华夫妇还在吃早饭，腊蹄子炖香菇，还在稻场坎下，就闻到了香味。覃万华每每吃过早饭上山，半天或大半天，可以捡几十斤野香菇，他堂屋的楼梭上，挂满了一串串晒干的野香菇。

去年，覃万华上山采香菇，出门不久，就见到了好一大蓬，还没散开，半开的伞，挤得密密麻麻。这里离家近，就想着回来时采。他回来时，香菇没有了，香菇把子长长短短地还留在树桩上，地上散落着一些香菇瓣瓣，看来不是人采走了。往前一看，好大一只青麂躺在阳光下的松针上睡觉，背上的毛青黑如缎，油光水滑，腹部的绒毛是灰白到白色的过渡。它睡得太香，肚子一张一翕，让人顿生怜意。他真想走过去，摸摸它的背，摸摸那起伏的肚皮，最终，没忍心打扰，他离开了。

从这天起，他才知道青麂还吃香菇，那个树桩上的香菇他再没去采过，别的树桩上他也会采一些，留一些。

从覃万华屋后往上走，就可以走到漂口，那里有一大片珙桐树。1900年4月，在宜昌海关任职的英国植物学家亨利·威尔逊，去巴东的绿葱坡寻找珙桐树，空手而归。不久，他再次向西出发，来到长阳康家湾，住在猎人康远德家里。5月19日，在康远德帮助下，在漂口找到了开花的珙桐树（珙桐有"植物活化石"之称，是国家一级重点保护植物中的珍品，因其花形酷似展翅飞翔的白鸽而被称为"中国鸽子树"，具有很高的研究价值和观赏价值），威尔逊一行欣喜若狂。这年秋天，他们再次来到漂口，采摘了一万多枚珙桐种子寄回英国和美国，现在遍布欧美的珙桐树，娘家就是康家湾的漂口……我们也想到那里去看一看，覃万华说，那里旱蚂蟥多，要么穿草鞋长筒布袜，要么穿长筒胶靴，否则，可能会被咬得遍体鳞伤。

漂口，我是一定要去的，回家准备好装备再去，还是从杨家冲去，因为覃万华答应给我们当向导。

顺着来路返回，看到庙垭子密密麻麻的房舍，看到田间正在劳作的人们，铺底肥，拢行子。底肥多是农家肥，农用车运到田里，用钉耙锄头铺到行子里，特殊的气味在空中弥漫，格外亲切。往日的春季，它是气味的主导，后来，日渐稀少，像一棵将死的树，现在，又慢慢长出了叶子，结出了蓓蕾。人是自然的一分子，几十年在自然的怀抱徜徉或者奔跑，最后，完完全全融进自然。不要试图逃离，跟自然亲近，再亲近，你的日子才会跟地球同时转动，才会谐于万物。杨家冲人，一边用农家肥，一边喷洒除草剂，在繁复中选择便捷，在化学农业中向往自然，抉择的焦虑像那只歇在银杏树上的乌鸦，一直没有飞走，很多人为此添了皱纹。

利益最大化，最小的投入得到最大的产出，一系列似是而非的口号，误导人们。这些年，乡下的水田多改为旱田，水田难种，收入反不及旱田，就改为旱田。杨家冲，过去的七队，几十亩水田，有米吃，在过去是极有诱惑力的，杨家冲虽然穷，因有水有米，还是有不少姑娘愿意嫁过来，这也是杨家冲人多的原因。

现在，杨家冲的水田多改为旱田，也有抛荒的，昔日的水田里生长了大片鱼腥草或者野芹菜。

正因为如此，当我们看到一个在耙水田的人时，格外欣喜，越过一片抛荒水田的湿地，走过去跟他攀谈。他叫马本章，还种着一亩水田，大概收一千斤稻子。问他为啥没改为旱田，他说，田边一股沁水，总放不干，改不了旱，只好栽秧收稻。虽然麻烦一点，杨家冲的米好吃，吃着自己种的米，格外香。

杨家冲有着种水稻的先天优势，海拔 1000 米以上，冷水，米的品质应该很不错。这几年，我给朋友们推荐介绍，每年为利川苏马荡、长阳枝柘坪卖出几千斤大米，价格不菲，优势就是高山冷水米。杨家冲乃至整个乐园村应该都可以产出高山冷水米，只是我们缺乏宣传，没有人知晓。我跟马本章约定，今年秋天，找他买些大米寄给朋友们，我想，他们一定会喜欢上杨家冲的大米。

马本章笑了，他的笑，一是高兴，二是多少有些不相信。

我也笑了，我有信心删除他笑容里的第二层意思。

刚刚离开杨家冲，接到覃万华的电话，说忘了给我两串干香菇，我说，下次来拿。杨家冲，肯定还会来，来买马本章的米，买覃万华的野香菇，还要从这里去漂口……

庙垭子

庙垭子曾经有过一座庙，供奉着几尊菩萨，常有附近的人来此求神许愿焚纸烧香，于是，无名的山垭便有了庙垭子这个名字。

修庙的人名叫黄正甲。被称为钊大王的落山乡乡长覃顺钊在这里开了一家万货俱全的铺子，白墙黑瓦，宽敞明亮，人来人往，生意兴隆，占尽垭上风光。住在附近的黄正甲看着不顺眼，要修一座庙压倒钊大王。庙修起来了，占地面积虽然不大，却比钊大王的铺子高出了几尺，也算是把钊大王压倒了。

嗣后，偶有人到庙里烧香拜神，火纸燃烧的气味在庙垭子弥漫，有时一阵风，气味飘进了铺子，掌柜的用右手扒拉算盘，左手扇走那火纸的气味。烧香求神的终是不多，庙里就冷清，神是不怕寂寞的，菩萨们一副此心安处是吾乡的淡定，花开花落，云卷云舒，波澜不惊。

铺子里却是闹热，方圆几十里只这一家铺子，钊大王正是上风上水，去榔坪、资丘、茅坪几个镇上走动了几次，熟络了好几个批发商，货就进得齐全，籽盐、布匹、皮棉、长巾、钉鞋、雨伞、铜锁、瓷壶，针头线脑，锅盆碗盏，鞭炮火药啥都有，生意就好。有时候，背货的脚夫把盐袋子还靠在墙边等着掌柜过秤，就有好几个称盐的人在一旁候着了。不过，有一套景德镇的碗直到新中国成立钊大王离世还没有卖出去，后来被充了公，再后来十几个贫雇农一个人分到了一只碗或是一个盘子。

钊大王离世后，他遍布在落山各个角落的房产田产随即易主，他的遗孀在胡家湾一间茅草棚里度过了余生。

钊大王在庙垭子的铺子被新人接管，来铺子里买东西的人比过去更多了。过去多是些家境富足的人来买货，现在，穷苦人翻了身，手头活泛了许多，且没人敢像过去一样给他们白眼，有事无事也会来看一看，买些紧要的东西。

新政府破除迷信，庙里的菩萨被劈了烧了，在庙里支了铁匠铺。大家都有田种了，一下子需要很多农具，铁匠铺就格外忙碌，清早就传来了打铁的声音。夜晚，吊着几个桐油吊灯，每盏灯都同时燃着好几根灯草，铁匠铺一片光明。有人拉着风箱，火炉里火苗呼呼地蹿得老高，一块烧得通红的毛铁夹出来，两个人抢着锤子一锤紧一锤地敲打，两张脸被映得通红，火星溅在面前的麂皮围腰上，一颗颗红点被麂皮吞没。

黄正甲时常想，钊大王修的铺子继续人来人往，他修的庙却已经面目全非，吃人间的饭还是长远，神在很多时候自身难保。

我到松树包小学任教时，早已是人民公社，旧时的落山乡划为乐园公社的三个大队，人们依然习惯把这三个大队统称为落山。高中毕业的我来这里任民办教师，外公外婆逢人就说，他们有个外孙在落山教学。

此时，庙垭子的铺子已经是供销社的铺子了，跟松树包小学同在落山的杜家村大队，是全大队的三个单位（另一个是卫生室）之一。往日的学校放学很早，尤其夏天，放学回家的学生们稀稀拉拉的歌声在一条条小路上响起来时，太阳还老高，从校门口那棵柏树的枝叶间的缝隙望出去，阳光还刚强得很。无聊得鼻子发酸，没有多的地方可去，就去庙垭子走走，路过黄春华的房子，很少看到他在家。他很忙，晚上才有时间去学校跟我们打扑克，输了就喝酒。他输得少，酒却喝得多，因为我不胜酒力，轮到我喝，多由他代劳。从家翠门口路过，常能见到她的妈妈。家翠共四姐妹，大姐家秀在卫生室上班，家翠和两个妹妹都在松树包小学就读。她妈妈很热情，时常请我们去她家吃饭，饭做得好，山歌也唱得好，见到你，总是笑盈盈的，她的笑容自带温度和甜度，让人不能忘却。

在庙垭子供销社里看一看，嗅一嗅供销社才有的煤油跟食盐还有各种山货混合的气味，并不买什么，只是等太阳从 Y 轴向 0 滑落，填充一段空洞乏味的时光。久而久之，跟供销社的两位"同志"熟悉了，年纪大的"李同志"叫李光普，年轻的"袁同志"叫袁学泽。

从供销社出来，看到一个少年提着猪食桶的背影，她应该是四年级的学生王怀英。之所以对王怀英印象很深，是因为她那忧郁的目光跟她的年龄极不相称。我走过去问她是不是家务事很多，她说喂猪、打猪草，还有刮洋芋收拾晒在外面的粮食等等。其实，我上学的时候也是如此，男生还有放牛放羊的差使，只是我善于咀嚼苦涩，把它嚼烂之后会有回甘。

从王怀英家回来，供销社关了门，厨房里开了饭，李同志出来倒水，留我吃晚饭。我还在犹豫的时候，袁同志也端着碗出来了。我看到了他碗里的腊肉炒豆豉，那是我喜欢吃的菜，已经多日没有吃到。于是，我跟他们共进晚餐，加上炊事员四个人坐四条板凳，宽敞至极。吃到肚子里不宽敞的时候，月亮已经升起来了，我起身叫多谢告辞，回学校路过家翠门口，看到她火塘里的窗户一方亮堂，从火塘传出了她妈妈的歌声：

> 门口一口堰
> 水儿灌满沿
> 阳雀来洗澡
> 喜鹊来闹莲

我站在门口的路边听着这婉转的歌声，只觉月亮更加明亮，夜色被过滤得更加纯正。歌声又起了：

> 高山岭上一树茶
> 年年摘来年年发
> 头道摘了斤四两
> 二道摘了八两八
> 把给幺姑娘做打发

我想，此时她的幺姑娘家萍或许正坐在妈妈身边，把头靠在妈妈的膝盖上，听着妈妈唱歌。

我走过堰堤，走过春华的门口，还能听见隐隐的歌声。

两年以后，我离开松树包小学，后来遇到那里的人，都要问一问我熟识的人的近况。就像一片林子，有些树开放了粲然的花朵，有些把秒梢伸进了云端，有些被虫蛀，有些遭雷击，每一次打听，末了多是彼此唏嘘。

四十多年以后，我来杜家村采风，此时，乐园公社早已不在，原来落山的三个大队加上大吉岭大队承袭了乐园的名称，叫作乐园村。

庙垭子的铺子没有了踪影，起初是黄治海买下了经过几十年风雨侵蚀的那栋土起瓦盖的房子。他不过是为了买下一块地基，2009 年就拆除重修了预制结构的房子。拆房子的那一天，天气晴朗，山墙推倒时溅起的尘土把整个庙垭子都笼罩了，远看酷似原子弹爆炸的蘑菇云。

黄治海的房子做得很大，除了住房，也有商铺，后来又陆陆续续在旁边做了猪圈和仓库，长长的一溜房子，其规制远非钊大王可比，又有一条通往金银山的公路从门口经过，看似是个不错的码头。黄治海继续开着商铺，但是，四通八达的乡村公路改变了乡村的交通格局，同时也悄然改变了商业走向，庙垭子不再是商业中心，黄治海的铺子比想象的冷清，他只好关了商铺，专事贩卖生猪的行当，在附近收了生猪，开着一辆大车把生猪送往四川、湖南和湖北宜昌。现在年龄大了，只能开小货车，远处也不去了，只跑宜昌的双汇公司，每斤赚个五毛钱的纯利润，做一年，有十来万的收入，一家人的基本开销，儿子上大学的费用，可以弄个周圆。他的辛苦，别人难以想象，一年到头很少能吃上一顿囫囵饭，尤其是夏天，为避炎热，全是开的夜车，子夜从乐园出发，天亮前赶到宜昌双汇排队。驾驶室里除了方便面，还有强力手电、棍棒甚至菜刀，一车猪，值十来万，他一个人，不得不防。风油精、清凉油更是他的标配，太阳穴上嘴唇上涂抹一道又一道，驱赶着像蝙蝠一样扇着黑色翅膀的瞌睡。一年又一年，黄治海就是这样过来的，像海绵一样，吸收着困苦的水滴，饱和了，挤一挤，再度吸收，连续几个太阳，水滴蒸发干净，还可以晒得蓬松。对于黄治海来说，家人的笑容就是他的太阳。

居住在庙垭子那个目光忧郁的王怀英嫁给了同一个生产队的陈容阶，娘家婆家相距一箭之地，不知道她出嫁时有过什么排场。倘是操办仪式的话，她这边的支客师主持发亲时，容阶那边的支客师就要排布接亲了，响匠师傅已经把哨子衔在嘴里，随时都可以让唢呐嘹亮起来。

岁月的清风吹走了王怀英忧郁的目光，快乐的花朵每天绽放。大女儿在秀峰桥修了房子，开了卖服装的铺子，现在把铺子出租了，专心照顾孩子上学，大女婿开车赚钱，日子也还滋润。小女儿去了浙江，小女婿是福建人，会做生意，小两口在杭州开网店，生意红火。他们在长阳县城买了房子，又在杭州买了房子。

王怀英和陈容阶在老家给大女儿看着养猪场，闲暇的时候，她总是在唱山歌。她在松树包上学的时候，没有发现她的歌唱天赋。那个时候，生活的重担落在她稚嫩的肩膀上，以致她在大吉岭高小的教室坐了不到一个月就辍学了，哪里有心情歌唱？

她唱山歌唱到长阳县城，早些年，乐园乡每年七月一日在秀峰桥举办文化节，她几乎每年都要去唱山歌，后来乐园乡不存在了，去年"七一"，她依然应邀去秀峰桥友情演唱……

王怀英的家属于过去的杜家村大队今天的乐园村四组，却紧挨着过去的范家街大队今天的乐园村五组。艺术是可以打破行政区划的，她跟范家街的姐妹们一起学山歌对山歌，她们的歌声飘过簀叶冲的丛丛簀叶，传得很远很远。

总想拥有一棵快乐的常青树，叶片青翠，花朵鲜艳，不凋不谢，无老无朽——人不能，山歌能。在村干部姜从华支持下，嘹亮歌舞团成立了，唱山歌，跳花鼓子，老歌手谢幕，新歌手接力，歌就不断，舞就不绝，簀叶冲就春潮不歇。王怀英被众人推举为执行团长。一辈子没当过官，六十岁当了团长，幸运的花朵骤然开放，激动和羞涩让她一夜无眠。最近，乐园心诚非遗传承艺术团健全组织，王怀英又被任命为山歌分团范家街传承队的队长。过去唱山歌是为了快乐，现在又多了一份责任。开完会，接受了任命，回到家，她给陈容阶交代了政策：以后养猪场的事你要多操一份心，我要腾出点时间抓一抓团里的工作和队里的事务……

王怀英出嫁了，他的弟弟王怀新还在庙垭子，做了几层的平房，一面跟黄治海的房子门对门，向着陈家坳的一面有宽敞的稻场。今年四月，我们去找王怀新说事，水泥稻场上晒着准备加工猪饲料的苞谷，王怀新的妻子唐小枚正在门口田里劳作，这个巴东姑娘特能吃苦，王怀新在外面当个做建筑的小包工头，往家里挣票子，唐小枚在家种田、喂猪、伺候老人。房子收拾得敞亮，阳光照进来，每个角落都是亮堂堂地干净，他的公爹王杰三跟我们喝茶聊天，一路哈哈一路笑，幸福和惬意毫不掩饰，儿子媳妇的孝顺为他年迈的天空铺就了朵朵云彩。

从庙垭子到松树包的小路很少有人再走，堰塘也被填了，家翠的老房子里很少看到灯光，她和大妹都已远嫁他乡，家萍留下来照顾爸妈，她在老房子旁边做了新房子。爸爸已过世五年，妈妈在我来采风之前以九十岁的高龄安详地离开了这个世界，她的歌声和笑容留在很多人的记忆之中。

庙垭子，这个地名可能永远不会消失，主人公却总在变化，故事也在不断更新，不同风尚的旗帜在同一片天空下随风飘扬……

翻过土门垭

　　土门垭，去千才岭的必经之地。好比一把折扇，土门垭是扇柄，一条条伸出去的大路就是根根扇骨。千才岭，好大一把扇子。

　　极宽的场坝，两端是房子，这边山根边是旧房子，大约是吃喝拉撒之地，那边山根边是新房子，三层，一楼开着商铺，二、三楼，等距离的门窗，像一个"单位"，但这里没有单位。

　　跟很多房子一样，场坝边砖和水泥垒的花坛，并不植花，种了菜，白菜碧绿，大蒜叶片挺立，芫荽开始起薹，手指一掐，依然很嫩。

　　公路从场坝穿过，一个女子坐在春日的阳光里，看汽车往来，车不多，却总是有，车里的人也看见了她，有的挥一下手，有的鸣一下笛。

　　坐在阳光里的女子名叫陈秀珍，恩施咸丰县坪坝营的，十二年前嫁给长阳乐园土门垭的张祖全。那年，她三十九岁，在福建一家鞋厂做管理，偶然在 QQ 上跟张祖全建立了联系，随后，两人相互吸引，一天不联系心里就没着没落。此时，陈秀珍是两个孩子的母亲，孩子爸爸多年前因车祸去世，张祖全也已离婚，自己带着一个儿子。

　　陈秀珍就嫁到了土门垭来了，这个二十四岁就出门打工，靠着聪明和勤奋一步一步做到管理层的中年女子，从福建莆田来到了张祖全居住的土门垭。那时还没有做新房子，新房子是 2014 年修的，占地面积 208 平方米。一楼做了商铺、仓库。陈秀珍不会种田，她的工作就是经营商铺，出售百货、副食、摩托和农机配件。店子多，利润薄，摩托车和油锯配件稍好一些，挣个一家人的生活花销，大的开支，还指着在宜昌打工的张祖全。

刚来的时候，陈秀珍形单影只。外来的阳雀子，喊个乖乖阳还是老家的口音，低头倾听，抬头笑脸，把一枝咸丰的糯米条扦插到了土门坳。陈秀珍跟市级非遗传承人李道翠学唱山歌，参加军鼓队打军鼓，跳广场舞，学花鼓子。虽然陈秀珍是五组，李道翠是六组，还早些年，就不是一个大队，但是挨得近，挨得近就走得近。她那场坝大，屋宽敞，把姐妹们迎到自己家门前，茶随便喝，电免费用，月牙儿落进栎树林子才散，脚步声远去了，她才来收拾锣鼓家什，千才岭的姐妹，接纳了这只阳雀子。

场坝大，停车方便，来往的汽车喜欢在这停一停，买一瓶水，抽一支烟，或者停下来打个电话。随便啥时候，不管是谁，总有一把木椅子，有一杯热茶，寒冬腊月，还有暖烘烘的柴火炉子。要是在很早很早的日子，这里该是个驿站，现在，也是个驿站，只是不打尖不换马。

很多外来人以为土门坳是五组范家街和六组千才岭的"组界"，其实不是，土门坳完完全全属于范家街，往前再走几百米，才进入千才岭的地盘。站在公路边，只见群山逶迤，起伏连绵，近前碧绿，远处苍翠，溪水如黛，飞瀑如练，房舍似棋，随意措置，缕缕青烟，缥缥缈缈。

目之所及，皆是扇骨所指的地方，沿着一根根扇骨，可以到千才岭的旮旮旯旯，家家户户。

往右，进入胡家湾，过去跟牛头岭一个生产队，田畴畈畈，房舍依依，藏在森林中的世外桃源。

正前方是小沟，千才岭的富庶之地。水源丰沛，地势稍平，人户稠密，人才济济。原来乐园公社副书记肖锡政就住在小沟。肖书记本姓黄，宜都人，日军入侵宜都时，逃难至小沟。中华人民共和国成立后，入了党，当了公社干部。肖书记没上过学，扫盲时多少认了几个字。他去县上开会，回来传达会议精神，分毫不差。领导的讲话，他都记在本子上，不过，他记的笔记只有他自己看得懂。

1967 年 1 月，他被下放到我们生产队劳动改造，天天在坡改梯工地上身先士卒，中途休息时，他还教大家唱歌：

> 数九那个寒天北风紧
> 焦裕禄同志冒雪出了门
> 挨家挨户来探望
> 风里雪里查灾情……

歌里唱着雪花，工地上恰恰飘着雪花，歌词和旋律打动了每一个人，都感到了温暖。识字不多的肖书记，乐感很好，调拿得准，还带着感情。

父亲原是大队的主任，是肖书记的下属，关系好。"四清"时，父亲被解除职务，从此，公社的干部来我们队，都避着，打个招呼，说一两句话，赶忙走人。

这天收工时，肖书记对父亲说：老温，今晚住你家。

肖书记来了，母亲尽其所能，炒了几个菜，肖书记从帆布包里摸出一个玻璃酒瓶，拔出橡木塞子，有大半斤酒，他跟父亲喝到很晚，也说到很晚。

肖书记不久就回公社了，回去主持工作，从这一年1月1日起全公社实施的合作医疗要巩固，他作为合作医疗管理委员会的主任，有很多事要做。回到公社，他马上召开了一个管理委员会的会，又开了全公社群众的广播会。广播会是直播，肖书记对着话筒跟全公社群众讲话，他广播大家都爱听，重点清晰，语言幽默，俗语歇后语一个接着一个。

在合作医疗管理委员会的领导下，乐园的合作医疗不断完善，不断巩固。1968年12月5日，《人民日报》加编者按头版头条发表了题为《深受贫下中农欢迎的合作医疗制度》的调查报告，接着，全国二十多个省市几万名代表到乐园参观考察，合作医疗推向了全国……

肖书记退休以后长住小沟。多年以前，在大吉岭跟肖书记相遇，从千才岭出来的大吉岭小学校长秦立寿做东，我跟肖书记喝了几杯，约好下次去小沟看他。大吉岭一别，总有俗务缠身，直到传来肖书记去世的消息，我也没去小沟看他，至今想来，甚是愧疚。

曾任县委办副主任的李茂清也是小沟人，他在这里度过了童年。上完了小学，有阳光灿烂的日子，也有云翳蔽空的时刻，他始终挚爱着这片土地，无论他的双脚迈出去多远，总是在不断回望这片山水。

赶日坡，我去过一次，一个初夏时节。那时这里还有小学，只有肖习伦一个老师，我们来开会，晚上分散居住在附近老百姓家。河对面巴东的灯火明灭可见，听说，他们那一所学校没有校铃，听着赶日坡小学的铃声上课下课。赶日坡缺水，早上洗脸，水不倒，晚上洗脚，再喂牛羊。开会的那晚，居住的人家烧了好大一桶热水，叫我洗澡，那水，可能要挑两个半天。我看了看屋里的人数，把一桶水分成六份，自己端了一份出去刷牙洗脸，回来的时候，那五份都倒回了桶里。

今年春天，我再次来到赶日坡，家家户户装了自来水，从车荒坪引来的水，主管道近四千米。在鹰子包，看到一位大爷，把耳朵贴在主管道上，听流水的声音，笑出声来。去到贫困户安置点，家家户户用上了洗衣机，装了淋浴，老朋友肖习红住在那，他对我说，你一天洗八遍澡，也洗不完我的水。

离开赶日坡，汽车在蜿蜒的乡村公路上奔驰，盘山公路像一根特粗的葛藤，不断分蘖的枝蔓爬满了山山岭岭，随便顺着哪一根前行都可以听到木门开启的声音，都可以遇到热茶和笑脸。这让我再一次想起那一次从赶日坡上千才岭，沿着笔直的上坡路一路攀爬，姨父马协三在前面走，走得快，他是千才岭小学校长，赶日坡小学属他领导，习惯了上坡下岭的山路。在这样一个偏远闭塞的地方工作，他的谈吐之间总有一种难以掩饰的快乐，直到那一顿晚餐，才让我明白了他快乐的原因：野鸡炖野蘑菇，野猪肉炒毛竹笋，青椒炒薇菜，野韭炒鸡蛋……有些是家长送的，有些是他自己采的。

姨父问我：你知道为什么叫千才岭吗？我有些茫然。他告诉我，不看这偏远，教育一直很发达。肖家大屋是传承八代的名塾，渔峡口、巴东、落山有很多人在这求学，其中不乏富家子弟，从这里走出了不少人才，所以绝不是有些人写的千柴岭。姨父说完这话，面带微笑看着远方。这也许才是他乐于在此执教的深层原因。

听着姨父的话,我仿佛听到琅琅书声越过潺潺溪水和茫茫群山,传得很远很远。文明,带给我们悲悯、善良、光明、温暖以及对邪恶的仇视和抵制,它让我们变得柔软、宽厚、智慧和坚定,心的原野植物茂密,花红草绿。

前不久,我又一次深入千才岭的腹地,再次想起姨父的话,似乎读懂了这片山水。这里偏远,但并没有野蛮的基因,因为有书本和文化的浸润。群山,并没有阻挡千才岭人的视野,文化可以让人的目光穿越物质的屏障,心之锦绣一路铺展。赵晓晴,把别墅修在树林之侧,他的屋后就是榔坪镇乐园村和渔峡口窝塘村的界碑。前些年,他一直在榔坪打工,照顾孩子上学,曾经准备离开老家迁往榔坪。最终,他还是回来了,在村里任支部委员。一年三万多一点的报酬,油钱就花了一万九。全村43平方公里的面积,隔三差五还要到镇上开会,车一动,烧的都是钱。我在村里采风时,时常见到赵晓晴在奔忙,为了节约,有时把汽车换成摩托车。这宦囊清苦的工作,他还要干下去,计较一时锱铢,那就不是赵晓晴,他心里有大境界。同是村支部委员的余贻翠,娘家离赵晓晴不远,虽是一个女同志,见识、胸襟、气度非一般男同志可比。飘逸在千才岭土地上的文化因子滋养了他们的精神世界!

在赵晓晴家吃午饭,覃春茂先生来了,请来的,他跟母亲同辈,也是从我老家响潭园搬过来的,该叫舅。舅在乡企业管理站做过多年的会计,是千才岭的乡贤。他儿子洪兵是我的学生,我在秀峰桥中学教初中时,教他语文,记得他数学成绩很好,是秀峰桥街上同龄学生的小老师。我调县电大后,他从一中毕业,考到了电大,我当校长,没教过他的课,也算师生。电大毕业,进了一家企业,后来企业倒闭,买断工龄,回到千才岭。他身体不好,基本不能经营田里的活路,在乡下,就多了困顿。前两年,开始学习养蜂,也还没有大的收获。现在,住进了安置房,吃饭看病倒不是问题,只是年逾五十,还没结婚,日头开始偏西,不知道还有没有一只小鸟会歇到这树枝上来。我敬舅的酒,问到我这表弟,舅目光有些暗淡,喝干杯中酒,把杯子放到了窗台上。

这些日子,我在乡村转悠,不时见到类似洪兵的情况,原因千差万别，总是让人感到沉重。随着乡村振兴的推进，还有婚嫁文化的改变，这一页总会翻过去，但是，洪兵他们这一茬还能不能在晚秋绽放花朵，不免让人有些隐忧。

清晨，我们沿着扇骨向前，晚上，顺着扇骨滑向扇柄。我们到达土门坳的时候，已经亮起了灯火，从椰坪回千才岭的一辆轿车给陈秀珍捎来了一个快递，她告诉我们，是张祖全在深圳开车行的儿子给她快递的巧克力，这个儿子很喜欢这个后妈，每次回家都要给她带礼物，带得最多的就是巧克力，而她自己的女儿，也跟这个儿子成为好朋友……

更多的灯亮起来了，广场舞已经跳起来了，后来的人一个一个自觉加入，陈秀珍跟我们挥挥手，加入跳舞的队伍当中，渐渐有了越来越多的舞者，每个人脸上都洋溢着笑容，陈秀珍的笑容格外灿烂。

王河沟

我们是在一个春日的晴天去王河沟的，在乐园大峡谷岩壁的映照下，阳光像七彩的飘带，一闪一闪地飘忽不定。云彩停在高处，风在远方仙游，我们的影子质地厚实。

一位姓蒋的姑娘带我们去看王河沟的"聚宝盆"，我们希望她先描述一下，她说，到了就清楚了。这话挑不出毛病，我们跟着她越过田埂，沿着河边的小路前行。

终于看见了一潭碧水，水潭圆圆的，边缘齐整，一潭水，绿得像碧玉，我们站在潭边，灰黑的倒影看不出表情。

蒋姑娘说，这儿原来并没有水潭，有一天，地面突然陷下去一片，然后就有了这一潭水，下雨不溢出，天旱不干涸。

王河沟不缺水，一条小溪沟汩汩流淌，够住在沟里的人家浇灌饮用，也绝不到泛滥的份上，加上田地肥沃，往日里是很好的地方，好女喜嫁王河沟，苞谷蒸饭米熬粥……

怎么会突然多了这样一个水潭？都觉得奇怪，"聚宝盆"的名字倒还形象，一行人只觉得大自然奇妙无比，常常有不可思议的事情发生。

聚宝盆旁边，是一园翠竹，竹丛茂密，根根金竹把竹梢举得老高，我们仰着头才能看见竹梢的嫩叶。

竹园边上，不知被谁伐倒不少的竹子，并没有弄走，七零八落地丢弃在竹园里。

这园竹子是祥军的，他的家搬到了瓮桥河边，王河沟还有他的田亩，他还会常来，骑着摩托来播种、施肥、锄草、收割，有时也只是来看看，来听听林涛，来嗅一嗅王河沟的土地散发出来的气味。去年冬天，几场大雪，冰雪压弯了竹子，遮盖了道路，他砍断了路边的竹子。

早些年，这一园竹子，是一笔财富。簸箕、篝窝、筲箕、筛子、晒席以及背篓粪筐，哪一样不需要竹子？我的大姑父是出名的篾匠，又有一园好竹子，一家人的开销用度，都是来自那一园竹子和一把篾刀。有一回，背吃物上学的花背篓系坏了，我提了一包杂糖去找大姑父讨一根竹子，他带我到竹园里寻了一根长得很不顺溜的金竹。尽管如此，他眼中那百不情愿的表情我这辈子都不会忘记。

现在，很多竹制品都被塑料制品代替了，也有的在生活中不再用到。篾匠，几乎止于大姑父那一代，大片的竹林只是风景，只是生长竹笋的床笫。至于祥军，因为居住距离远了，王河沟的竹笋他也从来没有采过，这片竹林在他心头的位置几乎是无胜于有了。

河沟两边的山坡上，散落着好几栋没有人居住的旧房子，土墙黑瓦，陈旧但并不破败，阳光被褐黄的墙土吸收，不像白墙那样耀眼。

王河沟，曾经让人向往的地方，因为交通相对滞后，成了落毛的凤凰。很多人家搬走了，搬到水泥公路边做了小洋房，旧的土墙房就被遗落在一片树林里，斑鸠在墙角筑巢，喜鹊在屋脊上唱歌。这要是在京郊，会被艺术家们一阵疯抢，施以改造，成为别具一格的艺术巢穴，只可惜，王河沟缺少艺术家，就是有，政策也不容许，凡是做了新房的，旧屋必须拆除复垦，这些沐浴在阳光中的土房子，不知道在哪一个早晨就会有一台挖机来戕杀它衰老的生命。

祥军的房子已经拆除了，剩下一个牛圈也是岌岌可危，屋顶的土瓦已经卸走，稀稀拉拉的椽子长短不齐，阳光照射着生长在屋基上的一株构树，也许营养不良，刚刚散开的叶片黄不拉几。

站在旧房的屋基上，容易生出些莫名其妙的慨叹。一块一块整齐的条石，曾经是山岩的一部分，被炸开，被凿平，被运走，铺在屋基上做墙脚石，做阶沿石，做柱础……石头是有生命的，从山岩的母体分蘖，在新的地方延续生命的链条，也感受着另外的生命的呼应。人的劳作繁衍，呼号吟唱，牲畜的鸣叫奔跑，还有草芥的春绿秋黄，一本完整的书，一支完整的曲子。现在，人走了，牲畜走了，冰凉的石块永远留了下来。

搬离，总是有些感伤，其实也不尽然。我去看过祥军的新居，小洋房紧邻水泥公路，屋后林木葱茏，门前良田畈畈，瓮桥河的水声汩汩可闻，这里，的确胜于王河沟许多。

至于老屋场的条石，在岁月的流逝中，会被泥土掩埋，会慢慢融于山阿，回归到自然的怀抱，何尝不是一件幸事！

离开了人类的呵护，同时也就离开了人类的干扰，于自然而言，也是一种幸运。

祥军老屋场门口的几株桂花树就是例子。先前，祥军每年都会给它们施肥、剪枝，一棵棵宛如华盖。现在，人搬走了，几株桂花，弃子一般，站在稻场坎边。没有了房子，也就没有了稻场，只有桂花树还在，没人侍弄，依然郁郁葱葱，老叶子片片墨绿，新叶从老叶子间钻出来，有的鹅黄，有的略带一些猩红，羞涩地跟阳光亲吻。枝条没有修剪，长短参差，倒更接近自然。再过些年，这里会有很多树木生长起来，这几株桂花树会融进一片树林，它们再不是风景树，而是森林中的一分子，于树而言，这当是幸运。

人搬走了，搬不走的是土地。农民对于土地的依恋，是一种与生俱来的情感。不忍抛荒，有的依然来耕种，也有的栽了木瓜树、银杏树。木瓜过几年挂果，有不菲的收入。银杏是卖叶子的，一行一行栽种得密，年年修剪，半人高，方便采叶，恰似茶树一般，颠覆了我们对银杏是高大乔木的认知。

王河沟紧邻乐园大峡谷，水流丰沛，空气湿润，雨过天晴，云雾缭绕。常有白鹭飞过，有时也在桂花树上或是白杨树上歇一歇，脚踩在树枝上，树枝弯下去，白鹭扇一扇翅膀，树枝弹起来，白鹭敛了翅膀，慢慢歇稳了，看白雾从峡谷的猫子洞涌起来，然后变成一缕一缕，再变稀，变薄，变到无影无踪。

我们有幸见到了白鹭，一对，夫妻或是情侣，想在桂花树上歇一歇，见到我们一行人，犹豫了一下，飞走了，仿佛飞到峡谷对面的阳坡去了。

同行的李兴成医生告诉我们，好多年以前，他在王河沟射杀过一只白鹭。

李医生是个好医生，也是个好猎人。山上山下巡诊的时候，一只肩膀上挂着药箱，一只肩膀上挂着猎枪。深夜出诊归来，就是这支猎枪给他壮胆。

玩枪的人喜欢赌狠，那次来王河沟，看到两只飞翔的白鹭，家住王河沟的银泉说：你若打一只下来，我给你割一捆野麦。

银泉知道，李医生爱吹唢呐，他不买哨子，都是自己用野麦做哨子。野麦没有人会种，大片的麦田里偶尔会看到一株两株，割一捆，得跑几个村子的麦田。

一捆野麦，够诱惑人的。

李医生把枪往天空一顺，一声枪响，一只白鹭落在了银泉的麦田里，那声音结实沉闷，像有一把铅垂落在李医生心田，那一瞬间，他后悔死了。非但没有跟银泉说一捆野麦的事，连他老婆已经煮好的饭也没吃，头也不回就走了。

几天后，银泉又来找李医生，说上次打死的是一只雄的，那只雌的天天在王河沟叫，在天空飞着叫，歇在桂花树上也叫，那叫声，比人哭还凄惨，他来央李医生能不能把那只雌的也打死算了，李医生把银泉一顿臭骂，很长时间再没有去过王河沟。

王河沟还有很多好看的好玩的，锅盖石酷似一块锅盖，龙洞岩则是一个地下宫殿，钟乳石千姿百态，那九丘水田格外逼真，仿佛看到农人正在插秧，栽秧曲从远处飘来。过去大旱时，大人们来砸龙洞求雨，小孩子多跟来玩耍，洞内凉快好玩，只是大人们不准往深处去，说怕惊了龙王，他生气不赐雨了。

我们感兴趣的是那一片野芹菜。野芹菜清香软嫩，不像家芹菜那样硬，那样柴，炒肉丝、炒豆干、炒青椒，都是一道佐酒的美味。

想不到王河沟有这样大一片野芹菜，像是人工种植的，问了一个王河沟的人，说确是野生的，并无主人，我们才放心采摘。

　　春日照耀，野菜碧绿。我们蹲下身子，把野芹菜一根一根掐断，并不连根拔起，留着根须，不要多少日子，又会长出新的一茬，还会饱更多人的口福。

　　我们回家的时候，每个人手中都捏着一把野芹菜，春风吹拂，清香在我们身边缭绕，那份惬意，让我们对春天的感恩又浓郁了几分。

　　跟祥军分手的时候，他把手中的野芹菜给了我们，他说，他屋后栽了一大块野芹菜，从王河沟带来的……

　　王河沟，一直在他身边，也在他梦里。

袁家街

袁家街并非一条街，五六户人家的房子一字排列，有些可观的长度，就有了袁家街这个名称。这五六户人家也并不都姓袁，李兴成医生一家，扎扎实实姓李，另外几户，深究起来，跟袁姓也有着一些深深浅浅的沟沟岔岔。

岁月的脚步倒回来一些路程，袁家街上姓袁的人家当是多数，袁家街屋后树林里的几通墓碑证明了这一点。错落的墓碑中，多数墓的主人都姓袁，这些墓碑在不同的时间竖立在坟前，正像历史坐标中的几个点，连缀起来，可以看清姓袁一脉在袁家街的繁衍轨迹。

最大的一座碑的墓主人叫袁正甲，偌大的石碑只有两块石头，碑身一块，碑帽子一块，单是碑帽子就有几吨重，我一直在想，这碑帽子是怎样安放到碑身上去的？

最叫人惊奇的还是碑身，长宽都是几米的石碑，不是一块一块刻好拼起来的，而是一整块石头！先要在石头上凿下半尺深的石槽，然后磨平、刻字，旁边突出的柱廊也要磨平刻写对联。除了好的手艺之外，最需要的就是耐心，性情在日光中漂洗，光阴一寸寸移动，也许，从弯月到满月，那块石头几乎没有变化，石匠的钢钻却在一分一分地变短，太阳升起了一千多次，一座石碑才矗立在了袁家街的树林里。

我时常想，这石碑是在石山里把碑凿好刻好再运到这里的，还是把石头运回来再来凿刻的呢？其实，这不重要，重要的是袁正甲自己或者他的家人为什么要选择用一整块石头来刻碑，目的是什么。为了不朽？抑或是为了与众不同彰显袁家的富庶？

也许，并没有什么明确的目的，有些人就是有些奇特的想法，并且一直坚持，坚持到周围的人都跟着坚持。

袁正甲的坚持，使袁家耗去了许多的财力，让一棵长得粗壮的树变得细柔，融进了周围的一片林子，袁家非但成了普通人家，而且男丁不旺，于是招婿入赘，改为姓袁，有的下一代就回了宗，改回本姓了。

我的远房表弟石付见就是到袁家街入赘的上门女婿，不过他没有改姓。

石付见看上了这儿的田好，也看上了菊儿这个人的淳朴、勤劳，还有一点他藏在心里没有说，他看上了屋后的一个大石罅，在缺水的袁家街，把那石罅周围用水泥筑起来，一罅水少说可以管一个月。石付见"嫁"过来之后，立马跟李兴成医生合作把石罅用水泥筑了，那"水井"的水吃了几年。后来，从康家湾引来了清泉，水井废了，石罅里尽是栎树的落叶，搅开落叶，可以看见鱼在游动，这些鱼是石付见养的。

石付见是个特立独行的人，跟菊儿好上了，也住到一起了，却不领证。别人跟菊儿说：不去领个证，没有法律保护，要是石付见把你甩了，你哭都没地儿哭去。

菊儿一笑，她相信石付见不是那样的人，她也有办法拿得住他。

也有人跟石付见说：你一个倒插门的，不拿结婚证，不怕菊儿让你脱手出门？

石付见也是一笑。

没过几天，石付见请乡邻们看电影，说是他正式结婚。

银幕支在袁家街，来了不少人，乌泱乌泱的，电影开映前，有人说，让我们看一下你的结婚证。他往拴银幕的柱子上一指：为了让大家都看到，我挂在那里。众人望过去，是有一个红本本挂在那，都信以为真了。

那红本本根本不是结婚证。

几十年过去了，大女儿结了婚，小女儿也上了大学，石付见和菊儿婚姻的瓶子光滑圆润，一点划痕都没有，有些领过证的，瓶子都摔破了好几回。

石付见是个神奇的人。十年前，他的肝脏出了问题，到县医院一检查，传回来的消息吓死人：肝腹水，肝硬化。阎王的手已经伸过来了。

那些日子，菊儿以泪洗面，她觉得天要塌下来了。

石付见却奇迹般地好了。

石付见要出院了，要回袁家街了。李兴成医生最先得到了消息，李医生跟石付见屋挨着屋，大事小情相互照应着。前几年，李医生的夫人在县上照看几个外孙读书，李医生在堰垴开了一间铺子，袁家街的房子田地都是石付见帮忙照看。今年春天，我来乐园村采风，住在李兴成医生家，李医生家只要有客，石付见是当然的陪客，我们也跟随李医生到石付见家里吃过好多次饭。没客的时候，有时石付见也会端着饭碗过来，碰上我们正在吃饭，他也会把筷子伸进火锅里拈一块肉或是一筷子白菜，然后又不声不响地回去了。有时一个话题谈得投机，他还会在这里添半碗饭吃完，把碗放在窗台上，等着李医生泡茶喝，菊儿跑过来收碗时，他正端着茶杯高谈阔论。

听说石付见出院，李医生比他的家人还要激动，连忙骑摩托到大吉岭请了民间书法家李道洲用红纸写了对联，写了"欢迎石付见康复出院"的标语，他还叫上平时一起吹吹打打的朋友们带了吹打的家什到袁家街候着。石付见在门口的公路上下了车，一时间，唢呐悠悠，锣鼓咚咚，他走到了自己门口，墙上贴着标语，门上贴着对联，这个平日里有些嬉皮笑脸的人，泪水哗啦哗啦怎么也止不住。

从医院回来的石付见，没有多大改变，肉照吃，酒照喝，一天两顿，一顿二两。很多人用诧异的目光看着他，他迎着别人的目光笑，久而久之，没有人再诧异。

2014 年 10 月，石付见当了乐园村四组的组长。那天天气已经有些冷了，花栎树叶子已经泛黄。朱书记在路上堵住他，给他说这事，他有些犹豫，一个村民小组，包含了过去的四个生产队，就是半个大队了。因为是最基层，再没有下级可以安排，所有的事都要亲力亲为。石付见洒脱惯了，不想套这副笼头。

朱书记开了口，你还能让他把说出的话吞回去？朱书记是谁？石付见最佩服的人，除了能力，更重要的是他的公正，他的胸怀，他对人的真诚，他说的事你能拒绝吗？拒绝不了。

石付见就成了四组的组长。

农村的事多，婆媳不和，妯娌矛盾，兄弟阋墙，都要说和，再比如张三锄坎子上的草刨了李四田里的土，王五的李子树遮了郑六的田，东家的羊吃了西家的麦苗，坎下人家的鸡啄了坎上人家的菜，都要组长去理论。起初，石付见都要掰碎了揉烂了把道理讲深讲透，费口舌不说，还费时光。后来，他把横的竖的道理几句话概括明白，然后三下五除二就把事情断了，服也得服，不服也得服。

起初也有不服的，细一想，他说的还在框框里，也就服了。

久而久之，这样的事就少了。

这是石付见希望看到的结果，一个组长，天天在四处灭火，哪还有时间干正事？

他说的正事是产业发展，养猪、酿酒、种桃树李树八月瓜，产业不发展起来，老百姓口袋里没有票子，你这个组长脸上也无光。

从那时起，石付见总是开着他那辆麻木车家家户户跑，那是他的坐骑，也是他的背篓，运肥料、拉柴、搬粮食，都是它。时间久了，麻木车的消声器坏了，突突突声音很大，老远就知道石组长来了。

经过了几年光景，袁家街现在比过去热闹了，不全是因为石付见的麻木车进进出出响动大，而是来这里的人多了，有的来找石组长商量事情，有的来参观这里的光伏电站。一排排太阳能电池板整整齐齐排在垧地里，像整装待发的军阵，壮观极了，太阳晒在那些板子上，就能发出电来，实在是一件新鲜的事情。

光伏电站也是需要养护的，电池板越干净，吸收阳光效果越好，发的电越多。

这个光伏电站的养护人是石付见，过些日子，他都要清洗一次电池板。

我去看过他清洗电池板，长长的水管牵到电池板下，水流进一个塑料水缸里，高压洗车机把水缸里的水增压之后用来冲洗电池板上的灰尘，冲洗过后，再用干净拖把擦拭一遍……

阳光灿烂，清洗过的电池板幽蓝幽蓝，反射着七彩的光斑。

清洗完最后一块电池板，太阳已经偏西，石付见感觉到了疲乏，坐在一片草丛里，想把身子放平到细柔的青草上，一边吮吸青草的芳香，一边让身心放松再放松。

此时，电话铃响了，是朱书记打来的，说是四组的一个村民砍柴，砍倒的一棵栎树倒在电杆上，电杆都歪了，位置发给他了，要他赶快去处理，怕出危险。

他来不及收拾那些家什，开着那辆响竹篙一般的麻木车向着村民砍柴的地方而去。

他想尽量快一点，油门加到最大，那响声比平日大了许多，听惯了他的麻木声音的村民们都听出了不一般，连忙出来观看。他们走出大门，突突突的声音已经过了山嘴，只有一团黑烟慢慢散开，慢慢变淡……

从上河到白岩

几十年没有到上河了。

再次来到上河，满是欣喜，一河碧水，哗哗流淌。苞谷林一片墨绿，每根苞谷上挂着两三个像牛角的苞谷。成片的猕猴桃结满了果实，像挂着串串铃铛。最抢眼的是一栋一栋的小洋楼，白墙红瓦，在阳光下熠熠生辉。

有风吹过，摇动的树梢一波漫过一波，苞谷叶片摩擦的哗哗声相互感染，嫩苞谷的馨香顺河飘荡。

上河，过去就是我们响潭园的富庶之地，一条溪河，蜿蜒流淌，一丘一丘的水田从山脚擦到山腰，每到秋日，横七竖八的晒席上铺满金黄的稻谷，吸纳着钢针般跳跃的阳光，路过上河的人，眼中都是羡慕。田地两边，森林绵延，不缺柴烧，柴方水便，姑娘爱嫁上河。

上中学时，每年暑假都要从上河经过，因为要到"荒上"打葛叶以作猪子越冬的饲料，上河是必经之地。

彼时，稻子还没有吐穗，畈畈青绿在风中摇摆，稻田里泥巴的腥味在空中弥漫，旱地里的苞谷正在乌须，知了还在继续"胡子挂起、胡子挂起"地合唱，一栋栋土墙黑瓦的房子静卧在田间或是山脚，静谧，安详。

放寒假了，间或也从上河路过，去属于资丘的杨家桥买东西。计划经济的时代，杨家桥的物资似乎比我们响潭园丰富，响潭园的煤油是凭票供应，杨家桥没有票也可以打一斤两斤，尤其是煤油灯的玻璃灯罩似乎只有杨家桥才有卖的，于是，常有人经上河翻高树湾去杨家桥打煤油买灯罩。

每次去杨家桥，从高树湾爬上荒顶，不光是上河，整个响潭园大队以及更大的地方都尽收眼底。上河当然是最清晰的。裸露的田野，落光了叶子的树林，从土房子里升起的炊烟，苍凉，悠远，不可捉摸，还有虽然看不清却真实存在的为生计奔走的人们，匍匐在这片土地上，日复一日地劳作，希望温饱无虞，时有落空之后，依然把希望的幼苗扦插在这片土地之上，一代一代，生生不灭的希冀没有被时光之水冲淡。

我站在四野都是芜草的荒顶上，过于庞大的哲学命题挤压着我瘦小的躯体，别无选择，我从一种深刻沉重的意境中逃遁，回到今朝有酒今朝醉的现实，转过身，向杨家桥奔跑而去。

返回的时候，已是傍晚，西坠的太阳挂在一株栎树的枝丫上，温柔的光芒恋恋不舍地舔舐这片土地，森林、田野、河流、房屋、人、狗、猪、牛、羊以及所有生命都沐浴在一片金辉之中，尽管画面有些虚幻，还是让所有人感到了温暖。我在夕阳中奔跑，跑过上河，我听到了拴在河边的羊的叫声，还有树林边斑鸠的咕咕鸣叫，太阳在一瞬间彻底坠落，上河，在我身后拉上了白昼的幕帘。

上河，还有很多让人记忆的人和事。曹家湾的曹光彦通算学，谙文墨，属文做账，皆是内行。曹天寿曾在响潭园小学做代课老师，教我们自然，他说，棉被只能保暖，并不能增加温度，把温度计放到棉被里，温度并不会升高。几十年过去了，我一直记得他教给我们的这个知识。还有表姐夫徐尊轩，大我十来岁，我们在大队文艺处宣传队一起排节目，到各生产队演出，好几次演出结束，我就睡着了，他背着我把我送回家。后来他参军了，当了营级干部，转业后在葛洲坝集团拌和厂做行政科长，退休以后，研习书法，临欧阳询的《九成宫》和褚遂良的《阴符经》，笔力凝聚，严谨工整，渐有欧体风骨，小楷、行书皆有涉及，他的成就和作品还被《国家宝藏书画词典》收录，令我刮目相看。上河里还有好些同学，何士九、曹光清、覃春贵、喻德富、袁修成、石付星、曹光兵……跟我同过桌的女同学吴良翠，比我大，醒事早，语文老师的女朋友来了喊她去作陪，她回来喋喋不休地给我讲老师女朋友的故事，我一脸茫然。同学时间最长的是覃春林和向正轩，从小学一直到高中。按照母亲的辈分来论，覃春林是我舅舅辈，他后来一直当老师，跟我同行，因为工作单位相距较远，来往不多，见面还是亲近。向正轩是一个家乡情结很浓的人，老乡、同学尽力关照。在响水洞读高中时，每周六回家，周日背着粮食小菜去学校上学。有一回在樟木树湾，我背的洋芋从口袋里泼了出来，他帮忙一个一个捡起来，把口袋扎好，牢牢地捆到背篓上，让我走在他的前面。他后来做火烧坪的书记、县广电局局长、计生局局长，做广电局局长时，我在长阳电大当校长，他带一名记者专门去采访我，宣传我在写作上的那点事情。其时，我在写作上成绩平平，他不过是看在老乡的面子上给以鼓励。他在计生局局长任上退休后，多数时间居住在上河他的老宅里，对故土的一往情深我们都远不及他。

几十年前，为了讨生活，我离开了家乡，虽然时不时会回来看望父母，除了必经之路，几乎没有去过别的村子。上河，就显得有些生疏。

这次来上河，是驱车而来。道路都硬化了，轮胎跟水泥路面摩擦的声音让人感到惬意，就像我们年轻时听到自行车奔跑时"飞"的声音一样，一瞬间感到万物美好。上河的公路竟然有两条，一边上，一边下，两条路，一个环形，把青青的庄稼、果树，还有房舍围在中间，像一把巴扇，扇柄，就是那一条河流，这扇柄一直伸到很远很远。

我们靠中湾这边的道路上行，车轮碾过水流清浅的漫水桥，路边就是当年一生产队的保管室，现在是一栋气派宽敞的民居，临水而居，在潺潺溪水中入梦，甚是美妙。乐园合作医疗刚在全国闻名时，武汉空军医疗队就下榻在一生产队堆放粮食农具的保管室，他们在这里为群众体检、治病，还在这里做过手术。那些日子，四周的小路上都是来此问诊求医的群众，就是在这里，医疗队员们为很多病人解除了病痛。医疗队还在这里举办了卫生员培训班，大约是不愿意派一个硬劳力来此培训，恰是暑假，我们八生产队就派我来了。我在这里学习最基本的医药知识，比如扎毫毛针，常见病的用药，意外事故的伤口处理，甚至还学习了肌肉注射。医疗队员多是女的，乌黑的头发束在军帽里特别好看，上完课，她们在河边一边洗衣一边唱歌，那歌声动听极了。我想，培训还多几天跟她们熟识了，也许会跟她们交谈，也许会记住某一个人的名字，还没有熟识没有交谈更没有记住某一个人的名字，培训班就宣布结束了，那些军帽下姣好的面庞在我记忆的屏幕上闪烁了许久，才被时光的刷子清屏。

水泥路止于曹景成的屋旁。接下来是一条颠簸不平的土路，刚好一车宽，丁杨周书记驾驶的那台 SUV 像一头笨拙的怪物，沿着土路缓慢爬行。从树叶间漏下的阳光在挡风玻璃上闪烁，不时有树枝从车身扫过，坐在副驾驶位子上的我疑心树枝伸到车窗里了，头下意识地往左偏去……突然听到了哗哗的水声，丁书记停下车，我们看到一股不小的水流，冲刷着光滑的岩石，然后滑向一汪水潭。水潭边上，竟然坐着两只石鸡，也许它们从来没有感受到过攻击，坐在那一副怡然自得的样子。

这水是从中湾流下来的。这些年，养猪的多，溪河中下游的水污染严重，完全不能饮用，村民的饮水都是从人迹罕至的"老崖"铺设水管引出来的。上河里的中湾、曹家湾两条溪河供应了沙地村多半人的饮水。

悄然寂静的中湾，曾经异常热闹。1958 年，大办钢铁，中湾的大树多，附近又有铁矿石，就在中湾建了炉子炼铁，炼铁的人在搭建的简易工棚里吃住。那时我三岁，跟随父母到了中湾。年龄小，只记得殁于斧钺的大树的断裂声此起彼伏，还有那高大的风箱四个人才拉得动，男的女的拉着风箱笑声不断。十多年以后，我去杨家桥买东西，路边还不时看到当年丢弃的生铁块子锈迹斑斑地躺在荒草中间。

汽车继续在树林间移动，已经到了当年的十一生产队白岩。一个生产队只有十几户人家，那些年还办过一所小学，沙地的覃发奇老师就曾在这里执教，他还在这里收获了爱情。一个老师，十几个学生，琅琅书声穿过茂密的树林，在山间回荡。因为学生少，老师能够因材施教，白岩小学学生的成绩很不错，一个十几户人家的小生产队，好些学生后来都上了高中，沈昌祥、杨帮华就是长阳十中低我一届的高中生。如今，有些人已经搬离了白岩，也还有六七户依然居住在这崇山峻岭之中，不时有一栋房子闪进车窗，虽是土起瓦盖，倒也收拾得干净利落，屋旁的苞谷劲鼓鼓地站立着，似乎听得见生长的声音，核桃树的枝丫伸过房檐，板栗树叶子在风中翻白。在稍大的一块平地，还有一栋安置房，安置了三户人家，房前竟然停了一辆大货车，没见着司机，惊叹他的驾驶技术。

我们在安置房前停下来，看着对面逶迤的山岭，一片苍翠，连绵起伏。阳光照耀，一层若有若无的雾霭上光斑跳跃，阳光晒不到的地方，厚实的墨绿，跟承着阳光的地方界限分明。伟岸、宽广、雄浑、壮观……如同仰视八达岭的感觉。这就是二墩岩，从这里一直铺陈到乐园村的土地岭、鲊肉罐子。二墩岩有许多珍稀动植物，珙桐就是其中一种。1900年5月19日，植物学家威尔逊在土地岭的漂口看到了盛开着鸽子花的珙桐树，这年秋天，他又来漂口采集了一万多枚珙桐种子，把二墩岩的珙桐繁殖到了欧美。这是威尔逊的幸运，也是漂口的幸运。其实，在二墩岩的很多地方生长着珙桐树。簳叶冲陈蓉翠稻场坎上的珙桐树，就是她的祖父大办钢铁时用从中湾采回去的树苗栽植的。他采回两根，送给亲戚一根没有栽活，他场坎上的那根每年不知有多少人来观瞻，县里还要在他稻场坎下建文化墙。这棵树也是幸运的，要是继续长在中湾，就会少了一份荣耀和热闹。

汽车继续沿着土路前行，手机显示海拔已近1400米，打开车窗，凉风吹拂，野花的芬芳飘进来，让人陶醉。一路上还没碰到一个人，一转弯，突然看到了路边停着一辆摩托车，因为汽车不能通过，丁书记下来准备移动摩托车，没想那摩托竟然没锁，丁书记熟练地启动摩托，把摩托骑到相对宽些的路边。也许听到了马达声，一个人走过来了，或许因为牵着一头牛，走得并不很快，这个人我认识，叫方能启。他说他养了三头牛，白天拉出来放，晚上就关在荒顶上的牛圈里。他养的是菜牛，一头牛可以卖大几千元。这么值钱，为啥不多养几条？还有羊，还有猪，还要种菜，忙不过来。再说，钱够用就好，挣那么多干啥？他说这话时，语气出奇地平淡。

农民，也许不懂书本里的哲学，也没有听说过"诸事适可而止，不可尽兴""器满则倾，物极必反"的古训，但是有着一种与生俱来的对自然的敬畏，对人生至理的简要参悟和把握，不去无限地攫取，不做过分贪婪的劳累之挣，让心宁静，快乐随之而来。

终于登上了荒顶，看一看里程表，这段简易公路共计 6.8 公里。

这是一条民办公路，由姚开怀、向宗金、吴开科三个人集资修建。

姚开怀是倡导人，他家在白岩，过去也是白岩的殷实人家。他父亲姚篾匠前荒后河很出名，传说一天做过二十四担撮箕，细篾活也是一把好手。因有手艺，手头宽裕，母亲又会安排，跟一般人家相比，日子就好比绿豆田里的芝麻，高了一大截。姚家的房子在过荒的大路边，姚开怀的母亲待人热情，过路的人总要在姚家喝一杯茶，卷一袋烟再去赶路。我很小的时候，随父亲到过一回姚家，姚开怀的母亲给我冲了一杯蜂糖水，那份香甜至今难忘。蜜蜂是自家养的，我们这次从大门口过，虽然姚开怀搬到对面的安置房居住了，老房子年久失修，破烂不堪，山墙上的蜂箱还是打理得整齐利索。

过去交通落后，出门都靠步行，白岩并不显得落后，相反，土地肥沃，养山好，粮食充足，猪肥羊壮，又因为地处边缘，基本上没有被割过资本主义尾巴，所以，白岩的人家比山下很多人家日子都要宽绰。

后来，很多村子都通了公路，白岩的人出门还是靠步行，卖个猪，几个人把猪绑到梯子上往下抬。姚开怀急了，一心想把资丘那边修到荒顶上的公路和下面修到上河的公路连起来，不仅方便白岩的人，也方便前荒后河的人来往。

一个人的能力有限，姚开怀首先约了向宗金。向宗金是资丘那边的人，不时要翻荒回"娘家"，姚开怀想修通这条路，他哪能袖手旁观？向宗金是个有血性的汉子，说话直巴，办事干脆。年轻时，跟两个好伙计三个人一夜喝干了十斤苞谷酒。酒品看人品，他不是个拖泥带水的人。修这条路是一等一的好事，我参一股。姚开怀又约了吴开科，吴开科是姚开怀的女婿，岳父的心思他最懂，这事，他能说不？

三个人，说干就干，每人首先拿了一万元。2006 年，能拿出一万元的人还真不多，就是有，从堆成山的沙子里淘出的一粒金子，几个人舍得拿出来？

钱少有钱少的办法，线路，自己测，没有仪器，眼睛就是仪器，这每座山每条岭不知爬过多少回，眼睛一扫，不会有差错。红色塑料袋系在树枝上，就是线路的标记。

动手动脚的事难不倒勤快的人，可是修一条路，总要从别人的田边过，要从别人的林子里走。农民，最看重的是土地和山林，为一根树一脚板宽的田界吵架打架甚至伤人致命的事时有发生。有人不让他们占自己的田，不让公路从自己林子里过。三个人，分了工，各负其责，疏通关系。坐了多少冷板凳，听了多少酸话，平日里处得好的人，因这事进了门，没茶没水，黑风扫脸，赔笑脸，说好话，有的松了口，改变了态度，还有的硬是铁板一块，甚至还请来了律师，准备打官司。没办法，只能改线路，哪怕增加成本也不得不改。

开工了，各负责一段的生活，饭做好送到工地上。寒冬腊月，滴水成冰。姚开怀背着饭菜往工地上送，脚下一滑，饭菜泼了一地，一锅肉汤很快在地上结了冰。姚开怀，这个从小被母亲看成娇宝宝的男人，后来在生产队当卫生员，在小组当组长，都是受人尊重的，年轻时学得一手吹唢呐的手艺，婚丧嫁娶被人请去当师傅，也是桌儿上桌儿下，哪里经受过这等凄惶，他忍不住泪水在眼眶打转。为了禁饿，向宗金的爱人吴良翠给施工的人炒漆油饭吃，这饭确实禁饿，可是口中一天到晚糊着一层黏糊糊的东西，晚上收工后，喝三杯开水，还是涩着口。修路的人也是农民，都觉得这三个人不容易，也都没有怨言。放炮，炸坏了人家屋上的瓦，背瓦给人家盖屋，六七十度的陡坡，三个人带头，背得气喘吁吁，心中不觉得苦，因为离他们的目标又近了。

2009年春天，眼看着路基快要贯通了，姚开怀的夫人病重，去县医院住院，姚开怀在医院照顾妻子，嫁在上河的大姑娘回娘家做饭，保证修路不停工。这是父亲姚开怀和丈夫吴开科的事业，有十分力，她不会只出九分。

路修了好几年，三个人每个人投入了六万元，手头哪有这么多钱哟，找熟人借的，一分多的息，就像雨天背着棉絮，越背越重，没有办法，咬着牙也得背。2009年7月9日，终于通车了，三个人的那份欣喜和激动可想而知。大喜事，在姚开怀家摆酒席庆祝，镇政府的领导来了，带来了支持的资金，镇直机关的干部们自发捐了款，很多在外工作的响潭园人回来了，他们为姚开怀三人的精神感动，纷纷捐款表达自己的心意。多年寂静的白岩，这一天，鞭炮齐鸣，人声鼎沸。姚开怀的夫人坐在阶沿上，看着一辆一辆小车从新修的公路上开过来，她高兴，丈夫这些年挤挤巴巴要做的一件事，终于有了结果。镇党委书记覃晓玉走过来，把五百元钱递到她手上，您养好病，多活几年，以后就坐在屋里看车开上来开下去……可惜，还没有看到好多车开上来开下去，这年九月，她就撒手人寰。

三个人，一条路，艰辛和困难是我们无法用文字表述的。第二年，一场大雨，垮了三个回头线，砸坏了人家的林子，姚开怀站在垮掉了的断头路上痛哭流涕，那一刻，他恨不得从冲垮的公路边跳下去一了百了。

既然没有跳下去，就要站起来，三个人，把懊恼吞下去，把垮掉的又修起来。毕竟是一条土路，每年夏天雨季来临，要么坎子冲垮了，要么路上冲成深沟。村里每年秋天也会请个挖机来整修一下，不光是白岩的几户人家要卖猪卖菜，更重要的是这条土路是连接椰坪、资丘、火烧坪、渔峡口四个乡镇的一条通道，小峰垭的公路维护的时候，不少车都是从这条土路通行。

公路通车以后，姚开怀他们通过各种途径找过有关领导，希望解决他们的投入，更希望能将这段路硬化，政府先后给予了资金支持，目前还有一万八的缺口。至于道路硬化，相关部门可能还不了解这是连接四个乡镇打通长阳前后河的又一条通道，因而还没有纳入议事日程。

我们登上荒顶，只见一派草原风光，连绵逶迤的草地上，一群群牛羊正在悠然自得地吃草，纵横交错的水泥路连接着一个个村庄，蓝天悠悠，白云朵朵……

在椰坪和资丘交界的崖边，有一个叫作墩子石的去处，近几年炒得很火。我们顺着人们踩出的大路前行，看到前面拉了很多红布，走近一看，一摞石块一块一块叠上去，四周无所依托，独立高耸，顿觉神奇，除了新旧重叠纵横交错的红布，再就是堆了几尺厚的鞭屑，还有遍插的立香，不知是谁首先把这一摞石块作为神祇的符号予以崇拜，然后就有神乎其神的神仙显灵的故事四处传播。墩子石被传得最多的故事是，一个在火烧坪种萝卜的广东人，那一年要亏死了，就到墩子石来烧香拜神，第二年，赚了三千多万，腊月三十，他从广东出发，正月初一准时赶到墩子石还愿……不知道姚开怀他们可曾来此烧过香许过愿，如果来烧香许愿，兴许那 6.8 公里土路的硬化目标说不定能早日实现。

从墩子石下行几百米，有一株鹅耳枥特别引人注目。岭脊上，少有土壤，多是石块，干燥无润，如果有一粒种子落在这里，怕是很难发芽，即便发芽，也难以存活。这一株鹅耳枥，却在这存活了几百年，干粗枝密，郁郁葱葱，华盖高擎，鹤立鸡群，不能不让人叹服大自然的神奇！网上说，好多鹅耳枥都是普陀山鹅耳枥的子孙，不知道这一棵是不是。

从墩子石返回，车往下开还是快许多，夕阳在车窗外晃动，忽明忽暗的树林里不时看到一只松鼠或者一只锦鸡。风摇动树梢，林涛由近及远，从二墩岩滑过时看见了林海的起伏一叠一叠涌向了远处。

又来到上河，从曹家湾一边道路返回，车从吴开科稻场开过，一家人都在忙碌，原来，他得了孙子，过几天陪家家（鄂西对外公外婆的称呼）打喜，正在紧锣密鼓地准备。丁书记说，过几天来送恭贺。一家人脸上都笑出了花朵。

要离开上河了，欣喜之余，难免也有遗憾，那一摞摞的水田几乎没有人耕种了，没有嗅到稻禾的清香；还有那株好几个人才能合抱的大栎树不知哪一年倒了，也有人说，这棵树倒了，荒顶上的墩子石就开始香火兴旺。一个生命结束，用另一种方式延续，这个说法在我脑海里打了一个大大的问号！

五大队

沙地是原来乐园公社的五大队，跟我们一大队交界，也跟景峰公社接壤。

小时候，常去五大队，因为幺姑嫁在那里，每年总要走动几次，有时候是跟着大人去，有时候是我一个人去。走双满桥，经王家田，过熊家湾，然后到大坪，再往前不远就到了幺姑的家。一路上，熊家湾树木森森，阳光被树梢拦在半空，有些可怕，大坪的路边几座高耸的石碑，石碑后是隆起的坟茔，有几分阴森。覃发东家的狗吠得很凶，老早就拾了一根结实的木棍握在手里，狗只是吠，倒不能近身。快到幺姑家，有一个大天坑，深几十丈，四周的岩峭壁上虽然生长着高高低低的灌木，看上去依然是陡峭难攀，天坑底部怕有上千平方米，绿草茵茵，正中间一棵大树静立不动。我每次去幺姑家，都要伏在某块岩石上俯视那天坑，直看得两眼眩晕才止。

去幺姑家多是春天或者秋天。夏天里去过一回，蚊子太多，跟蚊子搏斗，一夜几乎没有入睡。因为五大队缺水，多死水井和死水坑，就容易滋生蚊子，那时候，一般人家哪有蚊帐，长期生活在那里的人习惯了跟蚊子共处，我偶尔来一次，自然被蚊子围攻。自那以后，夏天里再没去过幺姑家。

姑爹王光斌是五大队的一个人物，出名的椅匠。有些人扎的椅子，晒三五个太阳，就咯咯作响，姑爹手上出来的椅子，十年八年，都纹丝不动。他最出名的不是扎椅子的手艺，而是他的才艺天赋，男扮女装玩采莲船，只听得啧啧一片。死了人跳丧时他叫丧鼓（击鼓领唱）可以一夜不炒现饭，不单是记的词多，他还会现挂，那词句感动过不少人。玩狮子时，他扮的孙猴子更是一绝，倒空翻，单手着地侧翻，倒走，只看得人屏住呼吸。不扮孙猴子时，他又会钻进狮皮里炫技，四张桌子四条板凳叠着，一层一层玩上去，最后取下主人吊在屋檐上的香烟……

姑爹醉心艺术，对稼穑缺乏热情，喜睡懒觉，幺姑催他起床，单用语言无济于事，便去揭他的被子，姑爹抢过被子蜷成一团，缩到床角，然后任由幺姑吵骂。看着晒到晾衣竿下的太阳，幺姑只能一边骂一边下田去了。

五大队虽然名字叫"沙地"，真正的沙地面积并不大，大部分土地还是肥沃的黏土，虽然缺水，也还是有小的溪河流淌，过去是乐园公社的粮仓，每年完的公粮不少。

葫芦坪是全大队较大的一块平地，有几十亩的样子，因地形酷似葫芦而得名。乡里刚刚有拖拉机的时候，曾经在这里尝试用拖拉机耕地，上百人来观看，冬日下，人们口中呵出的白气一团团看得分明，鸦雀子也歇在高高的白杨树上看稀奇。或许因为驾驶员的技术不过硬，在田里划拉了几个白生生的道道，就停了下来。歇在树上的鸦雀子都飞走了，看热闹的人三三两两散去，种种关于拖拉机耕田的议论在一条一条小道上散播开来。从此，乐园的拖拉机成了专门的运输工具。

也许是缘于财富崇拜，葫芦坪现在被人改为"福禄坪"，这名字念起来别扭得很。

郭家冲是五大队的风水宝地，三面环山，中间一溜平地，一条小溪汩汩流淌，灌溉着一冲稻田，栋栋农舍铺设在山脚，像一幅油画。每到秋天，一冲金黄，微风吹起，稻浪从脚下一直翻滚到最远的山边，闭着眼，屏住气，可以在微风中捕捉到新米的芳香。近些年，有不少人把水田改成了旱田，也还有坚持着种植水稻的人，郭金成就是其中的一位，不仅种自己的，还种了别人的水田。他喜欢嗅水田里泥巴的腥味，喜欢插秧时把腿子浸泡在凉水里的感受，喜欢闻稻花的清香，喜欢稻浪翻滚的意境，喜欢脱粒、晾晒、打米的过程，他更喜欢接到城里人买米的电话，不单是为了钱，还有对他劳动的认可。可是一袋一袋晶莹如玉的白米被人运走之后，他又会失落好几天……

我去了尚村，我一直以为是"上村"，没想到竟然是"崇尚"的"尚"，向几位老者打听这个村庄名称的由来，都是一脸漠然。回到宜昌，查阅《长阳地名志》，说很早的时候有姓尚的人在此居住，似乎不可信，这本地名志上很多地名的解释都是这个套路，另据调查，整个尚村现在没有一个姓尚的人，迁徙变迁就会如此彻底？"尚"在古代指向北的窗户，后来引申为高，"尚"也就是"上"。尚村确实是五大队比较高比较上的地方，高的地方缺水，脱贫攻坚时从陈家荒引来了泉水，水量小，依然有些紧张，去年持续天旱，尚村的水就像一个营养不良的孕妇，总是挤不出几滴奶，少，就挤得勤，挤得勤，就更少。我来尚村，看到许多用水泥垒起来的大大小小的水池，几乎家家都有，用来蓄水。前几天下了雨，纷纷从集体的水池往自家水池引水，竟然发生了抢水的情况，我来的前一天，村里的丁书记正在这里处理抢水的事情。

尚村的土质倒是不错，尚村人也舍得在土地里抛洒汗水，沃土之中就长出了票子，也长出了一栋栋漂亮的洋房。我来的时候是初春，一畈一畈的药用木瓜和油菜正在开花，金黄的毡子上铺就片片粉红，养眼极了。

五大队的土地养育了五大队的人，他们一代一代在这里生存繁衍，在这里延续一个又一个家族的链条，也滋养了丰富而深厚的文化。在尚村，有几个人才能合抱的银杏，李家河生长着高逾十丈的油杉，还有苏家岩那些熬制过火硝的岩洞，都是文化的标记，是人类文明的车辇向前行进的辙印。

家住大垴的覃万庆老师，曾经是我的同事，他的祖上有七代文人。他的堂屋墙上挂着宜昌府授的"外翰第"的木牌，获授的是他的二十五世祖卜拔公，卜拔公为印廷选贡生，候补儒学正堂。所谓"外翰第"即有地位的文翰人家的外衔，广东徐闻县的两座外翰第中外闻名。想不到，在如此偏远的大垴，竟然还有声名远播的文翰人家，实在令人惊奇感叹。

文化似乎羸弱，其实特别顽强，即使在偏远瘦瘠的土地上，依然会长出葳蕤的林子，开放灿烂的花朵，何况大垴的土地并不贫瘠，文化的根须在这里滋生蔓延，生生不绝。万庆老师堂屋大门门额上悬挂着木质牌匾，上书“受天百禄”四个大字，我们知道，这四个字出自《诗经·小雅》，为多福之意，此匾为万庆老师的曾祖父覃吉士所书，苍劲饱满，丰秀圆润。覃吉士，字霭亭，为例授明经进士，在长阳枝柘坪等地开馆授徒三十余年，《长阳教育志》有记载。他所编纂的五房《覃氏族谱》于民国十一年完成。在万庆老师家中，我看见了这套石印的族谱，厚厚的一沓，工整的小楷书写，花费了多少心血！作为霭亭先生的曾孙，覃万庆老师也是一生教书育人，竭诚服务桑梓，退休后又担任了《覃氏族谱》的主编之一，文脉一枝，芬芳不绝。

建筑是特征鲜明的文化符号，名为院子的村子里，就有三栋天井屋，粉墙黛瓦，飞檐翘角，好不气势。只可惜，只有一栋尚存，虽是砖破瓦残，依然可以想见当年的显盛，筛子粗的马桑树柱子稳稳当当立于青石磉墩之上，梁、椽都是上好的杉木，栎树的地脚枋宽厚结实，想当年，穿过天井，上了台阶，跨过两尺高的门槛，进到堂屋，方桌两旁是红木的太师椅，桌子上方的神龛里供奉着祖宗的雕像，庄严和肃穆挤压着来人的心灵，来此多是接受长辈的教诲或责问，故而多不愿意来此，那两把太师椅上的布垫极少更换。热闹的是天井，每到下雨，小姐们喜欢摘了木芙蓉或是秋菊的花朵放在水里任其漂浮，看它们一朵一朵漂向通着暗沟的角落，然后被暗沟吞没，大人们斥责她们会堵了暗沟，她们懒得理会，提了篮子打了油纸伞去门口水塘里把流出去的花朵捡回来继续放漂……

天井屋往往不止一个天井，几个天井相连，然后在外面修建院墙，形成了一个大的院子，院子的名称大概由此而来。

修建天井屋需要银两，也需要文化，院子里确实有不缺银两也不缺文化的人物，覃吉烈、覃吉钊就是其中的代表。兄弟俩都是阴阳先生，旧时的阴阳先生，肚子里没有一些文墨是敲不响点子的。兄弟俩堪阳宅阴穴，择吉凶祸福，选吉日，取名字，前荒后河，妇孺皆知。虽是兄弟，吉烈先生造诣似乎更深，乾坤阴阳，系于股掌。功夫厉害，就要合适的银两匹配。小户人家就选择收费略贱的吉钊先生。两位先生都有绝活，吉烈先生的书法阴阳二坡出名。吉钊先生会弹三弦，唱南曲，打喜祝寿，婚配乔迁，他往人场子里一坐，三弦轻拨，开口吟来：

　　　春去夏来
　　　不觉又是秋
　　　柳林河下一小舟
　　　渔翁撒网站立在船头……

　　这南曲本在清江流域流传，歌词雅致，音调婉转，吉钊先生在清江岸边做法事，听了一次，大开眼界，舍了一场法事的钱学来的，沙地人听惯了粗犷的山歌，听这文雅的南曲，如品新茗，如饮老酒，久醉不醒。

　　两位先生的后人里，早年也有继承衣钵者，门第师，名声自然不小，功底似乎稍逊，"文革"中，收了家什，断了念头。近些年，先生的后人们有的吃了公家饭，有的驾大船遨游商海，也就无人再操此业。

　　吉烈先生的曾孙覃立林是遨游商海的成功者，大学毕业后，在新希望饲料公司上班，摸到了生猪养殖的门道，回沙地办了全村最大的养猪场，一年出售仔猪六千头，肉猪四千头，挣了不少票子，在县城买了房，儿子上了最好的学校。覃立林是个有情怀的汉子，抗疫最艰难的时候，他给抗疫指挥部捐了十二头猪；退役军人事务局召集老兵搞活动，他捐了五千元；帮扶三名退役军人，他捐出了两万元；他还给县光荣院捐了猪，水滴筹里给癌症患者捐了钱。

　　覃立林从院子里走出来，从昔日的五大队走出来，他的目光越过了乱石窖的山峰，看得更远了，他的心中装下了一个更大的世界！

　　五大队就是一片沃土，不同的时代都有不同的风云人物，我在乐园工作时，不时听人讲起过五大队的人和事。唐家湾的覃发广，搞良种化，条理化，增产增收，当了省劳模。大队书记陈万久，从部队转业回来，当大队书记，一当就是三十年！有能力，无私心，五大队面貌变化大，成为全县十面红旗之一，他也多次被选为党代会人代会代表，七次获得县政府奖励。我有幸和他一起当选过两届县人大代表，一张桌子上吃饭，一个小组讨论。他胸怀宽广，真诚务实，不唱高调，不耍花腔，深得老百姓拥护，领导也很欣赏。地市领导、书记县长时不时跑到他家跟他讨论研究农村工作，饿了，便饭招待，天黑了，卸了门板搭铺也是常事，吃的喝的住的都是他老婆操持，贤惠女人就是一把梳子，把一家人的生活梳得顺溜，难处拦到自己怀里，用智慧和韧劲来纾解消化。万久书记常说，三十年的书记，不是老婆支持坚持不下来。

前不久我去郭家冲拜访万久书记，才知道他的老婆竟是我的学姐郭永菊，当年可是我们响潭园小学的校花，校花被陈书记掐走了！夫妻相互支持，彼此包容呵护，两个女儿有钱又孝顺，日子过得滋润，年逾古稀的学姐依然风姿绰约，光彩照人！

历史的车轮滚滚向前，随着行政区划的调整，原来的沙地、响潭园、桂佳冲三个大队合并为新的沙地村，乐园公社五大队已经成为历史，成为一本陈旧的画册，一首跌宕起伏的长诗。我还是喜欢在春天的熏风里，在冬日的暖阳下，来翻一翻，来吟诵吟诵，今天的新枝嫁接在昨天的砧木上，今天的花树是从昨天的树苑上萌生而来。

咀嚼着历史的槟榔前行，我们会更加清醒！

雨中栗树坳

接连下了几天雨，还没有停的意思。

细雨，薄雾，罩住了周遭的树林，远山朦胧，近处的树梢上，细瞧，有了一抹绿意，春天就要来了，步子慢，确已动身。

还有一丝寒意，在这海拔800多米的栗树坳，不少人还穿着薄棉袄，烤火炉子里的劈柴还在哔哔剥剥地燃烧，铁壶里水开着，壶盖一起一伏，没有瓦特，没人在乎壶盖的起伏。

早些年，这里没有几栋房子，沙地小学、供销社、榨坊在一栋长长的房子里，学生在这边咿咿呀呀地读书，那边打榨佬高举的撞杆撞在木榨的栗树木楔上，沉闷的巨响吓着了胆小的女生，忙捂着耳朵读书。

沙地小学只有初小，五年级就要到我们响潭园小学去读。有一天，听沙地的同学说，当晚在沙地小学打电影，《红色娘子军》。电影队从椰坪上来的，先在沙地打，再到响潭园。先睹为快，我跟同学覃春玉商量当晚去沙地看电影。放学后请同学给爹妈捎了个信，跟着覃春玉到王家田他家里吃了晚饭，一路小跑，跑过熊家湾和大坪，电影放映前赶到了沙地。银幕拉在小学的走廊上，我们七钻八钻，钻到放映机旁站着看完了一场电影，第一次在银幕上看到穿短裤的军人，也是第一次在银幕上认识了椰子。那一晚跟覃春玉家兄弟挤在一床，老是梦见洪常青戴的那顶帽子。

几十年过去了，栗树坳上有了几十户人家，形成了一个人字形的集镇。我来这里采风，每天沿着这人字的一撇一捺闲走几遍，好几家的饭也吃过，酒也喝过，熟稔亲切，就有了几分温情的依恋。

我习惯早起，站在阶沿上，看细雨勤一阵懒一阵地飘洒，几十栋房子静卧在雨幕中，高高低低的屋顶，被雨水洗刷干净，瓦片黝黑，有了亮晶晶的光彩。人们大多还没起床，平日辛苦，雨天是老天给的假期，睡到自然醒，洗漱一番，吃个早饭，伸个懒腰，日积月累的辛苦随雨飘走，力气悄然回来，只等着天晴，出去挣世界。

栗树坳上的房子里住着好些挣世界的人。

最西边是覃发奇老师的洋房，三层的别墅，豪华气派。覃老师一直在小学从教，退休不久。小学老师，每月有薪水的进项，也是叮咚细泉，能修这么大的房子，定然有节俭盘算的独到之处。

往东，就是村委会，小学改的。小学从原来的地方搬到这里没几年，娃儿出生少了，又有好多人把娃儿送到镇上上学，没了学生，沙地小学结束了历史使命。热闹的地方突然安静，屋后树上的鸟叫格外清脆明亮。村委会不像我小时候的大队部，常年锁着门，偶尔开个会，会计才拿了钥匙来开门扫地。现在的村委会，就是个机关，乡村振兴工作队的领导加上两委的干部、后备干部、工作人员七八上十人整天坐在电脑前写材料填表格接电话，忙得不可开交，好多夜晚，办公室的灯光照射到操场的乡村大舞台上，一片寂静。

卫生室放在村委会里，标配。涂一兵一个医生，他是低我一届的同学，应该也是五六年或者五七年的，不知为啥还没有退休。也是没长后眼睛，当年要他买保险，没买，退休之后只有少得可怜的补贴。卫生室没人，要他干，就还干着，还有两三万的收入，不然，没钱的光阴真是难挨呀！他跟很多乡村医生一样，农民的装扮，农民的脾性，有人生病，得到信就往病人家跑，看好过疑难杂症，救过人的命，记得的有，不记得的更多。被救活的命，日里夜里要奔生活，想感谢，挤不出时间，日子一长，一杯糖水也淡了。我到卫生室看一兵，坐在他对面，听他讲述，想安慰他几句，没找到合适的句子。我突然想到，一个年纪大的人，似乎已经失去了安慰别人的资格，世上最为宝贵的时光你都所剩不多，其他安慰的说辞都是苍白的，甚至一文不值。

再往东走，是覃发广的家。发广是个人物，本是榔坪青林头人，来沙地也能得风得雨。当过生产队长，大队副主任，省劳模，那几年老在报上看到他的名字。好几位县里的干部在他生产队蹲点，看上了他的能力，要把他带到县上安排工作，他不去，一个人的薪水，养不活他的几个娃儿。没想到，后来他去了供销社，那年月，供销社红火，掌握物资大权，农村人，看重现实。供销社池子浅，发广是池子里的大鱼，不久就当了乡供销社的副主任，职务挂在乡里，却在沙地供销社干活，离家近，家也顾得好，还把几个娃儿弄进了供销社。三十年河东，三十年河西，没想到供销社说散就散了，风光不再。好在他没过几年就退休了，现在还拿着退休金，虽然不多，老两口吃的喝的倒是充足，就把家从唐家湾搬到了栗树坳的街上，遛遛弯，打打牌，喝喝小酒，回忆回忆曾经的辉煌岁月，每个日子都泛着光彩。

住在集镇中心的覃发耀是我从高小到高中的同学，在响水洞中学读高中时，每个周日，我背了土豆、苞谷面、炒豆豉、泡菜等一周的吃物，从响潭园来沙地约发耀他们同行。四五个同学，一路下七耳河，爬周家店，过长冲，上三口井，下樟木树湾，走青林头，再下豹虎子崖，步行四十几里，才到学校，一路的辛苦难以辞叙。学生总是会策划出一些并无大碍的恶作剧来缓解疲劳，获取精神力量。我们曾在周家店偷过别人晒在山墙上的柿饼，更多的是在青林头偷梨子。青林头盛产梨子，快放暑假的那几周，我们从青林头过，总要捡几块石头往结得稠的枝头扔过去，打落十几个，每人捡几个就跑。这一天从青林头过，发耀为了多打几个梨下来，把打杵（鄂西人背重物临时休息时用来支撑重物的 T 字形工具）朝树上扔去，梨是很掉了几个，他的打杵却挂在树枝上了……连续几个星期，我们从树下过，他的打杵还挂在梨树上，直到下学期开学，才没有再看到那个刺眼的打杵。

发耀的儿子覃立林办了大养猪场，前几年，发耀帮忙养猪。现在，儿子不让他干了，就住在集镇上，照看着饲料配送中心，主要为覃立林的养猪场发放饲料，间或也做一点零售。三分忙碌，七分清闲，约了几个好友斗地主，我看他们打了几盘，都精得很，发耀约我参与，我那点智商不是他们的对手，摆摆手走开了，再也不凑热闹看他们打牌。

住在集镇上的多是方方面面的人物，覃发南就是其中一个。刚刚改革开放时，他跟几个伙计下广州贩香菇，赚了不少票子，在乐园名声很响。我们生产队的徐永贤在车沟办了一个香菇厂，车沟里大大小小的石板上都是他晒的花菇。他的菇好，不想卖给覃发南，想等个大贩子，卖个好价钱。覃发南和他打赌，他门口的一块石头，各人估重量，谁说得接近准确斤两谁赢。结果覃发南赢了，徐永贤乖乖地把几口袋花菇卖给了覃发南。他不知道，覃发南进门前已经悄悄称过那块石头，为了逼真，还故意多估了二两。

几年前，发南患了肺气肿，每天用氧气机吸氧。跟他讲起估石头的事，他淡然一笑。世事的风雨，每天在冲淡某些记忆，往日的光鲜和明媚，正在变得模糊，最终会泯灭在一个定格的时光里。发南的一笑，让往事的荒唐成为一缕飘逝的轻烟。

疾病让人看透世界，疾病也让人不向世界屈服。开着一间铺子还兼带着快递业务的李建国就是这样的人。他换过心脏瓣膜，大手术，撩起衣服，我看到纵横交错的刀口，浑身麻酥酥的。他本来住在大坪，现在这房子是本家兄弟李道华的。李道华做过民办教师，书教得好，那点薪水做盐不咸做醋不酸，哪能养家糊口，就辞了自己开店。挣了养家的钱，在栗树坳买了地修了房子，没想到得了脑瘤，撒手人寰，媳妇改嫁前，李建国买下了这栋房子。毕竟是李家的产业，不能随了外姓。李建国一边讲述，一边在手机上翻看李道华的照片。风流偶傥的小伙，向左梳的分头，显得有几分玩世不恭，灿烂的笑容是他经典的表情。我们厮熟，或许因为年龄的缘故，交集不多，像大哥对小弟，欣赏他的才华和有节制的桀骜不驯，爱看他的笑容，爱听他对生活拿得起放得下的风趣调侃。欣赏过、看过、听过，然后各自谋生，互不打扰。看他照片的那天，也是雨天，心中的雨淅淅沥沥下着，弥漫到了眼眶。

走的人走了，没走的人生活还要继续。李建国在李道华的房子里经营着商铺，隔三差五到秀峰桥去发快递取快递，栗树坳虽然有几十户人家，商铺也有几家，加上网购，生意清淡已经习以为常，好歹还能维持生计，日子的链条还能继续转动，没有太多的奢望，李建国依然嗅到了生活的芬芳，他确信往后的人生像芒种节气的麦穗，会一天天变得饱满。还在呼吸，还在行走，他就要继续编织人生的织锦。

同样经营着商铺的还有覃发明，他是杜家村耳厢人，娶了沙地的姑娘刘师梅，小两口在耳厢住了些日子，觉着栗树坳附近人户稠密，自然多些商机，就来这里置地造房。开了一家小超市，兼营餐馆，还打豆腐卖，又还有几间客房，县卫生局驻沙地村的第一书记李书波就在他家住了不少日子。我来沙地采风，原本打算住他这里，说男女不能混住，我和我的老婆兼司机要住两间房才行。我在乐园村采风时，遇到过同样的问题。看来这些乡村要做旅游接待游客，还有很长的路要走。于是，我找覃立林借了房子住着，倒还省了住宿费。

覃发明脑袋灵光，刘师梅勤劳肯干。见水开沟，见土插柳，能挣钱的门路都不放过。茄子广椒，都不打空手，积起来，就是财富。行当多了，挣了人气。住宿、吃饭、购东西、买豆腐，总有人进人出。他的超市里还设置了柜员机，专为老年人服务的，老人们不习惯把养老金放在存折上，票子拿在手里放在箱子里才是自己的钱，每月取一次钱，顺带买两斤盐一包洗衣粉，就是啥也不买，终是添了热闹。

日出日落，山青山黄，覃发明夫妻把一年三百六十五天经营得有花有果，流逝的时光似乎没有在覃发明身上留下太多的痕迹，在人生的河流辛苦浮游，依然是翩翩少年，随遇而安，是他的法宝。

集镇上大多是外来户，我的表妹夫唐阶是老资格的"原住民"，怪不得他说话有一股满不在乎的横劲。聪明，好学，手上的活路，一看就会。杀猪，从沙地杀到响潭园，当厨师包厨，一把锅铲子炒到前荒后河。他还在村里管水，我住在覃立林的房子里，水出了问题，一个电话打给他，立马就赶到了。有一回夜里没水了，他打着手电巡查水管，把水弄来临近半夜了，走的时候，要我们第二天早上去他家吃包子。他做的包子确实好吃，面发得好，馅味道鲜美，不像城里的包子铺，馅里放了太多淀粉，包子掰开，一整团馅滚了出来，看着恶心。唐阶的包子，馅是松的散的，馅的香味充分融合到发泡的包子皮的每个角落……我说你这么好的手艺，咋不开个餐馆，他说开过，甲午三个客，乙未两个客，丙申丁酉只有自己来做客，哪养得活人哟。每个人有每个人的衣禄，唐阶，一把杀猪刀，一把锅铲子，维持一个门户里里外外的开销，还修了几层的楼房，我说，你不简单，他嘿嘿直笑。

丁杨周书记的房子在最东头了。家里开着榨坊和茶厂，母亲曾舍近求远请人把菜籽捎到他的榨坊榨油，自然是他榨的油好。几年前，覃立林送过我一斤焦寨的茶，汤汁醇厚，香气浓郁，就是在丁书记的茶厂煸的，从那以后，很少喝到过这么好的茶。今年摘茶时，我正在沙地，去丁书记的茶厂看煸茶，原来煸茶的师傅是他爱人覃万英，一打听，她是被称为"茶王"的覃立明老师的得意门生，跟着覃老师到很多大茶厂做过茶，参加制茶大赛得了不少奖，还获得了"长阳制茶大师"的荣誉称号，家里有好多奖牌奖证，她却不把那些奖牌挂在制茶车间里，低调的人，不喜欢显摆。

我在沙地采风时，在村食堂吃饭，遇到双休，食堂不开火，丁书记总是提前给我打电话，约我去他家吃饭，他的家，成了我的第二食堂。

前些年，在村委会旁边修了贫困户集中安置点，有几十户人家搬到这里居住，房子紧挨着栗树坳，栗树坳的人气更旺了，若是在城里，定会被专家称为"栗树坳商圈"，不过，这里依然寂静，没有体味到商业气息的沸腾。其实，我更喜欢这样按部就班的生活，没有打折、减价、返利乃至欺骗的商业咆哮，没有急功近利唯利是图的价值取向的引导，双脚踩在现实的土地上，在自然法则中生存、欢笑、悲伤、归去……

雨还在下，雨中的栗树坳把生机藏在深处，等着阳光灿烂的日子，一起呈现给水汽弥漫的大地，就像满山的蘑菇相约在某个清晨一起撑开各种各样的伞衣。

下了一天又一天的雨，没有看到广场的歌舞了。沙地，有很多非遗传承人。李国三，在乐园村心诚艺术团认识的，传唱山歌，跳巴山舞，他是倡导者。还有镇上退休的干部郭承轩，教过书，当过文化站站长，多才多艺，台前幕后，强力支持。煸茶师覃万英是积极分子，每天约了一些姐妹来唱来跳。看惯了听惯了每晚的山歌巴山舞，好些天没看到听到，心中空落落的。

雨小了，变成了雨丝，我沿着集镇的一撇一捺走动，除了几家店铺，大都关着门，想把潮气关在门外。在三岔路口，我遇到一个人，从院子里过来的，他说，明天要天晴了，他家的磉磴干了。他们家一百多年的天井屋的磉磴一直是沙地的晴雨预报石。

明天，当金子般的阳光在栗树坳的屋顶上弹跳时，世界都是新的。

一湾锦绣

苞谷，已经熟透，顶端的叶子依然青翠，几近枯槁的天花在风中摆动。稻子，有些羞涩，垂着头，彼此窃窃私语，新稻的芳香流淌了一湾，木甑蒸新米的意境立马浮现。沟底溪水汩汩流淌，菖蒲的清香顺着水流扩散，扁竹根过了花期，密密匝匝的叶，沿着溪边铺展，虎杖红枝绿叶，格外醒目。山上色彩斑斓，牛荆条、麸杨的叶子黄了，栎树则青黄驳杂，更多的树木一片苍翠，秋阳高照，每片树叶上都有阳光的跃动，像数不清的眼睛在眨闪。

那株白果树，也许脚下的土地肥沃，叶片变黄的速度缓慢，从叶片边缘向叶柄渐变，焦黄顺着叶脉流动。金风徐徐，白果树叶在风中抖动，一树的扇子轻摇，似乎增加了风势，苞谷叶的摩挲哗哗有声。杜仲树上两只喜鹊站在自己精心搭建的雀巢顶上，看白果树叶的抖动，似乎有些晃眼，喜鹊摆了摆头，定睛细看，看到了秋天的步伐，于是一翅飞向空中，想要去寻些茸草树叶回来，应对将要一天冷似一天的日子。

这是许多年前的秋天，我路过张家湾的情景。那时没有公路，从阴坡往下步行，一直走到峡沟沟底，再往上爬，爬到白果树下就看到了希望。前面的路，平缓许多。

张家湾，有山有水，有旱地，有水田，人户稠密，交通便捷。过去，一条过景峰下椰坪的大路穿境而过，大路上移动的人影来来往往，背货的脚夫的吆喝不时在湾里回荡，后来有了骡马队，沉重的蹄声和清脆的铃铛加入张家湾声响的涓流，张家湾人渐渐习以为常，同时习以为常的还有把冒着热气散发出青草气味的骡马的粪便铲到一根根苞谷的根部，再壅上土。再后来，公路沿着山根穿过整个张家湾，很长时间里，成为张家湾人自豪的资本。

麻雀都往旺处飞，不单附近的姑娘喜嫁张家湾，还有不少远处的雀儿也落在了张家湾的树枝上。张家湾，人丁兴旺，繁荣祥和。一个白雪皑皑的冬日，我们几个人在张家湾阴坡这边的山岭上寻找小叶黄杨，站在山脊上，整个张家湾一目了然，白雪覆盖着大片田地，恰到好处的蜿蜒，有一种西北的"塬"的感觉，宏大，开阔，田边地脚偶尔有一两棵树的点缀，多是杉树，高大挺拔，房子随意布设在山边或者田间，有的独立的一栋，有的两三栋毗连，房顶上是厚厚的积雪，在白雪的映衬下，白墙略带了一点黄色，门框上贴着大红的对联，屋顶上若有若无的炊烟袅袅娜娜，可以想见，屋里正在细烹慢炒，生活安逸或者对生活充满信心的人，才会追求烹调的丰盛和精致，做一天和尚撞一天钟的人，生活必定马虎草率。

公鸡在没雪的地方踱着方步，母鸡心思细腻而胆小，碎步跟在公鸡身后，狗喜欢在雪地里奔跑，猫趴在走廊上看狗张扬的表演，有一只从圈舍跑出来的羊，没寻着青草，试探着把嘴伸到一株白雪下的油菜边，终于够着了一片绿叶，咬着摆动了几下，抖落了积雪，于是大快朵颐地吃了起来，主人站在稻场边上，看它吃了三株，才来驱赶。富足，让人宽容厚道。

厚道不是没有是非的忍让，不是不分善恶的宽宥，相反，张家湾人随和中有着泾渭分明的是非观念，也有着除恶务尽的血性。

清朝末年，禁烟局打着禁烟的牌子，大发横财。有三个禁烟警，背着三杆枪，在张家湾周围横行霸道，敲诈勒索。弄两盒鸦片丢到人家猪圈楼上，然后强行搜查，把人抓走，通知家人拿钱赎人，否则就要押解到县禁烟局坐班房，家里人只好左车右借，把人赎出来。三个人太过贪心，不论贫富，遍箎一道，最后村人车借无门，三个人被人杀于峡沟，活儿做得干净，没留下任何蛛丝马迹。县禁烟局来查，因无丝毫线索，又在他们住处搜出来几百大洋，大致明白原委，草草葬了尸首，把三杆枪带回县上了事。

这件事，一直被张家湾的家长拿来教育小孩，要行善，不要作恶，要读书通晓事理，不要蛮横招祸。

一个有山有水，衣食自足的村庄，耕读为本是多数人家的信条，粗茶淡饭之余，勉励孩子苦读诗书，不求光宗耀祖，若能寻得靠笔墨养家的差使，便是万福。入私塾，进学堂，成为一种风尚，人多的场子，讲收成丰歉，说年猪大小，更多的是讲孩子背得好多唐诗，讲学堂里先生的威严。

张家湾，溪水盈盈流淌，庄稼在风中雨中可劲地生长，琅琅书声浸润，张家湾的上空，文气盘桓，不断有人以文立世。

覃万才，晚清的秀才，一笔字，饱满丰润，文章做得花红叶绿，家中虽殷实，舍不得拿出银子打点，终生未曾出仕。也曾开馆授徒，因是家中独子，自小娇惯，哪得耐心，日头三竿才起，半日打鱼，一天晒网，孩儿们兀自离去，树未倒，猢狲散。散得好，了无牵挂地读书，楼上楼下，卧房火塘，都是书，读得舌甘脑醒。没有谋生的路子，父母着急，要他学了算命。肩不挑，手不提，风不吹，雨不淋，是个退而求其次的活路。秀才的底子，学算命，没多久，那七八本书横流倒背，领会透彻不说，还有自己的参悟，很快，就在周边有了名声。他算命，写算，把算的结果写在一张纸条上，你自己看，他不说。算得准不准，纸条子十年八年都可以拿出来看，嘴说的，风吹跑，你信哪个？

覃万才是我所见到最早的张家湾的读书人，嗣后，文脉绵延，一直到新中国成立之后，读书风气依然炽烈。刘宗国就是靠读书从张家湾走出来的干部，他1962年考进长阳城关中学（长阳一中前身），当时已属凤毛麟角，1965年城关中学高中毕业后，被直接选送到湖北省委干校七一训练班，这个训练班就是省委办公厅办的干部训练班，当年轰动的程度远胜于今天考上北大清华，那个暑假，只要是人多的场合，几乎所有的谈话都是从刘宗国开头的。三年之后，刘宗国从训练班毕业，到省新华印刷厂锻炼，1973年分配到长阳县委办公室工作。1974年，省里在枝江建省化肥厂，由宜昌地委副书记田英担任指挥长，刘宗国被抽调到指挥部任秘书，其间多次担任田英的秘书赴省城和京城参加重要会议。化肥厂建成后，刘宗国回到县里工作，张家湾的人拿着刘宗国写的条子，可以直接在省化肥厂买到化肥。刘宗国后来在火烧坪乡和乐园乡任副书记，最后在国土部门退休。以他的早期经历，或许应该在更大的舞台施展抱负，大概因为山里人的朴实本分，不善于推销自我，以至于失去了很多机会。其实，于他而言，这未免不是一件好事，看淡浮华，身心清静，也许是另一种胜出。

读书是思想和智慧的积累，是境界的提升，是崇高精神的培植。宣传和传播思想，是一部分人的使命，更多的人让知识孵化出"技"的鸟群，施惠于苍生大众。

张家湾的读书人便是如此，他们学医、习医，为黎民百姓解除病痛。乡下人管医生叫先生，我所见到的徐谋书先生是张家湾最老的先生。徐老先生身材消瘦，面容清癯，秋冬之时，总是戴一顶帽子，帽子下的金丝眼镜显示出文雅和平和。徐老医生在方圆几十里名声很响，熟记多部中医典籍，医理通晓畅达，临床经验丰富。他看病，按着你的脉搏沉思不语，换一只手腕，依然沉思不语，其实，他内心江河奔腾，各种医药典籍在他头脑中汇集、组合、淘析、过滤，当他摸完脉看你的舌苔的时候，早已胸有成竹了，一边开处方一边嘱咐煎药服药的注意事项，然后他拿起拐杖出了门，门外有接医生的人已经候在那了。

徐老医生一生从医，开枝散叶，后人多有继承。女婿覃万义读过十年长学，聪慧过人，土改时从一堆旧书中捡到一本《雷公药对》的药书时，竟能半解，经岳父指点，三个月就能横流倒背，又给了一本《李频湖脉诀》要他学习，不到三个月，即能全文背诵。于是岳父安排他拜刘兴池为师学医，经典的医学著作，不仅熟读成诵，而且理解透彻，还根据自己的临床经验予以矫正补充，摸索出了一些单方验方，很快，名声不在岳父之下，后来长期在卫生所、卫生院当领导。乐园的合作医疗，就是任卫生所长的他、公社副书记肖锡政以及医生覃祥官一起推动起来的，实施方案和管理办法都是他起草的，后来也一直是坚定的领导者和支持者。虽然媒体并没有给予他应有的关注，他看得淡然，从未计较。退休以后，一直住在张家湾，看看医书药书，回忆从医经历。他时常想到那些生长在深山的药物，没有被人发现时，默默地生长、开花、结实，一旦被人采挖回来，则为解除人们的病痛贡献出它们的全部。一名医生，就如一株中药，在医病祛痛中耗尽身心，才是实现了最大的人生价值。

徐老先生的儿子徐贻三继承父亲衣钵，终生从医，当过几个乡卫生所的所长，医术高明，为人和蔼，深得群众拥护。大孙子徐永松也是上的医学学校，毕业后，先做厂医，后做医药销售，医药一家，也算是医门中人。孙女婿覃洪政毕业于宜昌医专，在乐园、椰坪卫生院颇有影响，成功的临床案例不少，且理论修养极高，每有患者病愈，自会阐述施治理论，条分缕析，头头是道。倘去医学院执教，定受欢迎。洪政医生善饮，酒桌相逢，我每次都是败兵（够不上败将），退休后，居住张家湾，自种小菜几畦，喂养山鸡一窝，粗茶淡饭，水酒一杯，自得其乐。

除了徐老先生一门杏林，还有覃春山也是实在的医家，治病救人，救死扶伤，谨慎敬业，怜恤病患，颇有口碑。

医脉绵延，后继不绝，青年才俊刘勇大学毕业，就职于县人民医院，医术精湛，医德高尚，被人称为"刘一刀"。扫眉才子覃媛媛苦攻医学，本科五年，留学海外，获得博士学位，回国后，成为武汉同济医院的年轻专家。

张家湾除了医生多，教师也多。传道授业解惑，孜孜不倦。覃洪星老师曾是我的初中数学老师，后来和我成为秀峰桥中学的同事，他学历不高，爱学习，肯钻研，教授数学深入浅出，深受学生喜爱。他的儿子秦曙光子承父业，在秀峰桥中学执教多年，后来调进了县城城郊的学校。还有覃洪美，曾是我的学生，聪明好学，胜任多门学科的教学，是秀峰桥中学的把关老师，乒乓球打得好，象棋下得好，还培养了覃媛媛这样的优秀女儿，只可惜，英年早逝，叫人扼腕叹息。覃洪美、秦曙光的爱人也都是老师，但作为张家湾的教师儿媳妇，刘宗国先生的爱人汪兰萍老师资格老了许多，她是我上初中时的音乐老师，其时，样板戏盛行，她给我们排练《智取威虎山》选段，让我演李勇奇，每次都是汪老师给我化妆，土法上马，用墨汁画的胡子很不容易洗掉。

承前启后，生生不息。覃小杰在陕西师大毕业后，南下深圳教书，徐谋书老先生的小孙子徐静毕业于湖北师院，现执教于秀峰桥中学，是学校的业务骨干，而覃阮花则在跟中学一河之隔的秀峰桥小学执教，还有秦伟康在县实验小学任教，他的爱人蔡琳婕则在同属于实小集团的龙舟坪小学谋得教职，陈雅迪在宜昌市一家幼儿园担任幼儿教师。他们，成为张家湾新一代的老师。

特别值得一提的还有担任多年民办教师的覃万忠，"文革"前的高中毕业生，业务水平高自是当然，为人幽默，受《三国演义》《水浒传》等小说的影响，说话喜半文半白，路遇一位大爷，他不说"您到哪里去"，而是冒出一句"大爷何往?"有一次，全区教师集训，他因故不能按时参加，用文言写了一张请假条，一时在全区传为趣谈。因为家庭困难，他没有坚持到民转公，就自动离职了。我在秀峰桥中学任教时，他叫我给他谋两块废弃的刻蜡纸的钢板，说是上好的打铁猫子的材料，不知道他打了铁猫子没有，也不知道是否捕到过野兽。

除了医生和教师，张家湾还有读书有成，在各个行业出类拔萃的人。做过乡长局长的覃春岗，经历丰富，思维敏捷，从政几十年，遇事皆能从容处置，步子迈得稳当。在葛洲坝集团市政公司当董事长的覃建庭，精力旺盛，管理有方，公司在海内外有几十个施工项目，检查质量、督促进度、沟通政企关系、处理各种矛盾，三百六十五天不休息都觉得时间不够用，光是他在飞机上度过的时间任何一个空姐都不及他多。在宜昌开了几家公司为电诈案固定证据、为城市大脑进行评估的覃光军，也是大忙人，他和覃建庭虽然都居于宜昌，一年之中只能在市政协会上打个照面。还有三峡大学研究生毕业现在武汉新华保险担任中层干部的覃烨、华中科技大学毕业现在腾讯集团搞软件开发的覃宇骁、供职于长阳医保局的覃云刚，他们都是喝张家湾的水、聆听着张家湾的松涛长大的，张家湾，是他们精彩人生的出发地。

张家湾，不过是过去的一个生产队，几十户人家，如此多的人因为读书而成才，不能不让人惊叹!

文化的灯盏一直照耀着这片土地，人们血液里流淌着敬重文化的因子，才能文脉昌达，经久不衰，才有一拨又一拨人从这里出发，走向广阔的世界，书写精彩的人生篇章，他们成功的光芒又回照这片土地，成为张家湾人的精神养分，成为激励后人的不竭动力，张家湾彬彬济济的人才画卷便会生机勃勃一路延展！

张家湾，一湾锦绣！

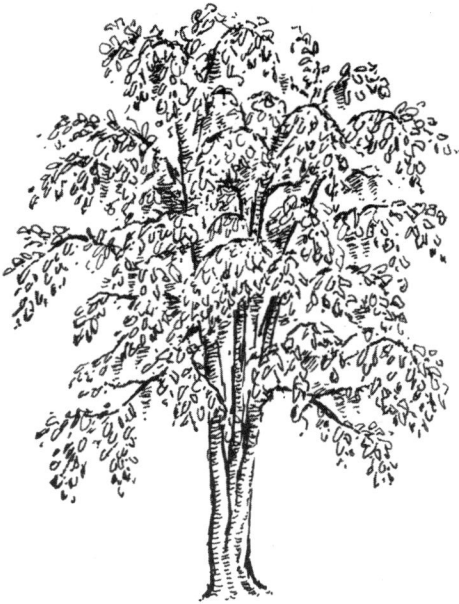

第二辑 草木的芬芳

铜鼎锅　铁鼎盖

柿树在我国有近三千年的栽种历史，鄂西也很常见，但是少成片种植，不过是田间地头，这里一株，那里一株，即使很爱栽种果树的人家，顶多也不过三两株。

柿树需要嫁接，用作砧木的是狗柿子树，鄂西把一些野的东西冠以"狗"字，表示了一种鄙视的情感。比如，野花椒就叫"狗花椒"，不过是比家花椒的肉薄，籽大，不怎么香。这狗柿子树也结柿子，鹌鹑蛋大小，除去皮就是一大包籽，没什么吃头，只能用作嫁接柿子树的砧木。

冬天或者初春嫁接好枝条以后，经过春天的几个太阳，一米嫩芽慢慢钻了出来，渐渐散开了叶子，再抽出嫩枝，经风经雨经太阳，就成了一株小柿树了。几大片肥硕的叶子，在风中摇曳，生动极了。

柿树高大，枝叶舒朗。夏天，蓊蓊郁郁的叶子里，藏着小柿子，因为都是绿色，不努力地寻找，便不容易发现，以为今年这柿树偷懒。

也许柿树的叶子是最无私的，大雁刚刚往南飞，红红的柿树叶就开始飘落，让满树的柿子显露出来，这是一棵树一年的成绩。叶子退下去，让这通红的成绩单展示在世人的眼帘之下，那是非常动人的一幅图画。舒舒朗朗的枝丫上挂满了柿子，稠稠的一团一团，红嘟嘟的，上面又有一层细细的白粉。这让我想起一个鄂西的谜语：

　　铜鼎锅，铁鼎盖

　　高吊起，逗人爱

　　柿子是黄里透红的颜色，形状有些像农村煮肉的鼎锅，所以叫铜鼎锅，而柿蒂是青色的，所以叫铁鼎盖，这谜语是小时候奶奶说给我们听的，我们一下子就猜出来了，一猜出来就流口水。

　　非但乡村谜语说到柿子，文人们也多有描述。宋代的范宗尹在《游龙华寺二首》写到："村暗桑枝合，林红柿子繁。"意思是说，村中黑了，桑树枝互相交错，林中的柿子红了，果实累累。这是很高超的景物描写，天色晚了，是桑树和柿树的背景，而夜色中树枝交错的桑树又成了枝叶疏朗的柿树的背景，一幅层次分明的图画！而唐代张籍的"洲白芦花吐，园红柿叶稀"，用白的芦花和红的柿子互为映衬，色彩对比鲜明，让人读后不敢忘却。

　　柿子的吃法很多，青柿子摘回来洗净沥干，再采回高粱叶子、辣蓼子（一种植物），用冷开水泡在坛子里，把沥干的柿子放进坛子，十天半个月过去，涩味退净了，柿子又脆又甜，好吃极了。稍过几天，柿子青中略带一点黄色时，摘下来，洗净沥干，放进泡菜坛子里，用不了多久，就成了酸脆可口的泡菜柿子，将一个柿子切成八瓣，一只青花瓷的盘子里放两个柿子，一端上桌就勾起了人们的食欲，三下两下，一盘就没有了。特别是春节期间，鄂西接春客，少不得要闹酒，这泡菜柿子总是喝酒人的最爱，不断地在吆喝切柿子来。有一回，我们去二嫂家拜年，一桌人喝了六斤白酒，吃光了一坛泡菜柿子，临走时，每个人还提走几个，只可惜，离开了泡菜水的柿子，并没有原来好吃。

　　在粮食紧缺的时代，还用青柿子酿酒，那酒，总有一股涩味，但那时依然稀罕。过年时，三口人以上的家庭发一斤柿子酒的酒票，大年三十，父亲解个馋，剩下的半瓶，父亲放进碗柜深处，有时劳累了，拿出来嗅一嗅，依然放回了原处。

　　很多蔬果都有野兽偷食，柿子也一样，最喜欢偷食半熟未熟柿子的是果子狸。柿子快成熟时，每天晚上，就有果子狸嗖嗖地上树去偷食，其实，果子狸吃不了多少去，当初，柿子也并不怎么值钱，偷食一些并无大碍，但是，果子狸的肉太好吃了，油而不腻，奇香无比，人们就在柿子树上布下种种机关，也有的人带了土铳来打果子狸。他们把手电筒绑在铳梢上，举着铳在柿树上晃动。其时，树叶已经比较稀疏，很容易就找到了目标，当手电筒照到一双闪着绿光的眼睛时，果子狸就会一动不动。然后，铳响了，声音木木的，这就是打着了，就不是放的空枪。紧接着，啪的一声，一只肥硕的果子狸重重地掉在苞谷地里，第二天，三五七八好友定要美餐一顿，自己酿的土酒，不醉不归。有时也有失手的，枪没有打准，果子狸从树上跳下来，猎人带来的狗就去追，夜间，狗的眼睛终究比不过果子狸，让它逃脱了。猎人并没有责怪狗，拍拍它的头说，咱俩明天再来。次日晚上，这株柿树下并没有人来，可一湾的柿树下都有了闪闪烁烁的手电，不过扑空者居多，野物也精明着，惹不起躲得起，果子狸也是这么想的。广东闹非典以后，几乎再没有人打果子狸、吃果子狸，果子狸们的幸福生活从此开始。

果子狸偷食柿子的时节，正是用柿子制作柿饼的时节，做柿饼是提升柿子附加值而又让柿子便于收藏的最好方法。

把要熟未熟的柿子叉回来，去皮，放在竹篾折子上晾晒，早上搬出来，晚上再搬进屋去，也有把篾折子安在房檐下的，就不用搬进搬出，待柿子晒干成了柿饼，十个一捆捆好，放在坛子里让它上霜。所谓的"霜"就是葡萄糖的粉末，这样的柿饼好看，味甜。过去过喜事打厢桌，要摆果盘，盘子里除了油炸的馃子，还有板栗核桃花生柿饼，足以证明这柿饼是拿得出手上得了台面的。若有至亲好友来到家里，又并不是吃饭的当口，主人会端出一盘核桃板栗柿饼之类的吃物，再斟上一杯酒，就坐在火塘里吃着喝着，那已经是很高的礼节了。

晒柿饼是个精细活儿，不能沾雨水，不能让鸟雀啄，时不时要敲一敲旧搪瓷盆，或是敲一敲响竹篙，总之，要弄出一点响动，鸟雀才不敢来。还有的在篾折子上放了土铳抑或是一根弯拐杖借以吓鸟，不是所有的鸟都认识这东西，竟敢"以身试铳"，主人在铳里装上药，对天放了一铳，从此鸟们再也不敢光顾了。

晒柿饼不是最难的，把树上的柿子叉回来是最不容易的。所谓叉柿子，就是把一根长竹竿的头上弄开一个口子，用一根细木棍卡住，人站在树上，把竹竿伸出去，叉住结柿子的树枝，再转动竹竿，把树枝折断，然后把竹竿慢慢收回来，取下柿子放进拴在树枝上的竹筐里。一筐装满，用绳子把竹筐慢慢放下来，树下的人把竹筐的柿子倒进大一些的篾篓里，再把竹筐扯上树接着叉。一般的男劳力不一定做得了这活，首先要不恐高，爬上几丈高的树头要不晕，还要有臂力，一竿子柿子几十斤要收得回来。我们村最会干这活的是远贵大叔，他一天可以叉几树，请的人就多，总是忙不过来。

银花家的男人出去打工了，远贵大叔觉得一个女人家不容易，就先给她家叉。她家的柿子树特别高特别大，远贵大叔想半天给她叉完，上树叉了一歇工夫，只剩一个飘枝子（斜出去伸得很远的树枝）了，他忽然尿急，下树小解再爬上树很不划算，反正树高，也看不清楚，他就站在树上尿。银花在树下觉得好像飘起了细雨，她抬头望天上，蓝天白云，太阳红闹闹的，怎么会下雨呢？再往树上一看，连忙把目光收了回来。这个死远贵大叔！这句话是心里说的。

柿树的树枝很脆，加上飘枝子上的柿子结得特稠，远贵大叔一百多斤再搁上去，树枝子承受不起，咔嚓一声，树枝断了。说时迟那时快，远贵大叔急中生智，用叉柿子的竹竿往地上一戳，就像撑竿跳高一样慢慢地落了地，并没有伤着，只是吓得半天没说话。等他慢慢清醒过来，对银花说，对不起，可惜了那一枝好柿子，都摔破了。银花刚才吓傻了，要是出了人命，可是天大的事，现在见远贵大叔没事，才破涕为笑，人没事就好，人没事就好。

县电视台的一位编导听说了这惊人的一幕，要为正在拍的一部纪录片《村上柿树》加上这个情节，要远贵大叔再表演一遍，横说竖说他坚决不答应，那位编导很是遗憾。

柿子还可以蓄到将要彻底成熟时叉回来放在望楼上等着吃"趴"（鄂西把果实变软称为"趴"）柿子。吃趴柿子时把柿子嘴嘴上撕开一小块皮，然后用嘴吮吸，甜甜的凉凉的，那份惬意真是难以辞叙。人们常说的吃柿子拣软的捏就是要选这种便于吮吸的柿子，由此派生出了

"欺负老实人"的引申义。

柿树是最贱的树，贱得有几分让人感动和愧疚，不上肥，不生虫，几乎不需要人管它，一株树，可以结果上百年，所以，柿树死了，没有人用来做木材，也不用来做柴烧。柿树一辈子是人欠它的，它不欠人一分，现在它死了，你还忍心要利用它的躯体么？人不可贪婪无度，否则必遭报应。留一些商机不去开发，不去追求利益最大化，不要榨干最后一滴油，不要把一个物种赶尽杀绝，不要无限制地追求高效课堂，不要设法编一个跟海一样大的网，把海上的生物一网打尽，一切让它自然地生，自然地死，无上崇高的精神，有节制的物欲，这就是生活本身。鄂西人不一定都读过老子，但朴实的古老哲学基因已经根植在每一个人的脑海，成就了他们朴素的人生信条。

柿树有用，但无大用，观赏性不强，经济价值不高，就像我们这些普通人一样，少有人关注，生活就很自在。一辈子就像一篇平淡的叙事散文，像山间的一泓溪水。其实这很好，真的很好。要是果实值钱或是枝叶值钱，就有人大片繁殖，化肥、农药、大棚，弄得你背离了祖宗，要是根值钱，满山的柿树都要被挖绝，弄得断子绝孙；要是树干值钱，刀砍斧斫，锯啮铲伤，断然已无村上柿树。

柿树依然不卑不亢不惊不喜地在鄂西的土地上生长，依然是这里一株，那里两棵，夏天一树绿叶，秋天一树硕果，尤其是到了初冬，满树的叶子全部脱光，一坨一坨的柿子挂满枝头，在阳光的照射下，通红通红，好看极了，那些搞摄影的、画画的，常常在树周围一转就是半天。每个村都有这样几树柿子是不叉的，留给路人解渴，留给鸟们啄食，留给果子狸解馋……

柿树，平凡的树。

山有漆

有很多个冬天，我总会在鄂西的雪野中行走，白雪覆盖了山山岭岭，参差的树杈子在雪白中露出些纵横交错的黑色或褐色，雪还在下，从眼前一直下到很远的地方，这弥漫的雪野增加了天地的关联。

在山坡上的田塍边，并不整齐地矗立了一棵又一棵大树，枝枝丫丫指向天空，说不尽的苍劲，道不出的风骨，就像阅历丰富不屈不挠的老者，在默默地回忆往日的峥嵘岁月，或者是在静静地倾听别人的叙述。

有几只觅食的老鸦飞过来，歇息在铁一般的树枝上，正好是一种最为恰当的点缀，把一种苍凉的意境渲染到了极致。

老鸦歇的树就是漆树。

冬天在人们酒气的吞吐中很快过去了。最先感受到春天的是山胡椒树，在万木萧索中绽放着金黄的花朵，格外醒目。接着是野樱桃花，白色的、粉红的，一丛一丛在树林子里招蜂引蝶。漆树也是不甘落后的，几缕春风吹过，枝头上就有了一点点褐色的萌动，正如少妇的乳头一般，蕴藏了勃勃生机。那些嫩的漆树生长速度更快，不几天，那团褐色就散开来了，很有些像香椿的叶子，甚至有个别年轻人竟然扳回去炒鸡蛋，结果弄得满手满脸的漆疮。

漆树的叶子完全成熟以后，葱郁无比，遮天蔽日，微风吹来，飒飒作响。

漆树全身都是宝。传统的油漆就是漆树身上流下的乳白色液体制成的。这种液体气味难闻，沾到身上让人过敏，但几千年来人们仍然割取不断，不仅仅因其是优良的防腐、防锈材料，所谓"汁入土，千年不坏"，更因其有美化物品的作用，所以《资治通鉴·唐太宗贞观十七年》云："舜造漆器，谏者十馀人，此何足谏？"似乎制作了精美的漆器就玩物丧志一般。看看湖南马王堆汉墓出土的漆器就可以想见漆器的精美，真有爱之丧志的嫌疑。

说起漆器，人们立刻会想到古老精美的花纹，神秘的寓意，光彩夺目的造型，华贵璀璨的气质。漆的使用可以追溯到新石器时代，夏朝的木胎漆器不仅日常生活使用，更用于祭祀，主要用朱、黑二色来髹涂。到了殷商时代已有"石器雕琢，觞酌刻镂"的漆艺。1973年河北省台西村商代遗址中出土的漆器残片，在木胎上雕饰饕餮纹，涂的就是朱、黑两色的漆。到了汉代，漆树是广泛种植的，《史记·货殖列传》云："陈夏千亩漆……皆与千户侯等。"

后来漆器发展登峰造极，南北朝、唐、宋、明都有发展，至今漆器仍是民间工艺的重要组成部分，并诞生了各路各地方著名的漆器工艺，有福州的脱胎漆器，厦门的髹金漆丝漆器，广东晕金漆器，扬州螺钿漆器，稷山螺钿漆器，山西平遥推光漆器，成都银片罩花漆器，安徽屯溪犀皮漆器，北京剔红漆器，台湾南投县黑髹漆器等等。这一切都来源于漆树，怪不得人们称山漆为"国漆"。这让我想起了元代的文学家、画家王冕在《漆树行》中"所愿天下尽光泽，岂辞一身多损伤"的诗句，这是对漆树牺牲精神的讴歌，也是对山漆功用的赞美！

每到七月，在鄂西的乡下，你会经常看到头戴竹笠身背一个木制漆桶的漆匠，他们在漆树上用小刀开一个一个斜的口子，然后把一片树叶折叠成勺状卡在小口下面，立马就有白色的液体渗出来，起初是白色，慢慢变成褐色。七天左右，漆匠来了，取下树叶，把山漆倒进漆桶里，然后在上次开的口子边上再割去一道皮，把树叶重新卡上，再过七天又来收漆。如此七道，四十九天，漆匠是不会割第八道的，割了八道漆，漆树就会气死，不过，漆树也不能老是不被人割漆，那样，漆树就会胀死。

山漆虽属涂料之上品，但现在时代已经脱离了慢生活的轨道，山漆已经不能满足汹涌而来的市场之需，大量的人工合成的涂料占领了市场，山漆的唯一作用好像就是乡下用来漆棺材。用上好的山漆，漆上七道，棺材上能照人影子。因为用量少，再也很少看到戴竹笠背漆桶的漆匠，漆树依然郁郁葱葱，几乎没怎么见到胀死的漆树。王冕想不到曾经让"天下尽光泽"的山漆，会有如今这般的沦落。我们希望取自天然的"国漆"重振雄风，饰美我们的生活，让艺术和自然的天作之合校正人们的审美取向，让生活美学向原生态和精致的方向回归。

漆树还是上好的木材，《诗经》中有三处写到漆树作为木材之用：

《鄘风·定之方中》：树之榛栗，椅桐梓漆，爰伐琴瑟。
《唐风·山有枢》：山有漆，隰有栗。
《秦风·车邻》：阪有漆，隰有栗。

这里写到的漆树，是跟榛、栗、椅、桐、梓并列的木材，主要用来制作琴瑟，漆树木质呈黄色，木纹清晰，蜿蜒有致，不但古时制作琴瑟美观无比，就是现在做成家具，也是少见的漂亮，不过因为很多人对山漆过敏，不能使用漆树做成的家具。当然，有风吹倒的漆树，干枯多年，山漆的汁液被日月蒸发干净，再用来做家具，或许并不引人过敏，但也便无鲜亮的色彩，像一具美女木乃伊，那份美丽只能存活在人们的想象之中。

漆树的籽可以榨油，漆油既是很好的工业原料，又可以食用。在鄂西，漆油常用来做两道菜，一是煮酸懒豆腐，二是炕土豆。很多游客到鄂西旅游，几乎都会听到一些谚语，其中一句是：鄂西一大怪，豆浆里面放白菜。这就是懒豆腐。把黄豆泡胀，用石磨磨成豆浆，不滤渣，烧开，放入事先焯好切细的白菜，撒上少许盐，就是懒豆腐，大概因为相比于打豆腐此种制作方法过于偷懒，才有此名。新鲜懒豆腐营养丰富，味道鲜美，倘是放几天，略带酸味后又是另一种味道。把酸懒豆腐煮开，放进漆油，再撒些许辣椒面和葱末，是难得的美味。五峰长乐坪镇有家苏黄餐馆，每天都会有酸懒豆腐火锅供应，我每次去五峰，都要在这里美餐一顿，后来吃的人多了，只好加醋使其变酸，味道大不如先前，让人少了许多兴致。炕土豆要选大小一致的小土豆，去皮，焯七分熟，放到铁锅里，加入漆油，及时翻捡，炕到通体泛黄但不焦煳，吃时，蘸上辣酱，辅之腐乳，特面特香。到过鄂西吃过这两道与漆油有关的菜肴，总是不能忘怀，下次再来，寻街问巷，也要找到这两种吃物再过把瘾。不过，漆油凝固较快，这两道菜做好以后，都需用文火保温。

榨完漆油的漆渣我老家叫作漆枯，因为尚有没榨干的漆油成分，和苞谷面蒸饭吃是那些年的美味。要是时间充裕，灶中用些许枯树枝燃着文火，把漆枯苞谷饭倒进锅里翻炒轻炕，油渍渍的锅巴喷香扑鼻，盛上一碗，加一勺碎广椒，两勺懒豆腐，就吃得山呼海啸风卷残云，一碗下肚，方才后悔。在那常常饥饿相随的年月，这饭该细嚼慢咽，让美味在口中多停留一刻，把一种享受不止传达到从口至胃这样短暂的历程，而应该让它弥漫到每一处神经末梢，让口福变成全身心的享受。

漆树的叶子也是吃过的，三年困难时期，啥叶子都吃过了，最后才来吃漆树叶子，因为会生漆疮，但和饿肚子相比还是值得冒险一试。没想到很多人用手碰一下就会瘙痒不止的东西，弄熟以后吃到肚子里却啥事没有。那些日子，村上人为找到新的吃物高兴了好多天。

对于漆疮，我有难忘的体验。那一次，母亲安排我们放学后打猪草，我和大哥在河边玩得兴起，天快黑才想起来猪草的事。扳漆树叶子无疑是最快的解决猪草的办法。我们跑到树林里，很快弄回两大背篓漆树叶子。这天夜里我就浑身瘙痒，第二天，脸肿得像猪头，办法想了很多，用韭菜揉成水擦，刚擦上去有一点凉意，瘙痒似乎好了一些，水一干依然痒得要命，又有人叫我找奶孩子的孕妇挤奶水擦，我有个表嫂正奶孩子，我就去找她，她把花布衫捋起来，让我把手伸过去接奶水，我的手直发抖，不得已去找了一只碗来接……此后才听说山上有一种八树是治漆疮的良药，我还去树林里寻见了好几株，只是当时并没有人介绍，只是告知奶水治漆疮有奇效，说这话的人一边说还露出了有几分诡秘的笑意。后来，我一见到漆树，就会想起那只奶子。

野　葛

鄂西的丘陵，到处都是野葛。

有的攀缘在栎树或是松树树枝上，有的覆盖在草丛上，还有的干脆就在瘠土上铺展开来。起初，不过是稀稀落落的藤叶零乱地铺在地上，没过几天，就几乎将泥土和杂草覆盖殆尽，而那藤梢还像爬行动物扬着的头，在探着前行的路。不信第二天你去看，昨天藤梢停歇的那个石块已经在葛藤的腹下了。

我是吃过嫩葛叶的，20世纪三年困难时期，采回葛藤藤梢上的嫩叶，洗净，切细，和了苞谷面打糊糊，虽然难以下咽，倒也没有什么异味。在野菜风行的当今，很多人有个理论：凡是猪能吃的人皆可吃，于是，三叶草、鹅儿肠、红花蓼的嫩叶……都可以下火锅吃，而且是美味，但是至今还没有人把再嫩的葛叶当菜来吃，这就足以证明葛叶是不适合人们食用的。

确实，葛叶的主要功能是当猪糠。夏天采回来，切细晒干，连枷打过，筛出叶柄和少许葛藤，把细糠贮存在木仓或是竹箩里。雪花飞舞的冬日里，放眼望去，满地一片灰蒙蒙的，看不到一星半点的青翠，此时只能撮一撮葛叶糠，盛在猪食桶里，撒些米糠，烧一壶开水，将猪糠烫过，就是猪的一日三餐了，虽非美食，却可度命。此时的猪只需度命，长肉是在明年秋天，粮食收上来了，多拌些苞谷面，到腊月就可以杀出三指膘的肥猪。

采葛叶（鄂西叫打葛叶）就成了每年夏天必不可少的活路。

我先读书，后教书，都有暑假，每年上椿树坡打葛叶的队伍里都有我的身影。

太阳刚闪边的清晨，我们沿着上河河边秧田中的小路往椿树坡而去，肥沃的水田里泥巴的膻味在空气中弥漫，农人们觉着这是特别好闻的气味，闻着这气味，仿佛就看到了端在碗里的白米饭。备足了猪糠，每年腊月杀一头肥猪，白米饭上搁两片和着豆豉炒的腊肉，饭和肉都吃了，再来一碗腊排骨汤，腊肉的香味、葱姜蒜花椒的香味混合着，还有干辣椒皮的芳香和辛辣相佐，那一碗汤，是一个时代的美味。

这就是农人的幸福，我一直以为我就是一个农人，一年三百六十五天的日子，就是在这种满足中度过，又在希冀中等待，那日子就有盼头，我就很愿意加入打葛叶的队伍之中。

我愿意加入打葛叶的队伍中还有一个原因，玉秀姐一直在这个队伍中。玉秀姐是我们冲里的美人，不是现在书上写的那种美。她的脸蛋圆圆的，像一只熟透的苹果，两条大辫子又粗又长，她的胸，她的屁股，她的腿都是那样丰满而匀称，我喜欢跟在她后面看她走路。她也喜欢我读书的用功，认定我必有前途，山上摘的野樱桃刺泡子都会用桐树叶给我包一包。玉秀姐除了漂亮，还有一副好嗓子，打葛叶快到中午的时候，人们又渴又饿，火辣辣的太阳悬在头顶，一丝云彩都没有，溪沟的水声在远处喧响，大家都在熬在坚持，这时，玉秀姐一嗓子山歌撕云裂帛般响了起来：

恋姐想姐要学乖
挑担水从屋上筛
爹说外头下大雨
妈叫女儿快抱柴
连人带柴抱进来

这山歌就像一片遮阴的云彩，像一竹筒解渴的溪水，也像一张金黄的苞谷饼子，解了乏，鼓了劲，提了神……

几乎一坡打葛叶的人都来了精神，只有开德脚瘫手软更没了力气。

开德是前年打葛叶时跟玉秀好上的，手也拉过了，嘴也亲过了，再添一块柴，水就开了，没想到，开德的母亲把灶里的柴退了，去年乐颠颠来说媒的桂菊婶子今年硬着头皮来退信，说门不当户不对……原来，去年春上，开德的一个远房爷爷在城里给他父亲找了一个杀鸡的营生，这城里人吃鸡讲究，不吃鸡头和鸡屁股，他就和沿江公路指挥部的司务长联手，把这些鸡头和鸡屁股卖给了民工食堂。每天杀百十来只鸡，一年下来就有一笔不小的收入，把房子翻修了一下，还置了三床新棉被，就看不上玉秀她们家了。

可是开德怎么也转不过这180度的弯来，寻死觅活的，他妈死也不松口。

那些日子，我就成了开德的倾诉对象，打葛叶去来的路上他总是缠着我，听他祥林嫂一般的讲述。

我给他说，野葛和爱情在几千年前就有了联系，他有几分惊异地看着我，我就在上河的汩汩流水声中，把《诗经》的《采葛》背给他听：

彼采葛兮，一日不见，如三月兮！
彼采萧兮，一日不见，如三秋兮！
彼采艾兮，一日不见，如三岁兮！

开德当然不懂这首诗的意思，当我给他讲解以后，他竟然号啕大哭，他说这首诗写得太好了，把他心里想的都写出来了。

开德把《采葛》背了下来，不住地在心里吟诵，而玉秀不知道《采葛》，她脑海里只有唱不完的山歌：

枣子开花细蒙蒙
葛叶开花扯满蓬
桃花开在三月里

　　李花开在四月中

　　是花开不过映山红

　　她唱这首歌时，总是会想起那个午后，葛花盛开着，紫色的花蕊散发出诱人的香气，在一蓬葛叶下，开德和她拉了手，亲了嘴，要不是一只野蜂蜇了开德，真不知还会发生什么。

　　但是，现在，她要和开德分手了，舍不得也要舍，别人嫌你秤砣轻了，你还要死活赖在别人的秤杆上？

　　我把装葛叶的背篓移到玉秀姐的那蓬葛叶旁，想安慰安慰她，没想到她说："用得着吗？晒了二十几年的太阳，看了二十几年的月亮，一日一月，不是明吗？我明白得很，拎得清。"

　　这天，玉秀打的葛叶是最多的，回家时，背上像驮着一座小山。前两年，是开德替她背重的，她背轻的，这一天，开德也追上来了，她不理他，背着"那座小山"一路小跑，回到家，放下葛叶，一觉睡到第二天中午。

　　这一觉，告别了过去。醒来已是一个新的玉秀，走起路来长辫子左一甩右一甩的，山歌依然唱得嘹亮。

　　后来，我调到市里，再也没有加入打葛叶的队伍当中，事实上，随着猪饲料的普及，乡下再也没有人打葛叶晒猪糠了。

　　玉秀嫁到了石桥河，家里开了酒厂和豆腐店，有一年我回老家过春节，特意去石桥河看了她，她的日子过得很不错，女儿还送到镇上上小学。

　　开德在《采葛》的吟诵中送走一个个晴天和雨天，虽然早已结婚生子，野葛的花香一直在他头脑中萦回，永远都挥之不去。后来他办起了葛根粉加工公司，附近的几个冲几个寨子的农户都成了葛根种植专业户。玉秀娘家屋后的山坡上，也覆盖了茂密的葛叶，玉秀回娘家过月半节，一坡紫色的葛花开得正闹，蜂飞蝶舞，花香醉人。娘说，去年的葛根粉卖了不少钱，冲里的几个贫困户都脱了贫，开德去县上开了劳模会，还上了电视……玉秀一边吃饭一边听娘说话，吃完饭，放下碗筷就回家去了，娘望着她的背影，不是说好住一晚的，咋说走就走了呢？

时光的流逝悄无声息。

开德的儿子、玉秀的女儿大学毕业，在市里同一家公司上班，两个人好上了，玉秀想想当年的遭遇，牙咬得嘣嘣响，就是上河的水倒流，葛叶在腊月开花，这婚也结不成。开德请人递了几次话，两个年轻人也去石桥河求了情，玉秀的头还是摇得下露水。

于是，开德想到了我。

我在玉秀家吃了他们自己打的豆腐，喝了他们自己酿的酒，什么话还没说，玉秀先开了腔："连你都来了，还说什么呢，一辈人有一辈人的活法，我能拿着活水不行船？随缘吧。"

于是，开德来石桥河提亲，玉秀两口子去王家田村开德家里议事。没想到，开德的小洋房周围全是种的野葛，稻场口上十几米的花架，覆盖着密密匝匝的葛叶，形成一个绿意盎然的甬道。斑驳的阳光从细小的叶缝里漏下来，透出几分神秘和诱惑。野葛花盛开着，扑鼻的花香让玉秀有几分陶醉。她再次想起了椿树坡的那蓬葛叶，想起那首山歌：

枣子开花细蒙蒙
葛叶开花扯满蓬……

她自己的太阳落了，现在升起的是女儿的太阳，女儿毕竟也是母亲生命的延续，女儿的花朵还是开在母亲的枝蔓上，何尝不是一种造化？想到这，便立马有了前所未有的慰安，玉秀姐笑了，笑出了当年打葛叶时的灿烂。

我是从开德家里离开回市里的，左手一壶土酒，右手两盒葛根粉。开德和玉秀来送我，他额上有了道道皱纹，玉秀姐也有了几缕白发，辫子早就剪了，她的身板也没有了往日的丰满和匀称，却依然有一种精干的美丽。

穿过葛花盛开的甬道，我让他俩止步。

走了很远，我回过头来，他俩还站在那蓬野葛下向我挥手，风摇动着密密匝匝的葛叶，生动异常。

野葛，成为我们生活中的一首排律，它的长度和厚度都超过了两千多年前的那首《采葛》……

洋芋花

　　乡村的冬日，播种洋芋是一门必不可少的功课。磷肥复合肥还没有出现时，播种洋芋之前都要烧火粪——把从山上砍回来的一捆一捆被称为楂子的灌木铺在田里，将田土一担一担倒在楂子上。土堆成窝窝头的形状不能再堆了，然后用干枯的杉树叶把楂子引燃，团团烟雾腾上天空。地面突然受热产生大量的水蒸气，水蒸气的比重较大，贴着地面向四周弥漫，像极了后来在舞台上为渲染效果而施放的烟雾。

　　楂子燃烧炙烤田土会散发出一种特殊的气味，在鄂西乡村生活过的人，对那气味熟悉亲切的程度仿佛一个嗜酒的人走进酒坊的感觉，深深地吮吸，让它在体内萦绕回环，最后一丝不剩地消化掉。那时，我们生产队有几个下乡的知青，三天两头旷工，烧火粪的日子里，却从不缺席。我私下里问他们原因，他们说，喜欢闻这气味，那个瘦个子还说，那气味跟茴香姑娘的气味很是相近……

　　楂子燃烧的烟雾渐渐变成丝丝缕缕，最后一丝一缕都没有了，田地里只剩下一个一个的土堆，那就是一堆一堆的火粪，是播种洋芋的底肥。一颗一颗的洋芋种子在寒冷的冬日被种进了泥土，火粪成了它们的温床。

　　过完春节，雪花的飞舞渐渐变得稀稀落落，风也不再像刺藤抽人的脸，太阳的温热温暖了屋上的瓦片和路边的青苔，山羊的嘴唇贴着地面蠕动，仿佛真的吃到了青草。田地里，冷不丁有洋芋苗生出来了，胖乎乎的，叶片并不是平展着，而是卷曲着有一点可爱的畸形，微风吹起，叶片有一点不经意的颤动。

春风的裙裾拂过，山上绿意开始涌动，已经有人挽了裤腿涉过溪河。柳枝婀娜的身姿映在水田的镜片里，栽秧的吆喝从湾口响到了湾顶。洋芋苗可着劲生长，一畦一畦墨绿地漾动。母亲每天清早起床沿着田边行走，看洋芋一天一个样地生长。路边的那几株她每天都用手拃量，昨天还只有一拃高，今天已经超过了一蛮拃，母亲脸上的皱纹立马舒展了许多。突然，她看到了田中间的一株灰苋菜，很是刺眼。前些日子，刚锄过草，锄得仔细，怎会有灰苋菜呢？拔了一株，往前一看又有一株。母亲就想，这块田可能是父亲锄的。父亲喜欢吃灰苋菜。开水焯过，葱姜蒜以外，干辣椒切细加腊肉丁一起爆炒，作料的芳香中混合着灰苋菜的土腥气，这是父亲的最爱。一盘灰苋菜就着一杯土酒，浑身上下的舒坦，过完一把瘾再下田去，父亲竟然哼上了小曲：

> 一根树，九个丫
> 上头开的九样的花
> 我问大姐哪九样
> 金花、银花、芍药、牡丹、栀子、莲花、桃花、李花、杏子花
> 戴起九样的鲜花
> 人都变乖哒……

父亲每次给洋芋锄草，总喜欢留下些灰苋菜，而且每年都要蓄一两株灰苋菜做种。灰苋菜的生命力极其旺盛，只要有一株灰苋菜熬到秋风吹拂，种子四处飘散，这块田里灰苋菜就会子孙绵延。母亲刚想可能是父亲锄草时留下的，但她马上想到父亲已经去世十四年了。这十四年里，母亲一直在和灰苋菜斗争。她自觉已经斩草除根了，今天又冒出了几株。母亲一株一株拔起来，却没有像往日一样挖个坑深埋或者捡些枯枝烧掉，而是拿回家，洗净，切细，开水焯过，和了葱姜蒜和干辣椒炒了，盛了一大碗，还拎一壶土酒送到父亲坟前。父亲的坟埋在草屋包，现阳，一清早就有阳光光顾，晚霞在骡马岩烧起来时，这里的夕阳还满地铺展。

父亲的坟前也是一片生长茂盛的洋芋，母亲突然看到了一株洋芋开了花，紫色的，顶在一根茎上，五朵，两朵已经盛开，三朵还是花苞……

从第二天起，母亲一天要到洋芋田看好几次，等待洋芋花次第开放。洋芋花终于遍地盛开了，母亲站在草屋包上像检阅她的队伍，看着一畈畈盛开的洋芋花，皱纹舒展，喜笑颜开。我也随母亲去看过一次洋芋花，单独的一株洋芋花确实有些单调，大片的洋芋花连缀起来，不但好看，甚至有一些震撼，白色的，紫色的，从脚下一直铺向远处，像一片色彩鲜艳清晰的印花布。

母亲对于洋芋花的钟爱并非源于审美，而是因为无法磨灭的实用记忆。在 20 世纪三年困难时期，刚过完春节，我们的饭碗里的野菜越掺越多，渐渐地父亲和母亲碗里几乎看不到苞谷面的黄色，少之又少的米面尽量匀给了孩子们。人们眼巴巴地盼着收获春粮，鄂西的麦子产量低，品质也不好，麦子就种得很少，所谓春粮，就是那大片大片的洋芋。只要洋芋开花了，过不了多少日子，就可以开始挖洋芋吃了，虽然上顿下顿的洋芋也吃得乏味，但总能填饱肚子。有些扛不下去的人家已经开始"偷"洋芋了——用锄头轻轻挖开洋芋根部，选一两个稍大的揪下来，再把土重新壅上，据说洋芋还可以继续生长，"偷"上十来窝洋芋就可以吃上一顿。母亲绝不允许这样，说这样洋芋的产量要少两成，我们一家就忍着、扛着，等洋芋开花再到凋落，再忍过十天半月，才开始挖洋芋做饭吃，挨饿的日子才终于结束。

第一天挖洋芋像过节日，我们兴高采烈背着背篓跟母亲来到田里。一锄头挖下去，翻过来，是密密匝匝大大小小的洋芋果。我们捡得很仔细，再小的都没有剩到田里。洋芋的植株（鄂西方言叫苆子）是上好的猪饲料，也要背回家。从那时起，洋芋苆子特殊的气味就一直烙印在我脑海里，至今挥之不去。其实，洋芋花跟它的苆子的气味大体是一样的，不过是多了一点微不足道的芳香。上中学时，我们用一根细篾穿起一百朵洋芋花做成一顶王冠，献给了班上的学习委员阿蕙，那气味在我们的手掌萦绕了几乎一整天。

用洋芋花做装饰并不是我们的发明，而是一个叫作巴孟泰尔的人的首创。1756 年至 1763 年，欧洲大陆爆发了所谓的"七年战争"。普鲁士军队在和法国军队的战斗中，俘虏了一个叫巴孟泰尔的随军的法国药剂师，巴孟泰尔被普鲁士军队关在战俘营中，靠着普鲁士农民用来喂猪和战俘的洋芋赖以生存，结果他居然喜欢上了洋芋。当他回到法国的时候，法国正在闹饥荒，为了度过荒年，巴孟泰尔积极向人们推荐洋芋食用和种植的方法，但当时，在法国很多人认为吃洋芋会引起麻风病、梅毒、猝死和性狂热。在一个叫作贝桑松的城市里，市政府居然发布法令，严厉禁止种植和食用洋芋，私自种植，将罚重金。为了让洋芋在法国人的餐桌上得以推广，巴孟泰尔在国王路易十六的生日晚会上，给王后献上了一束鲜艳夺目的洋芋花，这赢得了王后的喜爱，她在外出或参加宴会时便把洋芋花束用钢针插在头发上。国王在参加国事活动或接待外宾时也把小小的洋芋花插在外衣的纽扣上。一时上行下效，成为时尚，所有的朝臣都在纽扣孔里插上洋芋花，小姐、太太等则把洋芋花当作最高贵、最时髦的装饰品。在赢得了国王和王后的好感之后，1785 年，巴孟泰尔在巴黎郊区，种了一大片洋芋。种植的时候，他请求路易十六派重兵守卫，不让平民靠近，而到晚上又悄悄命令士兵撤离。日复一日，重兵守卫下的洋芋田自然引起了周围农民极大的好奇心，于是当兵士们晚上撤离洋芋田的时候，就有胆大的农民去偷一些洋芋苗，种在自己的田里。这样一来，洋芋的种植竟然很快在法国推广开来，帮助法国人度过了荒年，洋芋也因此被法国人称为"地下苹果"，巴孟泰尔也因此成名。

想不到，洋芋花曾经有过这样的风光，以至于成为时尚高贵的象征。母亲当然不知道洋芋的这段历史，她更不知道洋芋花曾是王公贵族的装饰品，在她眼里，洋芋花代表着一种时令，代表着希望，代表着一种实在的日子。洋芋花是神圣的，是伟大的，是我们内心深处的神祇，当我们用洋芋花编制王冠的事被母亲知道后，自然遭到她的训斥：洋芋是救过我们的命的，你们掐了它的花，这不是断了它的头？不是泄了它的精气神？

洋芋在 16 世纪传入中国，明万历年间开始，洋芋逐渐跻身宫廷美食的行列，不过由于产量极少，仅达官显贵方能享用。当时虽然上林苑设有专司蔬菜种植的"菜户"（类似于20世纪五六十年代的蔬菜队）掌握了洋芋培育种植的技术，但是因为专门为朝廷服务的职能以及随之而产生的优越感、神秘性，洋芋的培育种植技术一直没有传入民间。直到清朝建立后，政府取缔了明代皇室的蔬菜供应系统，皇室"菜户"沦为普通农民，各种作物的种子及培育方法也不再是机密了。于是，洋芋开始走出大内，向北京周围乃至全国各地大规模地传播开来。

洋芋种植技术也是在此时传入鄂西的。据史料记载，道光二年即1822年，鄂西就开始种植洋芋。现在，仅恩施土家族苗族自治州，每年洋芋种植面积就达150万亩。2019年5月，全国第21届马铃薯大会在恩施召开，来自31个省、自治区及直辖市的相关部门以及加拿大、黎巴嫩、新加坡、英国和荷兰等国家的企业共800多名代表出席了会议。会议期间，代表们参观了州农科院天池山马铃薯种植基地。那一天，洋芋花开得正鲜艳，阳光灿烂，微风吹拂，目光所及，都是摇曳的洋芋花，好看极了，也壮观极了。

我在恩施接到了弟媳的电话，说老家（比恩施海拔低）洋芋花已经谢了，母亲叫我们过十来天就回家挖新洋芋，还说她种的那块洋芋是我们冲里长得最好的。

通完电话，弟媳又发过来一张照片，母亲站在洋芋田里，四周是盛开的洋芋花。我曾经写过一篇文章《洋芋田中的母亲》，这或许是她人生的一个隐喻。

魔　芋

　　魔芋的植株不止一次进入我的梦乡，并且都是噩梦。它的茎是那样酷似一条菜花蛇，而它的叶子的背面喜欢生长一种被我们称为"土地猪"的绿色的虫子——两寸来长，肉滚滚的身子，偶尔碰在我们手上，冰凉冰凉的，浑身立马就会麻痹痹的。

　　菜花蛇和土地猪不时光顾我的梦乡，让我在黉夜惊醒，月亮挂在合欢树上，从瓦缝里渗进来一抹白光，我希望漂白我的梦境，更希望将身子蜷缩在一缕月光里，所有的凶残邪恶以及一切的不洁都不能光顾我的身体以及灵魂。

　　于是，我对魔芋的植株有一种排斥和畏惧，但是在我的老家，几乎每家每户都种有魔芋，虽然不是大面积种植，多是稻场坎下、阴沟边种一小块或是生长着零星的几根，因而几乎每天都会见到。当然，适宜于魔芋生长的地域非常宽广，种植的历史也非常漫长，它的身影从历史的长河中穿越而来，在中华大地到处摇曳生姿。

　　魔芋在我国已经有近三千年的栽培历史，关于魔芋的记载始见于被称为辞书之祖的《尔雅》。成书于汉代的《神农本草经》首次将魔芋列为药物，晋代辞赋家左思的《蜀都赋》中也写到了魔芋，不过用的是魔芋的别名蒟蒻。宋人沈括所著的《梦溪笔谈》中记载了一个用魔芋解蜘蛛蜂毒的故事，讲得很有传奇色彩：

处士刘易，隐居王屋山。尝于斋中见一大蜂胃于蛛网，蛛搏之。俄顷，蛛鼓腹欲裂，徐行入草。蛛啮芋梗微破，以疮就啮处磨之，良久腹渐消，轻躁如故。自后人有为蜂螫者，挼芋梗傅之则愈。

唐代段成式创作的笔记体小说《酉阳杂俎》中也提到了魔芋：

蒟蒻，根大如碗，至秋叶滴露，随滴生苗。

到了明代，李时珍所著的《本草纲目》则对魔芋有了详细的记载：

蒟蒻出蜀中，施州亦有之，呼为鬼头，闽中人亦种之。宜树阴下掘坑积粪，春时生苗，至五月移之。长一二尺，与南星苗相似，但多斑点，宿根亦自生苗。其滴露之说，盖不然。经二年者，根大如碗及芋魁，其外理白，味亦麻人。秋后采根，须净擦，或捣或片段，以酽灰汁煮十余沸，以水淘洗，换水更煮五六遍，即成冻子，切片，以苦酒五味淹食，不以灰汁则不成也。

李时珍介绍了魔芋生长的环境，魔芋食品的制作方法以及魔芋的药用功效，他还否认了《酉阳杂俎》中"秋叶滴露，随滴生苗"的魔芋繁殖特点的说法。

这些关乎魔芋的历史知识是我长大以后才知道的，小时候多半贪图口腹之欲，对好吃的东西印象极深，因为魔芋豆腐在我印象极深的吃物里一直排在前几名，所以我对魔芋记忆深刻。

制作魔芋豆腐都是在腊月进行，因为腊月里方才有闲暇。再者，在种粮为第一要务的时光里，没有谁把正儿八经的田地拿来种植魔芋，魔芋的产量就很有限，只有过年时才来制作魔芋豆腐，得以让一家人在这企盼了三百多个日日夜夜的春节里一饱口福。

我们家磨魔芋的事体自然是由父亲操作。他找来一捆稻草在稻场里燃起熊熊大火。热气升腾，融化了空中稀薄的雪花，烟雾由浓变淡，最后在苍山的背景下没有了一丝颜色。

黄灿灿的一捆稻草变成了灰黑的灰烬。父亲把这稻草灰撮起来用清水浸泡沉淀过滤，盛在一个木盆里。然后从苕窖里捡出存放的魔芋，把长有褐红色芽嘴的一端切下作为种子，余下的洗净去皮，从柱头上取下用粗篾编织的魔芋折子，把洗净的魔芋在魔芋折子上来回摩擦。魔芋糊糊漏进稻草灰水盆里，搅匀后放在锅里煮。煮熟的魔芋凝固了，盛出来切成一块一块的，放进清水浸泡，每天换一次水。需要食用时取出一块切成薄片，和花椒辣椒大蒜翻炒，是我们乡村的一道美味。有的还放进豆豉，一千家做的豆豉有一千种味道，加进豆豉的魔芋豆腐便有了各种风味，但都不会削弱魔芋的美味，而是让魔芋的味道变得更加丰富多彩，更加神秘莫测。

磨魔芋并不是父亲的强项，碱水放轻了，我们的魔芋豆腐"锥"舌头。父亲因为对魔芋过敏，磨过魔芋的双手奇痒无比，尽管如此依然没有免除母亲对他的埋怨。父亲又烧了几捆稻草，用稻草灰水把魔芋豆腐又煮了几遍，味道稍有改善，但还是涩嘴。母亲炒魔芋豆腐时便多放辣椒来掩盖魔芋的涩味，父亲带头多吃，那一盆魔芋豆腐多半是被父亲吃掉的。

魔芋豆腐磨得最好的是我们对门新顶哥家，新顶哥跟我同一个高祖的，虽是同辈，年龄却比父亲还大了很多。银菊老嫂子是阳坡的，我几乎没看见她回过娘家，一年三百六十天都在我们对门操劳，不是在田里忙活，就是在家里经营生活。她做得一手好茶饭，在我们杨家冲颇有名气。她腌的球白，到第二年夏天，抇出来还是晶白脆嫩；她泡的红辣椒，一年到头，都是鲜红鲜红，鼓鼓胀胀的，咬一口酸辣适度的辣椒水会让你陶醉。在新顶哥家吃饭，光是五花八门的腌菜、小菜都会让你吃饱饭。

新顶哥家的灶屋里光线不是很好，一个小土窗像一把伸进土墙里的斗，太小。贴在窗户上的丝绵纸好多年没有彻底更换了，总是修修补补，已经糊了好几层，被烟火熏成了黄色。银菊嫂子每天在这灶屋里造饭，却能看得清清楚楚，从来没有把油壶拿错，也没有少放或者多放盐。

老嫂子一般都会喜欢年龄悬殊的小叔子，我就常在她们家去蹭饭。

乡下并没有专门的餐厅，重要节日或者人多的时候会在堂屋里的大桌子上吃，一般情况下，就在灶屋里小方桌上吃。我走进灶屋，得适应一会才能大致看清桌上的菜肴。炒菜已经摆好，银菊嫂子去拈腌菜，她的碗柜下面放着一排腌菜坛子，依次是球白、辣椒、豇豆、洋姜、地龙、芫藿。一个一个坛子打开，一股酸爽适度的香气飘逸过来，我忍不住喉结滑动。然后是盖子盖上坛沿时沿水发出的咕咚咕咚声，那声音十分悦耳。最后上的是火锅。新顶哥是个铁匠，炉子边放着一只铜罐，铜罐里炖着腊猪蹄，在打铁的叮当声中，腊猪蹄的香味渐渐弥漫开来，他的徒弟就开始咽口水。新顶哥估摸着银菊嫂子的饭应该好了，便和徒弟取下胸前挡火星的麂皮，让徒弟提了铜罐进了灶屋。

那饭真是香啊，到现在我都不敢回忆，现在在哪去找真正的原始绿色的蔬菜？就是你种这棵球白时没上化肥，没施农药，水源、土壤、空气里到处都是化肥农药的残留，你能说这棵球白是绿色的？还有，银菊嫂子的原始厨艺现在也很难见到。菜品跟厨艺总是匹配的。在大棚、化肥、农药背景下成长的蔬菜，必须辅之以大量的化工作料，来掩盖某些味道或者说制造一些富有魅惑的新味道，这些在满大街流行的快餐外卖中尤为盛行。

一年四季，在新顶哥家都可以吃到上好的腌菜，吃到不同内容的火锅，而魔芋豆腐须到冬天才能吃到。

他们家磨魔芋是有分工的，由新顶哥负责磨，为了保证粗篾的锋利程度而将魔芋糊糊磨得很细。他不用旧的魔芋折子，每年都织新的，旧的被邻居们讨要过去了。为防止过敏，他用麂皮缝了一只手套，大拇指一边、四根手指另一边的那种。生麂皮，不太柔软，还是可以握着魔芋磨完不致浪费。用草木灰制造碱水、煮魔芋是银菊嫂子负责，虽然后来供销社可以买到碱，很多人家用这个代替草木灰，银菊嫂子还是坚持用草木灰，一直到她离开这个世界。

我特爱吃他们家的魔芋豆腐，每年磨了魔芋豆腐都要叫我过去吃饭。不论那天有没有人打铁，都要炖一个火锅。没有打铁的时候就在火塘里炖，有腊猪蹄，腊羊腿，有时还是麂子肉。因为新顶哥还是个猎人，每年冬天都小有收获。不过，他有原则，猎获三只动物之后，这个冬天就不再参加打猎。"事不过三"，这是他的口头禅。

腌菜火锅照常，重点增加的是一盘魔芋豆腐，筋道、入味，香辣有度，吃得撑，也吃得筷筷难忘。

也许是因为对魔芋豆腐过于钟爱，以后见到魔芋的植株，也并不觉得可怕了，几乎没有再梦到过它菜花蛇一般的茎和叶子背面生长的"土地猪"。其实，很多外表不美的东西却有美的内涵，有我们爱之不舍的可取之处，而有些真正可怕的东西却有美丽的外表，比如罂粟花，也比如风铃草。同时，我也惊异于古人的学识，很早以前他们就很好地认识了魔芋，它的习性，它的美味以及它的药用功能，都说得一清二楚，而于现在的我，还仅仅只是知道魔芋豆腐的美味，其他的知之甚少，或者说，并未有意求知。

后来，我们兄弟姐妹多了，不方便叫我一个人去吃饭，每年磨了魔芋，银菊嫂子都会用篾穿几串叫新顶哥送过来让我们自己炒了吃。

再后来，我从乡里调到县上，每年过年回家得迟，银菊嫂子会在我快回家时额外再送两串来，因为她不知道先前送来的还有没有，我能不能吃到。母亲说：我们也给他留着，这个还是拿回去。

新顶哥当然没有拿回去，母亲忙把我带回的一提茶叶给了新顶哥，还说：这是新阶专门捎给你们的。

看着新顶哥过了木桥，上坡时在一块石头上歇了一会，母亲的泪水打转。待我回家过年时，母亲说：你去看看新顶哥和银菊嫂子，只怕来日不多了。

我去了，带了两瓶稻花香珍品一号酒，银菊嫂子还是坚持着做饭我吃。时间紧，没有炖火锅，魔芋豆腐照常，泡菜照常，泡菜坛子盖子扣在坛沿上咕咚咕咚的声音的节奏似乎慢了许多。没有火锅，银菊嫂子蒸了一盘蒸肉，一片一片切得很薄，对着电灯，能透出光亮，辣椒酱和细苞谷面拌的，好香好香，我一连吃了三片。一向不大喝酒的新顶哥和我喝了一小盅酒，银菊嫂子说：就喝新阶拿来的酒，他拿的肯定是好酒。

第二年，新顶哥离世，他嘱咐了，不要告诉我，我放暑假回老家，他坟头上的草已经长得很茂密。就在这年冬天，银菊嫂子也离开人世，磨完魔芋豆腐以后走的，她托人给母亲带话，说新顶走了，没有人送魔芋豆腐了，灶上那个搪瓷盆里几串魔芋豆腐，是留给新阶的，有人过来，直接到灶屋拿走。

这次母亲没有听银菊嫂子的交代，给我打了电话，我回家参加了银菊嫂子的葬礼，把银菊嫂子送上了山。大家来收拾屋子，我走进灶屋，灶上的搪瓷盆里几串魔芋豆腐泡在清水里，半瓶珍品一号酒在窗台上，被丝绵纸映成了黄色……

泪水一下模糊了我的双眼。

桃红李白

三月，乐园村，河水淙淙，春风拂面，一片鹅黄在山岭的枝丫上游走。

野樱，春天的信使，开放得闹热，让那若有若无的鹅黄来做她粉红的背景。

这春天，有些温文尔雅，有些漫不经心，也有些欲擒故纵。

打破这缓慢节奏的是桃花。

昨晚睡觉前，还去看了桃园，被修剪得枝条舒朗的桃树，一株一株像一个倒立的人字。揿亮手电，照射过去，一排排，都是同样的造型，原来施以人工的整齐美倒也壮观。

特意看了花苞，欲说还休，欲说还休。

闭了木门，在门轴的吱呀中春风被关在门外，关在门外的还有星光，还有青蒿的呢喃。

鸟的合唱跟清晨的曦光一同到来，起床，整理好春日的梦境，打开门扉，阳光扑面而来，跟我撞了一个满怀。我倚在门框上，阳光透过棉纱，让我感觉到温暖。

就在这一瞬间，我看到了那一大片桃花已经绽放了不少，我的目光被立马点亮。

粉红，不是粉红，比粉红更浓一点，色彩也不是均匀地铺展，由花心向边沿过渡，红色顺着花丝慢慢变淡……

我住在李兴成医生家，这是一栋刚刚装修好的老宅，门口是一大片桃树，住进来的时候，我们就一直在等待桃花盛开，在等待万树桃花映小楼的景象。

李兴成医生是我的小学同学，高我三届，只记得他是学生干部，记得他每周周六放学回家都吹着自制的唢呐。1973年，我高中毕业，到松树包小学任民办教师，他正在杜家村大队卫生室当医生，学校和卫生室相隔三百米，我时常去卫生室蹭饭。

此时，乐园的合作医疗已经全国闻名，杜家村大队卫生室是农村合作医疗发源地，不时有各地的代表来参观学习，李兴成作为合作医疗之父覃祥官的徒弟，忙碌可想而知。我去了，他总是热情招呼，在饭桌上还总是问我习不习惯，需不需要在他家里去拿些小菜。

之后，我离开松树包小学四处谋生，李医生也在大吉岭卫生所所长位置上退休，合作医疗也经历了起起落落。在农民遭遇看病难看病贵的困顿之后，农村合作医疗再次被人记起，在全国农村又开始实行新型合作医疗，长阳作为首批试点……

被遗忘的乐园再次进入人们的视野，记者、作家纷至沓来，合作医疗纪念馆建成开馆。曾经在此工作的我，想再次踏上这片土地，来领略四十多年后乡村的变化，来寻访还健在的当年合作医疗的组织者参与者，来看一看当今人们的物质生活和精神生活。

我来了，在决定是下榻村委会还是在李兴成医生家居住的时候，这一大片桃树帮我下定了决心。等到桃花盛开，推窗而望，又有墙头千叶桃，风动落花红簌簌，那将会怎样激动人心？

桃花终于绽放了，为此激动的其实远不止我一个人。

李兴成医生是一个爱花的人，稻场边上栽了很多花卉和果树，还有珍稀树木珙桐树。前些日子，那一株亭亭玉立的辛夷开了一树繁花，李医生和我们一次次扬着头在不同的时间从不同的角度拍下了一树灿烂，发在朋友圈收获了数不清的艳羡和赞美。这些日子，桃花又在他朋友圈一次又一次露脸，有一个很要好的微信好友没有给他拍的桃花点赞，他竟然打电话过去问他看到了自己拍的桃花没有？

石付见可能比我们更期待桃花盛开，他租了几十亩地来发展桃树，今年是第二年，去年已经投了些钱进去，就像溪沟里的水，流走了还没流回来，期待今年会有收获。开花了，才会结果，他内心对桃花的期盼更胜于我们。

企盼桃树开花的还有秦明见。前些年他在宜昌卖火车票，三个店子，一年几十万的盈利，自从网上购票时兴以后，市场萎缩得厉害，他不得不想新的辙，做五色谷的白酒代理，在贺家坪种羊肚菌，去年起，又跟石付见合作种桃子，给他做技术指导。我刚来不久，就见到了他在那一片片桃林里剪枝、喷洒农药，那么茂密的树枝，被他残忍地修剪得七零八落，落在地上的枝条，酷似理发店里飘落的发丝，还留在树干上的枝条形单影只，似乎跟茂盛绝缘了。

没想到桃花的绽放，立刻让一片桃林丰腴起来，恰如一个微恙的女子，在和煦的春风中康复。饭香菜甜，养就了粉嘟嘟的脸庞，匀称的身材。

桃花争红色空深，李花浅白开自好。顺着桃林看过去，是一片连着一片的李树，还没长叶，雪白的李花缀满枝头，乍一看，一簇簇白花不像是在枝头开放，密匝匝地倒像是被一根根枝条串起来，在春风中招摇。

乐园村有好些个种李大户，通过电商把李子卖到五湖四海。也有开车自己来园中采摘的人，虽比网上买的要贵，但图个新鲜，还有采摘体验的快乐，还能看看乐园的好山好水，吮吸湿润而甜蜜的新鲜空气，吃一桌没有污染的土菜，还可以喝到去年的李子泡的白酒，非常值当。还有的顺便去合作医疗纪念馆看看展览，去覃祥官故居体味一下合作医疗之父当年博大的情怀，也会去康家湾看珙桐博物馆。只可惜珙桐花期已过，只能在博物馆领略康家湾珙桐悠远的影像，想象一百多年以前威尔逊和康家湾的猎人康远德一天猎获五十多只野鸡的那份狂喜，总觉得有些不可思议。

李花尚如雪，脆爽已滥觞。李花的视频在朋友圈、视频号和抖音中频频出现，点赞留言数不胜数，已经有订单从网上传来，微信留言预订的也多。我在北京的时候，就通过微信找乐园村的邓支国买过李子，他曾是我的学生，说要送我品尝，我执意要他先收钱再告知收货地址。为了让我尽快收到，他专门到野三关去快递……只可惜，正值盛年的他，却在一个寒风凛冽的冬日溘然长逝。

李兴成医生和邓支国的家很近，这天，我和李医生一起去看邓支国的李子园。园中李子树修剪得很好，几乎是一样的造型，一树一树，繁花似雪，一片李子园，银色的世界。在李子园的一角，我看到了邓支国的墓碑，不知道这墓地是不是他自己生前选择的，他要在这里看李花盛开，看李子成熟，或许还可以听到采摘李子的歌谣。

不知道是不是刻意为之，桃园挨着李园，粉红和雪白相互映衬，两片花海在微风中漾动，摄入眼球的是画，也是诗，也是关于春天的交响。

在穿过花海的公路上，朱建波书记的小车快速驶过，这个去年全票当选的村支部书记的忙碌程度难以想象，清早起床，去了两个安置点，看了一个五保户，又到康家湾看了公路硬化的进度，动员已经搬进安置房的康祖民要拆除旧房子，还去王河沟用无人机查看了田地荒芜的状况，看到吃午饭还有点时间，他也来看一看李子花。他不是来审美，邓支国不在了，李子园由覃卫华代管，他来看一看管理得怎么样，一个产业发展起来不容易，不能轻易就垮了，毁了。

车停在路边，看李子园管理得不错，他给覃卫华打了电话，说他做得不错。打电话的当口，他看到了左边的桃花右边的李花，肆意绽放，桃红李白，壮观极了。他想哼两句小调，可刚起了一个头，陡地想起，要尽快发展民宿和农家乐，让更多来赏花的人，来摘桃子李子的人有饭吃，有地方住。

收了电话，他连忙开车往村委会去，汽车穿行在桃花李花之间，挡风玻璃上落了一些花瓣，左边多粉红，右边多雪白……

乐园花事

野樱花

过年的余韵一年比一年漫长，惺忪的眼睛睁开，冷不丁就看到了萧索疏朗的树林间有了一树一树的粉红。

野樱花，是春的使者，连迎春花也落伍了，它还在自我酝酿春的情绪，野樱花就抢先在春天的册页报名登记。

经历了一个冬季的冷清，一树一树的粉红在万木萧索的树林里绽放，那份惊喜，不言而喻。

粉红是野樱花的基调，颜色的深浅并不完全相同，土地肥沃的地方，颜色更红一些，贫瘠的地方，颜色稍浅。深深浅浅的粉红，点染了迷人的春意。

相比于樱花的富丽堂皇，野樱花有几分瘦弱，几分羸瘠，不过它一点也没有自惭形秽，它不需要开放在花园里，不需要开放在景观带，也不需要开放在文人墨客的翰纸之上。茫茫群山随处安身，在每个春天捧出粉红的笑脸。

今年野樱花开放的时候，我正在乐园杜家村，我在这里咀嚼她历史上的辉煌，在这里品味她今天的勃勃生机。放眼杜家村的山山岭岭，都是野樱花的世界——并不是满山都是她的英姿，而是她的气场已经覆盖群山，因为春天无法拒绝。

乐园大峡谷是所谓的下崖，山谷深邃，崖壁陡峭，这里的野樱花多半生长在悬崖之上，一枝一枝的繁花伸在峭壁之外，微风吹起，摇落些许花瓣，一片一片飘飘摇摇，会落入谷底。听几个驴友说起，去年仲春之日，他们相约沿着乐园大峡谷谷底前行探险，有深潭，有陡崖，也有长长的谷底沙滩。踩着软绵绵的沙滩，微风拂面，那感觉除了惬意还是惬意。忽然，有啥东西轻拂脸颊，抬头看，风吹野樱，花瓣纷纷飘落，一袭樱花雨，醉了翩翩少年。水潭中，落红叠叠，有人捧起来，铺于石板之上，是想晒干它么？晒干了，又归于何处？花开终有花落时，质本洁来还洁去。

野樱花每年开放，开在山上，也开在很多人心里。

十字路口开店的阿春，一个冬天都在摇摆。那个追了她两年的人，在天上，在云中，虽然常常视频见面，见面越多越觉生疏。他的那个千亩种植计划，像画在云彩上的画，好看，但够不着。喜欢他的洋气潇洒，喜欢他的蜜语甜言，像抓一缕风，风跑了，只剩一只空的拳头和一个抓紧的姿势。邻村养猪的平子，这两年亏了，把一辆车都亏进去了。赚的时候他不来提亲，去年，他却来了。今年，他改弦更张，专门为城里人喂年猪，不吃饲料的粮食猪，签了合同，交了定金，猪圈装了摄像头，每斤多加五元钱，正月打的耳标，腊月来杀猪。平子信心满满，说定能挣钱。

摇摆挣扎，苦了阿春，脸瘦了，连头发也没有以前有光泽了。

这天她刚打开店门，平子站在阳光里，左手一只花瓶，右手几枝野樱花，进了门，野樱花插进花瓶里，春天就铺满了店铺的每个角落。

春天来了，跟着阳光来的，随着野樱花来的。阿春的血液像温度计里的水银柱，在阳光中升高，褪下羽绒服，穿起编织了一个冬季的大红羊毛衫，一番梳洗，长长的头发上点缀了星星点点的野樱花。她对正在给她整理货物的平子说：我许给你了，野樱桃成熟的时候就出嫁。平子说：明年，房前屋后栽满野樱桃，我要让野樱桃变成家樱桃！

明年的野樱桃花，从树林蔓延到了村庄，春天离人们更近了。

木瓜花

药用木瓜属蔷薇科，形似海棠。果实为中药，东南亚出名。鄂西的木瓜为皱皮木瓜，乃为上品。前年，在山东日照，看见高高的海棠树上，结着一个一个颇似青皮梨一样的果子，疑心会有这么大的海棠？拍了照片发给侄子兆敏，他研究这个，立马回复：光皮木瓜。皱皮为兄，光皮为弟。

榔坪乐园盛产皱皮木瓜，然鲜有知者。1949 年前，公路极少，江河为交通血脉，运输赖以舟楫。清江为长阳黄金水道，山货土产背运资丘上船，出宜都沙市，抵汉口沪上，也有从洞庭经湖南入广东，然后运抵港澳和东南亚的。堆积如山的木瓜装船之时，一支狼毫，在麻袋上挥写"资丘"二字，外地客商见此两字，方才放心购进。

说起木瓜，世人只知资丘，不知榔坪乐园。

果售资丘，花开故地。

乐园的土地土脚深，适合木瓜生长，过去只是田坎路边零星扦插。整块田地必种粮食。秋日的阳光下，腰间挂着两只牛角的苞谷，叶子大多枯萎，只有端梢还有几片仍是翠绿，一边在秋风中摇摆，一边跟秋风抗衡。田边的木瓜一个个拳头大小，泛着光泽，一些细密的白色斑点将光泽稀释。这才是往日的丰收景象。粮可果腹、养猪、酿酒，木瓜换钱，买盐，买布，多少也买点洋油，逢年过节，美孚灯替代桐油灯盏，图几日光鲜。

木瓜花就在每个春天开放，一坎一坎密密匝匝的花朵，甚是好看，不过看花的人却少。

赏花须有闲，一世界的人都在为生计奔忙，三百六十个日夜，夜里筹划，日里劳作，饥饿的绳索总是难以剪断，花开且让它开，哪顾得过来去觑它？

赏花还需文化。肚子吃不饱，哪有钱粮供娃子读书，踮起脚送进私塾，学写名字，认男女厕所，会简易算术，就谢天谢地，哪能还蓄些诗文来赏花？

木瓜花就开得安静，开得自在，开得索然。

现日里，愁的不是没吃没穿，是衣服老穿不破，吃的缺了滋味。种田用机械了，除草不用锄头，除草剂一喷，草就死了，时间就多了。书也读得多了，再次的人也是高中毕业，乐园村，大学毕业生一大层，研究生也能排出一串名字，博士也有了。

就有了赏花的条件，花也多了，过去必种粮食的塝田也都栽种了木瓜，啥赚钱种啥，种田的伦理被颠覆了。整畈整畈的木瓜花开，远胜零星栽种，视觉震撼让人喘不过气来，湾湾冲冲的人都来看木瓜花。也来看那些来看花的人，大车小车开着，票子揣着，比着赛地摆弄无人机，密密麻麻，像跑暴雨前的蜻蜓，那嗡嗡的声音，比蜂子分桶还要吵得凶。

这木瓜花也委实好看，嫩苞为紫色，花瓣包裹得紧稠，阳光温暖，花蕊像足月的婴儿拱动，欲撑开花瓣的胎衣，看外面的世界，听溪沟的水响。

花瓣被动地慢慢张开，迷人的深红，从花心向花边过渡，像花灯下少女脸上的晕团，渐浅渐淡。叶还没长出，花朵一串一串铺展在根根虬枝上，艳丽的美，蜿蜒的美。大片田畴同时绽放，热烈，铺张，目不暇接，无法言说的壮观。

花儿绽放，歌儿绽放。山歌，不叫唱，叫喊。过去也有人喊，多是锄草的时候，南山北坡对歌，薅锄噗噗地在苞谷林中游动，因了山歌的鼓动，借着晚霞多锄了一大片。现在，看花的人多，图个响动，安排了歌手喊山歌，棕树底下，青石包上，潺潺溪水旁边，站着歌手，穿得花枝招展，可着嗓子喊歌。歌手里我认识道翠，几十年前就认识，圆脸上总是挂着笑容。声音穿过云彩了，好像还可以无限地高上去。她是有名的歌手，跟姐妹们一起还给贾庆林主席唱过歌，跟贾主席握过手。

看花的一天几拨，趁着这日光，趁着这时节，再过些日子，叶长出来了，遮盖着颜色变淡的花朵，去了看相，微风摇动，花瓣或许会落你一身，于观花而言，自然减了兴致，还看啥花？

恰恰这几天天气好，人潮涌动，一浪一浪。我担心道翠的嗓子能否唱得下来，她说：花谢了，嗓子都不会谢。

映山红

在乐园，没有什么花的阵势可以超过映山红。铺天盖地，漫山遍野。一座山，红的、紫的、粉的，一丛挨着一丛，把那些刚长出新叶的栗树枝条挤匝得张不开臂膀。

我在秀峰桥中学教书的时候，每年五月，坐客车从县城返回学校，一到胡家坪，目光立马被漫山遍野的映山红点亮，同时点亮的还有一个成年人的欣喜和激动。

映山红成为我们内心的一个美学符号，秀峰桥中学的文学社名字就叫映山红文学社，刊物也叫《映山红》。

今年春天，我在乐园采风，再一次被映山红震撼，已经波澜不惊的心之湖泊再一次泛起叠叠涟漪。

乐园映山红有粉红、紫色、大红。粉红，温和的袂汁酒，饮一杯还想饮，微醺中笑容淡定，抿嘴笑，笑不露齿。紫色，不是纯紫，夹杂着一些白或者非白，像一个涂着紫色唇膏的女子，自然不是少年，几分魅惑，几分飘逸，洋酒，醉人，不是最中意的口感。大红，是最多的，热烈奔放，一丛一丛，像燃烧的火把。若是拿酒来比，自然是苞谷烧。苞谷烧又称遍山大曲，在山山岭岭流淌，自然会醉，不上头，不口渴，醉得生态。大红的映山红，满山红遍，曾醉过多少本地伢，又醉过多少异乡客？

十多年前，一个来乐园买香菇的小伙，被满山的映山红陶醉。他相信每个遇见都是一种宿命，杨万里有那么多诗，他记得牢的偏偏是"映山红与昭亭紫，挽住行人赠一枝"和"日日锦江呈锦样，清溪倒照映山红"，记住了这诗句，脑海中总是浮现各种各样映山红开放的画面，见到乐园的映山红，一脸羞愧，脑海中那些映山红画面的格局还是小，还是小小巫，大美面前，心灵跟跄。

卖菇的姑娘，菇棚搭在树林里。三四米高的映山红，把一束束绚烂高举在空中，杉树横杆绑缚在映山红的树干上，一架一架的栗树段木倚靠着杉树横杆，褐色的菇碗密密匝匝，倒扣在段木上，缕缕香气，越过花丛，在树林间飘曳。

晒场就在菇棚旁，栗木架子，篾簸折子，一折一折晒干，装进草纸袋子，再才套上塑料口袋，要是近前的买主，草纸袋子套在纱布口袋里。香菇，是大自然的精华，是土地的宠贵，不该让它跟塑料朝夕相处耳鬓厮磨。

在姑娘家去称重付款，房屋周围也是一树一树的映山红，树形高大，花红如血。小伙子太爱这个地方了，他每年都来买香菇，最后，他自己变成了一个香菇，生长在了乐园的段木上。

乐园的香菇满足不了他的订单，他到另外一个地方收香菇，那也是一个映山红盛开的地方。跟乐园不相同的是，这里每家每户房子周围都栽种着映山红，好像是经过了驯化，花朵更大，更加肥硕，也开放得更加稠密。

午餐的时候，桌上竟然有一盘凉拌杜鹃花，说是解酒的菜，又倒了一杯西瓜汁一样的饮料，主人介绍说，是自己榨的映山红，清香可口，酸甜适度，两千朵花才能榨一杯……

他端起杯子端详，怎么看都像是一杯鲜血，他仿佛看到了血管的断裂，听到了割断血管的呐喊。这单生意他没有做，以后再也没有去过这个地方。

我在乐园见到了他，已经不是翩翩少年。

酒，不饮红酒，饮料，不喝西瓜汁。乐园有一道名菜，油炸面糊南瓜花，他绝不点也不吃。有人对他说，这都是南瓜藤上的谎花，不结南瓜的，不摘，它就烂了。

"你还是不懂我，你还是站在实用的井底，所有的花不单是种子植物的繁殖器官，她还是被观赏的对象，她用美丽装点世界，她用美丽让我们愉悦，我们却要吃掉她，要用钢牙铁齿来嚼碎她，还要用滚烫的清油来煎炸她，残忍莫过于此。"

电商已经裁断了他的香菇销售之路，问他现在做啥行当，他说，想把一座座山上都栽上映山红，那该是怎样的震撼，怎样的摄人心魄。可山是别人的，他要拿钱租，但他拿不出那多钱，这些年，他都在攒钱。

他攒钱的速度很慢，也许这辈子他的愿望都不能实现，但是，一种毫不动摇的坚持却能带来一种不易察觉的改变，能把一种念头慢慢植入人的脑海。过去砍楂子烧火粪，都喜欢砍映山红，好砍，肯燃，火力好，现在，见到映山红都蓄着，每年春天映山红的版图都在扩大，好些地方已经枝丫相连。还有几座山的山脚已经有人栽植了密密麻麻的映山红，每一年都在向山腰蔓延。

不要太多年，你在春天来到乐园，山下绽放杜鹃花，岭上开遍映山红！

鸢尾花

鸢尾在春天开花，花朵蓝紫色，因而有"蓝色妖姬"的美誉。鸢尾花在法国被视为国花，相传法兰西王国第一个王朝的国王克洛维在受洗礼时，上帝送给他一件礼物，就是鸢尾。

1889 年 5 月，荷兰著名画家梵高住进了法国圣雷米的一间精神病院，他在这里完成了他的著名画作《鸢尾花》。这幅《鸢尾花》被称为梵高在"圣雷米时期最伟大的作品之一"，现在收藏于美国加州的保罗·盖蒂博物馆，价值 5390 万美元，被视为全世界最昂贵的十幅画之一。

在乐园，鸢尾却相当普通，那名字也土得很：扁竹根。

只要泥土长得稳根须的地方，鸢尾都可以生长。田边、溪边、树林边，阴沟坎上，稻场坎上，树林边山上，都可以见到它的身影。也没听说被啥病虫害伤了叶断了根毁了花，它总是把身子紧贴着土地，一身碧绿洋溢着勃勃生机。还常常见到溪畔被水冲到岸边或者田边坎边被机械作业挖断了根的鸢尾，你只要捡起来，把它丢到任意一片泥土之上，只要让它的根须亲吻泥土，三两天工夫，它就能生长得郁郁葱葱，用不了多久，这里就会是一片鸢尾的领地。

鸢尾叶宽 3 至 5 厘米，长 15 至 50 厘米，因为茎极短，密密的叶片斜伸出来，端梢自然下垂，就触到了地面，像梵高笔下的鸢尾向上举着叶片的不是很多，法国的鸢尾跟乐园的有些不同也很正常。乐园的鸢尾，大多是匍匐在地面之上，它总在聆听大地的呢喃，在感受大地的呼吸。

鸢尾在乐园的土地上沉睡，碧绿的叶，蓝宝石一样的花，司空见惯，没有谁在意它，尽管它的花蓝得像蓝宝石，蓝的基因中又有紫的介入，那色彩有些摄人心魄，让人有些魂不守舍。但在乐园，美妙的植物、好看的花太多了，鸢尾，这些微的艳丽不足以征服人们的目光，它，就在乐园深山里默默地生长。

忽然有一天，乐园的鸢尾被城里人看上了。城里人看上乡下的东西太多了，比如玉簪花，乐园的老崖里到处都是。生活困难的年代，我和大哥常常到乱石窖、大花田去采玉簪花蒸饭吃。山里水好，仔细漂洗过的玉簪花装在笤箕里，叶梗洁白，叶片碧绿，一圈圈叶脉像手指的罗纹，视觉美观。菜刀磨快，把玉簪花叶细细地切了，白的绿的自然混杂，依然好看。拌上少量苞谷面，在甑里蒸，飘出的气味已经将前面的美好破坏了，待饭舀到碗里，碧绿变成了乌黑不说，味道苦涩，难以下咽，拌了不少辣子，才将一碗吃完。

不知起于何时，玉簪花作为重要的绿化植物，栽种到了城市的公园里和景观带上，叶片碧绿，叶脉依然像一圈圈罗纹，花朵洁白，像一根白玉的簪子。它们在城市的土地上整整齐齐地排列，白花绿叶书写了素雅的基调，擦拭着人们眼中的疲惫，点亮人们内心美好的希冀。

而鸢尾被城里人看上的原因很多，美丽自不必说，一株两株鸢尾并不引人注目。大片的排列，整齐、洁净、生机勃勃，在红黄白占绝对优势的花谱里，蓝紫色的花朵格外引人注目。物以稀为贵，乡下的村姑成为城里的公主，却没有公主的脾性，不娇不骄，随遇而安，舟车劳顿，没有一丝怨诽，随意安置，从来未曾委顿，好养，少病，一年三百六十五天，总是把叶，把花，精神百倍的生机呈给世人。

城里人一拨一拨来乐园买鸢尾，连根拔起来，论斤两付款。一片一片的鸢尾乔迁进城，我们在月色中路过那曾经是片片鸢尾的河滩或者林地，现在是黑乎乎的一片空地，一种我们从来没有特别留意过的花草，在某一个日子集体离开，留下的一片片空地像我们内心的疤痕，会在许多日子被人揭起，滴血的疼痛，时常发作。

鸢尾还在流向城市，野生的挖光了，有人开始人工繁殖，昌金栽得多，也栽得好，尿素追过几次，叶面肥也喷过几次。他田中的鸢尾像发生了变异，茎长高了，叶片不再贴着地面，叶片特别宽，也特别厚实。

昌金本以为他栽的鸢尾长得好，又压秤，可以赚一笔，没想到，一棵也没卖出去。就是收养儿子，谁会要一个病态的胖子？收鸢尾的人一句话把他顶得说不出话来。可他又舍不得铲掉，第二年春天，开了一满坡蓝紫花，甚为壮观。有专家指点，让他不再施肥，野花素长，过两年，也许还可以找到买主。

再没有城里人来乐园买鸢尾，倒是乐园人来找他买几株传种。过去冬日里把鸢尾铺在篾篓里熏豆豉，这两年用别的草代替，把握不好温度，多有失败。再者，那绿叶，那蓝花，能看时，不觉可贵，不能见了，才觉心中慌乱，卖绝了的鸢尾须得再传起来。

昌金叫人家自己去挖，他也不收钱，他已经拿了退耕还林的补贴。

鸢尾花，会在乐园再次绽放！

萋萋草木

芄 荷

芄荷又叫洋荷、阳荷、洋藿，植株酷似生姜。早些年，有的人家种些生姜作为药用，也用来做煮火锅的作料，因是稀罕物，怕被别人偷采，故意将生姜和芄荷混种。

春风拂过山岗，百草初萌的时候，芄荷的嫩茎钻出地面，跟春笋近似，也有人称为芄荷笋子，是一道美味。烧热的铁锅里倾倒一层薄薄的菜籽油，缕缕油香升起的时候，将切细的芄荷笋倒入锅中翻炒，再加入蒜末、姜末、红椒末，芄荷植株特有的异香跟大蒜、生姜、红椒的香味混合在一起，溢出窗棂，随着春风飘过瓮桥河，就有喷嚏响起。

芄荷嫩笋只适合红楼吃法，尝鲜即可，不可竭泽而渔。笋子长大，才有芄荷可采。

芄荷本是长在地底下的食物，炙热的夏季刚过，芄荷慢慢钻出地面，形状像一支饱满的兽角，顶部开着一缕黄花，此时便是采摘的季节。采回的芄荷洗净，斜着切成细丝，把本地土辣椒亦切成细丝，用沙撮筛出辣椒籽，一起在锅中翻炒，无须别的作料，大蒜两瓣，刀拍，勿切，丢进锅中，翻炒勿过，盛在白瓷盘中，褐的芄荷，绿的青椒，白的大蒜，瞅一眼，就添了食欲。只可惜现在土辣椒已不多见，螺丝椒、芜湖椒、线椒都少了几分美味，芫荷再好，只是凑合。

芫荷更多地用来做泡菜，跟生姜、红椒、大蒜一起洗净，晾干，放入坛内，丢一把花椒，滴几滴白酒，倒几瓶矿泉水（山泉水似乎更好），没过芫荷一应吃物，盖上盖，坛沿倒上清水，过些日子，就有佐酒的泡菜上桌了。有把芫荷红椒生姜切丝做泡菜的，酸得快，急切的人多用此法，刚刚酸到可口的时候，丢两块冰糖在坛子里，变酸的速度会减缓许多，酸辣适度的时间橡皮由此拉长。更多的是芫荷红椒大蒜并不切开，生姜也只掰成小段，一起蹲在坛子里，相互依偎，彼此问候，成就一种新的美丽。泡菜泡好，上桌之前将芫荷红椒切丝，或者把芫荷撕开，也有不切不撕的，本以为耗量可能会大，也有反而吃去很少的，一桌生人，不好丢弃斯文，将一整个芫荷兀自撕开食用，一盘上桌，端回来依然是一盘。

以往的泡菜多是陶坛，泥土的身躯，炉火中煅烧，自然的宠儿，跟土地亲近，农家厨房，七八个陶坛，一溜顺摆在灶台下的泥土之上，自由地呼吸，低声地吟唱。而今的泡菜坛材质改用玻璃，一层薄薄的玻璃，看得见，却无法亲近，感受不到自然万物的气息，一种透明的窒息，隔着玻璃，只能看见一坛植物的遗体。唯一的优点是泡菜的颜色一目了然。芫荷本是褐紫色，水中浸泡，泡菜水渐渐变红，一匹上好的红绸，细腻，光滑没有边沿，一杯顶级的红酒，质地细密色泽纯正。通感把视觉和味觉打通，舒心的颜色让味觉的大门敞开。

我刚调进市里的时候，在林校一旁的山坡上，看到几十亩的芫荷，微风吹动，一坡翠绿此起彼伏，蔚为壮观。乡下的芫荷多是在溪边树下零星种植，这里竟然种了这大一坡，林校人咋这么爱吃芫荷？

别人告诉我，这些芫荷不是吃的，是用来提取天然色素的。

猫儿薹

翻过农历年，空气中的鞭屑气味还没散尽，林间的野樱桃花就开了，这里一树，那里一丛，一团团粉红格外耀眼。

太阳像个少年，大踏步走来，从低处往高处走，落脚之处，绿意涌动。

就有人来约，掐猫儿薹去。来约者，不是少年就是老者。

大约因为猫虎同科，猫儿薹又叫老虎薹，书本里叫薇菜。味道好，营养价值高，且没有污染，不仅受到国内人的青睐，在日本也大受欢迎，每年大量从中国进口。

野樱桃花开得最为热闹之时，猫儿薹约莫一筷子深了，还有几分害羞，曲着颈，把头藏在白色茸毛之中。猫儿薹喜阴，胖乎乎的猫儿薹必定生长在溪边、沟旁，一边掐猫儿薹，一边就听得见汩汩水声。间或还听得见少男少女的絮语。瞳瞳春日里，十多岁的男生女生约了掐猫儿薹，是最阳光的理由。早年的春日，溪边沟边都是青葱的影子。近些年，农村的老人也有时间了，还有许多城里的老人住到了乡下，掐猫儿薹的队伍里也有了一些老者的身影。

猫儿薹采回来，将茸毛里包裹的还没散开的绿叶去掉，开水焯过，每根撕成四条，清水浸泡，清水慢慢变红，每天换一次水，直到清水不再变色，涩味已经褪尽，捞起来或者炒了吃，或者下火锅，也可以晾在杉木杆子上晒干，冬日里，温水发胀，炒、煮、打汤均可，一个季节就在瞬间复活。

秀芹的弟弟旺仁特喜爱吃猫儿薹，也爱采猫儿薹，因为每次采猫儿薹总是和闰莲一起，一边采还一边唱歌：

猫儿薹，一拃长
妹妹来到溪沟旁
左一根，右一根
采一把猫儿薹嫁儿郎

猫儿薹，两拃长
哥哥来到溪沟旁
前一根，后一根

采一把猫儿薹娶新娘……

旺仁和闰莲长大了，旺仁去鄂尔多斯挖煤，闰莲去福建踩缝纫机。旺仁喜欢上了鄂尔多斯，他把马兰花献给了一位鄂尔多斯姑娘；闰莲也喜欢上了福州的榕树，跟湖南的一位小伙子把定情的红丝带系在了一株百年榕树上。

秀芹每年都要采很多猫儿薹，焯好，漂净，晒干，父母在的时候，旺仁每年回家了往鄂尔多斯带。父母不在了，旺仁回来得少，秀芹就给他快递。

每年掐猫儿薹的人越来越多，前年冬天，秀芹挖回来几背篓猫儿薹蔸子种在河边的扁韭田旁。正月十五元宵节，她都要烧扁韭田赶毛狗（家乡把狐狸称为毛狗），从去年起，她把松毛、杉毛、竹枝子铺满扁韭田和猫儿薹田，火点燃了，秀芹和儿子在火光中一边跳跃一边吟唱赶毛狗的歌诀：

正月十五赶毛狗
一赶赶到肖家的门口
毛狗子打个屁
蒸的粑粑不上气……

秀芹在火光中看到了旺仁的笑脸，看到了弟媳妇和侄儿翩跹的舞姿，她甚至看到了父母慈祥的面容，她的泪水潸然。

不久后的一个清晨，秀芹看到一根又一根的猫儿薹从草木灰中钻了出来，曲着颈，把头藏在白色茸毛之中，一根比一根粗壮，一根比一根刚劲。

香　椿

老家的田坎上有好几株香椿，树干歪扭，虬枝盘曲，一看就有了些年头。

虽是老树，每年春天，三个太阳，几缕春风，枝头就举起了朱笔，褐色的嫩芽昭示了勃勃生机。外出几日回家，叶片散开，一爪一爪的褐红，像染了发的少女，招摇张扬，来招人的目光。

招摇是要付出代价的，人们搬来木梯，上树扳香椿芽，嫩芽跟树枝分开的声音清脆，也有够不着的，有专门的工具——竹竿上安了小弯刀，竿子伸出去勾回来，嫩芽就掉在地上，有专人捡拾放进竹篮里。

香椿芽是上好的吃物，最为典型的菜肴是香椿芽炒鸡蛋，春日里，一条冲都是这道菜的芳香，香味大体相近，口感却有区别，除了烹炒的老嫩以外，添加不同的配料和作料味道口感自然不同。比如辣椒，过去春天里只有干辣椒和辣椒粉，现在四季都有青椒，同是辣椒，这味道就有了天壤之别。还有的加了时蔬，比如野韭，比如白蒿叶，比如芫荽，自然就各有风味。香椿叶还可以腌了吃，轻轻焯一下，洗净晾干切细，放在一只大瓷碗里，拌上食盐大蒜辣椒粉花椒粉，滴几滴香油，腌个两日，就可以上桌。也有不切的，因为枝叶张扬，器皿就要大些，作料还是那些，腌的时间稍长，吃的时候，梗子嚼在嘴里，声音脆崩，刺激着人的食欲。

香椿树多，鲜芽吃不完，跟猫儿薹一样，晒干，一小捆一小捆扎好，放在坛子里，或是薄膜包好，吊在房梁上，冬天炒豆豉，乡村的一道美味，做扣肉时拌在霉干菜里，蒸出的肉香味格外不同。现在家家户户有了冰箱冰柜，很多人不再把香椿芽晒干，焯过之后用保鲜袋一小袋一小袋装好，冷冻起来，食用时打开一小袋，炒肉炒鸡蛋，依然是春天的香味，春日的翅膀瞬间滑过。

香椿树还是上好的木材，不沉，不生虫，禁腐，花纹还漂亮，做成家具，木纹透过清漆，好看极了。早些年姑娘出嫁，有一套香椿木的家具，连抬嫁奁的人都觉得长了脸。若要把香椿树做木材，就要"蓄"树，不能采香椿芽，采了香椿芽，树被拦了头，就旁生斜枝，就不成材了。能做木材的香椿树多是长在深山老崖。

香椿树还是长寿的象征，《庄子·逍遥游》中说："上古有大椿者，以八千岁为春，以八千岁为秋。"唐代白居易《齐物二首》中也写到，"椿寿八千春，槿花不经宿"，杜甫也有"但求椿寿永，莫虑杞天崩"的诗句，这些诗词中以"椿龄、椿寿"为祝辞，祝福男性长辈健康长寿。古人喜欢直接用"椿"来比喻父亲或其他长辈，以"椿庭之恩"来表达父亲的养育与教诲之恩，所以香椿树也被称为父亲树、长寿树。也许因为长寿的原因，往日的乡下都用香椿树做房梁，不是自己备的，是至亲送的。立屋那天，数人抬着披红的大椿树吆喝而来，热闹壮观。晚上，木匠师傅把香椿树刨开一块，画上太极图和绶带，两头写上"荣华富贵""长发其祥"的大字，第二天祭梁上梁抛梁。现在多是钢筋水泥平房，上梁的场景已经远去。楠竹坪的韩家依然坚持修了大三间的土起瓦盖的楼房，房梁是一根水桶粗的香椿树，上千人像看稀奇一般去看了上梁的仪式，还有人在抛梁时捡到了包着戒指的包子……

胡枝子

知道胡枝子这个名字是最近的事。

我们去祥君的养羊基地参观，猫儿岭几百亩的荒山，全被他种上了懒筋柯子。我们去的时候正值花期，每根枝条上一串细密对生的小叶子，一串红色的小花。往日见到这里几株，那里一片，并未觉得好看，几百亩的花海，就让人感到了震撼。而几千只白山羊在绿叶红花之间吃吃走走，一幅生动的图画。

在路边的一块金属牌子上，第一次知道懒筋柯子的学名叫胡枝子。

放羊是乡村男孩子每天放学后的必修课，三五只羊牵出羊圈，必定寻一片肥美的青草。羊们吃得惬意，学生娃才可以放心看书，或者是两三个娃聚在一起下一种"狗卵子棋"。看书或者下棋入神的时候，羊会啃了一旁的庄稼。赶到山坡上吃懒筋柯子是最为保险的，懒筋柯子是羊的最爱，吃得专心，吃得贪婪，嘴唇沿着树枝蠕动，绿叶或者红花吃食殆尽，只剩光条条的一根柔枝，还不时惬意地喷一个响鼻。懒筋柯子好吃，离庄稼地远，羊们不会觊觎田地里的庄稼。娃们静下心来看书下棋，要拉尿了，对着一树懒筋柯子一通扫射，几个娃的羊都挤过来抢食，另一个娃连忙对着另一树尿，立马有几只奔了过去。

秋天的懒筋柯子叶子老了，树枝上一串串的豆荚也老了。这豆荚长短粗细跟老式油菜荚差不多，羊来了，依然钟情，吃叶子，也吃豆荚，把一串串豆荚碰得哗哗作响。豆荚里的米很硬，羊并不嚼碎，一粒粒"喝"进肚子里再慢慢消化。三年困难时期，人们受到启发，把懒筋柯子豆荚里的"米"也采回来准备煮了吃，劈柴烧了一大撮，水煮干了几道，那懒筋柯子米还是像"铳子"一般坚硬，炊事员沮丧地坐到稻场的石碾上，阳光下的影子无精打采。

祥君的家在猫儿岭下，仗着猫儿岭懒筋柯子多，几辈人养羊，卖羊皮，卖羊肉，卖羊油。这懒筋柯子营养丰富，富含碳水化合物，还是清热解毒药，吃懒筋柯子的羊肉香、嫩、滑，膻味里透着树柯子的清香，跟别地的羊相比，总是味长了许多，而羊油更加肥硕透亮，少有筋筋绊绊，显油。腊月间，要炸豆腐馃子，山下人去他们家买羊油，铜罐里煨着腊羊肉和豆腐馃子，留你吃一顿，一咬一包汤汁，好多人烫了嘴，烫了嘴还要去夹下一个，这羊油炸豆腐馃子实在太好吃了。祥君的父亲养羊的时候，上面推广波尔山羊，吃草，也吃饲料，羊大，肉多，少了膻味，就没有了羊肉的香味。买羊肉羊油的人少了，蓬草遮盖了山路。祥君走回老路子，养白山羊，两千只，栽种了几百亩懒筋柯子，买羊肉羊油的汽车一直开到了猫儿岭。他在这建了腊肉炕房，很多城里人来了，先吃一顿，再买，要买吃懒筋柯子的白山羊肉，要熏得香香的腊羊肉，不辞价，不看秤。

祥君是我的学生，我来参观他的基地，要送我两只腊羊腿。我说，你不差钱，我不缺钱。收了钱，我要两只前腿，你要保证是吃懒筋柯子的羊肉。

不想祥君哈哈一笑，您要是要没吃过胡枝子的羊肉还真难倒我了，羊肉绝对正宗，顺便提醒您一句，您也是知识分子，再不要说懒筋柯子，记住，胡枝子。

从此，我记住了胡枝子！

木 瓜

应邀参加木瓜文化节，看人海，也看花海。

这木瓜不是水果木瓜，而是药用皱皮木瓜，又名贴梗海棠，蔷薇科落叶灌木。果实富含氨基酸，集药用、食用、保健、观赏价值于一身，好东西。

木瓜花酷似海棠，花瓣粉红，开花时叶片尚未长出，数百亩连种，粉红的世界。观花的男男女女穿行在田中的甬道上，山歌连连，笑语喧天，头上无人机的嗡嗡声宛若蜂鸣。

木瓜花花期不长，约莫二十天，粉红凋落，悄悄结出小木瓜，叶片也生长出来。阳光雨露的恩赐，果子如奶水充足的孩童，见天疯长，茶盅般大小的果实密密匝匝地隐藏在光滑翠绿的叶片中间，密实而硕大，树枝有些承不住，有木叉撑住了树枝，悬着的心落进肚中。

过了中元节，开始打木瓜。木瓜结实，竹竿在树上胡乱敲击，木瓜落于地下，捡到篮子里篓子里，背回来，种得多的，一棵树就有一篓子，哪背得过来？田间修了大路，农用车运，比背快，也省力。运回的木瓜劈成两块，劈口朝上，日晒夜露，渐成褐红色，香气扑鼻。只晒不露不行，往日晒木瓜，男人们一块铺板一床席子就在晒场旁草草睡下，一怕有人偷木瓜，二怕下雨。淋了雨，霉了，腐了，乌黑乌黑像摆着一晒场黑炭，就只能生炉了。有瞌睡大的，一个翻身，身旁躺着一个人，女的，想喊，被女的捂了嘴巴。白布掉在染缸里，你洗得清？你想咋样？我只撮一撮箕木瓜，男人走了，两个孩子下学期上学没书本费了。你快撮快走。说着把头掉到另一边。现在，人们搭了晒棚，离地尺余的竹梁上铺了篾折子，木瓜摆在篾折子上，雨水从晒场流过，湿不了木瓜，而棚顶上卷着油布，要下雨了，绳子一扯，就把晒棚盖得严严实实。

劈木瓜和收木瓜是最有看点的。夜幕降临，家家户户灯火通明，咚咚咚的劈木瓜的声音此起彼伏，从村东响到村西，青木瓜的芳香弥漫一地，令人沉醉。第二天一早，脆生生的阳光下，一撮箕一撮箕一劈两开的青木瓜从座座门扉端出来，铺到晒棚上，铺到筛坝上，铺到水泥楼平上，铺满人们的眼帘。木瓜快要晒干时，收木瓜的客商就来了，镇上的旅社里色彩斑斓的口音顺着穿镇而过的小河飘荡。一个亳州的客商本来已经和本地坐商订了货，这天夜里自己上山直接找农民买货，农民图个多赚两毛三毛的中间差价，直接卖给了亳州人，货车在山路上左弯右拐，车灯扫射着山上的树木黝黑如墨，苞谷叶在风中摇摆。一车木瓜快驶入镇上的口子，有人拦车，原来是订货的坐商，合同、情谊、脸面都挂不住，亳州人说：算我给你收了一车货，运费我贴了。消息长了翅膀，一夜传遍一条街，外地的商人都坐在旅社里，跟本地的商贩们微信联系，电话沟通，一个镇的木瓜一车一车运走了，一溜的芳香在车队后面飘溢。

农民的票子多了，洋房、小车也多了。木瓜树，在山间蔓延，镇政府院子里，种了十棵木瓜树，那是镇树，伤残军人涛哥负责管理，木瓜也归他收获。

这十棵木瓜树就长得格外好，花朵艳丽，叶片肥厚，果子个大，劲鼓鼓地闪烁光泽。前年春天书记调到县上，临走时撅了一根枝条回去扦插，今年就开了花，他老婆笑他海棠命，他纠正：木瓜命。

山胡椒

山胡椒是春天的使者，刚过完春节，棉袄还没褪下，山胡椒就开花了，一树树金黄，站立在万木萧索的林子里，格外耀眼。

头年冬天，山胡椒就打了花苞，一粒一粒，圆圆的，不住山里的人，还以为那就是山胡椒。

山胡椒花有一种特殊的芬芳，是做酱的好作料，就有人上山采花，小布袋提回来，簸箕里或是木板上铺了报纸，把花晒干，一年四季做酱的时候随时取用。还有讲究的不铺报纸，说报纸的油墨会抢了山胡椒花的香味，买了崭新的大白纸铺着晒。

采了花，就结不出山胡椒了，采花的人都避着人，往深山里去，深山里的山胡椒是没人摘的，采了花就不会遭人白眼，更不会有人叱责。

山胡椒的香味相比于花朵更加浓烈，过于浓烈的芳香，对于一部分人来说就是难闻的臭味，就像芫荽，有的人觉得特香，而另外的人闻之欲呕。

山里人多喜山胡椒，还只有萝卜籽大小的时候，菜市场就有人出售，几块钱一两，人们争相购买。买回家，去掉叶和果梗，洗净，晾干，辣椒大蒜切碎，加食盐香油跟晾干的山胡椒拌匀，放于冰箱，腌制一天半天，即可食用。生活粗枝大叶的人，并不去掉果梗，因为果梗跟山胡椒一个味道，且嫩，丢掉可惜，他们将其拌匀之后并不在冰箱放置，立马就开吃。其时，山胡椒还是绿色（腌制时间长了会变黑）味道更地道，更真实。三五粒嚼在嘴里，如同薄荷的气味，上至鼻腔脑门下至肝肺肠胃一下贯通，那份舒适那份畅快非亲历者实在难以领悟。若还有一口烧酒，便是圆满。采摘稍迟一点，田里拔两棵嫩蒜，掰下蒜瓣，菜刀拍之，去皮，拌之，绿的山胡椒，红的碎椒，白的嫩蒜蓉，那味道就又胜出许多，可以吃两碗饭，佐三两酒。

除了直接食用，山胡椒还是极好的作料。山胡椒炒土豆片，一盘菜盘活了一个农家乐，客人来此，点的第一道菜就是山胡椒炒土豆片，那价格，比一盘炒瘦肉还贵。还有一家叫作欲鱼的鱼馆，几乎天天客满。有北京的客人去乡下调研，去时吃了一顿，回来时坚持到此吃鱼，还买了一份密封带回京城。这做鱼的诀窍就是用腌制的山胡椒和紫苏叶作为作料，一籽一叶，调一江好鱼。

人们总在探索如何把美味储存，随时可以享用。把腌制好的山胡椒用瓶子装好，瓶口处倒上煎熟的菜油，锁住鲜香，这一招很不错，一年四季，都有腌制的山胡椒下饭佐酒，那些专门做鱼的餐馆也常年有了好的作料，鱼的芳香和名声就飘向四面八方。有了冰箱之后，又有人盘算如何将嫩山胡椒保鲜，深色塑料袋把山胡椒装成一小袋一小袋速冻，雪花飞舞之时，打开一小袋，拌上大蒜、辣椒、香油，山胡椒还是绿色，春天的旋律在隆冬响起，嚼一粒，春天的气息一起复活。

然此等异味之物，城里人、文明人多拒之，以为文野之分。在宜昌上班的光轩谈了一个女朋友，武汉的，情投意合，如胶似漆。那女的提了一个条件：不吃芫荽鱼腥草和山胡椒。光轩态度诚恳，一年为期，戒掉三物。一年之中，大吃特吃。女友有愠色。光轩说，我吃一回少一回，言甚戚然，泪盈眼眶。女友不解，会有这等不舍？遂尝之，一口怪味难闻，撩拨了好奇心，再尝，竟觉味奇特，所有感官激活，恰如吻之高潮，弗能止，遂大口啖之，五脏通泰，四肢如羽……

婚期在第二年春夏之交，回乡完婚，带回城里几大盒山货土产，其中有十瓶腌制好的山胡椒。

光轩启动汽车的马达，萨克斯《回家》的音乐像一根鸡毛轻拂他内心的簧片，他的媳妇已经醉卧副驾……

鱼腥草

鱼腥草因为有很浓烈的鱼腥味而得名，是上了《中国药典》的草药。

在鄂西，鱼腥草不但出现在药方里，更多是出现在餐桌上。

鱼腥草有很多名字，蕺菜、岑草等，食用的历史很长，有人说，《诗经小雅》中的"呦呦鹿鸣，食野之苓"的"苓"就是鱼腥草。上了餐桌的鱼腥草多数不再叫原名，改叫结儿根、节节根、折耳根……大约是从"蕺菜"的"蕺"字字音演变而来。

每年春天，几缕春风掠过，杨柳的枝头刚有了绿意，鱼腥草就钻出地面，褐红的叶子在风中摇摆，人们会在时间的段木中搜出一片闲暇，提了篮，握了锄，来到溪边或是山坡上，采挖鱼腥草。白色的根茎胖乎乎的，似婴儿的臂膀，洗净，叶子顺在一边，白根齐齐整整躺在筲箕中，卧在一棵桃树的臂弯里，跟阳光私语。

沥干了水汽，叶和根都切了，跟山胡椒一样，红椒大蒜切碎，加食盐香油拌好，上好的凉菜。在鄂西，从农家小酌到五星宾馆的高档宴会都会有一盘凉拌鱼腥草，推杯换盏之间，荤菜、上档次的菜往往需饭后打包，而这鱼腥草多半都加过一盘。近些年，又从凉菜发展到热菜，鱼腥草炒腊肉，鱼腥草碎叶炒鸡蛋，大受食客欢迎。

其实，熟吃鱼腥草并不是现在的发明，困难时期人们便吃过了。野菜的寡淡乏味，刺激着人们的想象力，思想着如何把这野菜做得可口一些。就有人把从沙坡（沙坡里的鱼腥草不像溪边河边那样茁壮可人，但是面积大产量高，有时可以挖到一两米长的细根）采回来的长长的鱼腥草根洗净，开水里焯一焯，然后在太阳下暴晒，晒到一折即断的时候，揉成一把，放到碓臼里，石碓一舂，鱼腥草断成米粒长短的"鱼腥草米"，筛子筛去细灰，掺上少量的苞谷面蒸出来的饭，有一股异香，嚼在嘴里面糯可口。这法子被争相效仿，鱼腥草米饭成为当时最好的饭食。有一天夜里，一个远房舅舅从我们家门口路过，来我们家"讨歇"（讨要床铺住宿），家里还有两升鱼腥草米，母亲便不甚慌张，舀出半升待了客，余下的布袋系紧重新挂到房梁上。

鱼腥草的药用价值在我的家乡体现得格外充分，这里是农村合作医疗发源地，毛主席挥手的地方，坚持"土医土药土药房"和"自种自采自制自用"的"三土四自"方针，尽量利用中草药资源，满足农民吃药看病的需求。20世纪六七十年代，乐园自制了鱼腥草注射液和三百棒注射液，设备是上面支持的，卫生院的老院长覃万义亲自上机操作，严格执行操作规程，生产出来的药品检验达标，在当时生理盐水和葡萄糖等药物都极度缺乏的情况下，解决了很多问题。

现在，鱼腥草有了大量的人工栽培，故乡的土地上也种了不少，当然不是为了生产鱼腥草注射液，那个制药车间已经永远成为历史。今天发展鱼腥草完全是为了满足人们的口舌之快，吃法也由过去的吃根为主发展到食用全株。前些日子，在桃花岭饭店吃饭，点了一盘鱼腥草叶，猩红厚实的叶片，拌了三五种作料，叶片在嘴里翻滚搅动之时，总有点像牛羊吃草的感觉。问主人这盘菜的价钱，他说堪比一盘牛肉，还没等我发出惊讶之声，服务员在一旁说：这是从成都空运过来的。

我一时愕然。

玉簪花

认识玉簪花是在20世纪60年代，周末的时候，我去二姑妈家玩，二姑妈安排祖庭哥（过继给二姑妈的大哥）带我去荒上采野菜。

其时，三年困难时期已经结束，一辈子谨慎的二姑妈总是忘不了那些挨饿的日子，总想粮食省着吃，时常在饭里掺点野菜。

祖庭哥常在荒上奔走，打山货，采药草，扳香椿，套野鸡，轻车熟路，就把我带到了有几十亩荒坡的尤家大湾。大湾的湾口有一户姓尤的人家，土墙房子，盖着茅草。

走过溪沟，是一眼望不到边的玉簪花，从脚下一直铺展到荒顶，很是壮观。玉簪花的叶片很嫩，还没有开花，因而没有玉簪。碧绿如黛的叶子，密密麻麻，每片叶子上都有手指的罗纹一样的纹路，一圈一圈地绕得均匀好看。一大片叶子，张开着数不清的罗纹。我把手伸向一丛嫩叶，祖庭哥摆了摆手，朝着玉簪花叶撒了几把石子，他说，怕伏着蛇呢。我刚采了几片嫩叶拿在手中，哥又说，不要一块一块都采干净了，跳着采，也不要拔根，摘下叶子就好。它虽是个草，也是命，不要让它断子绝孙。

太阳当顶我们就回来了，去溪边濯洗玉簪花的叶子。我们把洗净的玉簪花扎成一把一把，洁白的叶梗上缠着棕榈叶片，很是抢眼，一把一把摆在筲箕里，搁在石头上沥干水汽。

我还没有吃过玉簪花，盼望太阳早日落下来，二姑妈回来蒸玉簪花饭吃。那些年生产队放工似乎都很晚，二姑妈回到家月亮已经升起来了，哥在灶前架火，二姑妈把玉簪花切细，拌上苞谷面，盛在木甑里蒸，一种植物的清香在灶屋弥漫，我的好奇和希望在清香中膨胀。

上桌吃饭时，只有我是激动的，二姑父甚至被催了几遍才慢吞吞地上桌。一碗饭没有吃完我就理解了他们的态度，蒸熟的玉簪花黑乎乎的，一股土腥气总在鼻腔周围萦绕，还有一缕淡淡的苦味缠绕舌苔，要不是就着一碟稀辣椒和一锅懒豆腐，那一碗饭我肯定吃不完。

再次看到玉簪花是几十年后的事情，这高山野菜竟然栽培到了宜昌市的滨江公园，片片绿叶罗纹清晰，微风吹起，叶波田田，甚是好看。看着还在栽植玉簪花的人，竟然觉得亲切。一个低头栽花的人抬头看了看天说：尤三哥，今天怕是栽不完了。打夜工也要栽完，我要连夜赶回村里的。

　　我走上前问话，果然是尤家大湾尤家的后代，修了新的房子雇人在那栽培玉簪花，自己一家搬到了村上。

　　没过多久，就在超市看到了玉簪花叶梗做的瓶装泡菜，洁白的叶梗，大红的米椒，看起来就有食欲，商标竟然是"尤二姐"。尤家的人可能没有读过《红楼梦》，并不知道尤二姐的悲惨命运，也许只取模样标致之意也未可知，消费者并不忌惮这商标有啥不祥，购买得踊跃。

　　我买了一瓶，味道确实不错，但以后却再也没有买过。

一粒黄豆

　　已是秋日的一个午后，太阳竟然还像一个初恋的小伙子，肆意地释放着浑身的热量，没有风，成熟的苞谷像邋遢的少妇，睡眼惺忪，披头散发。此时桂枝嫂子顾不上收获苞谷，那一坡黄豆的豆荚似乎经历了分娩的阵痛，一粒粒黄豆已经破荚而出了，饱满光滑圆润如玉的黄豆掉落在泥土里，像新生儿一样招人疼爱。

　　桂枝嫂子很着急收割那些黄豆，但是现在不能碰它，只要碰一下铃铛般的豆荚，黄豆们就会争相蹦出。桂枝嫂子耐心等待，等待太阳落山，等待月亮升起，等待夜露从四周的松树林慢慢涌出，将豆荚浸润得潮了，软了，她在夜色下去收割那一坡黄豆。

　　桂枝嫂子是杨家冲出名的能吃苦的人，一夜不睡，她要把那一坡黄豆收割回来。她懂那些黄豆，播种、锄草、施肥，都是她一手一脚侍弄的，她知道它们现在急于脱离一直呵护它们的豆荚，走进另一个世界，去经历属于自己的生活，去体味每一粒黄豆应该体味的快乐和痛苦，去成就另一种生命形态……

磨膏豆腐

　　我每次回老家经过秀峰桥小镇时，都会推开一扇门，挑起那方蓝布门帘，走进张纯轩的豆腐坊买豆腐。他制作豆腐虽然用干湿磨代替了石磨，但是他坚持用柴火烧煮豆腐浆，他打出来的豆腐就有一股小时候吃过的豆腐的香味，而现在有一种制作方法是不用火加热豆腐浆，而是用蒸汽发生器将饱和蒸汽捅进装豆腐浆的容器中，把豆腐浆冲"开"，这种豆腐完全没有豆腐本来的味道，城市里售卖的大多是这种"豆腐"。

气味是刻录在唱片上的缕缕波纹，一旦重新播放，跟这种气味紧密相关的场景就会立马复活。站在张纯轩的豆腐作坊里，吮吸着弥漫在每个角落那种醇厚的很有质感的豆腐香味，我总是会想起小时候家里打豆腐的情景。

泉水泡胀的黄豆，形状像缩小了很多的猪腰子。石磨洗好了，父亲负责推磨，母亲把一盆泡好的黄豆搁在木凳上，手握一把木勺，石磨每转两圈她就舀小半勺黄豆倒进磨眼里，黄豆磨出的浆很稠，一片一片挂在石磨四周，新的豆腐浆从石磨边涌出，原先的挂不住了才落进篾制的簸窝里。

磨完豆腐浆，要放到锅里烧开，柴火哗哗剥剥在灶里燃烧，火舌舔着锅底，然后呼呼地从灶头伸出，掉在灶头的铜壶里的水很快就开了。我常常坐在灶门口负责架火，火光把我的脸膛烤得红红的，倘是夜晚，还会把我的影子印在那面土墙上，黑乎乎的不甚明亮。豆腐浆烧开了，装进滤豆腐的口袋里过滤豆渣。有的人家用纱布做豆腐口袋，过滤很快，但是豆渣会漏到豆腐浆里，做出来的豆腐渣咧咧的，口感不好。我们家的豆腐口袋是用细白布缝制的，因而滤得很慢，父亲用手使劲揉捏，母亲在一边给他擦汗，当父亲终于把滤尽豆腐浆后的小半袋豆渣放到石磨上时，坐到椅子上就不想再站起来了。

滤过豆渣的豆腐浆再放到锅里烧开后舀到簸窝或是木盆里，才开始用石膏点卤。有的用烧过的石膏，也有的用生石膏，磨成石膏粉，加水调成石膏浆，然后倒入舀起的豆腐浆里，让豆腐浆慢慢凝固。

这样加工出来的还是豆腐脑，或者叫水豆腐，做汤非常好，北京的早点铺几乎每家都有豆腐脑，加上包子、饺子或是油条油饼，一顿早餐说不上丰盛却很实惠。

市场上很少有豆腐脑出售，售卖的多是一块一块的"包豆腐"。用一块包袱铺在篾筛里，把豆腐脑舀到包袱里，四个角拉紧，压上木板，木板上再压一块石头，经过一个通宵，打开包袱，就成了很硬很有形状的包豆腐，把包好的划成九块，每一块都有一面印满了篾筛的印记……张纯轩的豆腐坊不再用篾筛，而是制作了专门的豆腐箱，包出的豆腐非但没有篾筛的印记，而且方方正正，不像在篾筛里包的豆腐四周都是一个半圆的形状。

张纯轩的豆腐坊因为采用传统工艺制作豆腐，所以生意很好，天还没亮，他屋顶上的烟囱就开始冒烟，听得见烟囱里柴火燃得呼呼作响，还不时有木柴燃烧的炸裂声，像人打的一个喷嚏。一大早，就有餐馆、食堂的采买人员或者家庭主妇上门买豆腐，他还要骑着摩托把豆腐卖到四山五岳，上午一趟，下午一趟。他的手机号码被很多家庭主妇用粉笔写在门背后，也有的记在手机通讯录了，还有的记在了心上。

这只是普通的豆腐，还有一种磨膏豆腐似乎只在鄂西有加工，加工工艺至今没有流传开来。

磨膏豆腐和普通豆腐的加工工艺没有太大的差别，石膏点卤时不是用石膏粉，而是把烧开的豆腐浆舀在木盆或是篓窝里，然后在木盆或是篓窝上放置豆腐架子，把一块干净的石头搁到豆腐架子上，手里拿一块石膏，在石头上一边磨一边浇水，石膏水慢慢滴到木盆或是篓窝里，然后搅匀……磨膏豆腐是专门用来炸豆腐馃子的，不知道是不是分子结构不同的缘故，磨膏豆腐炸出的豆腐馃子特别泡，特别松软，放到腊蹄子汤里一煨，咬上一口，汤汁四溢。外地人第一次吃磨膏豆腐炸的豆腐馃子，很多人都烫了嘴，烫了嘴还是忍不住去夹下一个。

除了炸豆腐馃子，当然也可以把豆腐炸成一张一张豆腐皮子，然后切成豆腐条子。古镇椰坪的早餐闻名整个三一八国道，不光是主食花色品种很多，单是汤就有十来种，其中有一种豆芽子煮豆腐条子，是我的最爱，每次到椰坪，都要在那吃过早餐再离开。有时去椰坪走亲戚或是路过椰坪，我会跑一百公里路赶到椰坪吃早餐，全是为了那一碗豆芽子煮豆腐条子汤，味美的程度真是难以辞叙。

张纯轩的豆腐坊似乎不做磨膏豆腐，因为磨膏豆腐只有在逢年过节才会俏销，而此时，普通豆腐的需求量也比平日多了许多，天不亮就起床，半夜里他的豆腐坊还亮着灯光，烧豆腐浆的热气从他房里的天窗钻出来，香了半条街。常常有医院下夜班的医生护士路过豆腐坊，敲开他的门，他还在滤豆腐。窗外，北风吹得电线杆呜呜地响，而他却是满头大汗。医生和护士说是想喝一碗热豆腐脑，他说，我这也没啥作料，咋喝？医生和护士说就要原汁原味的豆腐脑，热的，暖暖身子。每个人喝下一碗，万般畅快，张纯轩不要钱，医生和护士把钱丢在案板上，开门走了，有一个医生说：为啥不做磨膏豆腐呢？

他一边滤豆腐一边想，是不是该把磨膏豆腐也搞起来，人手不够，就再招一个人，他和正在调石膏浆的老婆商量这事，眼皮已经在打架的老婆立马兴奋了："这方圆几十里，杨家冲的二婆婆打磨膏豆腐最行，把她请过来，肯定行。"

张纯轩的豆腐坊门口竖了一块牌子，告知乡邻有了磨膏豆腐，他还特地用电话通知了我。这年回家过春节，我在秀峰桥停了车，打算去张纯轩的豆腐坊买豆腐，只见他门前排着长长的队伍。

秀峰桥也有了豆芽子煮豆腐条子。

豆腐馃子豆腐皮子的香气弥漫了一街。

豆酱粑

我喜欢在融融春日里回到乐园，天空湛蓝，阳光暖和但不晒人，春风贴着人的皮肤吹拂，像鸡毛掸子滑过。山上密密匝匝参差错落的树枝，已经有了难以察觉的生命的萌动。在这个时段，金黄的山胡椒花，粉红的野樱花格外抢眼。茅草、大蓟、小蓟、薇菜秧子感受到春日的召唤，从青苔里探出头来左右观望，田埂上，山坡上，就有了一层青绿的弥漫。

我总要去看看母亲的菜园，菜园里菠菜已经起薹，芫荽开着星星点点的白花。最多的还是白菜，嫩嫩的叶片像婴儿的粉脸，其实，白菜已经不嫩，因为肥上得足，母亲又喜欢一茬一茬地掐掉老叶子喂猪，留下来的就显得很嫩。仔细瞧，也已经起了菜薹，肥肥胖胖的菜薹像婴儿的手臂，不经意地举着，手掌上是一朵密密匝匝的菜花，一粒一粒的花蕊紧挨着，还是绿色，还没有变黄。

此时的白菜薹是上好的美味，开水焯过，加上葱蒜凉拌，或者洗净清炒，都很可口，而最惬意的莫过于下火锅。

提起白菜薹下火锅，几乎每个鄂西人立马就会想到豆酱粑。

豆酱粑是豆渣制作的，只有在寒冷的冬天才可以制作。

把豆渣拌上花椒粉、柑子皮等作料，然后放在锅里翻炒。木柴哔哔剥剥地燃烧，锅铲跟铁锅的摩擦声竟有几分悦耳，风吹动着窗门啪啪作响。很多树都落叶了，风穿行的速度变快，房子成了风最大的阻力和障碍，门窗就遭了风的拍击，大门上去年贴的春联被风揭起大半，哗啦哗啦响过一阵，就被风卷走了，似乎在提示新的春联也要贴了。

母亲炒着豆渣，父亲找来簸筛，铺好枯桐麻叶。桐麻叶是白天我去田间捡回来的，水中洗过，太阳晒干，把叶柄扎成一把，挂在灶屋里，使用时可以随便抽取。

豆渣不能太湿也不能太干，母亲用手一握，可以捏成团，吩咐我连忙熄火，将炒好的豆渣舀到铺好桐麻叶的簸筛里，用力按紧，再铺上几片桐麻叶，就把簸筛端到火塘楼上放好。

农家的火塘每到冬天整天会生着大火，一为取暖，二为熏肉。火苗呼呼，浓烟滚滚，楼板上的豆渣开始发酵，慢慢地，表面已经生成一层白毛。父亲说，端下来吧，母亲说再熏一天。豆酱粑的火候很重要，早了，还没有充分发酵，豆酱粑没有香味，跟吃豆渣差不多，迟了，发酵过度，又会有一股苦味。

簸筛端下来，揭开枯桐麻叶，用干净毛巾擦拭掉那层白毛，然后把整块的豆酱粑划成一条一条的长条，再切成薄片，在簸箕里摊开，放到太阳下晾晒。豆酱粑是很容易晒干的，冬日的阳光下也只需两天就会干好。干好的豆酱粑多有卷曲，卷曲的形状似乎更为生动，更富有生活气息。往日，干好的豆酱粑会放进坛子里或是生漆漆过的泡桐树木桶里，可以防潮，防止香味溢漏；现在，则是用塑料袋装成一袋一袋的，食用时一次打开一小袋。

　　也有把炒好的豆渣捏成一个一个小圆饼，然后发酵的。这样的豆酱粑到要吃的时候才切开，当然不会是一片一片的，下到火锅里，散开为一颗一颗的，黏附在白菜上，味道也非常鲜美。

　　还有把豆渣炒得很干的，不压紧也不捏成圆饼，而是就让面状的豆渣直接发酵，去掉白毛，晒干。这样的豆酱粑成为"渣酱"，可以下火锅，也可以加辣椒面和食盐，用开水发泡后当凉菜吃。如果是煮了面条，再配一碟"渣酱"，那面条就会吃得格外香，格外惬意。

　　白菜薹已经洗好，鲜嫩鲜嫩地在筐箩里滴着水滴，那是一个季节的馈赠，是大自然向人类示好的见证。

　　五花腊肉洗好了，切成丁，烧热铁锅，腊肉丁倒进锅里翻炒，随着铁锅里发出的滋滋声，腊肉的香味开始弥漫。腊肉丁黄而不焦油脂已经沁出许多时，放入葱姜蒜快速翻炒，然后加水烹煮，水沸之后再加花椒、辣椒皮和自制的豆瓣酱，煮至滚开，倒入小锅，移至餐桌的炉子上。其他菜肴摆好，酒斟好，在滚开的汤锅里下入豆酱粑，一股特殊的香味立刻填满了整个餐厅。汤汁开过两开，把白菜薹倾进汤锅，菜薹煮熟还没有煮死时味道最为鲜美。一双双筷子伸进汤锅，夹起一段菜薹或是一朵菜花，一起夹起来的还有一片一片的豆酱粑，美味入口，才开始饮酒。豆酱粑没有了，再下；白菜薹没有了，再下；汤锅里已经没有多少油水了，肥肉炼出的化猪油再添两勺；辣椒皮再丢一把；豆瓣酱再舀一勺；豆酱粑再加一碗；只是忙了洗菜薹的人，一把菜薹在汤锅搅一圈就完了。酒自然也下得快，因为这可口的豆酱粑，一桌人多喝了一瓶酒。

　　每每春日，我几乎都要深入到鄂西的腹地，在那里寻找春天的足迹，寻找一个季节的灵感。鄂西的大街小巷，到处都飘溢着豆酱粑的芬芳。从大的农贸市场到小巷子的小菜摊，卖得最快的自然是白菜薹，一起售出的当然是各色各样的豆酱粑。虽然出自不同的农家，有切成片的，有做成圆饼的，也有面状的渣酱，因为作料的多寡和轻重，味道也略有差异，但那种豆渣发酵的香味却是出奇地一致，别的任何味道都无法将其覆盖。

　　豆酱粑的美味不但一直贿赂着我的味蕾，而且将其美味信息输入了我的神经系统，形成一种力量强大的文化观照和系统编程，我已经无法逃离这份有些偏执的热爱。

每次回老家过完春节回城的时候，亲戚朋友都会有各种各样的馈赠，许多东西我都回绝了，唯有豆酱粑是来者不拒，大袋小袋大包小包，装满两纸箱，当然，为了配套，五花腊肉和辣椒皮也会收取一些。当我把这两个纸箱塞进尾箱，然后关上尾箱盖子，我觉得一个诗意的春天已经被我牢牢地锁住了，汽车启动，轮胎碾过雪野的声音格外动听，印在雪地上的轮胎花纹是那样新颖而亲切。

其实，我回到宜昌，隔三差五就有朋友向我讨要豆酱粑，还有的人，提着两瓶好酒，往我沙发上一坐说：吃完豆酱粑再走。直到春日和煦的阳光渐渐变得有几分炽烈，冰箱里装豆酱粑的那两格已经空空如也，我家里才安静了下来。

石榴花开了，长江对岸的那片麦地已经变得金黄，看得清刈麦的队伍穿得花花绿绿。

豆　豉

有人说，豆豉创制于春秋战国时期，《楚辞·招魂》中有"大苦咸酸"，根据注释大苦即为豆豉。另有一种说法认为先秦文献并无豆豉记载，《史记·货殖列传》才首次出现关于豆豉的记述，《齐民要术》中则有了制作豆豉的技法，豆豉当是出现在秦汉之际。

豆豉的生产最早是由江西的泰和县流传开来的，所以，公元675年，意气风发的青年才俊王勃作完《滕王阁序》，用豆豉为洪州（今南昌）阎都督疗病当属事实。

江西填湖广、湖广填四川时，豆豉的制作工艺由江西传入湖北、湖南和四川，并在这些地方发扬光大。重庆市永川区的"永川豆豉酿制技艺"和四川省绵阳市三台县的"潼川豆豉酿制技艺"作为"豆豉酿制技艺"的代表，于2008年6月7日被国务院公布为国家级非物质文化遗产，泰和县会做豆豉的人可能当年都入了湖广四川吧。

鄂西是当年入川的必经之路，豆豉制作工艺就在这片土地上落地生根开花结果了。

豆豉是书面语，在我的老家长阳，把豆豉称为"酱豆子"。

做酱豆子，要选上好的黄豆，洗净，泡胀，先在锅里煮，然后用木甑蒸。蒸熟的黄豆倒入铺好枯桐麻叶的簸箩里，表面用枯桐麻叶覆盖，然后把簸箩吊在火塘的楼板下，火炕烟熏，让其发酵。过两三天，用筷子从覆盖的桐麻叶上插进簸箩，抽出来，大拇指和食指捏住筷子，然后松开，能牵比较长的丝，就是发酵好了，没有丝或者丝还比较短，就需要继续发酵。

簸箩里的黄豆发酵好了，把簸箩取下来，把已经发酵好的黄豆倒到簸箕里拌作料，然后端到阳光下晾晒，这个过程叫作出酱豆子，一个"出"字，就有了几分神圣，有了几分仪式感。

广椒面、花椒粉、生姜末、柑子皮末、大蒜末、食盐早早就准备好了，一样一样倒进装着发酵好的黄豆的簸箕里，用筷子搅开，拌和均匀，这时就可以称作"酱豆子"了。因为发酵后有丝，那些作料黏附在黄豆表面，酱豆子就像大小均匀的小土疙瘩而不再像河滩上光滑的沙粒。

用筷子把酱豆子摊得薄薄的，一张簸箕不够，则用两张三张。把摊好酱豆子的簸箕端到稻场里的晒架上，冬日里温和的阳光落在酱豆子上，仿佛看得见缕缕湿气的蒸发，湿气的丝线弯弯曲曲，断断续续，若有若无，香气随之四处飘散。常常在冬季的晴天，我们在乡间行走，很多人家的稻场里都晾晒着酱豆子，站在山脊上往平地一望，星罗棋布的簸箕不经意地排列着，呈现出一幅鄂西山乡特有的图画，生活的五颜六色和六滋五味在这里肆意铺陈。微风吹拂，酱豆子的香味飘了一条冲，飘过一条河，刺激了女人的食欲以及男人对喝酒的渴望，这几日，不知有多少人家会有佳肴盈桌，会有美酒飘香。

酱豆子的香味不仅馋人，鸟也会闻味而至，所以晾晒酱豆子的簸箕上，都会搁一个类似火铳的东西——或是一根拐杖，或是一根有弯根的树。这些都没有的，干脆把灶屋里的扒火耙拿出来了，也有的搁了真的火铳在簸箕上，正像田间的稻草人吓鸟一样。经过无数次的试探之后，终于有鸟敢于在稻草人头上啄食没有掉落的秕谷，甚至于有鸟把鸟窝做在了稻草人头顶上。有胆大的鸟飞到簸箕边啄了一粒酱豆子，并没有任何响动，这个信息就被一只一只翅膀很快传递开来，鸟们开始肆无忌惮起来。

我们家要晒酱豆子时，母亲把赶鸟的任务交给我，我找来一只破旧的搪瓷盆，中间安上一个铁抓钉，挂到稻场边的石榴树上，再牵一根绳子到堂屋里。每当有鸟飞来，我狂扯那根绳子，破搪瓷盆叮咚作响，没有鸟再敢飞来。

晒干酱豆子，这只旧搪瓷盆就收到楼上，第二年照用。那一年，我上了师范，全国搞"五七"教育网，每个生产队都办了学校，杨家冲的学校没有校铃，老师跟母亲说了，把那只旧搪瓷盆讨要了去。

晒干的酱豆子用坛子装好，需要食用时随时取出。

在鄂西本土名菜中，猪脸肉炒酱豆子无疑是排在前列的。取出煮熟的猪脸肉切成薄片，放进锅里翻炒，有油沁出时，倒入酱豆子继续翻炒，因为酱豆子的作料齐全，这道菜不需要再加任何作料，就香溢满屋。没有猪脸肉时，肥瘦各半的座子肉切成薄片炒酱豆子味道也很不错。遇上刀功好的主妇，肉片切得很薄很薄，在锅里翻炒时自然卷曲，没有因为肉片太厚而怕腻人的担忧，很受食客欢迎。

鄂西近重庆，人多嗜辣。夏秋时节，有一道菜大大小小的餐馆都会做，那就是土广椒炒酱豆子。一定要是土广椒，菜椒、螺丝椒都不合格。土广椒切成条，筛出籽，土榨菜籽油（色拉油、调和油次之）倒进热锅，菜籽油炸熟，丢进几瓣刀拍去皮的大蒜，香气溢出时，倒进切好的土广椒。土广椒炒至半熟，再倾入酱豆子继续翻炒，土广椒炒熟不蔫时起锅。这是一道藏不住的菜，一屋烹炒，四邻就会有喷嚏间或响起。我在乡下教书时，一盘土广椒炒酱豆子，一碗白米饭，一杯白酒，摆在阳台上，边吃边饮，看夕阳像一个火球在远处慢慢落进一片丛林之中，山喜鹊拖着长长的尾巴从一棵树飞到另一棵树，高高低低房子的白墙都被涂成了金黄，有人从房子里走出来，走进夕阳里，人身上似乎就闪烁着金灿灿的光芒。生活原来如此美好，而这美好的生活是从夕阳下的一盘土广椒炒酱豆子开始的。

酱豆子还有多种吃法。春天来临，山里的野韭菜生长出来，拎一只篮子，握一把专门补种玉米的小窖锄，半天时光，采回半篮子，苗子和了腊肉丁包包面，香喷喷地诱人。野韭果子去须，洗出来白晶晶的像一粒粒玉珠。取半钵酱豆子，把野韭果子切细，放进钵子里，加两勺辣椒面，少许食盐，开水冲泡，又是一道美味。还有口味重的，加鱼腥草和芫荽切细拌入，独特的香味钻屋三间。我的屋旁有一家牛肉面馆，去年春上，每张桌上都摆了一钵这样的泡酱豆子，开始，老板娘觉得太过浪费，没想到没过几天，每天比往日多卖三十多斤牛肉面，老板娘笑得合不拢嘴。

最近几年，有人在网上卖酱豆子，为了免于长篇大论解释什么叫酱豆子，统一用了鄂西豆豉的名字，慢慢地，叫酱豆子的越来越少了。

今年春天，我回老家看望母亲，老母亲依然硬朗，我们要离开的时候，母亲把为我们准备的吃物一包一包拿出来递到我手上：这是广椒皮，这是豆酱粑，这是豆豉……

我说："您竟然也说豆豉？"

"你们不都这样说吗？我做的豆豉在网上俏得很，是乔娃子从网上给我卖出去的。他还叫我弄个牌子，叫覃婆婆，我问了一下，难得弄，就算了，能卖多少卖多少，不要那个牌子啥的。"

我们把这些吃物装进了纸箱里，纸箱里已经有了乐园村的朱建波书记送我的豆豉，还有四组组长石付见送我的豆酱粑，它们在一只纸盒相遇，彼此的问候轻言细语。车子启动，和往常一样，母亲的身影总定格在后视镜里，她起初是微笑着，渐渐眼角有了泪水，李树的白花在风中飘落，一些无助的花瓣落在她头上、肩上，我停下车，为她掸掉那些花瓣。她问我，下次几时回来拿豆豉。我说，我们会随时回来看您，不全是为了豆豉和豆酱粑。

母亲笑了，她的笑容在李树下盛开。

懒豆腐

我一直以为，我是一个住在城里的乡下人，乡村的一切，总是牢固地黏附在我的神经系统，让我无法摆脱。

细细想来，乡村也是一个完整的体系和系统，繁重而简单的劳作，粗粝而朴素的生活，虽然也有人渐有脱离（比如我成了一名教书匠），但他们的灵魂始终安放在乡村宁静而友好的氤氲之中。山、水、树木、庄稼、吃物、玩具甚至一些特殊的气味（比如青草在牛圈发酵的气味）都刻录在脑海的光盘上，直到这颗脑袋的细胞死亡，它们也不会逃逸，它们会选择随之而去。

单说吃物，城里人追求精致，乡下人难免粗糙朴素，可谁会想到，昔日乡下人粗糙朴素的吃物成了现今城里人的新宠。

就说这懒豆腐，现在在宜昌城里，不知多少餐馆都有售卖，还有的竟然是石磨磨浆，比乡下的加工方式更原始。

懒豆腐加工简单，黄豆洗净泡胀，石磨磨浆，相比豆腐加水更多，磨出的浆并不滤渣，直接在锅中烧开，把事先用开水焯过、淘洗切细的白菜放进去，再次烧开，撒上盐，舀起来就可以直接食用。夏秋时节，也有人用南瓜叶代替白菜，则不必用开水焯，将南瓜叶的茎拉掉，把叶子边揉边撕一边用水冲洗绿汁，再把水挤干，就可以像切细的白菜一样放进烧开的懒豆腐浆里了。因为加工简单，和打豆腐相比少了几道程序，所以叫"懒豆腐"。

有一个写散文的朋友第一次到长阳采风，清早起床，沿着清江边的亲水平台走了一段，心情大爽。他有一个特点，不论走到哪，都喜欢逛一逛菜场，他觉得菜场是了解底层生活、体察风土人情的好去处。他去长阳的菜场走了走，菜场里正有人烧开了懒豆腐浆在下白菜。他觉得好奇怪，也学着当地人的样子，买了一碗"金包银"（煮过的大米和苞谷面拌和后蒸出来的饭），一碗懒豆腐，就着泡豆豉、酸盐菜，一碗饭一碗懒豆腐很快就解决掉了。他说，想不到人间还有如此简单如此美妙的味道，本是散文家的他吟出了一首诗：

> 长阳人，有点怪，
> 豆浆里面下白菜。
> 木甑蒸着金和银，
> 午餐当作早餐卖……

懒豆腐有几种，浆磨得稀，菜也放得不多，不放任何作料的称为淡懒豆腐，吃这种懒豆腐称为"喝"；还有的浆磨得稠，还要拌上肉末、韭菜、大蒜、鸡蛋等，吃这样的懒豆腐才称为"吃"。有很多人把这种稠的懒豆腐称为"合渣"，合渣在餐馆常常做成素火锅，炉子里微火渺渺，锅里间或鼓起一个两个酒曲大的泡泡，懒豆腐浆的香味、肉末的香味、作料的香味随着热气的升腾四周弥散，闻名遐迩的恩施张关合渣就是这样的美味。

懒豆腐是鄂西最为普遍最为常见的汤菜，家家户户吃，上顿下顿吃，有两句形容新中国成立前生活水平的民谣是这样说的：

> 草鞋家织布
> 面饭懒豆腐

第一句说的是穿的，脚下穿的草鞋，身上穿的自己织的土布衣服；第二句说的吃的，吃的面饭（苞谷面饭），喝的懒豆腐。

新中国成立后，农民生活水平有了很大的提高，穿的"草鞋家织布"早已被淘汰，吃的"面饭懒豆腐"却被保留下来。尤其是现在，人们大鱼大肉吃腻了，吃一顿面饭（现在都改成了金包银）懒豆腐，格外舒服熨帖。即使在农村，现在也很少有缺肉吃的人家，吃粗粮、吃素菜已经成为很多农村人的追求，我们现在走进很多农家，餐桌上都有一钵懒豆腐。

懒豆腐除了做汤做火锅以外，还有把去皮的洋芋煮熟后和懒豆腐一起煮开后食用的"懒豆腐洋芋"，既可作菜，也可作为主食。作主食时，配上一碗红广椒和大蒜一起剁碎的"碎广椒"，舀半勺和在碗里，一分香三分辣，令你食欲大开，比平日里多了一碗的饭量。曾记得有一回去长阳做客，主人非常热情，鸡鸭鱼肉，满盘盛席，正式开吃之前，主人端上来一盆懒豆腐洋芋，一下子被抢得精光……

因为懒豆腐大受欢迎，鄂西的菜场里几乎都会有懒豆腐卖。往往是一位少妇或者一位老媪，左手摇着一盘小石磨，右手往磨眼里喂泡好的黄豆，懒豆腐浆流进一只铁桶或是塑料桶，生的一元或是两元一大碗。旁边也有煮熟的买回去就可以食用，甚至有的提了一碗炕洋芋，菜摊上买一碗熟懒豆腐，在菜摊里寻一只凳子坐下，吃完炕洋芋，喝下一碗懒豆腐，打一个饱嗝，摇摇摆摆出了菜场往街上去了。

很多人因为对懒豆腐的过于钟情，几乎每顿不离，菜场去晚了有时已经售罄，空手而归的那份沮丧让他们下定决心自己购置了工具，在家里磨懒豆腐。我的表弟男高音歌唱演员王明俊自己买了一副小石磨，更多的人则是买了小型搅拌机。我在长阳电大工作时，时常去一位本家大叔那蹭饭，大婶的菜做得特好吃，你无论什么时候去吃饭，都是有懒豆腐的，她就是用搅拌机自己磨的，她磨懒豆腐时会丢两片花椒叶在搅拌机里，阳台上那株一米多高的花椒树主要是为磨懒豆腐贡献花椒叶，因此她磨出的懒豆腐又格外多了几分清香。

夏天的日子，鄂西山里的阳光也是炽烈的，气温也不低，过去没有冰箱，懒豆腐一天吃不完，第二天就会慢慢变酸。你实在想象不出，这酸懒豆腐又是鄂西的美味。文火煮开，拿出一块漆油（漆树籽压榨出来的固体的油）削成细末，倒进铁锅里，再放入广椒面、蒜末、韭菜或是葱苗，味道的美妙之处非亲自品尝无可知也。五峰的长乐坪有家苏黄餐馆，一年四季都有酸懒豆腐火锅，我每次去五峰出差，必定在长乐坪下车，吃一顿酸懒豆腐再去县城。因为吃的人多，靠懒豆腐自然变酸无法满足人们的需求，于是在懒豆腐中加醋，却不是酸懒豆腐的本来味道……

就像加醋使懒豆腐快速变酸一样，随着社会的快速发展，人们总是在寻找既保持美味又方便快捷的方法。在这个背景下，恩施推出了合渣粉并卖到鄂西各地，想吃懒豆腐时，取适量黄豆粉，用少量冷水浸泡半个小时，再加水用力搅匀，然后倒进锅里烧开，加进白菜……初吃几口，也是懒豆腐的味道，但细细品味，非但味道迥异，黄豆粉总有刺牙的感觉。很多东西都是可以减免程序的，唯有吃的东西例外，每一种食材，只有跟合适的加工工艺匹配，才能做出美味。真正的美食，对工业化生产是排斥的，人不但要摄入营养，而且要饱口福，如无口福之快，从各种食材中提取有益的元素合成各种营养丸、营养胶囊岂不是大大地方便？

合渣粉还在继续生产，也有人还在使用，但是更多的人选用搅拌机或者石磨来磨懒豆腐，人们不仅要吃饱，还要吃好，要吃得有滋有味，要充分享用大自然提供给我们的自然、朴素、简单但是彰显食材本真滋味的食物，所以各种加工制作食物的传统工艺正在复苏，就像被太阳晒蔫了的棵棵大树，一场透雨，叶片渐渐张开，嫩枝渐渐昂起，花蕊已经慢慢舒展，用不了多久，就会是一树粲然。

桂枝嫂子在稻场里用连枷打完黄豆，又用糠筛筛出豆梗，风斗扬去豆荚皮屑，一粒粒光滑如玉的黄豆流进篸窝里，晒三个太阳，黄豆就干了，装进那只瓮坛里。她不是自私，就像对待自己的孩子，她要在恰当的时候送它们走上自己的岗位，在那里绽放精彩，在那里成就祖祖辈辈经营的事业，在那里完成一辈子的辉煌。

桂枝嫂子笑了，她觉得做她的一粒黄豆非常幸运，转念一想，鄂西的哪个女人不是这样对待每一粒黄豆的？鄂西的每一粒黄豆都是幸运的。

桂枝嫂子的笑声越过了门口的溪河，水波中央有了一串小小的涟漪。

第三辑　风情的花朵

天黑得很慢

天空像一口锅，一口被烈火烧成瓦蓝色的铁锅，倒扣过来，炙烤着大地，偶尔有风，如电扇吹动，风摆过来，火苗舔了左脸，再摆过去，火苗又舔了右脸。

盼着太阳落山，盼着天黑。

乐园村，只要太阳落了，只要天黑了，栎树叶子在风中索索抖动，凉意就涌了上来。

刚过了七月十五月半节，还在中伏天里，天黑得很慢。

竹园荒的玉珍是最盼天黑的，瓮桥河今晚有一场哭嫁，陆家三姑娘要出嫁了，那是玉珍最好的姐妹。玉珍劝她：热天把火的，嫁什么嫁，喝了新米的米汤，天就凉了，再嫁不迟。

三姑娘一咬嘴唇，再不嫁就显怀了。

玉珍懂了，自己比三姑娘大几岁，又是过来人，知道长短轻重，这场哭嫁，她要给三姑娘操持好。

哭嫁，不是白天的活路，玉珍坐在屋里等待。

跟玉珍相反，袁家街的菊子却担心天黑得太早，耽误了她锄草，她计划天黑之前把花栎树垴的草锄完，每一分钟都要抓紧。

菊子的脾气有点怪，她坚持不用除草剂，自古以来薅草就是用薅锄，哪兴喷药水杀草？你说喷药水杀个虫，这农药当用，药水代替薅锄，这是哪跟哪？

菊子犟，硬是不用。别人喷些药，草都死了，坐在屋里看电视唱姊妹歌，菊子伏在苞谷田里薅草。苞谷叶子把她手臂上划了长一条短一条的口子，一流汗，生疼，薅草时飞扬的泥土沾了她满头满脸。她不管不顾，薅她的，锄她的。丈夫要用除草剂，菊子不依，丈夫也就懒得帮忙薅草，只是在屋里造饭。腊蹄子火锅、山胡椒炒洋芋片、清炒南瓜丝、五花肉炒鲊广椒，还有一盆南瓜叶懒豆腐。摆了一桌菜，等菊子回来。

菊子趁着太阳最后的光亮，噗噗噗地薅草。菊子爱薅草还有个原因，原来集体生产时，薅草就要喊歌，她不会喊，喜欢听。

> 来得早，
> 一束鲜花才打苞。
> 来迟了，
> 花谢了。
> 我来喊，
> 只怕喊得不合板，
> 一人难挑千斤担。
> 我来接
> 我来换你歇一歇，
> 一人难挑千斤铁。

一坡的尘土飞腾，一坡的山歌悠扬，那是快乐的日子。现在，各种各的田，哪有一份热闹？形单影只地去喷除草剂，戴着厚厚的口罩，不要说唱歌，对面来了个人也只能用眼神打个招呼，寂寞的狗尾巴草疯长。

菊子一边锄草，一边把猪草捡到一边，不喷除草剂，草还可以喂猪，草掺粮食喂的猪那才叫猪肉，才有香味。都把饲料喂养的猪卖给城里人，自己杀的年猪，要喂草喂苞谷的。她的姑娘正在读大学，以后要当城里人，都能吃些啥哟？菊子想着，心里就戚戚的。

太阳还挂在金银山的栎树上，菊子锄完了最后一锄，她也觉得天黑得很慢。霞还没烧起来，栎树叶子像糙猪的耳朵，支棱着一动不动，风还蜷缩在土地岭的老林里。风也老了，腿脚不利索了。

　　菊子背着一满背篓鹅儿肠、红花蓼、益母草的猪草回家了。她闻到了腊蹄子火锅味，闻到了山胡椒炒的洋芋片的味道。她讲究，不能邋里邋遢上桌，洗了头洗了澡，一身光鲜来到餐厅，那个造饭的男人已经开了电扇，斟了两杯酒。

　　夕阳，慢慢落进两只酒杯。

　　希望天黑得慢的不光是菊子，还有簸叶冲的光明，这几天趁着天晴收木瓜。上十亩木瓜，白天要打要捡要往家里运，晚上打夜工劈出来，第二天一大早就要弄到晒场去晒，日晒夜露，木瓜晒成色泽均匀的褐红，香气弥漫，一冲的芬芳，大车小车从簸叶冲路过，都放慢了车速，摇下车窗，让木瓜的芳香飘进车里，有个女诗人还在朋友圈写道：

> 不要空调
> 要簸叶冲的芬芳
> 不要矜持
> 要簸叶冲的吮吸
> 不要风驰电掣
> 要簸叶冲的一路蜗行
> 我早已醉了
> 醉得不要不要的……

　　光明请了几个工，白天往家里弄，晚上劈。椰坪有人买了劈木瓜的机械，倒是快，木瓜没有运回来，单是劈得快有啥意义？再者，一年用七八上十天，余下的日子一堆废铁立在那，戳眼睛，他不开这个洋荤。多请几个人，工钱高一些，三顿见荤，白天一包烟，晚上一顿酒，五十年的开销还买不回来那个机子。

　　太阳快要落进山坳，骡马子岩已经飘起了几片晚霞，光明又给大伙鼓了鼓劲，又打了一块塝田的木瓜，背到公路边的农用车上，天黑之前捡完背完，丰盛的晚餐在候着他们，酒香肉香已经飘了过来。

光明开着农用车，一车木瓜，打木瓜的人坐在木瓜上，硬硬的木瓜硌屁股，大家只好半蹲半坐。

夜色的裙裾突然被人抖落，将山山水水罩住了，还有几丝空隙，透过似是而非的光亮，斑鸠的叫声渐渐清晰。

在家的年轻人少，能使出力气的人紧俏，工价像春天的笋子，一节一节地涨，招待还不能怠慢。光明的老婆茶饭做得好方圆出名，还是请了帮手，吃的都是紧着好的做，喝的酒还是稻花香，不是附近打的苞谷酒，大家一边吃一边喝倒还吃喝出愁绪来了：你这水平都到金银山山顶上去了，日后我们能请得到工找得到人？

也有人说：多大个麻雀盘多大个窝，我有金子不拿银子顶，没有金子还让我生出金子来？

也是，也是。简单应和几句。好吃好喝的，只有一张嘴，说得多了，耽误了吃喝，实在不划算。

酒足饭饱，开始劈木瓜。一人一把菜刀，一个墩子，一个筐子。灯都打开了，恍若白昼。噼里啪啦的声音悦耳动听，木瓜的芬芳四处飘散，这青木瓜相比干木瓜，醇香之外多了缕缕清香，在五脏六腑之间游走，让人陶醉得无所适从。

风倒起了，光明的房子落窝，风时来时去。金桂就裸了上身图个舒服凉快，立马遭了二凤的叱责，金桂还想玩笑几句，二凤站起来就要走，金桂嘟嘟囔囔把 T 恤穿上了。

三胖子第一次喝稻花香，有点小醉，一下子伤了左手大拇指，鲜血直流，光明找来云南白药创可贴，三卷两卷，血就止住了。三胖子借机点燃一支烟说，我这伤员，就撤了吧。光明说，你没看每人面前一个筐子，按斤两有奖励的哟，你不需要坚持一下？

三胖子连忙掐了烟说，我这破一小块皮，轻伤不下火线。

村庄被夜色的凉水浸泡，热意褪去。光明家里劈木瓜的声音穿过门口的松林，清脆悦耳，这一晚，簸叶冲里同样的声音此起彼伏，催生了一条冲里很多人的憧憬。

此时，玉珍早已来到瓮桥河，天擦黑她就来了。

打厢桌，铺锦缎，瓜子、花生、核桃、板栗、麻糖、酥糖、杂糖、娃谷糖，白瓷碟子摆了一溜，又洗了细瓷杯子，杯子盖子都擦得灯下放光，陶罐儿抱出来，瓷勺子舀茶叶，免得染了手上的汗气。这是发茂煸的茶，村上最好的茶，一杯一小勺，注入少量开水洗茶，洗茶的水倒出，闷着，沾了水的茶叶在杯中慢慢复苏，待人坐上桌子，斟满开水，香气四溢，呷一口，满口苦涩满口香，舌上的甘甜妙不可言。

一切布置停当，客人早已陆续来到，新风尚，喜事简办，客接得不多，也不闹大的动静。来送送三姑娘，是个意思，现在娘家婆家三天两头跑，早不看见晚看见，没有分别的那份哀戚。哭嫁，也仅仅是个仪式，有些年没有人兴这个了，后来成了非遗项目，文化站要求恢复起来，玉珍是县里的传承人，人又漂亮又热心，这一方，就又弄得有枝有叶，有山有水了。

安排妥帖，玉珍一拍手，九个姑娘往厢桌边一坐，哭嫁就开始了。

> 门前一道清江水
> 弯弯拐拐十八滩
> 妹妹远嫁琵琶洲
> 乘坐的船儿两头尖
> 岸上遥看妹身影
> 不见妹妹只见帆
> 早日回来看爹娘
> 莫让爹娘泪流干

开场哭爹娘，十个女子，已婚的，未婚的，陡然想到自己的父母，泪水涟涟抹不开，一向没心没肺的三姑娘，竟至号啕，她爹娘抹着泪去了厨房。

哭完爹娘哭哥嫂，哭乡邻，哭老师，最后，是姐妹们自己哭自己：

> 姊妹亲，姊妹亲

　　捡个石榴平半分

　　打开石榴十二格

　　多年的姊妹舍不得

　　电灯雪亮，照着姑娘们脸上的泪痕，玉珍拿出手帕擦泪，姐妹们也都掏出手帕来擦，也有忘了带手帕的，正好玉珍在厢桌上摆了餐巾纸。玉珍说，唱些喜兴些的，莫让旁人都陪着我们流泪，更莫让三姑娘肚子里的宝宝早早就染了戚然的毛病。

　　三姑娘要来撕玉珍的嘴，一伙人立马笑作一团。

　　哭没有了，歌还在唱，唱亲情，唱友情，唱山水，唱风物，唱得大伙乐呵呵的，连瓮桥河的水也流淌得格外欢快。

　　天黑得很慢，因为白天的精彩令人留恋，也因为夜的精彩需要充分准备。

　　在乐园的乡村，无论白天还是黑夜，精彩总在上演，总在不分昼夜地一帧一帧放映。夏天，天黑得很慢，冬日，天黑得很快，美丽总在，像墙上挂钟的彩色指针，移动和旋转，美丽总在轮回。

栽秧饭

蓝天像一面镜子，挂在高处，水田也像一面镜子，铺在大地上，我们从水田里看到了蓝天。

在水田里，我们还看到了田埂边盛开的石榴花，火红火红的花朵跟密密匝匝的绿叶相互映衬，有一种动人的美感。刺泡子（后来有人告诉我那叫树莓）的枝叶则疏疏朗朗，挂着几颗还没有熟透的刺泡，诱惑着那一群赤着脚从田埂上走过的人。

季节跟着风走，一缕春风，满山都绿了，绿叶可着劲儿地疯长，山峦上挤出了一个一个墨绿的隆起，映山红的枝条不得不踮起脚把一蓬蓬紫色、红色、粉色撑出绿叶的包围。

风吹过来，似乎有一种味道，嗅一嗅，是青草的气味，是绿叶的气味，是映山红的气味，一条冲，都是这气味的弥漫。

该栽秧了，男人们有的从绿意盎然的树木看出了时令，有的从盛开的映山红看出了季节，更多的是从秧田里那一拃多深的秧苗看到了眼下该务的农事。

秧田是培育秧苗的水田，鄂西又叫"秧底"。开春不久，天气暖和了，田埂上的大蓟带刺的叶片从泥土中钻了出来，学名叫作薇菜的猫儿薹也小心翼翼地探出脑袋，它们听到了山喜鹊清亮的叫声，那是经过了一个冬天的沉闷之后被春风浸润得清脆而响亮的叫声。做秧底的水田跟其他水田一样，去冬就犁过泡了腊水田，现在已经耙平，放掉淹在泥上的水，泼了水粪，细绵瓷糯的泥巴好似一钵煮得有些稠的米粥，平平展展，立得稳竹筷。农人们端来装满谷芽的筐箩，将谷芽均匀地撒在秧田里，每一粒谷芽的形状像极了一只小鸡，黄黄的身子很是饱满，生出的谷芽白嫩白嫩，像是鸡头，而那几根细细的根须自然就是鸡脚了，当然这是一只只微缩的鸡。谷芽撒到秧底，就黏附在泥巴上，我这才明白放掉淹在泥巴上的水的原因。

刚撒下谷芽的日子，农人会在田埂上巡逻，防止老鸦啄食谷芽，有的还在田边立了茅人，这茅人的行头跟旱田里的茅人完全不同，穿着蓑衣，戴着斗笠，让人想起细雨斜织的春日里人们在水田劳作的意境。也许是司空见惯的缘故，老鸦对于茅人并不惧怕，还时常歇在"他"的斗笠上四处张望，就有人拿了火铳打下一只老鸦，用长长的竹竿挑了这老鸦的尸首插在田埂上，这一招倒是很灵，但多数人家里并没有火铳，就是有也觉得那法子过于恐怖不想效仿，就到田埂上多走一走，哦吥哦吥叫几声，再或者手执一个破搪瓷盆一边走一边敲打，再胆大的鸟儿也吓走了。

谷芽在泥巴上生根，白嫩的谷芽慢慢变成了绿色的秧苗，水也没过了泥巴，无须再防老鸦了。农人们白天忙着耙水田，傍晚，多是苞谷酒的小酌，三五成群在微醺中等待栽秧的日子。

春风如贵客，一到便繁华。春风抚摸，秧苗倏地生长起来，秧底的绿色很浓了，远远望去，像一块镶嵌在山乡的碧玉。渐渐地，秧苗就要有一拃深了。

在布谷鸟的叫声中，栽秧的事正式进入议事日程。

栽秧，不单是一项农事，更是一个节日。早就排出了顺序，从冲口往上，一户一天。集体生产时，没有了这个概念，几时栽秧，在哪栽秧，全听生产队长安排。土地承包以后，这事就由一位德高望重的人来安排。杨家冲德高望重的人还是老队长，他过世后，儿子承袭，顺序安排好，发在微信群里，各自准备。

说栽秧是个节日，除了它在农事中的地位特别重要以外，更主要的原因是，它是左邻右舍聚集走动的一个契机。一群人，在一条冲住着，总要有机会相互走动，把感情的纽带系得更牢一些。正月里，家家户户接春客，栽秧时节请吃栽秧饭，七月十五接了过月半节，其他的节日，在鄂西小地方大家似乎并不怎么看重。

冲口海拔低，秧得先栽，自然排了第一。

提前两天，女主人就开始准备。烧肉，要把腊肉的皮烧焦，然后热水浸泡，洗出来焦黄脆嫩。腊猪蹄、腊羊腿都需要烧，栽秧饭不逊于接春客，两个火锅被称为"双排座"，才对得起客人，也才对得起自己的面子。近几年，也有人买了液化气喷枪烧肉，快，轻省，有人说肉皮都烧掉了，不好吃。于是，招待贵客，还是柴火烧肉。点起熊熊大火，火钳夹着猪蹄或是羊腿，伸到大火中间，烧得滋滋地响，间或有油滴到火苗上，火苗顿时蹿得老高……除了烧猪蹄羊腿，还要烧一块五花肉用来做蒸肉，栽秧饭没有一碗蒸肉再怎么也说不过去。

农历四月，鄂西的乡村，还有很多人穿着外套，女主人褪了外套，依然被烤得大汗淋漓，额头上冒着热气，她不恼，倒乐呵着，一边把烧好的肉往一只盛了热水的大木盆里捡，一边还哼起了小曲儿：

> 早晨早，早晨早
> 路上碰到花大嫂
> 人又标志脚又小……

烧了肉，还要杀鸡，中午的猪蹄羊腿两个火锅，晚上是鸡火锅和鱼火锅，鱼已经在镇上定了，到时会送来。鸡，得是自己喂的土鸡，昨晚鸡子上笼时就抓好了脚背篓扣在卫生间，今日，左手捏了鸡翅膀，右手握了菜刀，竟然落下泪珠子。一把谷一把米从鸡雏养大，公鸡雄赳赳，母鸡顺溜溜，哪舍得下刀？没法子，眼一闭，一刀下去，还咯咯了两声就再没声响，煺了毛，破了膛，挂到了厨房的柱头上，女主人的心还在冰窖里没暖过来。

一只山喜鹊歇在晾衣竿上叫了几声，女主人心头亮堂了许多，开始磨魔芋豆腐。过去魔芋少，过年时磨几个，接完春客就吃完了，现时魔芋多了，随时都可以磨，乡里人，爱吃这一口。有人说有了干辣椒烧的魔芋豆腐可以多喝一杯酒，为了这句话，这魔芋豆腐不敢少。

磨完魔芋豆腐，把烧好的肉洗好剁好，放到冰箱冷藏，日头已经偏西，看一眼早上泡的黄豆，胀得刚刚好。她不想用电动的干湿磨磨黄豆，把久已不用的石磨洗干净了，开始磨豆腐。自己推磨自己喂，一边推一边想起儿时的往事，想起自己嫁到杨家冲来时那个晴天的太阳，想起丈夫出门修路时对门的小伙子给她背来一捆柴然后来拉她的手，她一顿呵斥，他走时，又给了他一个嫣然一笑，那小伙子再没来过，也没记恨她，过两天来栽秧的就有他……

打完豆腐，夜幕已经降临，丈夫从土地整理的工地回来了，炖了肉，炒了小菜，还有一海碗豆腐脑，她问丈夫："喝一盅不？"丈夫说："喝吧。"她又说："我也喝一盅，今天有点乏。"

两人喝了三盅，有了几分醉意，丈夫洗了睡去了，女主人找出纸笔，安排菜谱，除了火锅、蒸肉、烧魔芋豆腐、煎豆腐、五花肉炒豆豉，还有肥肠烧鲊辣椒、炒甜豆、烧豌豆、香椿炒鸡蛋、炒猫儿薹、炒竹笋、炒土豆丝、炒马齿苋、清蒸鹌鹑蛋、干豇豆烧口条，凉菜还有水腌盐菜、泡鸡爪、红椒鱼腥草、野韭拌皮蛋……明天还有一天准备，后天栽秧，那么多姐妹都要来帮忙，一定会妥妥的。

于是洗澡睡觉，听春风从瓦缝穿过那细微的声音，这声音像鸡毛掸子撩动她的心房，这时，她才醉了。

栽秧的日子到了，天边还只有一丝鱼肚白，水田田埂上已经人影幢幢，短袖短裤的汉子们赤着脚奔秧底而去，田埂上几树刺泡子，都没顾上看一眼。

从秧底把秧苗扯起来，鄂西叫 huài 秧，备好的棕榈叶放在秧苗上，扯一把，用棕榈叶扎起来往田埂上扔过去。秧苗 huài 得差不多了，一行人挑着一担一担的秧苗奔栽秧的水田而去。

太阳闪边了，阳光从山坳照射进来，一路人影倒映在水田里，像一幅木刻，生动异常。

人们站在水田田埂上把一把把的秧苗抛到水田中，这叫抛秧。抛秧是一门技术活，必是栽秧的老手方可胜任，秧把的密度要刚好把这块田栽满，既不能剩下秧苗，也不能还没栽完就没了秧苗要到别的田里去"匀"。初学栽秧的后生们看着一把把绿色的秧苗在初阳下划过一道弧线"啪"的一声落在水田里，觉着怪有意思，也想抛一把。老师傅们不好拂了后生们的这点心意，让他们抛，只是叫他们稀些抛，老师傅们根据需要的量在后面"补抛"。

　　抛完秧，一行人去吃早餐。早餐自然稍微简单，每人一大碗面条，有腊肉臊子，碗底卧着两枚鸡蛋，凉菜也是三盘四碟的，吃得带劲。

　　吃完早餐，喝了茶，一行人下了水田，这可是真功夫，左手握秧把，右手栽秧，两只手几乎凑在一起，这样秧分得快，栽得快，一边栽一边往后退，谁栽得慢谁就被关了笼子，那是栽秧人最丢面子的事。

　　几乎没有话语，只看见栽秧的手像蜻蜓点水，不一会，前面就有了一片绿意，随着绿意的延伸，一坝水田慢慢就要栽完了。

　　栽秧紧锣密鼓进行时，屋里也不敢怠慢，男人们来栽秧，婆娘们都来帮忙做饭，女主人准备了两天，东西都备好了，今天当切的切，当煮的煮，该炸的炸，该蒸的蒸，做饭本也不需要这多人，不过是为了一起吃饭。正好，今天吃早餐时，安排栽秧顺序的老队长的儿子提了两条要求，一是有肉有鱼我不管，还要一锅懒豆腐，二是电饭煲煮的饭吃腻了，要木甑子蒸的饭。

　　一句话，让一拨没事的婆娘有事了。打懒豆腐的一拨人泡好黄豆就不着急了，负责蒸饭的人找来多日不用的杉木甑子，大门口溪沟里仔细涮洗，拿回来还在水缸里泡着。很久不用，甑瓦子都裂了缝，不把它泡胀，蒸饭要漏气，猴年马月才蒸得熟哟。

　　日头已经偏了，厨房里蒸炒煮炸都已完工，菜摆了两大桌，酒拎出两壶，婆娘们叽叽喳喳等着栽秧的人回来开席。

　　栽秧都只栽半天的，最后两丘田坚持栽完，一行人才在溪边洗了脚穿了鞋奔冲口人家而去。还在阶沿上就闻到了香味，肉香菜香，更加难得的香味是杉木甑子蒸饭的香味。大家不由分说上了桌子，男的一桌，女的一桌，男人有不喝酒的，女人又有喝酒的，于是做了调剂，喝酒的一桌，不喝酒的一桌。女主人本来喝酒，他们两口子一人主持一桌的吃喝，只好留在女的一桌吆喝着大家喝饮料。

吃着，喝着，讲着，笑着，一顿饭吃了两三个小时，男人们下了桌子，三三两两斗地主，打花牌，一边打一边吹得天花乱坠，笑得前仰后合，哪计较得了牌的输赢。女人们忙着收拾碗筷，还要准备晚饭，剩的菜不少，有人说现菜热一热，加两个新菜，就是一餐，女主人坚决不同意，定要做新的，一年一度的栽秧饭，吃了现菜，明年还有人来给你栽秧？

有倒是有，就怕你不敢要人家栽。说着，嘴一努，指向那个没有打牌自顾玩手机的曾经想拉女主人手的后生。女主人岂肯饶，手里握着的水瓢一瓢盖过去。努嘴的人呢？忙不迭跑了。

掌灯时候开的晚饭，换了新的花样，吃得尽兴，只是酒喝得少，这十天半月天天有栽秧饭吃，不蓄着点，只怕秧没栽完，人却栽了。

临出门时，排工的人说了第二家的时间，就各自散去了。

婆娘们收拾碗筷，又把今天的菜做了点评，对第二天的菜做了建议，也有人想到了好菜没有说出来，想等到自己家吃栽秧饭时来个一鸣惊人。

她们出门时，下起了淅淅沥沥的小雨，幸好她们的包包里随时都装着一把伞，雨天遮雨，晴天遮阳。

一行雨伞盛开的蘑菇逶迤到雨幕中去了，只可惜是晚上，看不到那斑斓的色彩，只有伞下的说笑声清清亮亮，像拨动一只只景德镇的骨质瓷碗。

乐园女子

一

乐园女子不论怎么说都是漂亮的，两山之间都有一条水质清冽的小溪，水好，水养着人呢，尤其是女人。

女人的美丽当然首先是在脸上，皮是白嫩白嫩的，又透着些微红，柔柔的灯光一照，似乎是半透明的，就像蒙着红绸子的手电……眼睛不论大小，一律是水汪汪的，嘴唇总是薄薄的，笑一笑就露出细密的白牙，偶尔也有生着虎牙的，又因为巩俐的出名，反倒有了几分韵致。

其实，真正吸收了溪水的精髓的是乐园女子的腰身，细细的，如溪流一样，婀娜多姿，碎花布的衫子将腰紧束了，以显出真实的形态。春天里在洋芋田里锄草，秋日里在水田里割稻，偶尔总会有风，撩起衣衫的一角，腰便愈发显得细了，直让你担心那能载起劳作的重负么？当然这担心是多余的，乐园女子的细腰是非常坚强的。

乐园女子的手也是美的集中体现，她们的手指不像千金小姐的那样纤细，但也是匀称而修长的。正是这一双双的手，飞针走线，织出了一片一片的西兰卡普，那是市场上走俏的民族工艺品。也是这一双双手，做出那一双双花鞋垫和布鞋。在乐园山乡，男人们走到一起，你会看到他们脚上清一色的灯芯绒的布鞋。倘是冬天，男人们习惯于坐在火塘里，卸下布鞋烤脚，这时候，你瞟一眼那些布鞋里花花绿绿的鞋垫，你就可以想见，乐园女子是什么样的女子，可以想见她们有怎样的一双美丽的手。

二

美丽总是要展示的，美丽也需要吸收营养来滋润。

因而，乐园女子总是爱热闹。

现如今，许多时不演一场电影，村子里只要一演电影，女人总比男人积极。男人们说，看电视不也一样，女人们说不一样。她们显然没有看过专家们写的《中国人应该支持国产电影》的文章，她们当中也有很多人不知道张艺谋是谁，但是她们喜欢看电影。

太阳偏西时，电影队的人在几根树杈上拴了绳子，把银幕绷了起来，缚在徐家稻场边晾衣竿子上的喇叭也一遍又一遍地唱，女人们的心就有些毛了，许多的计划就在心里一遍又一遍地酝酿和修改。穿什么衣服，换什么鞋子，是一件颇费脑筋的事，穿旧了，没人注意，而穿新衣服，又太扎眼。乐园的女人们第一次穿新衣服总有许多的焦灼和忐忑，当然也有掩饰不住的自豪。但有时，焦灼和忐忑占了越来越大的比重，便把那自豪挤得越来越小了。因此，女人们有了新衣服，总是穿半天，换下，再穿半天再换下，直到人们眼熟了，才平心静气地穿出去。

太阳还没下山，女人们就急急地收了工。做饭是快速的，怕遭了男人的取笑，饭菜也不敢太草率，丰富当然是不可能的，匆匆扒下两碗，嘱一句"碗筷丢在锅里我回来洗"，就去收拾打扮了。穿的计划过的衣服，搽了档次不一的香脂，女人们便奔徐家屋场去了。

话自然是多，平日不怎么讲笑话的，忽然就有了创造力，讲出一段笑话，还被众人评了一等奖二等奖的，叽叽喳喳地来到人场子里，眼睛就到处睃，看别的人，看别人的眼睛，收获异性的目光和视线。有几个年轻标致的女子，认得电影队的人，知道人家给留了位了，就从人群中挤过去，坐在装放映机的箱子上。那是很风光的，一是让人觉得跟电影队的人有人缘，二是兴许比那银幕还招人看。这一晚，她们梦里全是电影。

电影毕竟演得少，而婚丧嫁娶的事却是很多的，那是女人们更为广泛的聚会机会。

鄂西嫁女是要哭嫁的，摆了几张方桌，即将出嫁的新娘子坐在中间，周围则坐着往日的好友，她们围着新娘子唱哭嫁歌：

> 姊妹亲，姊妹亲
> 拣个石榴平半分
> 打开石榴十二格
> 多年的姊妹舍不得

唱的人只是少数，而围在四周的却是里三层外三层，结了婚的立马想起自己结婚的场景，还没结婚的，自然会想到明年或是后年，就要有别人来为自己哭嫁了。现时都是自由恋爱，哭嫁中伤感的成分正在淡化，仅仅是一种仪式，但女人们还是很在乎，她们珍惜这一次聚会的机会。

在接媳妇的男家里，女人出头露面的最好时机则是跳花鼓子，她们手执一方花帕，边跳边唱：

> 门口一树柏
> 白鹤飞来歇
> 白鹤飞去了
> 闪断枝和叶

由于花鼓子是数对男女一起唱跳，"演员"们总是兴致不减，直跳到下半夜才一对一对退出来，去竹林边或桂花树下说话去了。

至于死了人当然是男人们的事，鄂西死了人是要跳丧鼓舞的。成对的男人在灵前边唱边跳，这时候，女人只能是观众。这观众也有特称职的，跳丧的人跳热了脱下衣服时，就有女人接了，后来他们拿回衣服时，口袋里竟多了一方帕子，好香好香的……

三

乐园的女子总是胆小。做女人总得讲规矩，相夫教子，贤妻良母，这些句子不一定识得，从小熏染的都是这些道理。一句话，谨谨慎慎地为人，老老实实地办事，不张狂，不显露，才是好女子。

胆小的集中体现是在同男性的交往上。喜欢上谁了，不敢说，不敢表示，甚至不敢想，在心中要掐死这念头，没想到那念头却趁机疯长，直把人熬得瘦了、病了，就吓坏了父母。找医生来瞧，两三服药总也不见效，父亲就急得跺脚。母亲毕竟是过来人，支走了父亲，坐在女儿的床头："是不是喜欢上谁了？"女儿不答，泪水却像断了线的珠子，母亲心中便有底了："是谁呀？""董家的三娃子。"女儿跟母亲毕竟亲近些，就鼓起勇气说了实话。母亲吓了一跳："使不得呀使不得，'文革'时，董三娃子的爷爷差点把你爷爷斗死，这仇还浓着呢！你爹是万不会应允的，早灭了这念想，免得自己苦。你想人家病了瘦了，受累的还是自己，又有谁知道？即便是知道了，别人还能体会个冷热？兴许不领情呢！"

母亲的话是苦口良药，女儿的病就慢慢好了，第三天的早上，一早就上山岗锄草，太阳腾地升起来时，一同升起来的还有女儿嘹亮的山歌：

高山岭上一树花
花树脚下好人家……

年龄大了，交上朋友了，双方大人都同意了，过了门了，喝了订婚酒了，依旧还是胆小。逢年过节时两边走动，没人的地方走到并排，但凡有了人，总是一前一后，距离还拉得挺远。这样你等我我等你，自然就走得很慢，天擦黑时，路过一片竹林，男的趁女的不注意，一只手握了女子的手，另一只手就来揽她的腰肢，女子一声尖叫，吓飞了树棵子上歇着的斑鸠。"你这死东西，还没到那个时候，你就动手动脚，叫人看见还不羞死我……"这一叫一骂，男的自然减了兴致，只好又挪在后头慢慢地走着……

时光在悄无声息地流淌，乐园女子的胆一直没有长大，后来有些女孩子考上县中，又考取了大学，回到村里来时总要带回一位高大的男子。他们在大路上行走，如入无人之境，拉拉扯扯，搂搂抱抱，还有人在桂竹园看到他们亲嘴，一时成了村里人的话题。没过几天，话题就止了，自此女子们开始胆大起来，就像一些智力非凡的人，一经启蒙，立马就非同一般了。那样子，那味道，丝毫不比城里人差。后来就有女子背了小包出去看世界去了。外面的世界很大，外面的世界很精彩，外面的世界生长着票子，她们就出门挣钱，挣着挣着就嫁给了有钱的男人，回到村里时，穿金戴银，风风光光，给父母带回的礼物是乐园人过去看也没看到过的……

有一位伟人说过：榜样的力量是无穷的。于是，争相效仿的女子多了起来，考不上好学校的也一拨一拨出去了，出去了就很少回来，当然也有回来的，回来办工厂、开公司，当女老板，威威赫赫，风风火火，不知道这还算不算乐园女子。

现在回到乐园，很少听到山歌了，很少看到哭嫁了，也不见有人穿灯芯绒布鞋了，只有跳丧却越来越盛，因为女子们大多走了，剩下的净是男人，跳丧毕竟是男人的活路，这些光棍男人需要宣泄，需要同那为数不多的女人交流。

近年来，我时常坐在灯火辉煌的宴会厅里，总是想起在逝去的某一个冬日里，我在雪夜行走，见到一方窗户，油灯透过丝绵纸射出些朦胧的光，在窗纸上映出一个晕团，房子里一男子正在读一卷《诗经》，坐在旁边的女子正在绣着鞋垫。我以为那是最为温馨、最为诗意、最为东方、最为文化的场景，只可惜这场景如今只能在梦里了，正如真正的乐园女子如今也只能在梦里了。

腊月影像

腊月说来就来了。

风飕飕地吹打着那些脱光了叶子的树枝，哗哗地响着。早上起来，霜飒飒地白，左脚踩上去，一个鞋印，右脚再踩上去，又一个脚印。渐渐地，这脚印就有了两行，就延伸到了村口的大路，那脚印就乱纷纷的了——即使冬天了，村人们依然早起，去商店买碱、买石膏、买香皂和洗衣粉，也有的去加工厂打米、磨面、打菜油。洋芋种了，柴也垛了几垛了，接下来就是忙年了。

忙年的事体很多。

费工夫的是熬糖。把苞谷磨成面，在锅里煮，煮熟了还要把渣滤出来，然后再把那汁儿倒进锅里再狠命地熬。大块大块的栗树劈柴往灶里填，火烧得哗哗剥剥地响。锅里的苞谷汁儿翻滚着，水蒸气贴着楼板飘来飘去，从楼板缝里钻出去，剩得多的从楼梯口逸走……直到把水蒸气蒸发得差不多了，剩下的就是糖了。往往要烧大半夜的，待到烧得差不多了，则用小火。男人手执了一块木头片子，挑起糖浆，黏稠的糖浆从木片上往下落，成为片状，男人忙用中指一弹，脆而不断，火色正好，连忙起锅——连锅端起，并立马放到预备好的冷水盆里，让加温的过程迅速结束，不然糖就老了，老了太脆，做不成糖片子，也嚼不动。如果是起锅早了，糖太嫩，做出来的糖片子软乎乎的，放一两天就蔫了。所以，熬糖是一门技术性很强的手艺，会熬糖的师傅一入了腊月就俏得很。

张家李家，每天大半夜的，虽是辛苦，却也荣耀，因这手艺不仅挣一份好人缘，也挣来好饭食。起过糖了，早已炖好的猪蹄子又热了一遍，瓦罐炖的米饭正香，于是请了师傅上桌，吃肉喝酒。男主人是要陪喝的，一杯酒一个谢字；女主人候在一边添饭夹菜，一脸的热情。熬糖师傅吃饱喝足，打了几个饱嗝，从刷锅的刷竹上折下一根篾签子一边剔牙一边揭开盖子看糖的老嫩，因为还有扯糖的活路。所谓"扯糖"，就是砍两根湿杉木棍，剥了皮，缚在石磨上，把差不多凝固的糖板在木棍上，然后拼命地扯，扯到丈余时又绕回到木棍上，再扯。如此多次反复，褐色的糖就变白了，然后一圈一圈地绕在放了苞谷面的簸子里，等着做糖片子用。

做完这一切，往往鸡叫头遍了，熬糖的师傅才踏着白霜赶紧回家，他回去睡一觉，还要赶二家。

相对于熬糖来说，打豆腐要简单得多。泡黄豆、用石磨推豆腐、烧浆、滤渣，再回锅烧，然后把烧过的浆舀在一只木桶里下好石膏，盖上盖子，过了一袋烟工夫，揭开盖子，捏一支筷子在手上，垂直了松手，那筷子插在豆腐中一点不歪，这就是上好的豆腐。然后再用包袱包好，用石磨压干水分，就成了有棱有角的包豆腐了。这样的豆腐在我的家乡叫板膏豆腐，用来炒了吃、煮了吃，是不能用来炸豆腐馃子的。炸豆腐馃子的是另外一种磨膏豆腐，工艺上的区别在于下石膏，不是用石膏粉，而是用一块石磨斜放在装豆汁的木桶边，把石膏在石磨上用水磨，那石膏水流进豆汁里，打出来的豆腐就是磨膏豆腐。这种豆腐是专门用来炸豆腐馃子、豆腐皮子的，炸得特别泡，放在肉汤里一煮，咬在嘴里，一包汤汁儿，弄得不好就烫了嘴。

这种叫打磨膏豆腐的工艺好像只在乐园及附近一个很小的范围内流传。自从我进了县城，就没吃到过这种豆腐馃子，县上的豆腐馃子就是用普通的豆腐炸的，总是没有那鲜美的味道。

糖熬了，豆腐打了，做糖片子、炸馃子就是女人们的事了。

女人们做事爱图个热闹，白天一家，晚上一家，有的弄火，有的化糖，有的称已炸好的"米子"，准备停当了就开始和糖，把糖和"米子"

拌匀放在模子里压，这是要些力气的，还是男人做得多，压好了从模子里倒出来，然后女人们才开始切起来。刀都是各人自己带的，吩咐男人们磨得锋快，"咔咔"的声音听起来悦耳而熨帖。女人们就一边切一边南山北岭地讲：讲大坪的桂花嫁了个广东佬好有钱，讲隔壁村上的那个开麻木车的跟雨虹好上了就甩了冬秀……讲着讲着，就有人切了半个指甲下来了，大家一片惊叫，这才止了闲话，忙找创可贴去了。做完糖片子，又炸京果，炸了京果还炸豆腐馃子，切糖片子伤了指甲的就只能在灶下架火了，看豆腐从别人刀下出来，放在锅里翻滚，待长得没有棱角了就用漏勺舀起来……

这一家完了，好饭好菜款待了，又一起叽叽喳喳地奔下一家，一会儿就有狗叫声，随即就有女主人叱狗的声音。想象得到，她们的战场立马就又摆开了。

除此之外，还有磨魔芋豆腐、做米酒等一应的杂务，这些事总是在那些大的工作之中来完成的。米酒是每家每户都要做的，饭蒸好了，拌上米酒曲子，放在猪糠里，盖了旧袄子，有的还搭了被子，第二天去一摸，有温度了，说明米酒"来了"，到第三天就可以端了，兑上凉水，放个一天两天就可以吃了。可以生吃，可以煮了吃，讲究些的是和汤圆一起煮了吃，还摆一碟泡红椒，一碟花生米，一碟腊猪肝，一碟皮蛋，这就可以待客了。而魔芋豆腐并不是每家都做，有的也并不种魔芋，有的人怕魔芋毒了手会肿，因此，魔芋种得多而且会做的人家把魔芋豆腐弄好了，就找来一些竹篾，把魔芋豆腐穿了，东家一串，西家一串地送去。这讨人缘的事，多会让孩子们去做，小东西小孩子去送显不出是送礼，让人们对孩子多份喜欢，也练一练孩子的口舌。孩子背了魔芋豆腐出去，回来时背篓里则装了柿饼、核桃、板栗、花生，也有糖片子、杂糖果什么的，更多的是孩子心头的那份喜悦。

腊月间最大的事自然是杀猪宰羊了。

这年月，喂的猪羊多，每家每户多半是要杀两头猪一只羊的，甚至还有杀三头猪的。所以杀猪佬就忙不过来，几天前就要接好，讲好钟点，一刻都不能误的。背家什的背篓往墙边一靠，杀猪佬就要去看主人的水开了没有，水没开的，他还要嘀咕几句说误了他的时辰了，见水开了，就忙唤了坐在火塘里喝茶的那些帮忙的汉子，去猪圈揪猪。有的揪耳朵，有的揪腿，那猪拼命地挣扎，声嘶力竭地尖叫，那些汉子们并不理会，七手八脚地把它拖到案上开工。听不到猪的叫唤声了，女主人便走出屋来，不停地抹着泪水，她一桶水一把草地喂，今儿就这样结束了它的生命，再到猪圈里去，就是一个黑洞洞空荡荡的所在了，所以不忍心看杀猪人粗鲁的动作，不忍听猪的尖叫……女人抹完泪，杀猪的已经在砍肉了，女人忙去取了排骨烧火锅，取了瘦肉切肉丝，取了刀首肉蒸蒸肉，其余的就用一个大盆腌了。

相比杀猪，宰羊就简单多了，羊的叫声不像猪那样汹涌，倒是透着几分哀怨。它的力气不大，也用不着那多人，有些想学杀猪行当的就试着先杀羊。杀猪佬也落得轻省，就把这活让给学手子来做，只是剥羊皮时，师傅才自己动手，因为羊皮剥坏了，就坏了价钱了。

不一会，吃杀猪饭的来了，男女老少，穿得新崭崭的，现如今有肉吃有饭吃了，腊月里又有了闲暇，吃杀猪饭便成了乡村的一个节日，也成了重要的联络感情的方式。不论谁杀了猪，都是一条湾地接，来的人越多主人越高兴。

杀猪饭还没开始吃，杀猪佬要走了，他要去下一家，主人忙出来给了工钱，又塞给他一包烟，还说等以后消停了，这饭这酒一定要补上的，杀猪佬一边应着一边背起了家什出了门往稻场坎下去了。

杀猪饭吃得隆重而热烈。女人、老人、孩子们先吃了，年轻力壮的留在后头喝酒，多是自己酿的苞谷酒，主人敬、客人敬、张三敬、李四敬，一杯一杯下肚，胸脯就热了，话就多了，亲近地回忆过去一些亲近的细节，有点儿小过节的，检讨自己的不是，有些小误会的，敞开了说亮了……热乎乎的话语，热乎乎的情感，直到有人现场直播了，这酒席才止。酒醉饭饱后，男人们还要玩牌，一元两元的也带点彩，女人丢下几张十元的票子，领了孩子回家喂猪去了，待男人们玩够了回家时，已经开始降霜了，脚下一滑，酒立马醒了，于是扯开嗓子，吼起了山歌：

姐儿生得白如鹅

细皮白肉怎么活

不如嫁给单身汉

我给你挑水砍柴火

你给我铺床叠被窝

　　杀猪饭一家一家地吃，渐渐地就快到腊月尾上了，外出打工的人一拨一拨地回了，带回了好多城里的好东西。出去上大学的学生娃子们也回来了，他们带回的是一些新的词语，还带回了手提电脑，这东西真巧，上面啥事都能找到。王二虎去省里参加过原生态歌手大奖赛，他要学生在电脑上查，一下查出几十个王二虎，其中有一个就是他唱歌的事，于是大家都来查。只有张狗剩没有查到，他很沮丧，他说要去改名。那学生娃说，倒不必改名，而是要做一件让别人觉得有意思的事。做什么呢？张狗剩想了半天，决定过了年去城里学电脑，学了回来帮几个种菜大户在网上卖菜……

　　风吹得呼呼地响，一伙人从大学生屋里出来，看到地上一层银白，原来下雪了，把手伸出去，立马就接了一撮雪花。

　　这是腊月里的第一场大雪。

冬夜乡事

冬夜的乡村总是寂静。

已经落下几寸厚的白雪了，雪花还在满天飞舞，不像刚落雪那会儿，雪花落在树叶上、树枝上，还有哗啦哗啦的响声，现在满山的树枝已经承了厚厚的一层，雪再落下来就失了声音。

坐在屋里的人只觉得寒意挺浓，并不知道屋外还在纷纷扬扬地下雪。人们往火塘里又添了几块柴，就坐在火塘里嗑瓜子、喝酽茶，讲些村里村外的事体。也有串门的人，吃过晚饭，在家坐得无聊，提了手电出来闲走，踩在雪地上发出"咯吱咯吱"的声音，一种说不清的情感就在胸腔弥漫开来，于是漫无目的地去敲了椿叔家的门，门一开，一股热气溢了出来，敲门的人跺了跺脚，抖一抖身上的雪花，一下扑进那热气里去。

"还在下呀？"

"下得大咧。"

"快坐下烤火。"

敲门人坐到火塘边，木门吱的一声关上了，把热气和灯光都关在了屋里，屋外便是一片漆黑和寒冷。

主人客人还在寒暄，不一会又来了两位、三位，其实并没约好，却走到了一起，于是大家说："有意思，有意思。"

能在雪夜来访的人，关系绝不一般，就算以前一般，今日能舍下自家火塘的温暖，迎风冒雪上你家火塘坐一坐，唠一唠，自今日起，也不一般了，所以，主人便显出十二分的热情。热情首先是写在脸上，尤其是女主人椿嫂，脸笑得像一朵花儿一样。当然，热情也不仅是在脸上，椿嫂忙用火钳夹了火炭说："我去弄几个菜你们喝两盅暖和暖和。"

客人忙夺下火钳："吃得饱饱的，菜酒往哪儿装哟。"

椿嫂作罢，不过还是去拎了一壶蜂蜜酒出来，右手还端了一竹篮吃的，有柿饼、板栗、核桃，这是鄂西有名的吃物。吃法也挺特别的，柿饼是烤热了吃，要烤得发烫，把饼上的"霜"烤化了再吃进嘴里，就甭提有多甜了。核桃、板栗是烧了吃。核桃是连壳烧，壳烧煳了，再剥出来，真是香气扑鼻。烧板栗就不那么简单，要先咬开一个口子，不然丢在火塘里会放炮，把火星子炸起来很不安全的。主人客人坐在火边吃着柿饼、核桃、板栗，喝着炖成温热的蜂蜜酒，火烤酒烧，一个个便红光满面，这时就有人取下墙上的三弦子，唱起了南曲：

> 彤云密罩，
> 芦花乱飘，
> 粉蝶纷纷舞碧霄，
> 万里长空卷鹅毛。
> 千岩俱白，
> 满山玉硝，
> 万岭面皓，
> 遍地琼瑶……

这南曲全是雅词，不是所有人会唱，唱的人唱得抑扬顿挫，听的人听得摇头晃脑，这雪夜的时光就溜撒得好快。

一火塘的人只顾快活，不记得厢房里还有人，还是椿嫂惦着，找来铁锹，撮了火往厢房里送去。

厢房里是老裁缝诚远师傅在缝棉袄。

诚远师傅是荒那边人，一手好手艺，尤其是会做中式棉袄。每年冬天，他都要来这儿缝棉袄，已经成了惯例。

　　诚远师傅有严重的哮喘病，可他这哮喘有点怪，越热喘得越厉害，越冷反倒越好。因此，热天儿里，他只能在跟前做，每年从秋天开始才外出挣钱。在响潭园他是每年冬月份来的，以前去接他都是牵一匹马。他虽然冬天哮喘好一些，走几十里山路还是够呛，所以得让他骑马。现时，没有什么人喂马了，幸好冲里有十几个后生买了小车，接起来就更方便了。

　　以往那些年，诚远师傅每年来杨家冲从张家到李家，缝个个把月就完事。年轻人都买衣服穿，只有老年人请他缝中式棉袄，再说一件棉袄总要穿几年，也没有人年年缝的。可去年竟然过了腊月十五才做完，非但老年人头年缝了第二年又要缝新的，年轻人不知怎的也爱上了中式棉袄，还都红的紫的，颜色光鲜。待送走诚远师傅，冲里祥儿结婚，大伙儿凑在一起，竟是一冲的唐装。

　　诚远师傅想，今年可能不需要来了，有谁年年缝棉袄呢？可没想到，接他的小车比往年还要去得早，除了响潭园的，镇上的敬老院也要请他缝一批中式棉袄。

　　像往年一样，诚远师傅第一站是落在椿叔家，因为他家住在村口，这一回来了就没走。椿嫂说，从这家走到那家，路上耽搁时间，熨斗、卷尺、灰线、缝纫机一大摞家什也难得搬动，换一家支个裁板又得去些时光。诚远师傅就在椿嫂家，一村的人都把布和棉花拿来缝，敬老院的棉袄也在这儿缝了。椿嫂这一说，诚远师傅乐了，他特爱吃椿嫂做的饭，那土豆丝切得像麻绳般粗细，自己磨的魔芋豆腐味道特别地道，那豆腐乳，那霉豆渣，还有椿嫂自己泡的黄菜、自己生的豆芽真是百吃不厌。

　　冬日的天气短，诚远师傅每天都打夜工，椿嫂每天都要给他生一盆炭火，泡一杯热茶，有时还要陪他说说话儿。她越这样做，诚远师傅越觉得对不住，因为椿嫂把敬老院的棉袄排在最前，然后是村里其他人家，眼看着已经雪花飞舞了，椿嫂家的棉袄还没动工，所以他急。

　　"你急啥呀？你看我们家谁没棉袄穿？要是不讲穿新衣服，你十年八年都不需要进我们家门。"

　　诚远师傅想，也对，现在人们缝棉袄，并不是因为穿不暖和，而是图个新鲜，图个喜兴，因此他越缝到后来就越缝得从容了。

那一段一段棉布从他手里抖开，是那样厚实、匀称、温暖，不像前些年那些化纤布，摸在手里，冰凉冰凉，嗖嗖地冷，做裁缝都没有一点意思了。一团团雪白的棉花，铺在棉布上，是那样平整而熨帖。每天白天，雪光从窗里映过来，诚远师傅一边铺着棉花，一边哼起了小曲儿：

> 裁缝师傅手艺高，
> 手艺又轻巧。
> 手不提，肩不挑，
> 只要烙铁和剪刀，
> 不离针线包。
> 肉里困，酒里眠，
> 快乐如神仙。

这曲儿，他是从师傅那儿学的。当年他跟师傅去一户大户人家缝"期衣裳"（新郎新娘婚期穿的衣裳），师傅悄悄落了三尺布，被人家家丁打断了手，从此再也没吃过这碗饭了。他就独自出来做，第一年过年，他打了一壶酒去谢师，师傅说："我这师傅还值得你谢，在外头不提我是你师傅，免得误了你的生意。我这儿以后也别来了，来了便是辱没我。"师傅说完，用左手提了那壶酒扔到窗外，然后把大门关了。

从那以后，他想起师傅就唱这曲儿。

诚远师傅白天剪裁、絮棉、打绗，总喜欢一边做一边哼曲儿，到了晚上，坐到缝纫机前，就全神贯注了，不管椿叔家来人喝酒行令还是唱南曲、喊山歌，他都丝毫不受影响。一屋的热气，一屋的光明，一屋新布的芳香，一屋新棉的温顺，这一切，正是一个裁缝好心情的苗圃。他是这屋子的主宰，他在夜间为很多人制造明天的笑脸，所以他的工作精细而甜蜜，缝纫机上好了油，那声音连贯而匀称，似苏晓明的女中音。

前几天，缝完了椿嫂家的棉衣，诚远师傅说，反正已过了腊月十五，回家就只过年了，在这里顺便也为自己缝两套棉衣。他请椿嫂去买了几丈彩色的棉布，称了几斤棉花，还关照椿嫂，这几天的茶他自己泡，火他自己撮，因为是给自己缝衣服，不能让人打扰。

椿嫂真的没去打扰，可她总有些想不清楚，这诚远师傅，该不是在我家给自己缝装老衣吧？可她不好问，今晚大家喝得高兴，唱得高兴，她忍不住想到厢房里去看一看。

椿嫂刚一推门，诚远师傅已经站在门口，似乎正准备出来。

"我看看你给自己缝的衣服。"

"摆在裁板上呢。"

椿嫂走过去，那根本不是衣服，而是一摞垫子。

"椿嫂，你家里客多，冬天里天冷，我就缝了这些垫子……"

"诚远师傅，你这？"

"我也上了年岁，说不定哪一年就来不了了，就吃不成你做的饭了，是个念想吧。"

"那钱？"

"这是钱的事吗？"

诚远师傅接过那一铁锹火："今儿给我也烤两个柿饼，温一杯蜂蜜酒，我也唱几支曲子，还是去年来学的南曲段子，只怕嗓子已然生了。"

雪还在下，没有一点声响。

间或有几声狗吠，后来狗吠也停了，只有椿叔的屋子里是铮铮的三弦，脆生的云板和婉转的南曲。

也只有椿叔火塘里的灯光一直亮到后半夜，像在茫茫夜幕上切开的一处方格子。

一棵树

闰月嫁到杨家冲的第二天，就迎着朔风在稻场角上栽下了一棵香椿树。

这棵树她是为妹妹银菊栽的。

闰月在娘家时，姐妹几个中，她最宠银菊，其实另外两个妹妹也蛮喜欢她这个大姐的，可她却偏偏就最喜欢银菊。她常想，一个人喜欢另一个人，有时好像是先天的，是冥冥之中的一种安排，是没有办法改变的。

闰月出嫁的头天晚上，村上的姐妹们来哭嫁，本来只是一种仪式，听着哭嫁歌，她还是哭了。

> 姊妹亲，姊妹亲
> 拣个石榴平半分
> 打开石榴十二格
> 隔三隔四不隔心

这哭嫁歌听过多少回了，每回是闰月给别人唱，那一天是姐妹们给自己唱，那心情一下子就不同了。她坐在厢桌中间，想到日后再不能侍奉父母，再不能照顾几个妹妹，再不能搂着银菊睡觉，眼泪就忍不住淌了出来。

闹到下半夜，姐妹们才散去，闰月忙不迭地去看银菊，这个比自己小十五岁的妹妹似乎并不能体味这别离之苦，早就进入了梦乡。

闰月像往日一样，躺在银菊身边，搂着她睡下了。

就是在这时，她决定到了婆家要做的第一件事是为银菊栽一棵树，栽一棵香椿树。

香椿树并不是什么稀奇的树，在乐园随处可见，很多人家田边地头都会栽上几棵，那是为了吃香椿芽栽的。每到春天，几缕春风一吹，几个太阳一晒，香椿树就长出褐红的嫩芽，长个七天八天，香椿芽一拃长了，就该扳下来做菜了。香椿真是香呀，只要一家扳香椿，香气就随着风飘了一冲。

香椿扳下来，洗净沥干、开水烫好，放在一只土钵里，撒上盐、辣椒面和葱花，端起土钵簸一簸，作料匀了，便是一道上好的凉菜。拿香椿做热菜当然最好是炒鸡蛋，褐色的香椿、黄色的鸡蛋、碧绿的扁韭，拌好，油烧好了后，倒进锅里，炒起来盛在一只白色的瓷盘子里，那色、那香，很少有人会扛得住。

有的人家香椿树多，鲜的吃不了，就会扳回来，开水烫过，搭在竹竿上晾起来，晒干后用小塑料袋装好，到了冬天，一回拿一袋出来，热水浸泡，依然可以做出好几道凉菜和热菜，依然是那样香郁可口。也有的人家并不晒干，只是沥干水汽，便取来一只坛子，放一层香椿芽，撒一层盐、花椒粉、辣椒面、大蒜末，再放一层香椿……装满一坛，盖子盖钵，注入壶水，这种存放方式的优点就是取出即可食用，又香又脆，当然也可以炒了吃、炖了吃，色泽香味竟如春日。

香椿树也是上好的木材，质量轻，颜色好看，尤其是经腐，倘是做成家具，还隔潮防虫蛀，而它最为神圣的用处是修房子时做房梁。除了前面提到的优点，它又是长寿的代表，庄子在《逍遥游》里说："上古有大椿者，以八千岁为春，八千岁为秋。"这就平添了几分吉利，乡下修房子，倘是有一根香椿树做梁，是最为体面最为惬意的事。

乐园的香椿虽然很多，但可以做房梁的却少，因为香椿树如果扳了香椿芽，算是灭了顶，它就生出斜枝。枝上的香椿芽扳了，它就再生出斜枝。所以，一棵老的香椿树，往往是虬龙一般地张牙舞爪，直的树干只有很短的一部分，自然做不了木材，更不用说梁树了。所以，作梁的香椿往往要到没有人扳香椿芽的深山去找，难度就可想而知了。

闰月栽下的香椿自然不是为了扳香椿芽的，她想，银菊长大了肯定要嫁人，嫁了人少不得修房子，到那时，她这当姐的就为妹妹送一根梁树。

乐园有送梁树的习俗，必是至亲才可以送的。树是择了吉日伐的，去了皮，砍出一个平面，刨光，中间画太极图、画八卦，两边画了一些吉祥的图案，一端写了"荣华富贵"，另一端则写了"长发其祥"……到了立屋的那一天，披了红，八个小伙子抬着，吹吹打打送过去，按照掐好的时辰，到了立屋的人家，将梁升上去，卡在中柱的榫口上了，便开始抛梁，木匠提了一只斗，斗里装了花生、红枣、核桃、板栗，还有硬币、肉包子，一边把斗里的东西往下抛一边念念有词：

> 脚踏八卦定四方，
> 手执八卦定阴阳，
> 东家今日修起万代的华堂。
> 左边修得高，
> 好挂乌纱帽，
> 右边修得高，
> 好挂紫龙袍……

地上的人一边欢呼一边去抢东西吃，抢得最厉害的自然是包子，很多大户人家会在一只包子里包着戒指……

闰月栽香椿就是想为银菊送梁树，她的脑海中一次又一次地出现她给银菊送梁树时的情景，她想银菊会搂着她的脖子，她也会搂着银菊的脖子，首先是笑，然后泪水就哗哗的。闰月不仅经常为这个场面激动，她甚至为自己能想到这个主意而激动，她对银菊的思念会不再是空荡荡的，而是具体的，实实在在的，她呵护着这一棵香椿，就是呵护她和银菊的感情。

要呵护一棵香椿也不是一件容易的事，主要是不能让人扳香椿芽。在乐园的乡下，就像看到少女丰满细腻的手臂谁都想抚摸一样，见到那褐色的香椿芽谁都想扳下来，即便不吃，嗅一嗅，再嗅一嗅，也是好快活的，而且这香椿芽和树上的果子一样，谁都可以摘的，见着了也没人说，即便背着人摘了，也不算偷。

闰月栽下香椿树不久，就又养了一只狗，听说上村石铁匠家的母狗下的狗都特别恶，她花了五升苞谷去抱了一只回来。

从第二年起，到了春天，她和那只狗在香椿树旁守着，几乎是没日没夜，一直守到椿树叶散开了不能再吃了，她和那只狗才撤退。

后来大家知道了缘由，都被闰月对妹妹的那份深情感动，再没有人盯着那株香椿树。乡下人都是善良的，有谁狠心来践踏这份真情呢，生产队长还在会上说了："有谁扳闰月的香椿芽，谁就滚出杨家冲……"

时光飞快地流逝，闰月在杨家冲生儿育女，劳作经营，眼角已然有了细密的皱纹，那棵香椿树也长到三厘钵粗了。

银菊终于出嫁了，闰月知道，她不会马上修房子，她们要跟老人过两年才会分出来，分出来还要再攒些粮食攒些钱才能做房子。

那棵香椿树依旧每个白天和每个夜晚快乐地生长。因为闰月栽树时选了一块肥地，它就比别的树长得粗，长得高。两三个枝丫举在空中，微风吹来，那些散开的香椿叶哗哗作响。

银菊分家又有两三年了，还是没听说修房子。闰月忍不住了，那年的末端阳，她拎了一袋包面去看银菊："你们几时修房子呀，姐等着给你送梁树呢？"

银菊避开闰月的目光，望着自己的丈夫，她丈夫说："姐，钱也攒得差不多了，明年就修。不过，我们修平房，不要梁树。"

"哦，真的……"闰月这才想起银菊嫁的是个泥瓦匠。

包面已经下锅了，闰月还是走了，银菊出来追她，她已走到了桐树包，银菊站在水田边，眼泪哗哗的，她知道，姐眼泪也是哗哗的。

闰月回到家，大病了一场，直到六月初六龙晒衣那天，要翻晒衣服才下地。

后来，大家集资修学校，闰月说，我送一根梁树，校长很高兴，生产队长也高兴，说闰月为杨家冲争了光。

送梁树的那天，很是热闹，梁树披了红，闰月也披了红，那红绸上写着：助学兴教，功德无量。还要她去发言，她自然没去，梁树在鞭炮锣鼓声中离开了闰月的家走了，不过，它不是去银菊家，而是去了村里的学校。闰月褪下披在身上的红绸，把稻场坎边的椿树茬子用土埋了起来。这时，起风了，风吹着她的头发和衣衫，把她的思绪吹到了很远。

时光依然飞快地流逝，又过了好些年，学校要拆了旧校舍修建预制结构的标准化校舍，还要把别的村的学校并到这儿来。闰月去找校长，想要回那根梁树，校长是个年轻人，听完闰月的叙述，捋了捋领带说："因为你当时是赠予，赠予一旦生效，你便丧失了所有权。通俗地说，这根梁树已经不是你的了。"

闰月悻悻地回了。

后来一个搞收藏的人花两万元从校长手里买走了那根房梁。

有人把这事告诉闰月，闰月笑着说："真的吗？"

她一边说一边把一串穿好的红辣椒挂到了门框的钉子上。

流水席

现今的城里，豪华酒店比赛着修，城里人的婚丧嫁娶，置办个酒席，只要肯花钱，相当利落撒脱，豪华的宴会厅里百十来桌摆开了，几百人一起挥箸舞勺，壮观极了。

下乡就不相同，不要说大酒店，就是小酒店也极少，顶多是个煮面条卤茶叶蛋的棚子，所以，红白喜事都是在自己家里办，在家里坐流水席。房子要是大，桌子就摆在厢房里，要是房子不够宽阔，仅有的房间得留着"消客"——让客人坐，让客人打牌，稍宽的房间还备下客人跳花鼓子。坐席则是在稻场搭了棚子，过去要借好些人家的篾晒席，既要解决顶上盖的，又要把周围围起来，现在有了油布，又有了专门的班子，方便快当极了，铁架子一搭，油布一围一盖，桌子板凳一摆，按北方人说，齐活了。

过去的流水席用的是方桌，有上席下席之分。上席坐贵客，上席的右首则是最为尊贵的客人，下席较上席略次，旁席则是一般客人，不过细究起来，左边和右边又有小的差别。

这席不是随便坐的，得有人请，安排的人叫支客师，顾名思义，支应客人的师傅，必是当地有名望的人担任，或是村上的干部，或是家中富庶或是族之长者，或者是兼而有之，这些人共同的一点——头脑清晰，能说会道。

支客师先前已将各路亲戚的尊卑长幼记熟于心，也有生疏的，借故装烟打过照面，顺便交谈几句，以作核实，以免弄错。常常有因为客人吃饭的先后或是上下席分配失当而得罪客人的，有的竟然还起了口角，碰上此等情景，先是支客师出来赔不是，有时还要主人出来填情，抑或在账房里置了小桌，另备小菜佳酿，将道歉的话浸泡在几杯薄酒里，方才得以平息。

支客师的功课做得差不多了，厨房里大师傅的菜也备得差不多了，只等开席。

开席一般是申酉交替之时，时辰一到，坐在阶沿的响匠师傅吹起唢呐，三五个大汉手执大盘在灶间候着，支客师将今天最为重要的客人第一批请上了席。

上菜的方式极为讲究，第一道菜是什么，第二道菜是什么，错乱不得，不同的菜唢呐吹不同的调子，大师傅听响匠师傅的调子，起开相应的菜放到大盘里。大汉们一边喊着"借光""擦油"，一边拨开拥挤的人群把菜端到桌子上，不同的菜在桌上摆的位置也不同，坐在旁席角上的人有摆菜的义务，此谓之"扯菜"。倘是桌上没有人会扯菜，打大盘的人还要帮忙把菜放好摆正。

主菜上得差不多了，坐在上席的人示意开箸，大家才能动筷子。上席上的客人号召吃哪一碗菜，大家都跟着吃这一碗，其他的人是不能领这个头的。生活困难的年月，也有人顾不上这个体面，上桌子就直奔那碗扣肉而去。那时，猪肉尤为稀罕，大师傅们切肉就切得纸锋纸薄，有的人或是有意或是无意一下子夹了两片放到嘴里，弄得后来的人竟至扑空。

根据客人的数量，有的同时开两桌，有的三桌，有的四桌，同时开的这几桌称为"一排"。一场酒席下来，人们记住开了几排，就能算出这户人家来了多少客人，这是判断一场事是不是一红场的重要标志。

客人吃完饭，喝了漱口茶，下了桌子，打盘的汉子们忙收拾桌上的残汤剩水。另有一帮婆娘收了碗筷涮洗，又有人执了稻草扎的刷子来刷桌子。还有几只狗捡食客人扔下的骨头或是撒下的饭菜，有时几只狗为争一块骨头竟然起了冲突，甚至于撕咬起来，收碗的婆娘立马捡起板凳朝那狗打去，狗们便嗖地跑远了。

一切收拾停当，支客师请来第二发客人，这样一拨一拨地坐席吃饭，叫到子夜，最早吃的人难免有些饿了，支客师又请他们来"打复席"。待打复席的人也没有了，才"毕席"，大师傅盘点菜肴，做好下一顿补充的准备，熄了灶台里的火，回房歇息去了。

早时没有电灯，坐席的房里或是棚里吊的是用瓷的帽子反射光的草帽子灯。那瓷帽子洁白如玉，又点缀了些许红花绿叶，质朴而鲜活，灯光柔和照映，很有些温馨的气氛，后来有了煤气灯，几乎每所学校里都有好些盏，于是找校长借了来。校长借了灯，还要派一个发煤气灯的人来，免得外行人浪费气灯泡子或是弄坏了气灯。气灯雪亮，还有咝咝的响声，人们坐在桌子上谦让夹菜，低声敬酒，气灯就照耀了一片祥和。

后来有了电灯，照明变得简单，几根线一拉，上几颗瓦数大的灯泡，不需添油，无须打气，通宵达旦，如同白昼。因为灯光明亮，似乎连吃饭也变得快速起来，虽然客人还是一拨一拨由支客师请来。发展到后来，支客师请人吃饭的功能逐渐弱化，人们都是抢着吃，前一排的人还没吃完，后面的人又早早地候着了，并且是一一对应站在吃饭人身后。桌子上的人放碗，站着的人立马坐了上去，甚至于有的客人碗里最后的饭菜是站起来端着碗吃的，因为他的座位已被后边的人坐上了。收拾碗筷也变得简单，都是一次性的，塑料桌布提起来往垃圾堆上一扔，再立马铺一张，有的甚至是一次铺了十几张，吃完一桌，揭去一张……

当一切变得过于快捷简单，一种文化就消解了，过去坐席的温文尔雅、相敬如宾已经一去不复返。过去的十碗八扣也被现时的炒菜代替，取代响匠师吹菜唢呐的是流行音乐，而且没有任何规矩。

今天的流水席除了一拨一拨抢着吃饭依然有流水席的意思以外，附着在流水席三个字上面的一种亲切味，一种氤氲已经荡然无存。

以往，只要听说谁家嫁女儿或是接媳妇，许多天以前都盼望着去吃流水席，除了想吃熬缸子煨的炸豆腐条子、心肺汤，想吃酢广椒五花肉蒸的蒸酢这些特色菜以外，就是想去感受一下那种氛围，领略一下那种温良恭俭让的节奏。而今天，我们对流水席全无兴趣，常常到了过事人家，把随礼的钱一写，然后跑到街上找一个小馆子点一个小火锅，两三个人边吃边聊，等到毕了席，再回去跟主人打个招呼赶忙走人。

流水席，是留在心灵深处的记忆。

背窑货

在往日的乡下，陶制品是非常重要的生活用品。

但不是所有的地方都有适合制陶的陶土，也不是所有地方都有陶工。

于是，在那些适宜制陶的地方，就鳞次栉比地建起各式土窑，烧制着瓦罐、砂锅、夜壶、泡菜坛子、三厘钵、土饭碗……不过乡下人并不管这些东西叫陶制品，而是称之为"窑货"。

窑场是个极富乐趣的去处。将新挖的陶土背回来，倒进泥池子里，倒适量的水，然后就是踩泥，一个人牵着一头水牛在池子里来来回回地踩，把泥踩得烂了、活了、黏了，才一桶一桶提到作坊里。这里的工匠们把泥搬上工作台，然后脚踩转轮，手托泥巴，不一会儿就做成了各种器皿的坯，放在茅草棚里晾干，得选取个黄道吉日，才能装窑升火。

烧窑是极其神秘的。陶坯一层一层地摆在窑里，守窑的师傅掐的时间一到，才可以将一把点燃的火把扔进窑里干松枝上，那些干柴立刻噼里啪啦地燃烧起来。师傅看到火候到了，才将窑门封起来。封窑的时候，师傅还必定要杀一只公鸡祭祀窑神，然后他就将铺盖搭在了窑门前，不断地看火、添柴，更重要的是要会功夫，防止别人用法术"架窑"。

出窑也是神圣的，师傅开启窑门，将烧制好的窑货一架一架运出，倘是次品，顺手扔出去，砰的一声，摔成碎片，所以窑主们最怕出窑时那砰碎的声音，那摔的不是瓦片子，而是钱崩子。

新出窑的窑货一架一架摆在茅草棚里，看上去熨帖极了。那种泥土和松木烟子混合的气味，那在釉面上弹跳的光斑，让你觉得怎么看怎么舒服。我小时候，去过一回窑上，是夜晚去的，月光照着那窑，照着那茅草棚，似一幅版画，又像一幅剪纸，月光泻在那新出的窑货上，薄薄的清辉，仔细看，仿佛有弹跳的光点……而当我们往回走时，看月光洒在那些碎瓦片上，听到脚踩瓦片破裂的声音，仿佛是踏进了一个远古的文化遗存，我疑心自己就是几千年前的一个陶工，月光从背后射来，我踩着自己的影子走到了现在。

窑烧制成功后，要运到乡村这株大树的枝枝叶叶，这就有了背窑货的行当。

一只坛子或是一只罐子并不很重，一个人能背数十只的。数十只坛坛罐罐码在一起，那会有怎样大的体积呀？所以捆窑货是最见功夫的，大小搭配，绳索勾连，又要方便随时取下，所以，初来的后生要学好长时间才能掌握其中奥秘。

捆好了窑货，备好了路上搭伙的苞谷面，再扯一条汗袱子，就可以上路了。倘是沿江去卖，还可以搭顺路的帆船，倘是上山去卖，起步就要背了。乐园山多，来卖窑货的都是背的。

一架窑货就像一座山，在崎岖的山路上移动，阳光投下硕大的影子，那影子一步一步，移动得停当，稍有不慎，一跤摔下来，摔了饭碗，也摔了名声。那窑货是在窑上交了押金赊来的，倘是摔了跤，白费力气不说，还要倒赔货钱，且再也没有窑主放心发货。

在山路上小心移动，太阳烈，汗都淌进眼睛了，却是不能眨的，扯下肩上的汗袱子擦一下，看清楚再走。倘是雨大，便找一户人家歇了，自带了苞谷面，交几分钱搭伙费。晚上，央人家一条麻袋一床蓑衣就睡了，也有好心的人家给一碗辣子汤，让一张空床，临走时从背架上解下一只土钵算是答谢。

背窑货是个力气活自不必说，也还要有些嘴上功夫。每每进了村子，见背窑货的来了，围上来的多是女人，坛坛罐罐多是她们关心的事，她们想要的东西多，自然也会砍价。

"大哥，那个大坛子，三升苞谷卖给我怎么样？"

"大嫂，你把那坛子取下来，能装多少就给我多少。"

"嫂子我连你人都装下了，难不成还给你个人？"

"要不这样，你给四升苞谷，我搭一把夜壶给你。"

……

一番地讨价还价，一番地调笑，窑货自然卖出去了不少，可背上的斤两比来时还重了。乡下人买窑货给现钱的少，拿粮食换的多。间或也有连粮食也不给的，把卖窑货的领到家，金包银的饭，一盆热水澡，安顿得舒舒服服地歇了。这饭食，床铺，就顶了钵子坛子的价钱。

现在，乡下的窑货用得越来越少，电饭锅取代了煨饭的瓦罐，塑料壶取代了陶制的油壶，玻璃坛子取代了土烧的泡菜坛子，夜壶变成了痰盂……不过，这东西非但没有绝迹，似乎还有中兴之象。村姑们说，老泡菜坛子泡的泡菜比玻璃坛子泡的味长，更不用说土钵子熬的鸡汤绝对比高压锅煮的汤香。还有的人跑到农家乐饭店吃了瓦罐子煨的米饭，寻思着到处去买瓦罐，但是，却是再也见不到背窑货的，现在公路几乎通到各家各户，再易碎的东西都可以用汽车运来。运输方便了，窑场却绝迹了。

背窑货这最具画面效果、最具审美价值的劳作方式只能留在我们记忆中，只能留在老相册里。

我们村最后一个背过窑货的椿伯也在去年辞世，享年九十四岁。

麻绳拴不住时光

百度百科上说：苎麻，别称野麻、野苎麻、家麻、苎仔、青麻、白麻。

我的家乡称苎麻叫线麻，我的家乡太小，上不得百度百科。（百度百科上也有线麻，那是结籽的。我的家乡称为火麻，可以榨油。）

之所以称之为线麻，可能跟它的功用有关，线麻在我的家乡唯一的功用就是捻成线绳用来纳鞋底做布鞋。

这样的用量就少，每家每户也就晒席大的一块麻田。

每年正月十五赶毛狗，家家户户烧麻田。割下头年没有割的尾麻，捡回些松针杉树枝铺在麻田里。吃完晚饭，月亮还在树林边没有升起来，小娃子们就着急忙慌地点燃了麻田里的松针，大火就燃了起来，还伴随着哗哗剥剥的炸裂声，小娃子们就站在火堆旁边跳边喊：

> 正月十五赶毛狗
> 一赶赶到肖家的门口
> 毛狗子打个屁
> 蒸的粑粑不上气

大火熄灭，圆圆的月亮升起来了，小娃子们意犹未尽，还想扔些树枝到火堆里，被大人制止了。烧麻田是为了给线麻生长提供肥料，火太大或者烧的时间太长会把麻根烧死。

一场春雨，几个和煦的太阳一照，线麻开始萌芽了，首先从草木灰中钻出来的是一团一团的赭红，像少女的乳头，又过了许多天，这乳头才慢慢散开成为一片片张开的叶子。

春风春雨，春天的阳光，麻田里暖气蒸腾，仿佛听得见线麻的生长，很快就蹿到一人多高。

到了五月，就要割麻了。这多半是雨天的功课，雨天里下不得田，便想到割麻。剔去麻叶，把麻皮从麻秆上剥下来，然后去掉褐色的粗皮——女人们坐在阶沿上，左手拿了一块较为锋利的竹片，把麻按在竹片刃上，右手拉着麻皮带着脆劲用力一抖，然后顺势往右一直把这匹麻拉完，褐色的粗皮就掉了，然后放到水里浸泡些日子，把生麻沤成了熟麻，就成了预备捻绳的线麻。

线麻的种植可以说历史悠久，《诗经·国风·陈风》中就有关于线麻加工的描述：

> 东门之池，可以沤麻。
> 彼美淑姬，可与晤歌。
> 东门之池，可以沤纻。
> 彼美淑姬，可与晤语。
> 东门之池，可以沤菅。
> 彼美淑姬，可与晤言。

这是一群青年男女，在东门外护城河里浸麻、洗麻、漂麻。大家在一起，一边干活，一边说说笑笑，甚至高兴得唱起歌来。小伙子豪兴大发，对着爱恋的姑娘，大声地唱出这首诗，表达对姑娘的情意。从中我们看到，那时人们就知道沤麻的加工方法。

在我的老家响潭园，并没有如此浪漫，一切的社会活动，都注重实用，精神只是物质的轻微附属。

同样还是雨天，开始捻麻绳了，这是一个美丽的画面，少妇们坐在阶沿上，挽起裤管，露出雪白生动的大腿，左手把泡好的线麻搭在大腿上，右手把线麻捻成麻绳，随着手在大腿上的搓动，一根粗细匀称的线绳慢慢延长。

雨是蒙蒙细雨，水雾仿佛从河边的岩洞慢慢涌出，一缕一缕一团一团向山腰移动。灰喜鹊在细雨中飞来飞去，有几只歇在门口的丝绵树上，似乎在窃窃私语。

麻绳还在别致动人的工作台面缓缓延长。倘是晴天，在阳光的照射下，这工作台面会有琥珀般的微微透明，甚至可以看得见细密的肌理。只可惜，捻麻绳一般都是在不能下地的雨天，太阳不知躲到哪里去了，丧失了一饱眼福的机会，也让这一劳动场景的美学效果大打折扣。

捻麻绳是已婚女人的功课，因为即使是大热天，女孩子们也要捂得严严实实，连胳膊都不能露出来，更不要说大腿。没出嫁的女孩子，常常观摩嫂嫂们捻麻绳，暗中揣摩其中的要领，但是实践却是从自己出嫁以后才能开始。

对于少妇们自己而言，捻麻绳是相对枯燥的。在一个雨天，重复一个幅度很小且没有变化的动作，就缺乏趣味。不过捻麻绳倒也是一个机会，把跟自己要好的伙伴邀两三个一起来捻，一边捻一边讲一些趣事：讲上河的戊秀出嫁好多嫁妆，抬嫁妆的力人就请了四十个；讲回龙观的桂花嫁到了枣阳，回娘家时耳朵上、手指上都是金晃晃的；还讲王家田的秋香离了又结了，那男的是川上来的倒插门的，比她大十八岁……

新鲜事讲完了，她们也会唱歌：

> 三个斑鸠飞过冲
> 两个母的一个公
> 两个母的一架打
> 一个公的脸上红

此时，煨在火塘里的陶罐里的腊肉的香味已经弥漫开来，女主人站起来准备做饭。她让每个人点一个菜，不一会，一桌菜就齐了。少妇们放下裤管上了桌子，间或有能喝酒的，就斟了一杯苞谷烧，不会喝的也陪了一点，一顿饭就吃得激情满怀。

捻好的麻绳用草木灰水煮一煮，晾干，就会变得很白，然后就可以纳鞋底，做布鞋了。那些年，一堆男人坐在火塘里烤火，都喜欢跷着二郎腿轮换着把一只脚伸到火边，除了取暖之外，就是看穿在脚上的灯芯绒布鞋，炫耀自己婆娘的针线功夫。那做的周周正正的布鞋，一根好麻绳是最基本的保证。

从我上中学起，似乎就再也没有见到捻麻绳的场景了，起先是因为供销社有了做鞋的线绳卖了，又匀称颜色又白，就没有人愿意自己捻麻绳了。后来，又有了各种不同档次的布鞋出售，样子好看，价格也不贵，女人们也用不着自己掏心费力地做鞋了。

各家各户的麻田有的荒芜了，有的改种了韭菜，还有的做了房基修了平房。

捻麻绳的场景只有在网上看到了，县电视台拍了一个专题片，在电视台放过以后就放在了网上。为拍这个电视片，找到会捻麻绳的都是老太婆了，为了增强观赏性，又找了一些少妇做做样子，最后 P 成的片子，还是引起了人们极大的兴趣，点击量一直稳增不减。

上头婆婆

　　槐香从四十岁就做上头婆婆。

　　过去乡下姑娘出嫁前，要请人给姑娘"扯脸"，又叫"上头"。所谓"扯脸"，就是用两根细线拗在手指上，手指一张一合，贴在脸上的细线就扯掉了脸上的细汗毛，并把眉毛绞成一弯新月，然后用石膏粉敷面，使脸蛋细腻光滑。

　　请来给新娘扯脸的人称为"上头婆婆"。这上头婆婆不是人人都能做的，必须有儿有女，家庭幸福圆满，不得有死过丈夫的"断扁担"，或者离婚再嫁"跨二道门槛"的人。

　　在金竹坪，槐香是最合适的人选，一个儿子一个女儿，儿子还在她三十八岁那年考取了大学。那时的大学不像现在这么好考，一个区好像一年也考不取一两个大学生。偏偏槐香的儿子考上了，这是多大的荣耀。要不是她丈夫头年刚当上了支书，她一定要办个酒席庆祝一下。

　　一般来说，做上头婆婆总得有个五六十岁，才有个德高望重的样子，再说有些条件须得经过时间检验才能见分晓。槐香自己也没想到自己四十岁就做了上头婆婆。

　　第一次来请槐香做上头婆婆的是梨树湾的建辉，槐香起初推辞了，建辉说："在这金竹坪，没有谁比您更合适了，就算我建辉高攀，请您屈尊给我姑娘茯苓上头。"

　　槐香就应下了。

那天是九月十二，天空瓦蓝，没有一丝杂质，阳光很烈，水田里刚收割完稻子，到处弥漫着稻草的气味，这对于一个农人来说，是一种特别亲切的气味。

槐香穿了一身新的裤褂，包了新的头巾，怀里揣着搓好的两根细麻绳进了建辉的大门。

喝过茶，把建辉老婆端来的板栗核桃各吃了一个，槐香就上了茯苓的阁楼。

阳光从贴了喜字的窗格照进来，落在茯苓的脸庞上，真的有一层细绒绒的汗毛。槐香在茯苓对面坐了，先给茯苓道了喜，就开始扯脸，一边扯，一边问茯苓疼不疼。茯苓倒是说不疼，但眼泪却忍不住流了出来，槐香知道她不舍得离开爹妈。当年她自己从东流河嫁到金竹坪来时，就在家里哭了好多回。

"好闺女，孩儿都是娘身上掉下来的肉，你舍不得爹娘，爹娘也舍不得你。但是树大了要分丫，藤长了要开花，迟早要跨出这扇大门，高高兴兴地走，经营好自己的新窝，爹娘才为你高兴。"槐香就把茯苓的眼泪给劝住了。

上头婆婆似乎有这个义务，一边扯脸一边给即将出嫁的新娘做心理疏导，让她满脸笑容地离开婆家。

这是槐香职业生涯的开始，她做得很仔细。茯苓像红苹果一样的青春脸蛋被她打磨得容光焕发，阳光照在脸蛋上，呈现一种半透明的水红色，甚至看得见细密的肌理。

槐香收好细麻绳，开始扑石膏粉，扑匀了，又用一块红绸轻轻擦拭，茯苓的脸蛋更加白里透红，光泽诱人。槐香拿过镜子要茯苓自己看，她这时才觉得自己真的好看，好看得有些不好意思。

按照流程，新娘的母亲也要来看一眼的。这个跟自己生活了二十年的女子，还从来没有仔细看过她的脸，今天才定神细看，竟是这么好看。她连忙谢过槐香，说槐香给茯苓开了一个好兆头，她日后定当顺顺当当，平平安安。

槐香这才把心放到肚里，于是，从怀里摸出一个小香包说："这是我亲手缝制的，送给茯苓，日后的生活一定香甜如蜜。"

母女俩一片声地感谢，建辉也上来给槐香封了利市，槐香手里捏着那红包，觉着有点厚，客气道："我这举手之劳，是不是有点多了？"

"您这第一次就为我姑娘上头，再多也无法表达我们的谢意，只是家底太薄，您莫笑话。"

茯苓的婚事办得顺遂排场，出嫁以后日子也过得称心如意。建辉逢人就说，万事看开头，槐香头上得好。

自此，请槐香上头的越来越多，她也是有求必应，总是尽心尽力给人家把事办好。

岁月在无声地流淌，一个一个女孩长成大姑娘，又一个一个出嫁了，槐香脸上也有了皱纹。每每为姑娘上头，看到青春光鲜的脸蛋，就会感到岁月的沧桑，感到时光的无情。

形势变化很快，首先是土地承包，责任到劳，接着几乎所有人都做生意，然后，大多年轻人外出打工，人们见面几乎讲的都是钱，谁赚了几百万，谁亏了几百万，是永远也讲不完的话题。那些大老板都当了人大代表、政协委员，还有好些老板入了党。

这些对金竹坪影响不大，槐香还是做她的上头婆婆，虽然年轻人纷纷外出打工，但婚礼总会是在金竹坪办，已经六十多岁的槐香现在才真正成了"上头婆婆"。

这一年国庆节前，下坪的桂枝回老家来办婚礼。她丈夫是福建人，两人打工认识的。他们要请槐香给桂枝上头，桂枝叫她父亲来请，好说歹说，她的父亲就是不来。没办法，桂枝只好和她丈夫自己上门来请，那个福建男人把一只特大的红包先放在槐香坐的木椅旁的茶几上，槐香瞟了一眼，那至少有五千元。

福建人的话很不好懂，桂枝只好自己来说。

"你爹怎么不来？"槐香觉得奇怪，按说这事是该做父亲的来的。

桂枝低着头，咬着嘴唇不说话。

槐香看着她隆起的腹部，至少怀孕三四个月了。

"桂枝，一行有一行的规矩，我这双手若是破了规矩，我在金竹坪就待不下去了。你这脸我不能扯，头不能上。"槐香说得坚决，一边说一边把茶几上的红包递给了桂枝。

福建男人还想说什么，被桂枝拉走了。

虽然金竹坪不止一个上头婆婆，槐香退了的，又有谁愿意接，又有谁敢接呢？虽然她的丈夫早已不是支书，但她的威望不比支书差，何况她的儿子还在市里当副市长，虽然槐香从不以此炫耀，毕竟那是事实。

没有人给桂枝上头，他俩开车到镇上的理发店请理发师用剃头刀仔仔细细把脸刮了一遍，又扑了香粉，那光亮，那细腻，丝毫不比扯脸的差，只是人们说，那些冰凉冰凉的铁家什在脸上侍弄一遍，只怕这以后的日子也是冰凉如铁吧。

槐香说，我不做是有我的原则，至于理发店做出来以后日子就会冰凉如铁这我倒不相信。她依然去喝了喜酒，去随了礼。

一晃到了腊月，秋菊的父亲早就来请了槐香，说秋菊过年前回来办婚礼，要请她去做上头婆婆的。他还说，您放心，不会像桂芝那样的。

槐香满口应承下来。

这一年，雪下得太大，秋菊和她的男朋友开车往家里赶，在栗树坳出了车祸，两个人都没有抢救过来。

那是怎样的惨景啊，金竹坪的北风吹来的不是秋菊家的哭声就是人们的叹息声。槐香的丈夫是一个特坚强的人，和他结婚几十年槐香没见过他流过眼泪，那天他去了秋菊家，是一路哭着回来的。

丈夫回来了，槐香去了。

她要为秋菊扯脸，为秋菊上头。秋菊的父亲说："您这使不得呀。"

"是你请的我，我也应承了，我就该来做我应承的事。"

槐香说得斩钉截铁，不容商量。她一丝不苟地为秋菊扯脸，把她的眉毛绞成弯月，又拿出香粉为她扑匀敷净，还把她的头发梳了一个好看的发髻。

"孩子，放心去吧，槐香婆婆为你梳妆好了。"

为死人扯脸上头，槐香的手废了，从此再没有人请她为新娘上头。

桂枝的日子过得红火温暖，并没有像人们说的冰凉如铁，于是新娘们都乐意到理发店去修脸，去盘头发，去化妆，时尚新潮，洋气光鲜。

上头婆婆们都失了业，她们每一年春天都约了到槐香家聚一天，回忆些往事，讲些趣闻，看满山的映山红开得鲜艳热闹，听溪沟里的春水汩汩流动，她们就唱一些五句子歌谣：

> 一把扇子二面黄
> 上头画的姐和郎
> 郎在这面看不到姐
> 姐在那面看不到郎
> 姻缘只隔纸一张

聚会唱歌的人一年比一年少，最后，只有槐香了。这一天，她梦见秋菊，她说她的汗毛又长很长了，还是请槐香婆婆给她扯脸。

没过几天，槐香婆婆走了。

这天，山雀子在她门口的椿树上飞来飞去叫了一天，映山红开得铺天盖地。

金竹坪再没有上头婆婆，柳坪区也再没有上头婆婆。

春种秋收的日子依然在续写，春天的柳絮，冬天的雪花依然如约而至。

生活没有句号。

舞　者

　　山里的空气，清新甜润，每一根树枝的摇动，都像是撒了一波氧气，让人沉醉，让人心悸。

　　一个人去田埂上行走。前几天蒋叔刚把这一片田埂的杂草割尽，青草的气息就格外浓烈，那种清香只有在农村待过的人才会觉得特别好闻，像我这样初中每天都要割羊草的人，嗅到青草的芳香就像一个酒徒闻到酒的气味一样魂不守舍，这特殊的清香立马牵出我脑海中储存的一个时代的风貌，一个时代的故事立马开始上演。

　　蒋叔的刀磨得快。他习惯于在月下磨刀，一盆水放在磨刀石旁边，一弯银月卧在盆底，磨几下，用手浇一捧水到磨刀石上，盆中的月亮就被他搅乱，然后慢慢摇荡成月亮的碎片。待这些碎片复原，弯月再次沉入盆底，蒋叔的手又伸进来了……磨了一会，月光投射在刀刃上，一片银白。他用左手拿起镰刀，用右手的大拇指轻轻从刀刃上滑过，一种涩涩的黏附感，这刀锋利了，他把那盆中的弯月泼了出去。

　　只有把磨快的刀放上刀架，他的睡梦才香。

　　蒋叔的刀快，草就割得齐整，草茬几乎贴着地面。他常说：女儿的鞋边，男儿的田边。女子做鞋要把鞋边修剪得光光溜溜，男人种田，要把田边的杂草收割得整整齐齐。蒋叔的田边是全寨子割得最整齐的，哪怕现在用了微耕机没有喂牛了，他依然把田边的杂草收割得干干净净。

　　我还在田埂上吮吸着青草的清香，几个小伙子骑着摩托从田边的公路上飞驰而过，我挥手拦住一辆摩托问小伙子急急忙忙去哪，他说，蒋家湾的蒋叔突然去世了，他们分别去请包厨的班子和跳丧的班子……

我差一点跌坐在田埂上。前几天，蒋叔在这里割草，我还跟他讲了很多话，问了他的孙子上高中的事，他一边噗噗地割草，一边回答我。我又想起蒋叔年轻时，有一次背着木背子握着镰刀准备下河割草，迎面来了一个人挑着一担猪仔，他一想，家里刚卖了一头猪，正要捉个猪娃，于是拦着卖猪仔的讲价，卖猪仔的硬是一分不让，直到蒋婶在稻场坎上喊吃饭，还是没有讲妥。这时蒋叔说：就按你说的价，我称半斤。卖猪仔的气得不得了：你，你白耽误了我的工夫！蒋叔说：你也耽误了我的工夫，我一根草都没有割。

蒋叔就是这样一个有定力又很幽默的人，没病没灾的，怎么说走就走了呢？

鄂西土家族死了老人，认为是顺头路，称为白喜事，要跳一种叫作"撒叶儿嗬"的跳丧舞。有研究跳丧的学者认为，跳丧应该是起源于原始狩猎时期，那时武器落后，在和野兽的搏斗中，死人是常有的事。为了纪念死者激励后人，人们在死者尸体前歌之咏之，舞之蹈之，歌颂死者的勇武，祈祷未来的顺利。

跳丧是一种极具阳刚之美的歌舞，由一个人击鼓领唱，被称为掌鼓歌师，两个人或者四个人在灵前边唱边舞。

跳丧本来是很多男人的爱好，也是一个乡下男人出人头地的机会。不论谁家死了人，大家都去帮忙劈柴挑水，扫地搭棚，一切安顿下来，天色将晚，就擂起牛皮鼓，跳起丧鼓舞，轮流换班，直至天明。跳得精彩的，就会引来无数的观众，甚至于跳得好的后生被年轻女子看上，下半夜，就去树林里约会了。现在，年轻人大多外出打工，跳丧的人就少了，于是，就有年轻人组织了专门的班子，买了音箱麦克风，置办了专门的服装，为死人的家庭提供跳丧服务，三千元一场。他们还到处揽活，谁家有重病住院的人，他们提前到医院预订，预交定金，可以打九折，有时被人骂了出来，也有人想只是迟早的事，早定下来还可以省几百元钱，于是就交了定金。三叉沟的岑小华父亲病重，在镇上医院给郭小虎的跳丧班子交了五百元定金，没想到老人病愈出院，过了五年还健康着，那五百元要了好几回，最后他抢着菜刀才要回来。

我历来敬重蒋叔，是必须送他一程的。

苍山如铁，过去做生产队保管室的吴家老屋旁的刺楸树上抬丧鸟在叫，蒋叔家的鞭炮一直响个不停，明亮的灯光映白了半边天空。

我和妻在灵前磕了头，奠了酒，在阶沿的椅子上坐定，就看到郭小虎的跳丧班子正在牵电线接音响，牛皮鼓已经摆到稻场上了，稻场上还铺了一大块油布。

一杯茶还没喝完，跳丧开始了，每个人都戴着耳麦，掌鼓师和跳丧的人的唱腔通过音箱传出来格外洪亮。

跳丧的四个人，竟然还有两个女的，男女穿梭交叉，动作协调一致，还融入了现代舞蹈的元素，人们都觉得新奇，立马引来了很多人围观。四个人跳了一阵，下去三人，留下一个男生，高个，身材苗条，他来了一段独舞。掌鼓师没击鼓领唱了，歌声是从音箱传出来的，是根据跳丧调子的基本旋律改编并制作的伴奏带。高个子男生的独舞有不少高难度动作，已经不是跳丧，而是一种舞台表演，就在他倒立旋转时，一位姑娘端了一面锣走向人群，讨要赏钱……围得密密麻麻的人群渐次散去，高个子男生又连续来了几个360度后空翻，围观的人已经寥寥无几。

掌鼓师又拿起了鼓槌，这时，一个六十多岁的人走过来说："你们也忙活累了，我们来换一换，不要一分钱的，我们只是真心来送蒋叔一程。"我认得这个人叫覃春虎，他不由分说把鼓槌拿了过来，接着又上来几个五六十岁的人，把牛皮鼓搬到灵旁的脚盆上，他们就在灵前开始了不要音响不要统一服装的跳丧。

覃春虎当掌鼓师，他开了场：

　　　请出来，请出来
　　　请出一对歌师来
　　　好些打，好些跳
　　　莫把脚步踩错了

叫错号子犹是可

踩错脚步有人说

好汉不等人识破

这叫四大步的开场，跳的人在灵前边唱边跳，掌鼓师领第一句，跳的人唱一句"撒叶儿嗬哟"，掌鼓师唱完第二句，跳的人再把一二两句连起来唱一遍，当然是边唱边跳。如果是奇数句，最后把倒数第二句和最后一句合在一起唱。

覃春虎掌鼓领唱节奏感强，还在主旋律之外另加一些衬词，加一些"花儿"，跳的人也在基本步伐之外加一些"花儿"，这就增加了观赏性，围观的人就越来越多。

换了掌鼓师，覃春虎加入跳丧的行列，也换了曲牌：

姐儿住在斜对门，

喂个狗子乱咬人，

张哥去了狠狠咬，

情哥去了不作声，

一条狗子两条心。

跳丧歌中有很多情歌，这与悼念亡者的情景似乎不协调，这也正好说明了鄂西土家人豁达乐观的生死观。死亡，也许是生命的另外一种形态，生前的快乐在死后也还要继续，每一个活着的人的快乐应该与死者分享。

叫好声响起，持续了几分钟，跳丧的更来了劲。覃春虎带他们尽情展示，老汉推车、凤凰展翅、浪里捡柴、姑嫂推船、猴子爬岩、犀牛困泥、猴子望月、猛虎下山，各种高难动作套路一样一样表演，咚咚的鼓声、洪亮的歌声，越过门口的小河，漫过那片松树林传到很远很远。

土家人就是如此，在生时可能默默无闻，死后必定是轰轰烈烈。

覃春虎他们在灵前跳，郭小虎的班子在稻场里跳，更多的人挤在堂屋里看覃春虎他们跳，我也挤在堂屋里看，这才是原汁原味的跳丧，民间的东西不需要太多的修饰，展示它的本色，才是最艺术的。

第二天清晨，跟蒋叔做了最后的告别，我们才回家，从今天起，他就要一个人躺在另外的世界里，这是每个人最后的归宿。土家人，还给逝者送来了最后的闹热，给逝者展示了一场欢乐的艺术，这是怎样一个豁达的民族！

安葬了蒋叔，郭小虎专门登门拜访了覃春虎，要他加入自己的班子，被他拒绝了，覃春虎说："跳丧是我们对亡者的追怀，对死者的祭奠，是我们对死者灵魂的护送，不是为了挣钱。我们道不同，还是各划各的船吧。"

在我的老家再也没有见到郭小虎的班子。

几个月以后，一位电视台的朋友要拍一个跳丧的电视片，我陪他到我的老家，覃春虎约来了他的那些老哥们，跳了一场原始古朴、原汁原味的土家跳丧舞。虽然围观者有两百多人，但是鸦雀无声。不是跳丧带给了他们忧伤，而是这样的一种艺术形式直抵人们的内心，让人思考生命的厚度和质地，思考在有限的生命里怎样绽放出哪怕是微不足道的光彩。

电视台的朋友说：太震撼了，轻快而又凝重，活泼而又肃穆。哲学、宗教、艺术、人生、庄严、诙谐……全部囊括在内，不可思议，不可思议。

他说这话时，夜幕正在降临，最后的夕阳照耀在骡马岩上，绚丽无比，一只山喜鹊从那里飞过，镀了一翅金辉……

颓屋夕阳

又一次来到松树包的覃氏宗祠，傍晚来的。

夕阳透过松林的林梢，涂抹在砖墙上，青砖，石灰勾缝，异常清晰。屋脊上，歇着一只鸟，黑油油的羽毛，拒绝夕阳的亲吻，好似一盆水里滴进油斑，跟水不能融为一体，老在水面游动，那颜色就总在紫色和黑色之间跳跃。

覃氏，是大姓，支派众多，其中一支为普舍堂，宗祠在三友坪。仅这一支，也是瓜瓞连绵，枝叶硕茂，单是长阳后河流域，覃氏普舍堂的藤蔓铺满了山山岭岭。本族有大事商议或是祭祖敬天，路途遥远不说，仅是各地的代表祠堂里也站不下，更不要说客栈住宿，最远的住到了相隔十余里的青岗坪，天不亮摇着火把赶往祠堂，晚上再摇着火把回到客栈。不光费时费钱，族人的意见也不能充分表达，于是在榔坪的皮村设了分祠。落山的十房也是人丁兴旺，家族繁荣，又因嫡庶长幼之说，祠堂祭祖议事，挑水劈柴力气活，多落在十房人身上。本来穷苦因为捡到一只老虎泡虎骨酒而发财的覃顺钊，日渐阔绰，不但在落山被称为"钊大王"，在榔坪街上也是有头有脸的人物，哪能容忍这等事体。于是，他出了大半银两，号召族人捐资，从皮村分祠再分出一支，在落山松树包修了一座覃氏宗祠。

松树包，地势高，地形像一个硕大的馒头，因有一棵三人才能合抱的大松树而得名。新的覃氏宗祠耸立在松树包上，砖墙黑瓦，翘檐飞阁，甚是雄伟。祠堂除了正堂，还有两排厢房，一口天井。雨天的时候，雨水从屋顶流到天井里，四水归池，一串大大小小的水泡涌向角落的出水口，发出咕隆咕隆的声音。晴天，太阳在天井慢慢移动；月夜，月光铺满天井，宣示了祠堂的冷峻和清静。

祠堂是供奉与祭祀祖先或先贤的场所，是家族的圣殿。祠堂修好后，第一次举行盛大的开祭仪式，祭祀祖先，敬奉先贤，褒奖贤良，宣扬族规，场面十分壮阔。因为覃顺钊没啥文化，祭司鲁泮林是从巴东两河口请来的，滑竿抬过来，送回去，酒肉招待，还有红包封的利市。落山人第一次见祠堂开祭，来观瞻的人不少。本想来看热闹，来了竟被那庄严的气氛感染，也变得严肃起来，放大了弃恶从善的效应。

覃氏，是第一个在落山修建祠堂的姓氏，族长大方，不论是否姓覃，来者皆有饭食供应，流水席，开了三天。

三天之后，覃氏祠堂的规矩像条条溪流，流遍了落山的山山峁峁。

很多人，总是有挣脱束缚的天性，循着自己的秉性处事，顾不得族里的律条。因此，不时有违背族规的人在祠堂受到惩处。不孝顺长辈的，不恪守妇道的，偷鸡摸狗的，乱言乱语的，被传到祠堂，轻则受到叱罚警告，重的，会用鞭刑。不用木棍，不用皮鞭，用细竹条子，蘸上水，打起人来疼得钻心。不时有被打的人的呻吟从祠堂传出，沉闷而低哑。被打得不能走路，家人接回，多是趁着夜色离开祠堂那黑森森的房子，路上被人碰见，面子上过不去。

大多人对祠堂惩治违背族规者，态度漠然。事不关己，高高挂起，是很多人的为人之道。惩治偷鸡摸狗者，却有很多人站在祠堂墙根偷听，每一竹鞭子下去，恨不得在外头叫好，间或也有人开门出来驱散他们："本族族内之事，不敢劳外姓人操心。倘是覃氏人，自可进门一观，惩恶扬善，洗涤内心。"于是，偷听者一哄而散，其间，也有覃姓中人，他们也不想进门一观，光是那厚重的木门开启或者关闭的沉重声音，就叫人有了几分惧怕。

祠堂门扉窗牖上山漆的颜色还没有褪落，中华人民共和国成立，乡绅和家族不再是基层治理的两股力量，祠堂空置了，蝙蝠翩飞，蜘蛛结网。

但空置是暂时的，新政府刚建立，百废待兴，没时间也没银子新修办公楼所和公用设施，乡政府（后来改为人民公社）首先搬到祠堂办公，后来成立的卫生所也搬了进来，一时拥挤，板梯太窄，上下楼只能侧身而过。卫生室的张医生在给患者进行皮下注射，年轻的李医生上楼来把楼板踩得摇晃不定，张医生打漏了针。后来被称为"合作医疗之父"的覃祥官当时就在这个卫生所上班。

卫生所迁走，是因为公社机关于头一年在大吉岭修了新的办公楼，迁到了大吉岭，卫生所作为公社直属单位，也随迁到了大吉岭。

公社和卫生所迁走了，祠堂里却更热闹了，这里又成了学校，起初是小学，后来还办过初中，再后来，初中迁到大吉岭，松树包小学的牌子一直挂到了 2007 年。

那些年，清脆的校铃声越过屋后的松林，传得很远。铃声成为一种符号，成为一把激荡人们心湖的铅锤，在人们心中荡起圈圈涟漪，知识和文化在这里萌芽，然后在季节轮换中生长，即使不能长成参天大树，终可以把它倔强的根须四野铺展，让文化成为人们生活的一部分，让生活变得更有滋味。

铃声、书声，让松树包的覃氏宗祠由庄严变得平和、亲昵，变得随手可及。

我来到松树包小学任民办教师时，除了祠堂的旧房子之外，又修了一栋土起瓦盖的教学楼。老师们在新楼里上课，在祠堂饮食住宿，厕所则修在屋外约二三十米的石包上，夜间去上厕所，踩着天井里的月光，打开那厚厚的木门，风吹着黑压压的松林簌簌作响，间或还有狐狸的叫声从松林里传出，于是赶紧草草了事，跑回屋内，关上大门，一切的可怕都关在了门外，长舒了一口气。再踩着天井里的月色，竟然想起了贺铸"三更月，中庭恰照梨花雪"的句子。

来松树包小学之前，我在竹园荒小学任教，二十六个学生，四个年级，四级复式，校长、班主任、科任教师、炊事员集于一身，没有校铃，上课下课吹口哨，那只哨子成天挂在我脖子上。在松树包小学，我才学习打铃，预备铃、上课铃、下课铃、集合铃……被我敲得有滋有味。敲完上课铃，当我走进教室，被铃声感染的情绪依然亢奋，一堂课，就上得生动异常。放学铃声响过，集合站队，强调路途安全，然后看着学生分散到四面八方的路队。他们唱着歌，走进一片片树林里，看不见人影了，歌声依然袅袅娜娜，缥缥缈缈。我坐在大门外当年祠堂的石鼓上，看着被孩子们打扫得干干净净的操场，又想起我班上的孩子们，尽管他们的天分有好有差，但朴实乃至憨厚却是一样可爱。上学路上捡到的板栗，摘到了李子，他们会悄悄放到我办公桌上，细心的女生会用报纸包好，放到办公桌抽屉里。

夕阳已经将那成片的松林涂抹成一片金黄，树梢摇动，阵阵松涛由远及近弥漫而来。我被这大自然的声响包围，沉醉，陶然。炊事员在叫吃饭，我才进门，踏着天井里的夕阳走进厨房，我从天井看到祠堂的屋顶沐浴在一片金辉之中，安康祥和。

1975 年 8 月，我被推荐上了长阳师范，尽管我填报的志愿是湖北中医学院，录到县师范依然高兴，因为跳出了农门，更因为我父亲是"四清"下台干部，在我出生的响潭园大队是绝对不会推荐我去上学的。松树包小学所在的杜家村大队的干部看我人也本分，工作不错，帮他们写标语、办专栏、编节目从不讲价钱，很坚决地推荐了我。

离开松树包，有几分恋恋不舍，回望我居住了两年的这栋砖墙黑瓦翘檐飞脚的覃氏宗祠，虽然有几分森严和冷峻，但更多的是平和和温馨。

我走了，阵阵松涛在我身后连绵涌动，松树包小学将成为我永久的记忆。

师范毕业后，在乡里、县上、市里谋生糊口，从偶尔碰到的乡亲口中了解到，"普九"时，松树包小学那栋土起瓦盖的房子被拆了。村里多方筹资，弄了九万元钱，在祠堂前面修了预制结构的教学楼。可惜两年以后，松树包小学就撤并到了大吉岭小学，预制结构的房子出售给了私人。

祠堂的旧房子起初被人租去种了两年香菇，后来再也没派上啥用场。没人居住，自然没人修缮，已经破烂不堪。我听后，一时无语。

去年，我到杜家村采风，不止一次去看了当年森严雄伟的祠堂。厢房天井早已不在，正堂两边的山墙和后墙基本完整，前面没有了门扉，洞开无挡，屋内板壁朽坏严重，糊在板壁上的《宜昌报》的字迹倒很清晰，柱头下半部分几乎被虫蛀空。我当年居住的寝室的窗棂看似完整，手一碰，便成粉末，屋顶上瓦片稀稀拉拉，阳光照进来，到处是斑斑点点。因为多少能遮挡雨雪，屋里堆放着柴火、农具……

似乎有些担心房子随时会倒塌，我们匆忙从房里出来，出来时看到了钉在柱子上的"传统民居古建筑保护牌"的铭牌，牌子是县上有关部门挂的，谁来保护，怎样保护，也许是下一步要走的流程，但愿在它倒塌之前能行动起来。

宗祠，是一个家族的集体记忆，是凝聚民族团结的场所，不但巍峨壮观，而且还注入了中华传统文化的精华，因此，具有保护价值。松树包的覃氏宗祠跟很多宗祠一样，新中国成立后成为机关办公、学校办学的场所，为国家发展和建设做出了贡献，保护好它，能让我们铭记中华人民共和国成立之初艰苦创业的难忘岁月，能让其成为更多人的精神寄托之所。

今天，我又来了，太阳垂在天边，随时要落下去的样子，光芒依旧辉煌。树林、房舍、人和牲口都沐浴在夕阳里，一片金黄。断壁残垣的覃氏宗祠更显得苍老、颓败，风烛残年，摇摇欲坠。该老去的也许终归会老去，只是我们曾经跟它朝夕相处，总有一种不忍，总有一种牵肠挂肚。

经历了在各种物质诱惑面前试图抵御最终被俘的艰难历程，承受了在各种利益关系的漩涡里挣扎浮游的心理磨难，依然没有让我们心肠变硬，是我们的不合时宜。

我离开了，不回头，不看那栋垂垂老矣的旧房子，甚至不看那片葳蕤茂盛的松树林。

夕阳，倏地落了。

第四辑　人生的咏叹

今年清明是否有雨

清明节快到了，随着这个颇有些沉重的节日的临近，我们总是把思念的纸鸢挂在那一片新绿的柳林。春风吹动着那长长的飘带，我们的心似一匹瘦马又回到了昨日驿站的马厩。

不知怎的，这几日我会时时想起覃祥官以及他的亲人们。

1966 年，被誉为"合作医疗之父"的覃祥官，辞去公社卫生所拿工资的医生职位，回到杜家村大队，创办了全国第一个合作医疗卫生室，解决了农民吃药看病的难题。《人民日报》加编者按发表了题为《深受贫下中农欢迎的合作医疗制度》，全国几十个省市近五万名代表到乐园参观考察，农村合作医疗在全国推广。此后，覃祥官当选县委常委、地委委员，登上天安门城楼参加国庆观礼，连续两届被选为全国人大代表。中日通航，他作为代表团一员赴日访问，太平洋西片卫生会议上，他以中国代表团副团长的身份在会上发言并接受记者采访，回国后被任命为湖北省卫生厅副厅长……

覃祥官是 1968 年出名的，覃发春作为覃祥官的大女儿，自然是备受瞩目的小将。她原先在松树包中小学读初中，1969 年春松树包初中撤销，合并到响潭园中小学，她和我成为同届同学。那时候，学校仿照部队建制，将原学生会主席叫"连长"，顺着下来，班长叫"排长"、小组长叫"班长"，虽然覃祥官已然炙手可热，因是初来乍到，覃发春并没有当连长，而是做了我们的排长。

覃发春长得说不上漂亮，也算端庄，比较显著的特点是有两颗虎牙。因为她是从松树包合并到响潭园来的，很自然对我们原来响潭园小学的学生存有戒心。我和她并没有多少接触，只是有一回放学后，她似乎有心思，坐在学校大门前的石凳子上，另一只石凳子空着，我就坐了上去，似乎也没说什么话，不过只是觉得这个黄昏很安静，这个黄昏的夕阳很美丽。

还没有等来第二个安静的黄昏，松树包中小学合并过来的学生就都回去了。原因是家长说太远，不方便，强烈要求恢复松树包的初中班。其间，祥官医生还在公社帮忙说了话。

初中毕业我们被推荐上了高中，覃发春没有去，不久，她就做了公社的团委书记。

两年的高中生活很快结束，1973 年 3 月，公社安排我去竹园荒小学做民办教师，学校恰好和祥官医生的家在一个生产队，离他家约莫一公里远，不过，却极少看到覃发春，因为她在公社公干，倒是祥官医生的夫人每天见到。

祥官医生的夫人叫刘维菊，是生产队养猪场的饲养员。因为养猪场和学校是一栋房子，我在这头教学生咿咿呀呀地读书，猪们则在另一头呼呼啦啦地吃食。到了晚上，我的鼾声和猪的鼾声混在一起，点缀着竹园荒的寂静。

每天早上，学生们背着书包陆陆续续来上学的时候，猪们总是将两只前蹄搭在猪栏上，支棱着耳朵，它们在谛听刘维菊的脚步声。不论刮风下雨，还是下雪起凌，她总是这个时候到的。尽管此时覃祥官已红得发紫，刘维菊依然本本分分地做她的饲养员，她喂猪很仔细，从来不让它们饿着冻着。那时候，经常有领导、记者到她们家来，刘维菊就要忙着回家做饭。有时一拨刚吃完，又来一拨，她又得重新做饭。待饭菜端上桌，客人们吃上了，她就三步并作两步来饲养场来看她的猪饿了没有。即使在家里忙到掌灯了，她也要拿上手电筒到养猪场看一看的。

和刘维菊一样没有沾上祥官医生的光的是他的父亲覃吉庆。尽管儿子从公社开会开到北京，还担任了多个职务，覃吉庆依然是晴天一身土，雨天一身泥，依旧是见了谁都笑。因了儿子地位的变化，他怕乡亲们觉着了生疏，他比以前笑得更虔诚了，不论谁家有事，他都去帮忙。过去碰上发疹，那些辈分低的人家，他可以不去的，现在必须得去。有一回下大雨，祥官医生陪一位记者回竹园荒看药园，看到吉庆老人戴着斗笠披着蓑衣扛着犁牵着水牛，步子有些踉跄，他鼻子有些发酸，上前说："爹，您何必这样辛苦呢?"

"我没啥，回家了，跟维菊说几句贴心话。你在外头风光，全靠她操持这个家。"

祥官医生的眼睛有些润湿，他想解除很多人的痛苦，他无愧于杜家村的每一个人，但对家里的这两个人他有愧呀!

因为积劳成疾，覃吉庆老人有一回耕田时倒下了，就再也没有爬起来，他是真正死在犁沟子里。

我在竹园荒小学教了半年书，就调到松树包小学，离祥官医生的家远了，离卫生室却近了。每回有代表来参观，他站在卫生室的稻场上就喊我来帮忙办专栏，写标语。饭熟了，就在卫生室和他们一起吃饭。中日正式通航，他作为代表团一员访日回家后，还请人捎信让我去他家玩。我去的那天，有很多文艺界人士在场，有《湖北文艺》（今天的《长江文艺》）小说组组长吴芸真，武汉的作家王振武，宜昌的作曲家鲍传华，祥官医生给我们展示了他从日本带回的一个套在袖管上的收音机，让我们眼界大开。

在松树包小学工作两年，我进县师范读书，毕业后分配到乐园乡秀峰桥中学教书，祥官医生正好在乡卫生院上班，所以经常见到他。他的大女儿覃发春也在乡里上班，因为她身体不好，主要在休息，似乎已不做什么具体的工作。她的仕途起步很早，却因为身体和学历的原因过早地退场了。她的丈夫李永海倒是很出色，是乡卫生院的中医，看病很有些名气，特别是治疗糖尿病和儿科疾病功夫不浅，还时常有文章在医学刊物上发表。因为他时常来和我讨论医古文，加上他的女儿在我爱人班上读书，所以两家走得很近。我们一家人不论大病小病不光由他诊治，甚至好些时候药也是他买好送来的。

覃发春的身体一天不如一天，终于在武汉同济医院躺在李永海的怀中永远地睡着了，此时祥官医生正在省城为自己遇到的一些不公正待遇奔波，大女儿撒手而去，祥官医生的悲痛不言而喻，同时也使他看得更透彻。"认命吧。"这是很多人在遇到不幸时的想法，祥官医生也是一样。

李永海却没能看得透彻，妻子的死对他打击太大。面对妻子的辞世，他将自己的生命随意抛掷。他酗酒，他不断地结婚离婚，而这两者都互为因果。因为酗酒，女人们不能容忍，都选择了离开。而对于一次次不幸的婚姻，他选择把灵魂浸泡在乙醇里，让它麻木，让它永不苏醒。

此时已在县医院上班的李永海，医术得到患者的公认，但人们都记着一条，找李医生看病，得上午去，等他吃过午饭，十有八九是个"麻木"。

也许是酒喝得太多的缘故，李永海的身体渐渐不行，起初是嗓子嘶哑，后来喉咙疼痛，听说他去市里住过院。2008年10月的一天，我和妻子特意去看他，这回接待我们的是他的第五任妻子龙泽菊。因为她原来也在乐园卫生院工作，我和妻子也熟识，所以彼此相见，气氛很好。

李永海虽然"再结再离"，可是同祥官医生家的感情一直很深，逢年过节他依然对老岳父有一份孝敬，祥官医生家的大事小情他也必定到场，祥官医生也一直挂记这个女婿，他和龙泽菊结合还是祥官医生撮合的。

我们去的时候还阴着天，到他家不久就哗啦哗啦下起了雨。龙医生要出去买菜，被妻子拦下了，龙医生就炒了几小菜，蒸了粉蒸肉。平时遵照医生的嘱咐是不让李永海吃肥肉的，但那一天，他偏要吃，也许是平时约束得太严，仗着来了客人，趁机一饱口福，不仅吃了肥肉，他还坚持要喝白酒，并用求助的目光看着我，我左右为难。龙医生说，那就少喝一点吧。他给我和他各倒了半杯酒，这顿饭他吃得很高兴，话也说得很多。

饭刚吃完，祥官医生的小外孙来拿东西，说祥官医生在市中心医院住院出院，今天送他回家。我在市里上班，竟然不知道祥官医生在市中心医院住院，我已经很长时间没见到他了（我调到县上和市里以后，曾有几次专门去看望过祥官医生，他每次都会送我一袋土豆）。车就停在不远处的公路上，我很想去看看祥官医生，因为雨大，又没找着伞，李永海不让我去。没想到，祥官医生回到竹园荒没几天，就溘然长逝。这件事我每每想起就后悔不已。就是再大的雨，我也是应该去看看他的，去和他说几句话，去表达一分慰安，但是我没有去。我以为他是病愈出院，没想到出院的人要么是病好了，要么是不能好了……

祥官医生辞世后，李永海拖着病体，回竹园荒参与料理后事，他给每一位来者磕头，给他认识和不认识的人上烟。作为祥官医生的女婿，他同样对竹园荒的人怀着深深的感情。他知道，这可能是最后一次同他们说话，给他们上烟了。

李永海的病情越来越严重，次年春节的鞭屑还没扫尽，他就住进了市肿瘤医院，确诊患了食道癌。我去看他时，连水果已经只有榨成汁勉强可以喝一点。他依然说到我刚出版的散文集《乡村影像》，说每天看一篇，说我女儿的序写得好……

不久，他就去世了。遵照他的嘱咐，没有通知任何朋友，只有几位至亲把他的骨灰撒到了清江。

几年前的腊月，我回老家过年，看我年迈的母亲。给我大哥送完东西，在路上碰到了祥官医生的小女婿秦文广。他肯定是回竹园荒的，那儿葬着他的岳父，还有年迈的岳母刘维菊守着老屋。现在来这里尽孝道的只有他和妻子覃发珍（这个当年穿得花枝招展的漂亮小女生，已经在岁月的沧桑中逝去了光彩，她的祖父、姐姐、爸爸及姐夫的先后离去，已经让她感到命运的无助和不可捉摸）了。我从他的目光中看到了坚毅和顽强。

第二年正月的一天，我和妻子在长阳的街头散步，碰到了刘维菊，问她几时下来的，她说去年腊月二十八。我想起来，秦文广是二十六上去的。腊月二十七，他们为祥官医生准备了丰盛的年饭，为他烧了不少纸钱，放了不少鞭炮，为他点了长明灯。刘维菊肯定还会说，真正的年节她不能陪了，她还要上县城为她的大女婿做年夜饭。他是新亡人，到时候你一起来吃吧。永海一直是孝敬你的，你也一直是疼永海的，也许你还能见到我们的大女儿发春……

刘维菊是一个人，没有人陪她。我想，一定是她不要人陪的，她要一个人走一走，想一想。她这一辈子做了祥官医生的妻子，没有享过什么荣华富贵，就是祥官医生在省卫生厅当副厅长的日子，她也是在家挖泥奔土。但她得到了一份尊重，得到了无数的关爱。竹园荒的人，杜家村的人，所有认识祥官医生的人，没有一个不说她是个好人。好人，这是一个最普通的评价，也是最珍贵的评价。所以，人们把尊重和关爱给了祥官医生最亲近的人。

清明似乎总是有雨，在烟雨弥漫的山野中，总有顶风冒雨、点缀寂寞、行行重行行的扫墓人，或三五成群、扶老携幼，或形单影只、踽踽独行。

今年的清明不知是否有雨。

不论有雨无雨，我总会想起 2008 年 10 月和祥官医生失之交臂的那一场大雨，这雨在我心头下了许多的日子。

如果祥官医生还在的话，他一定不会希望我永远在这雨幕中跋涉，于是，想起他头上扣着一顶帽子，永远微笑着的容貌，心头便有了朗朗霁朝。

万义所长

　　万义所长姓覃，因为乐园姓覃的医生多，称覃医生容易混淆，就称名不称姓，覃万义医生，称万义医生。万义医生当了所长，依然沿着习惯称万义所长。

　　万义所长具有学医的天赋，当年参加土改时，在从地主家收缴的财物中看到一本《雷公药对》的药书，如获至宝，狼吞虎咽读了一遍，竟能大致理解，经岳父老中医徐谋书指点，三个月就能横流倒背。他有扎实的古文功底，从私塾到现代小学，他前后加起来念了十年书，师从名师杜文光、覃甲三，打下了坚实的语言文字基础，随便拿起一本书，一目十行，就知道了这本书的大概。不知为什么，他对中医有一种先天的敏锐，看到与中医有关的文字，仿佛有一束亮光的照射，亮堂开阔，字通意达，所以，当他如饥似渴地翻阅《雷公药对》时，竟然读懂了大半。岳父觉得这个女婿是一块学医的材料，甚是高兴，又给了一本《李频湖脉诀》要他学习，不到三个月，即能全文背诵，还能说出全书的精要。第二年，岳父介绍他到榔坪中医联合诊所给刘兴池老先生当学徒，刘先生给了他一本《珍珠囊药性赋》，读了一年，竟能融会贯通，受到刘先生的高度赞赏，于是跟刘先生学医四年，最后经他推荐，在茶园云台荒等地行医。

　　新中国刚刚成立，需要有文化的干部，组织要求他回到家乡，先后在第一高级合作社、联丰公社、响潭园大队、沙地大队担任会计、党支部书记，他任劳任怨，又有文化，很快成为组织上重点关注的青年干部。

一个有能力的人，能力往往会在多个方面体现出来，加之他对中医因为特有的天赋而历练出来的悟性和心向往之的偏好，他一边当干部一边为群众治病，义务劳动，分文不取。因为他基本功牢实，看一个好一个，一下子出名了，周围都有人来找他看病。正月十五，竟有经他治愈的人约好了上门玩狮子以表谢意，他一边烟茶招待，一边说来年千万不能如此。

万义所长所读医书过目不忘，但他不拘泥书本，书本上说的医理，他总是要从其他医学典籍中找到佐证，同时在临床实践中得到印证，他才奉为经典。他诊治疾病，集众家之长，兼收并蓄，处方时常突破区囿。有一个自认为熟读药书的药剂员看到他的处方，觉得不合常规，于是找来药书分析，几本书对照研究，最后发觉几条岔道各自绕行，最终汇合，竟是新的通途。他看重典籍，也相信民间偏方验方，但他不轻信，经过实践，确有效果，方才乐于采用。我曾听人绘声绘色地介绍过他为病人"挑痔疮"，他用一根银针从病人后背挑出满是浓涎的两条线状的东西，自此痔疮痊愈。万义所长掌握的偏方很多，多到不胜枚举。其中单是用乌龟尿治病的就有好多种：乌龟尿治食欲不振，乌龟尿治阳痿早泄，乌龟尿治皮肤瘙痒，乌龟尿改善贫血，乌龟尿治疗肝炎……在大吉岭，我亲眼见到万义所长取乌龟尿，把乌龟放在一张很大的芋头叶（有荷叶更好）上，拿一面镜子照着乌龟，当它从镜子里看到自己时，尿就哗哗地流了出来。万义所长还说，不用镜子也行，用动物的鬃毛刺激乌龟的鼻孔处，乌龟也会尿尿。

经典方剂也好，偏方也好，万义所长几乎能药到病除，他的医术越传越神，最后传到领导的耳朵里，领导们觉得找一个医术高超的医生或许比找一个大队书记更难，为了人尽其才，1960年1月，乐园公社党委把他从沙地村党支部书记的岗位上调到乐园卫生所，担任首任所长。

草创阶段的卫生所，一无所有，在大吉岭石桥河曹顶芝家租了房子开门营业。一名医生炕药不慎失火，幸好火扑灭得快，损失不大，给老板赔钱说好话，老板没多说什么，卫生所继续在这里开着。住院部又是在马协和家租的房子，三年困难时期，营养不良的多，住院病人达到六十多人，万义所长两头奔忙，脚不沾地，几个月没回过张家湾的家。

1961 年，卫生所迁到杜家村大队松树包覃氏宗祠里，当时公社机关也放在祠堂里，拥挤不堪。恰恰这年流行百日咳，卫生所的医生全力出动，大战百日咳，有的下乡巡诊，有的在卫生所接待患者，卫生所的医生不分日夜连续地奋战，百日咳很快就被扑灭。

1964 年，公社机关从松树包迁到了大吉岭，作为社直机关的卫生所随迁。得知卫生所搬迁的消息，附近的村民依依不舍，他们觉得万义所长是个耿直人，是个无私的人，是个心胸宽广的人。卫生所刚搬来时有人跟他起了争执，后来得了百日咳，不好意思来卫生所诊治，被别人劝来后，万义所长亲自接诊，亲自抓药，临走时还反复叮嘱这几天不要抽烟，不要吃太多的广椒，记得过几天来复查……知道他要走了，很多人请他吃饭，他都拒绝了。"搬到大吉岭，杜家村松树包还是属于乐园公社，以后还会过来看病，各位也会到卫生所看病，再来一定吃饭……"饭没吃，搬家那天，很多人远远地目送着他们离开。2020 年 8 月在万义所长的葬礼上，我看到了一些杜家村的人。卫生所放在松树包的时候，他们还是孩子，他们自己或者他们的父母受惠于万义所长。山里人实在，几十年前的情分，不会被时光的流逝冲淡，他们专门来送他一程。

卫生所迁到大吉岭时，在大吉岭大队部租的房子。1966 年，筹钱着手修卫生所，万义所长亲自找土匠木匠，亲自监督质量。那些日子，不论在多远的地方出诊，他都要赶回来，看土匠打的墙又高了好多，看木匠伐回来的木料是不是他们一起上山选定的那几十棵树……经过大半年的奋斗，卫生所终于有了自己的基地，办公、门诊、住院都有了比较理想的场所。

卫生所落成不久，就迎来了县卫生科梅科长一行领导。此前，省卫生厅在麻城召开合作医疗经验交流会，号召全省积极推行合作医疗。麻城会议之后，县卫生科召开了全县卫生院长、所长会议，贯彻麻城会议精神，同时在王家棚办点，王家棚公社的领导不支持，办点失败，卫生科希望在下面发现典型，总结经验，全县推广。这天，卫生科到榔坪检查工作时，询问椰坪落实麻城会议精神推广合作医疗的情况，椰坪卫生院的领导说，乐园公社搞得不错，卫生科一行人大喜过望，于是，在椰坪卫生院邓国怀院长带领下，马不停蹄上了乐园。

万义所长从县里开会回来以后，迅速向公社党委做了专题汇报，公社党委非常重视，决定由副书记肖锡政具体负责，在乐园推行合作医疗。肖书记和万义所长全公社一个一个生产队开会宣讲动员，大多数社员积极拥护，热情高涨。万义所长牵头制定了实施方案，从县中医培训班毕业来卫生所上班拿工资不久的覃祥官医生自愿回到杜家村当医生，创办了第一个合作医疗卫生室。县卫生科一行人到了乐园，发现乐园合作医疗推行积极扎实，还有很多自己的创新，卫生科梅科长当即决定把曾庆佩等人留下来帮助完善提高，总结经验，此后形成了一系列的总结材料和新闻报道。后来又有了宣传部、电台以及上级新闻部门的全方位介入，乐园，成为全国的典型，杜家村卫生室成为一面旗帜，覃祥官医生成为县委常委、地委委员，当选两届全国人大代表，上天安门参加国庆观礼，庆祝中日通航作为中国代表团成员访日，出席太平洋西片卫生会议并在大会上发言介绍中国农村基层保健，回国后即被任命为省卫生局副局长……

在以后的岁月中，万义所长一直是全公社卫生战线的领导，撤社并乡后，在秀峰桥成立了乐园乡卫生院，他又被任命为院长。无论是所长还是院长，他都是合作医疗的积极推动者、支持者。他当年在沙地给医生记工分参加大队干部分配就是为了解决农民看病吃药的事情，现在有了合作医疗，他打心眼里高兴，就像一个农人看着自己亲手种植的一棵果树，叶片舒展，花朵鲜艳，果实丰硕，内心的喜悦难以言表。为它施肥剪枝，给它浇水锄草，成为一门慰藉自己心灵的功课，至于遇到病虫，自然愿意倾其所有除病灭虫。

在省卫生厅组织的贯彻毛主席"六二六"指示大会上，他做大会发言，介绍乐园的合作医疗。他的发言激昂青云，赢得了阵阵掌声。

在宜昌地区贯彻"六二六"指示大会上，有人在会上攻击合作医疗是大毒草，他在会上慷慨陈词，据理力争，把对方驳斥得无言以对。

在湖北省电视台拍摄的专题片中，他极力介绍推广乐园合作医疗的做法，他热烈沉稳的发言风格吸引了很多人，全国各地到乐园参观学习的人络绎不绝。

他去北京参加全国中草药成就展览会，去安徽亳州参加全国中草药生产会，去洪湖参加全省中草药制剂现场会，都不忘推介乐园的"三土四自"方针……

但是他更多的是在幕后默默奉献，是在后方坚守阵地。1968 年 12 月 5 日，《人民日报》头版头条以《深受贫下中农欢迎的合作医疗制度》为题，并加编者按，刊登了乐园实行合作医疗的调查报告。乐园火了，先后有二十多个省市近五万名代表到乐园参观考察，各级领导到乐园视察总结，几十家报刊到乐园采访报道，珠江电影制片厂还拍了纪录片……作为乐园合作医疗最早的组织者、领导者之一的万义所长，却渐渐退出了公众视野，很少在媒体露面，很少上主席台。这既有那个特殊时代的原因。也有他自己的原因。他不争不夺，无怨无悔。他像一个陶工，采土、和泥、拖坯、烧制、彩绘、上釉，一批批光彩照人的产品出来了，上展厅宣传推介、摄像合影、出书上报印画册的事他不参与，做好每一件产品是他的全部快乐！

真心的付出人们不会忘记，无私的奉献自会赢得尊重。党和政府没有忘记他的付出，为表彰他的突出贡献，在宜昌地区科学技术大会上，他被表彰为先进个人，给他颁发了奖证和奖金。他还应邀出席湖北省科技大会，受到省委、省政府的表彰和奖励。吴仪副总理来长阳视察全国新型农村合作医疗试点期间，县里特意通知他参加了有关活动……

他珍惜荣誉，但不争荣誉，他看重劳动被认可，但是不患得患失。

不当卫生院领导以后，为了乐园卫生院、卫生所进药方便，他找县里特批创办了乐园药品批发部。在家门口进药，成本降低了很多，大家都很高兴。很多人不知道，这些药从县里运来，他舍不得花钱请人，都是他自己卸货。有一回，货卸了一半，下起了小雨，他披着一块旧塑料，奔跑着搬运药品，滑倒了站起来继续搬运，药品搬完，才发觉腿上擦掉了一块皮，连忙涂了红汞，又找来干毛巾擦拭西药包装上的雨水。他还亲自在卫生院的制药车间制过药。20 世纪六七十年代乐园卫生院生产的三百棒注射液和鱼腥草注射液名气很大，全国各地有很多人邮购，那就是万义所长参与生产的。他不仅严格坚持标准，把关质量，还亲自到邮局邮寄，常常在夕阳西下的时候，我们在街上看到他推着小板车到邮政所，那是赶在邮政所下班之前为这一天汇款来的患者们寄药，让他们早一点用上这些药解除病痛。他从邮政所出来时，很多人都已下班，他拖着板车沐着夕阳笃定前行的样子很长时间一直定格在我的脑海。这样一个淡泊名利宠辱皆忘的人，内心该是多么强大，心里的海洋该是多么宽广！

他读书多，跟随覃甲三老师系统学习了四书五经，深受儒学影响，中庸平和，云淡风轻。书本摞起来，就是阶梯，能把人的精神送到高处。站高了，往远看，大千世界都在胸中，山上丘壑，江中波澜，看得平淡，不说宠辱皆忘，也能得失不惊。合作医疗他是坚决支持，从没含糊，其他的诸如是否上报、是否坐主席台、排名前后，懒得理会。有事做事，无事看书，吃三餐饱饭，尽一世本分。当然，更多的是党性原则，是他的情怀，只要对事业有利，对合作医疗有利，个人的名利他看得很淡。所以，他总是心气平和，面带微笑。

微笑，是他的经典表情。微笑的人是豁达的，微笑的人也是自信的，微笑的人也是充实的，因为他们心中装着大千世界，芸芸众生，而不是只有自己。

万义所长退休后，常年住在张家湾，依然为附近的村民百姓免费看病。来接他出诊，他二话不说，背起包包就走。来到病人家，接过茶杯放在一边，就开始把脉问诊，开好处方，就起身告辞。要留他吃饭，他说，赶快抓药治病是大事，饭，啥时都能吃。话说完，人就下了稻场坎。病人到他家来找他看病，烟是烟，茶是茶，像待贵客，到了饭口，必定留人家吃饭。后来他病重了，实在拿不稳笔了，他口述，叫别人自己记药名和剂量，有的药名不会写，他叫家里人帮忙在手机上查，弄准确了，才让人拿着处方去买药……

万义所长跟我们家有些渊源，他跟父亲是小学同学，旧社会，上学的人少，同学之间的情谊就显得珍贵。1958 年 9 月，我父亲成为他的入党介绍人。那个时代，党员跟入党介绍人的情感是今天很多人难以理解的。一个人把另一个人带进一个组织，带进某种氛围，他们之间的一种无言的信任和默契会长期保持。

万义所长从此大步前行，虽然并没有攀登到显赫的位置，他的成绩和贡献也是令人瞩目。而我的父亲在"四清"运动中因为所谓的阶级立场不稳等"罪状"被免除了大队主任职务，并开除了党籍。

那个雨夜，万义所长来看父亲，带来了一瓶烧酒，葡萄糖瓶子装的。他们半杯半杯地喝，雨在窗外飘洒，碰杯的声音有些沉闷。

后来，我去杜家村大队做民办教师，1975 年暑假，大中专恢复招生，也是万义所长指点找到杜家村申请推荐，后来我被录取到长阳师范，虽然没能上万义所长给我推荐的湖北中医学院，毕竟跳出了农门，我的高中同学都替我捏了一把冷汗，说幸好是在杜家村推荐的……

应该说，万义所长是我的恩人，但我几乎没有任何报答，他在乐园卫生院当院长时，我在乐园中学教书，他的儿子春岗在我班上读书，作文评语写得过细一点，鼓励的话说得多一点，路上碰见，给一个发自内心的笑脸，仅此而已。前些年跟《三峡日报》的范长敏总编谈到万义所长对合作医疗的贡献，范总编当即表示愿意上乐园采访这位合作医疗的幕后功臣。我们约过几次，不是他忙就是我没时间，这事就搁下来了，没想到万义所长没有等到这个采访，就永远离开了我们。

2020 年 8 月，万义所长去世，我赶到张家湾吊唁，灵前的遗像依然是微笑的表情。他对这个世界微笑，对所有人微笑，他微笑着离开这个世界，微笑着跟所有人告别。

一个贤者，一个智者，在微笑中谢幕。

乙亥人

一个冬日的下午，一缕白太阳照射着满山栎树的枝枝丫丫，间或有松柏夹杂其间，越发翠绿。

门前是平展的田畈，麦苗绿得发黑，油菜的叶片卷曲着，看得见的肥沃。

刘维菊从那栋大瓦房走出来了，曲尺拐的瓦房，平日里只住着她一个人，放长假，女儿女婿、侄儿侄媳才会带着孩子们来住。那时，瓦房就像干枯了一个冬季的柳枝，突然生出绿漾漾的叶片，一下子有了生机。稻场里的青苔被汽车轮胎碾没了，直到孩子们的谈笑飘走以后，它们再重新爬出来。

刘维菊回望身后的这栋瓦房，几十年了，像一只温顺的猫蹲在那，一动不动。房子的男主人，是被称为"合作医疗之父"的覃祥官，已经离开这个世界十几年了。这栋房子基本还是他在世时的样子，唯一的变化是门楼上挂了一块写着"覃祥官故居"的白底红字的牌子，张海主席的字。过去一直挂在这里的毛泽东主席的画像移到了堂屋正中的墙上。

稻场边一块白菜，叶子碧绿脆嫩，掐一指，一汪水。本地的老种子，叶片张开着，散着，不包。刘维菊不喜欢吃那种包紧的白菜，菜叶都成白色了，甜不啦叽，不是白菜的味道。散叶子白菜，匍匐在土地之上，拔一棵，泥土的味道，阳光的气息，扑鼻而来。洗净，切好，丢进煮腊肉的砂锅里，一个冬日的熨帖。

刘维菊来弄白菜，她走得很慢。八十六了，老了，走路自然慢了。问她是哪一年的，她说，甲戌乙亥，我是乙亥的，属猪。我知道，她是1935年生人，我的母亲就是乙亥的。

刘维菊走路一直很快。没出嫁时在娘家小沟里就是出了名的做事刷快的人。跟同伴一起去打猪草，她打了一堆背篓，同伴的背篓还没铺平。一坡的小蓟，是上好的猪草，同伴怕小蓟的叶子扎手，不敢去扯。刘维菊走过去，三下两下，扯了一大抱，把同伴的背篓也堆了起来，两人才唱着歌回家。

刘维菊是1951年3月嫁到竹园荒的，十六岁，天真烂漫的花季。

小沟离竹园荒不远也不近，十多里路吧。订婚前，她没到过竹园荒，更不认识她后来的丈夫覃祥官，是介绍人介绍的。新中国成立了，有了很多新名词，媒人称为介绍人。介绍人自然两边美言，给刘维菊家里人说，覃祥官一表人才，有文化，家境殷实，一家人勤劳和睦，刘维菊把未来的家想成了一幅年画。介绍人在覃祥官家里自然也是要夸赞刘维菊的，屋里屋外，灶上灶下，针头线脑，没有哪一门她捡不起来，兄妹七个，她是老大，靠她撑着半个家，覃祥官听得心花怒放。

第一次过门，刘维菊走得飞快，把介绍人丢了老远。介绍人追上来说，快到时可不能这样快，怕人笑话你等不及要早嫁过来。

刘维菊放慢脚步，正好细细观看自己以后要来生活的地方。人们都说，女人就是菜籽命，撒到哪就在哪生根发芽，开花结籽。她希望自己落个肥窝窝，花开得艳，籽结得饱满。

一丘一丘的水田就像她家里的一摞土碗，从村口一直摞到山边。一条小河，清亮亮的水。一栋大瓦房，黝黑黝黑的布瓦格外养眼。屋后就是一山的栎柴。看着这柴方水便有米吃的肥窝窝，刘维菊差点笑出了声。

见到覃祥官，她再也忍不住了，笑容写满脸庞。好端正的小伙子，哪怕是一套粗布裤褂，他也穿得那样周正。

她的心，落进肚里。

回小沟时，忍不住哼起了小曲儿：

筛子粗根树

簸箕大匹叶

这么好的阴凉

怎么不来歇

她哼着歌，不好唱出声来。

脆生生的太阳，晒着扬花的稻谷，淡悠悠的香味，到处弥漫。

她几乎是一路小跑，在庙垭子的铺子里讨了一碗水喝，一袋烟的工夫，就过了范家街。

第二年的三月，她就嫁过来了。

在竹园荒上奔忙，像一只陀螺，总在旋转。丈夫在外忙碌，这个家她得撑着。

覃祥官不像一般农民，他喜欢琢磨事，想好的事舍得花力气去做。先在大队做会计，脚不沾地地忙活。一个村民的意外去世，让他想到学医。跟师傅学，十八反，十九畏，望闻问切，汤头歌诀，学得饥渴。县里举办中医培训班，公社推荐他去学习，一年的时间，他每天只睡五六个小时，更不说周末，从不舍得浪费。县医院著名的中医赵典武来给他们上课，讲得太好，他时不时跑到赵医生家开小灶……培训班结业，他到公社卫生院当了医生，成了拿工资的公家人。再后来，他回杜家村创办全国第一家合作医疗卫生室，拿了十四个月的工资，回到大队记工分。

刘维菊没有飞翔的翅膀，她只会奔跑，我是目睹过她奔跑的人。

1973 年元月，我高中毕业，公社安排我到竹园荒小学做民办教师。学校就在刘维菊居住的三大队的四队。二十六个学生，四级复式，从校长到炊事员，是我一个人的活路。

一栋很长的瓦房，一头是学校，一头是养猪场，中间一大间房，学校和养猪场共用，长长的土灶，两口锅，一口煮猪食，一口师生做饭。

刘维菊是养猪场的饲养员，覃祥官炙手可热，她压根没想过沾光。大瓦房住着，粘米饭吃着，有事做着，顶好的生活。她不喜欢牵牛花，总想爬过竹竿，把花儿开到篱笆外面去。自己做的布鞋，是走土路的，一双肩膀，是挑扁担背背篓的，她没想过别的。

家里活多，早起，是她的习惯，做好一家人的早餐，喂好自家的猪子，挑着水桶来到养猪场，我还在刷牙。我端着水杯出来时，就看见她过了电站的水库，走得快，几乎是一路小跑，这是她的常态。

猪的生活是最简单的，吃了睡，睡了吃。没别的牵扯，对吃就多了专注，饿得就快。一清早，晨曦开始漂白我的窗纸，风摇动着我和学生自制的吊在一棵丝绵树上的金竹爬竿，爬杆敲打着树枝，声音清脆，似乎是某种提示。猪们开始叫唤，那几头身材硕大的把前脚搭在猪栏的横木杆上，视野更加开阔，叫声传得更远。

猪的叫唤突然停止，它们听到了刘维菊的脚步声，已经习惯了她走路的频率和节奏。

希望来了，高声的叫唤变成了低声的哼哼，随后寂静无声。

灶里的火生起来，煮苞谷糊糊，然后开始剁猪草，学生上学之前剁完上午要吃的猪草，免得影响学生上课，没有规定，只是默契，从未破过例。跟她走路一样，剁猪草照样迅疾，左手按着一把猪草，右手执刀，嘭嘭嘭，薄刀上下飞舞，左手自然慢慢向后移动，真担心伤了左手，却从未伤过。

剁好猪草，拌好煮熟的苞谷糊糊，一桶一桶倒进猪槽里，吃食的交响开始播放。

她把没燃完的木柴拣到另一口灶里，让我做早饭。有时，我已经吃过，她会把学生蒸午饭的格子放进锅里。学生们来了，把带来的饭菜放进格子里，有时挤得太紧，有时也有放歪了的饭碗菜碗，她整理好这些碗，盖上格子盖子，才回家去。我只要在上完第三节课把火点燃，第四节课下课，学生们就有熟饭吃了。

此时，覃祥官已经声名赫然，刘维菊依然干着又苦又脏的饲养员的工作，她干得乐呵呵的。我问过她，为啥快乐，她指着学校教室旁边的一棵枇杷树说，我的能力，只能爬到第一盘枝子，我爬上来了，自然快活，要是我老是想着爬上最高的枝子，我一直爬不上去，就会一直不快活。

天空瓦蓝，阳光纯粹，几只山喜鹊掠过枇杷树梢，飞过河那边去了。

刘维菊挑着水桶快步往家里走去。挑着桶，来时从小河挑一担水到养猪场，回家时又可以带一担水回家。繁忙的人会在时间上算账。

刘维菊的确忙，祥官医生出名以后，她更忙了。来了领导、记者、作家，祥官医生总是往家里带。他知道，刘维菊弄得一手好茶饭，还总是没有怨言。有时一天来好几拨客人，灶膛里没熄过火。都是城里来的有身份的人，弄得好不好不说，饭桌一摆，总要有个五盘六碟，哪有这么多菜下锅哟？这个，祥官医生不晓得，也不能跟他说。有啥办法？办法在刘维菊脚上手上。白菜多种几垄，辣椒多栽几行，葱姜蒜多种一块，猪子多喂一头，这些，全凭她手上脚上赶工夫，有时候，她夜里还打着手电来养猪场喂猪。

岁月的步子似乎比人更匆忙，祥官医生奔波的步履定格在 2008 年 10 月 23 日凌晨。

刘维菊送走了大女儿、大女婿，又送走了相濡以沫（她不一定懂得这个词）五十七年的丈夫，还送走了几个她自己的弟妹，太阳似乎要落了。这个太阳不是她第一次竹园荒过门时的那个太阳，那个太阳的光芒像万根花针撒下来，炫目，耀眼，落在地上是脆生生的声音，而这个太阳的光芒像一把篾簧软绵绵的没光泽。也难怪，七十多年过去了，铁打的身坯也软了。

她终于走到了白菜田边，她没有拔白菜，也没有用刀砍白菜，每蔸白菜掰下两片叶子，留着根，开春以后，要吃菜薹，吃菜花。菜薹用开水焯过，拌上葱花蒜末辣椒面，滴几滴香油，便是上得桌面的凉菜。作家王振武在她家吃过这道菜，硬是写到文章里去了。菜薹菜花下火锅也是一绝，腊肉切丁，加葱姜蒜翻炒，有油沁出，加开水，加辣椒皮，沸腾之时，菜薹菜花下到火锅，那个香，飘得过几里路，要是还有霉豆渣，加上几块……她不愿再想下去，这几年没有自己打豆腐，没有豆渣，好几年没吃过霉豆渣了。

我在她家品尝过这道美味，没有调到市里之前，我每年都会到她们家去一两次，去看看祥官医生，每次去了都要吃一顿饭，祥官医生都要送我一口袋土豆。那次去是开春，吃过霉豆渣煮白菜的火锅，从此再也忘不了，以至于后来回家过年，左亲右戚都会送我霉豆渣。

弄回白菜进了屋，她给小女婿秦文广打了一个电话，叫他回来过年时买点霉豆渣回来，要是回来得早，就自己打豆腐，自己做的霉豆渣那香味肯定比买的强过许多。

刘维菊一辈子走路像脚下生风一样，她现在想慢点走，她要跟阎王熬着，而且还要把生活过出滋味，把每一天过成一幅映山红开放的春景。

这是祥官医生在世时给她说的，她一辈子听祥官医生的话。

又有一团白雪从田边的棕树叶上落下来，落在了麦田里。

听诊器和唢呐

李兴成今年满七十岁，生日在农历二月下旬。

我们是同学，那时全公社只有一所完小，读五年级时，他来我们响潭园小学寄读，每周周日背着苞谷洋芋步行几十里路来响潭园上学，周六下午背着空背篓回杜家村的家。

夏天一身汗，隆冬一身雪。

小学毕业，考进初中，自是凤毛麟角。

初中更远，榔坪的响水洞。半山腰挤出一股泉水，飞流漱玉，冬暖夏凉。泉水绕着学校流淌，垂柳依依，花开四季。李兴成着实喜欢这所学校，背着一个星期的粮食，翻山越岭，涉溪渡河，心中总有一勺蜜，香着甜着。

初中还是没有毕业，家里困难，托人给药铺抓药的廖师傅讲，要李兴成拜他为师学抓药，廖师傅知道李兴成聪明实诚，高高兴兴应了。只差一学期毕业的李兴成告别响水洞，回到杜家村，到设在庙垭子的卫生室，拜廖玉阶为师学抓药。

廖玉阶本是江西清江县人，跟随老家的药商来到榔坪收购药材，步行到落山乡，这里的海拔、土壤、气候适合药材生长，药多药好，他就留下来，在这里收药材，贩药材，在这里买屋置田，生儿育女。1951年，他把自己积攒下的中药全捐给了公家，得以谋到了在村上药铺抓药的差使。

　　跟中药打了几十年的交道，每一株药都生长在他心里，往药柜前一站，闻到中药的气味，一座座生长着中药的山岭就在眼前晃过，土地岭、二墩岩、乱世窖、双涧山……他抓药，药柜上不需要贴药名，不需要用戥子。李兴成来了，要练基本功，先在药柜上贴药名，再练习用戥子，还有舂筒舂药要舂出抑扬顿挫的调子。

　　那一阵子，庙垭子叮叮咚咚的铜器撞击声总是响个不停，比朝阳早，比夕阳晚，人们知道，李兴成在练习舂筒舂药。几个月以后，李兴成撕掉了药柜上的药名，不用戥子也能弄个九分准，但他还是坚持用戥子。病有轻重，药有多少，差之毫厘，失之千里，他艺不精，不敢马虎，至于舂筒舂药的声音，周围的邻居，再也分不清拿药杵的是廖师傅还是李兴成。

　　两年后的一个清晨，阴雨连连，廖师傅在阴沟里跌了一跤，摔断了腿，起不了床。李兴成送吃送喝，端屎端尿，一边服侍着廖师傅，一边抓药。处方来了，他拿给廖师傅看，药抓好后，又是一包草纸捧过来给廖师傅过目，廖师傅扒拉着看了看，点了点头。李兴成有些疑惑：未必您还记得处方，知道我没抓错？廖师傅于是一味药一味药地背诵，药名分量分毫不差，李兴成不得不佩服。其实，廖师傅知道李兴成也把处方背下了，他踏进卫生室那杉木门槛的那一刻，廖师傅就告诉他这是抓药人的基本功。

　　但廖师傅不知道，李兴成每天晚上回家都把药方记下来了，他还问了来抓药的人病人得的什么病，有些啥症状。

　　卧床不起的日子总是特别漫长，廖师傅不能在庙垭子待下去了，他要回到建始县关口镇他儿子的家。没有公路，一架杉木杆子绑的担架抬着他，另一架抬着他的行李，离开庙垭子的药铺。廖师傅的眼角溢满泪水，李兴成忍不住失声痛哭。

　　担架在石板路上走了很远，李兴成还站在路口遥望。

　　廖师傅走了，李兴成觉得他没有走开。李兴成每天抓好药，用草纸包起来，把挂在头顶的缝纫线拉下来，把药包好。有些药需要捣碎，他会把舂筒捣出平平仄仄，那声音一直传遍杨家冲。他总觉得廖师傅在看着，在听着。

三年后二月的一天，满山新绿，桃花的花苞快要散开，李兴成抓好药，拉下线头包药，系好一个十字，打结的时候，线头断了，他怔怔地坐在那，看着对面的李子树上歇着一只乌鸦。几个月以后，他才听说，这一天，廖师傅仙逝。

以后的日子，李兴成从抓药过渡到学医，学医时拜了覃祥官医生为师。

这时，药铺不再叫药铺，叫卫生室。

有抓药时打的底子，他又学得专心，没过多久，杜家村的乡村小路上，随时都能看到李兴成背着药箱的身影。起初，是自制的杉木药箱，栀角熬水上的底色，一层清漆，红油漆涂的十字格外明亮。后来杜家村的合作医疗闻名全国，上面配备了人造革的药箱。我从竹园荒调到卫生室对面的松树包小学任教时，他背的就是人造革的药箱。1974年春天，我闹痢疾，三天，人就趴下起不了床，学生把他找来，开了药。那时乡下输液很少，他从人造革药箱里取出一支特大号的注射器，似乎比兽医用的还要大，给我推了一管葡萄糖，下午，我就能站在窗外射进的夕阳里，看学生们在操场上打篮球。

后来，他又去县卫校进修，看了几年病，碰到过各种疑难杂症，饿了，渴了，才来，学得贪婪，拿了中专文凭在次，学了功夫，有了底气，回到杜家村，步子都比过去轻快，看病也看出了一些名声。

这一年，巴东县野三关的田延传郑开香夫妇来到杜家村，住到亲戚邓习坤家里，来找李医生看病。说是乐园合作医疗出了名，李医生又在巴东有好口碑，他们才奔李医生而来。害病的是郑开香，两只眼睛看不见。望闻问切，知道她家出身不好，父母经常挨斗，郑开香就抑郁了几年，肝气郁结，导致失明，眼睛看不见了，才允许他们出来寻医。李兴成安慰患者："不论什么人得了病，我们都要治病救人，你安心养病。"

目者，肝之外候。李兴成开了疏肝解郁之方，三济汤药服下，郑开香就能看见王河沟屋顶上的炊烟。

李兴成医生的夫人是范家街的，这一天，他陪夫人回娘家看望岳父岳母。姑爷本是座上宾，何况李兴成在乐园公社西边几个大队乃至巴东野三关东流河都很有些名声，岳父特意宰了一只老母鸡煨汤。李兴成平日里不是看病，就是防疫，还要到生产队检查药园，没有怠慢的时刻，突然安安静静坐在火塘里等饭吃，实在憋得慌。

他在稻场里转去转来，碰到一个人，说村里的覃吉木怕是不行了，出于医生的职业本能，他一阵小跑到了覃吉木的家。原来，覃吉木在林场做事，这一天扛木料摔了一跤，一根映山红的树杈子刺破了输尿管，几天没有排尿，小腹胀得滚圆滚圆，村卫生室的医生开的补肾的药……李兴成医生赶到时，覃吉木双脚着地双手扶着床头又在那，脸上豆大的汗珠直滚。必须赶快导尿，否则真的不行了，可是，乡卫生院才有导尿管，一去一来，大半天，阎王就会来抢先一步。这时，他看见墙上挂着一顶草帽，取下来一看，草帽带子正是一根细细的塑料管，他一把扯下来，用开水煮，然后，把一段削成一个斜面，再在磨刀石上磨，最后把塑料管用烧热的菜油浸泡了一下，插进生殖器导尿，当一大盆尿液排出来以后，覃吉木顿觉万般轻松，他的夫人泪水涟涟地定要留姑爹（李兴成的夫人叫覃吉翠，跟覃吉木是远房兄妹）吃饭，他拗不过，留下来吃了午饭，覃吉木还跟他一起吃了两碗夹米饭。

岳父岳母家炖的老母鸡他终是没有吃成，杜家村的电话打到范家街大队，说康家湾有个人肚子疼得厉害，要他赶回去，他站起来就走，夫人落在后面一个人回家的。

李兴成后来又调到大吉岭卫生所工作了好几年，2012 年，六十岁的他退休了，与过去放在药箱里或者挂在脖子上的听诊器就这样告别了。

农历二月二十四，是他的六十岁生日，女婿要为他做寿，他坚决反对，他要做一件有意义的事。

他租了车，在女婿和几个朋友的陪同下，到建始县关口镇给廖玉阶师傅上坟。师傅离开庙垭子，他便再也没有见过。这些年，总想到来给师傅上个坟，烧几张纸钱，跟师傅说说心里话，可总是忙，现在退休了，第一件事，是给师傅上坟！

八个人，一辆面包车，沿着沪蓉西高速公路向建始奔驰，公路两边的青山和村舍向车后退去，跟廖师傅学艺的往事一幕幕在眼前闪现。转眼间，师徒分别四十年了，师傅离开人世已经三十八载，自己也年届花甲。当他跪在师傅坟前，一边烧着纸钱一边讲述这些年自己的起起伏伏时，满脸的泪水，让人动容。

从建始回来的路上，他买了一只唢呐。

他从小就喜欢唢呐，买不起，自制。泡桐树枝，铁丝烧红，中间烙空，钻上眼，套上葫芦锯的喇叭，装上野麦做的哨子，没有金属的气盘，用一号电池的盖子代替，小是小了点，勉强可以凑合。我在响潭园读小学时，高年级的几个学生上学放学左肩挎书包，右肩上就挂着一只这样的唢呐，放学站队时有几分雄壮，也有几分滑稽。周六放学排队时，李兴成也站在有唢呐的那队人中间，他不是挂在肩上，而是拿在手中，因为他要背背篓。拿在手里，吹奏起来更为方便。当一队队学生分散到不同的路队，唢呐声就在一个一个山湾响起，嘹亮婉转，洋溢着喜气。

李兴成说，他要重操旧艺，把这些年被听诊器替代的唢呐找回来，吹他个霞满天，吹他个满堂红。他还要成立一个心诚艺术团，把爱好吹拉弹唱的人聚在一起，婚丧嫁娶，弄个响动，把土家族的民族民间文化光大起来。

说干就干，心诚艺术团很快成立起来，周边的艺人们聚在一起，平日里各自操持自己的营生，有事了集合出发，吹号吹唢呐的，敲锣打鼓的，唱歌跳撒叶儿嗬的，闹腾得红火。本村的、外村的、外乡镇的，一直到巴东、重庆，都有心诚艺术团团员们的身影。活跃了文化生活，传承了民族文化，一年一两百场，团员们轮流参加，也有了一些收入，人们总是从他们的笑脸上读到了那份真实的快乐。

李兴成是艺术团团长，也是唢呐手，吹好唢呐，哨子很关键，虽然网上有售，买过一些来试，忒不满意，只好自制。做哨子要用野麦，这野麦移栽的次数越多，越韧越有弹性，做出的哨子越好。李兴成就种了一片野麦，移栽了一次又一次，现在他的楼上，还整整齐齐放着几捆野麦秆。我和他开玩笑，这些麦秆做出的哨子你一辈子也用不完了。他笑了笑说，一百个唢呐手一辈子也用不完。

　　2019 年 9 月，有人请心诚艺术团一起到巴东野三关沙湾送花圈，李兴成带着另七名团员来到那户人家，得知这家的女主人跑了，男人觉得生活无望，就自杀了，留下一个上小学的孩子……看着可怜兮兮的孩子，李兴成忍不住流泪，他掏出一百元钱放到孩子面前，另一个吹唢呐的师傅姜选成也掏出一百元给了孩子，在场的人无不感动，都说李兴成的这个班子事做得好，为人更好。听到李兴成这个名字，里屋一位老人走了出来问："您就是乐园的李兴成医生？"李兴成仔细打量面前这位八十多岁的老人，认出了他就是田延传，他告诉李兴成，郑开香已经过世，自杀的是他的大儿子……李兴成陪着流泪，实在不知道怎样安慰这位老人。一拨人吹打了一夜，第二天把死者送上山，下了葬才离开，老人的小儿子给他们的红包一个都没要。

　　前不久，鸽子花艺术团在秀峰桥成立，心诚艺术团整体加入，李兴成又成了鸽子花艺术团的副团长。没有集体演出时，他还是在杜家村，三日不练手生，他每天都要吹奏几曲，常常在晨曦初露或是暮霭沉沉的时候，人们会听到嘹亮的唢呐声在堰坪响起，唢呐声越过杨絮坳的松林，传得很远很远……

大医生

　　大医生名覃春大，因为姓覃的医生多，为了区别，用名字称呼，比如祥官医生，春大医生，春庆医生……在乐园，这是一种约定俗成，没有一个人提出异议。

　　春大医生后来进一步简化为"大医生"，不知起于何人，但很快被众人接受，迅速传播开来，究其原因，除了更加简洁以外，还有一种对他医术的认可，这医生本事大，名声大。

　　"大医生"辨识度高，叫着亲切，又含着几分崇敬。

　　大医生初中毕业，即拜师学医，师从榔坪名医秦世炯。日出日落，月缺月圆，风霜雪雨，寒冬酷暑，吃过的苦只有他自己清楚。出师的那个早上，他在榔坪街上吃了一屉包子，算是自己慰劳自己，也算是告别一段岁月，看着山上摇曳的柏树，他知道，自己以后就像这林子中的一棵树，再没有师傅的呵护，再大的风，再大的雨，都得自己顶着。

　　大医生回到了响潭园，在大队卫生室当医生。这是一片有山有水的土地，田畴畈畈，沟壑纵横，夏有麦甜，秋有稻香。他生于斯，长于斯，他要为这片土地上的人解除病痛。他在响潭园卫生室行医时，合作医疗在全公社推广，他是积极参与者，是全公社有影响的骨干医生。我们在乐园村合作医疗展览馆参观时，看到了他的照片，还有一帧他开的处方，从这个处方上我们看到了他是"三土四自"的积极践行者。

他学的是中医，但他不排斥西医，他积极参加了宜昌医专在乐园的培训，还自学了很多西医知识，不但能用西药，还会使很多西医的仪器设备。曾经很长一段时间，他还想在响潭园卫生室搞一台 x 光机。他有很多朋友，各个行业的都有，医界的朋友曾答应给他弄一台大医院淘汰的 x 光机，但中间环节太过复杂，最后不了了之。

大队卫生室毕竟西药有限，还是中药为主，找他看病的老者也多是相信中药。他抓中药是从不开处方的，摸摸脉，看看舌苔，然后就说："跟我去抓药。"走到药铺，铺开三张草纸，拉开那些抽屉，抓出一味药用戥子称好，均匀地倒在三张草纸上，有些药是要捣烂的，放在舂筒里。他捣药和别人不同，舂筒捣得极富韵味，似乎蕴藏了平平仄仄，半里路以外就听得出一种节奏和韵律。有一回，小学的音乐老师问他，用舂筒捣药不过是把药捣碎，怎么还和音乐一样有旋律呢？他说，中药多是植物的根、茎或者花、叶，也有的是种子，这些都是有生命的，当你不得不把一个生命捣碎时，为什么不能让它在音乐中结束生命呢？一席话，把音乐老师怔在那儿好半天没有言语。不一会，三服药抓好，包起草纸，扯下那吊着缝纫机线的线头，很快将三包药捆好，交到抓药人手上说："三服药见效再来找我，如不见效就另请高明。"

有一回，一个抓药的人不信他三服药会分均匀，到供销社借了称胡椒的戥子一称，三包竟然同样重量，又打开纸包，选了几味药来称，分量也完全相同，正在啧啧称赞时，被来买烟的大医生撞上，说："你这三服药怕要白喝了呀。"

"为啥？"那人问。

他不语，供销社的营业员也觉得奇怪，说："你不说，我不给你拿烟。"

"我抓的药，我捣的药，我包的药，药上有我的气，你现在敞了气了，药效大减。还有，太阳、月亮、地球的对应位置，地球的引力，每一个时辰都不相同，药的剂量也就不同。我叫你下午三点熬药，三点你连家都到不了，药效再次大减，怕是没什么效果了。"

一席话说得听者大惊，抓药的人不知所措。大医生说，你家病人本就是胃脘胀痛，我就给你加点胡椒，再给你包一下，我骑脚踏车送到你家，保证三点钟熬药，也许可以救回多半。

说着，他在每服药里丢了三粒胡椒，将药包好，扎好，骑上车驮着抓药人奔患者家而去。

大医生说起医道，讲得高深玄妙，看病却也多用土药土法，他抓的药常有路边田坎上的根根草草。

2021年上半年，秀峰桥中学教师覃先志四岁的男孩突然左胸有硬结隆起，到武汉市某大医院检查出来是血管瘤，医生说，这个血管瘤切除了还会再长，过几年还要切除……覃先志的同学说，隔几年切一次不是个事，你回去找中医。回秀峰桥后，他们直接来到大医生的诊所，仔细摸了脉，看了包结的状况之后，大医生说："我负责给你搞好！"说着拿来自己熬制的中药水在包结处擦洗，然后在路边采了一把艾叶，揉成艾绒，敷于包结之上，叫家长回家自己按此法医治，没过几天，包结就完全消失了。

乡村医生都是全科医生，但每个人都有自己的绝活。大医生的绝活是治疗跌打损伤，曾听人说他可以断竹相续。我没见过他这个功夫，但是他治疗的跌打损伤的病例倒是耳闻目睹不少。

1976年3月，竹园荒农民黄家凯，打猎时火铳走火，九粒铁籽将左上臂打成粉碎性骨折，左邻右舍把黄家凯抬到椰坪医院救治，当时，有西医建议截肢。但是黄家凯不同意，找到秦世炯、覃春大师徒，便用中草药治疗，仅一个多月就得以康复。去年我在乐园村采风，在竹园荒看到了黄家凯，依然在田间劳作，说到当年的情景，对大医生感激不尽。

1981年3月，大医生被调到乐园采育场（林业局基层单位，相当于伐木队）医疗室工作。到岗不久，伐木工人郭永春被一根伐倒的大树将右脚踝骨撞成粉碎性骨折，大量泥沙渗进伤口内。大医生先给郭永春止痛止血，之后，拿来毛笔，沾凉开水一点一点将断裂口中的泥沙清理干净，将骨头碎片取出，之后，用农村妇女纳鞋底的绳索消毒之后将断裂处缝合，再敷上自制的接骨丹，上夹板固定。两个月后，郭永春便康复如初，下地劳动了。

火烧坪乡的木工王家双，拖板车时被石头砸伤右腿骨，呈粉碎性骨折，大医生用接骨丹医治，王家双不久即愈，现在还能开摩托车。2009年，农民王景民在椰坪挖砂时，被落石将股骨砸断，断裂的骨头穿过裤子，露在外面。王景民没有像很多人那样，先去大医院治疗，治不好了才来找大医生。他不去大医院治疗，直接找到大医生医治。大医生用接骨丹治疗，不到两个月王景民就康复如初。沙地村桂家冲有一名中年妇女，股骨断裂，因患者有心脏病，不能打麻醉药，医院都不敢收治。伤者家属将大医生接到家里救治，上药后，当即止痛，骨头对位，只两个月就好了。

我在乐园中学教书时，公社党委宣传委员秦尚丰的女儿秦琼在我班上读书，成绩很好，很受老师青睐。不幸得了骨髓炎，赶忙办了休学证，上大医院手术，术后伤口老是不能痊愈，脓血不断涌出，最后也是大医生治愈的。后来参加中考高考体检没有任何问题，大学毕业后现在宜昌市工商银行上班。

大医生医术高超，为人豪爽仗义，广交四方朋友，无论是他靳家冲的家里，还是在卫生室或者现在的诊所里，常常有各个行业的朋友推杯换盏，高谈阔论。文人谈莫言，军人讲戍边，农人说收成，官员论升迁，他们都是大医生的朋友，相互之间也成了朋友。大家时常联系，相约去看大医生。都知道他爱喝酒，爱吃土菜，去时捎几瓶酒，家住农村的则带着他爱吃的广椒皮、豆浆粑、腊猪肚……你不论啥时候去他家，储藏室里总有各种各样的酒，从飞天茅台到苞谷烧酒，一摞一摞码着，吃饭时想喝什么酒，派代表去取。而他的楼梭上，则挂着大包小包的干广椒皮、干苦瓜皮、南瓜皮、茄子皮、腊猪肚、豆浆粑、鲊广椒，当然也有大大小小的腊羊腿。酒醉饭饱之后，看上啥，用晾衣叉子叉下来就可以带走。我们有时给他带一壶苞谷酒，走的时候叉走两只腊羊腿，他站在一旁哈哈大笑。

大医生的朋友圈越滚越大，进城下乡，都有人请他吃肉喝酒。有一年春天，一个同行跟他一起下宜昌，请他的人，打着电话排队，白天吃肉喝酒，晚上喝茶洗脚。实在吃不动了，第四天，他在朋友圈发了一个在老家摘茶的视频，这才消停，其实那个视频是头一年摘茶时拍的。跟他去的同行说："他真是一个大医生。"

前几年，大医生在老家翻修房子，做了一个四合院，门上挂了一副朋友送的楹联：

庭前绿卿摇酒望
舍旁云涛润杏林

一句说他喝酒交友，一句说他治病救人，这副楹联，概括了大医生的人生！

黄治明的背影

昨天就约好了，今天去见黄治明。

看了天气预报，今天是个晴天，我喜欢晴天去见人，明媚的阳光，会带给我们一些意想不到的欣喜。

经过两天雨水的濯洗，太阳是崭新的，阳光在黄治明屋顶的瓦片上弹跳，在门口杜仲树的叶片上起舞，他的大门却紧锁着。

这是他的安置房，那种每人25平方米的外观像别墅的房子。

或许会在老房子里，他的土地都在老房子周围，那里放着农具、化肥，他时常会在那里。

按照规定，搬进了安置房，老房子必须拆除，自己不拆的，村里会请挖机来拆。不然，上面来检查过不了关。哪怕在林子中的房子，无人机一飞，一目了然，难得蒙混过关。

我看到过这样的场景，挖机雄赳赳气昂昂地开过来，一铲子过去，山墙倒了大半，就像一个壮汉殴打一个赢弱之躯的老头，一拳，人就倒了，壮汉却打得认真，打死不算，还必须体无完肤，身首分离。

乐园村没有一刀切，不在主公路边的，能缓一天拆就缓一天，责任田都在老房子附近，放农具、化肥总需要个地方。安置房离得远不说，两口人，50平方米，粪篓子、撮箕、薅锄、挖锄还有收下的粮食、储备的商品肥料，皮皮条条哪能放得下？

政策是一样的，执行政策的人不同，结果大相径庭。干部，要有执行政策的力度，也要有悲悯情怀。

沿着公路下行，见到几棵高大的白杨树然后左转，穿过一片疏朗的小树林，就到了黄治明的老房子。土墙裂了口子，屋顶上的瓦片倒还整齐，进到屋内，火塘、灶屋、卧室都有，生活设施一应俱全。看来，这里不止放农具、化肥，还经常放着两个人。

没通公路之前，他这里应该是好地方。屋后是一架大山，柴火怎么都烧不完，旁边又有一股好水，虽是坡地，倒也肥沃。屋前亮堂开豁，站在稻场上，一眼就望到了巴东的地界。

后来通了公路，公路修在冲对面的阳坡上，像一根带子弯里曲拐把阳坡捆扎得结实。阴坡就落了后，只能站在稻场里看大大小小的汽车顺着阳坡的带子滑动。

这也是他住进安置房的原因，安置房正在带子打结的地方，在这里，一根带子分叉成为两根。

黄治明今年七十岁，身材精瘦，像瘴岭上的一根箬竹，脸上的皱纹像树的年轮，一圈一圈，刻录着苍老。说话声音倒还洪亮，爱带个"妈的×"之类的脏字，显示出一种无所谓的生活态度。力气也还不差，茶杯粗的干柴在膝盖上一顶，就断了，火塘里熊熊大火立马燃起来，铜壶里的水很快就开了。他用茶罐泡茶，陶土的茶罐，烤干，茶叶放进去，簸一簸，烤一烤，这是提香的过程。簸好烤好，茶罐放平，铜壶里开水倒进茶罐，煥的一声，茶叶的碎末从罐口溢出，芳香弥漫。

黄治明是个舍得的人，茶叶放得多，按农村人说，你熬茶叶膏子呀？一喝一个缺哟。

酽茶润喉，也可以浇开话题的花朵。

黄治明十四岁就在生产队当卫生员，乐园的农村合作医疗刚刚开始，他上了第一班车。

十四岁，啥都不懂，得学，他到处拜师，巴东的赵学凤、赵大洛，乐园的王光文、王光彦都是他的师傅。

小时候就对山里花呀草呀感兴趣，听人介绍过一些草药知识，学医就学得快，没两年，就可以开处方了，看好了不少病。后来，乐园创办

"五七医科大学"，培训赤脚医生和卫生员，他每周去给学员上一次课。

年轻，不惜力气，上山采药，制药切药，抢着干，春秋熬预防药，熬好，一担水桶挑到田头，有老人病了，他背起就往卫生室跑……

众人的眼睛是雪亮的，社员好评，干部赞许，二十四岁，他入了党。入党那天，他叫老婆杀了一只鸡，炖了火锅，请老党员吃饭。老婆说，去年你过生说杀只鸡，你高低不许。黄治明烦了，这是过生能够比的？老婆颠着脚忙去鸡笼捉鸡。

1978 年 10 月，黄治明出席共青团全国第十次代表大会，十天会，他在宾馆待了十天，想跟老婆带个礼物，但怕出去找不回来，只好熄了这个念头。从北京回来，他又参加省里的团代会，还被选为团省委委员，也就在这一年，他被任命为共青团长阳县委副书记。虽不常年驻会，隔段时间还要去上几天班，看文件、写材料、搞汇报，一支钢笔比一把锄头还重，他跟领导说，再也不去了。

从县城回家的那天，天上飞着小雪，风吹着县城的广播线呼呼作响。团县委女书记来给他送别，给他买了几个热腾腾的包子，他忍不住泪水哗哗。是不是决定错了？他有了几分后悔，可水都泼出去了，还能收回来？跟女书记挥手的当儿，用袖子擦了一把眼泪，告别了县城，回到簇叶冲。

黄治明讲着讲着，似乎回到了那个早晨，眼中又有了盈盈的泪水。他说，女书记送给他的包子是这辈子最好吃的包子，也是最难吃的包子，几个包子为他的政治生涯画上了句号。

看来，他的无所谓只是一个表象，只是给脆弱的内心安置了一个坚硬的外壳，这个外壳在岁月中生长，在时光的流逝中愈来愈厚。

就像当年一样，他用袖口擦了一下眼睛，就擦去了刚才的戚然。

他又呷了一口酽茶，然后爬上楼翻箱倒柜找出来一口袋东西，有一大堆参加各级团代会的会议资料，全国团代会的最全，代表名册、日程安排、领导报告和讲话、开幕词闭幕词，包括几张电影票都保存得很好，每张电影票背后都写上了电影的名称。问他为啥没去看电影，他说，去看了，票就没有了，留着，是个念想。除了会议资料，还有"新长征突击手"的匾牌和纪念章，还有一些会议合影照片和会议纪念品。因为时间久，又放在楼上，烟熏火燎，都失去了本来的颜色，字迹也不是很清晰了……看着这些残缺变色的东西，他的目光立刻变得清亮，变得柔和，用现在时髦的话来说，那是他的高光时刻。

他的高光时刻短暂，没过多久，光芒不再。

他只能是生产队的卫生员，是簸叶冲的一个农民，种田是他与生俱来的使命。业余时间，给社员看看病，治个头痛脑热，图个笑脸，图个左邻右舍的和睦，家中有个大事小情来伸把手的人多，有时候也有人拿来十个鸡蛋，一把面条，他脸上的桃花就开得灿烂。

再后来，病也不能看了，他没有执业资格，再看病就是违法。还是有附近的村民来找他看，他左右为难，最后，反复强调，不是我要给你治的，按说，最好写个协议，可他能这么做吗？

闲了，黄治明养了十几桶蜜蜂，山大，花多，蜂儿快活，蜜就多，就好，老有人想偷他的蜂蜜。他喂了一只狗，很凶，平时拴着，他们回安置房住的时候，就解了绳子，狗跟在他们身后拖着尾巴走着。黄治明在那棵板栗树下停下来，狗走过来，他把狗抱住了说："你不能走，你的家就在这里，看着我熏的肉，看着我的蜂桶。"说完，在狗屁股上打了一巴掌，狗就回去了。他逢人就讲，说他的狗很恶，谁被他的狗咬了，通知他，一定出钱打疫苗，不过，要在现场给他打电话。

这样，他的蜂蜜就安全，熏的肉也安全。其实，他最宝贵的是那些匾牌，合影和纪念章，一个都不能丢的，等他离开这个世界前，它要捐给合作医疗纪念馆的。

所以，他不把那些东西拿到安置房去，放在老屋安全。

狗除了看屋里的东西，还要看着门前的那些药。

稻场坎下，有一片树林，树很高，枝叶并不茂盛，阳光从叶片之间漏过来，树影斑驳，凉风飒飒。原来，他在这里种了六十味中药，白芷、独活、川芎、川贝、白及、七叶一枝花、江边一碗水……这林子，是他为中药搭建的天然药棚。我们从中药之间的小道穿行，看着那些药苗长势良好，叶片挺立着，在微风中摆动。

　　这些药，他自用，多余的，也不卖。村里正在发展中药材，谁真想发展，他送种子种苗。四十多年党龄的老党员，这觉悟他有。

　　他说这话很真诚，我相信，他不是装的，他就是这样想的。

　　参观完他种的药材，我们起身告辞，他要送我们到公路边上车，我们不肯，他执拗得很，走在了我们的前面。终是比我们年长，哪能要他送这么远？走到那棵板栗树下，我们上前拦住了他，我们坐在板栗树下的石块上又聊了一会。我们面前是一片生长得很茂盛的鸢尾，蓝色的花朵在阳光下好看极了，我说这个有点像射干（一种中药），这话一下子挑起了他的兴趣，他连忙给我介绍射干和扁竹根（鸢尾的土名）的区别。说着，他四周看了看，我估计他想找一株射干现场和鸢尾比较一下，可惜没有看到。

　　我们在板栗树下别过，再次握过手，目送他回老屋，他想努力走得坚定昂扬，不免还是有些踉跄，瘦弱的身材有些摇晃，像一根风中的瘦竹。他是一个普通的老者，又不是一个普通的老者，本应在时光流淌中走完几十年的岁月，中间被意外地嵌进一些艳丽的花朵，惊喜还没醒来，花朵已经凋谢。短暂的辉煌成为每一个平淡日子的参照，让一些安静的夜晚成为酸涩的湖泊，精神的跋涉异常费力。

　　幸好生活在农村的人，物质的感受更多更常态，女儿孝顺，住得好，吃得好，已经很满足了，只要没人隔三差五去让他做回忆的功课，幸福的草皮就会覆盖往日的坑坑洼洼，阳光灿烂，日子静好。

　　再来看他的背影，稳当，坚定，那步伐仿佛多了一种力量。

村医李发从

我坐在李发从对面，左看右看他都像个三十左右的小青年，似乎还可以谈一回朋友恋一把爱。其实他是 1970 年生人。岁月没有在他脸上留下跟他年龄相称的印记。他是不是一个家庭条件优渥的富家子弟？饭来张口，衣来伸手，不劳力，也不操心？

答案是否定的，李发从出身贫寒，家庭困难的状况在当时的三大队一小队尽人皆知。五十多年的人生历程也是起步艰难，充满了奋斗的艰辛。

小学在松树包上的，从耳厢下补巴洲，再上松树包，一下一上，十来里路，从七岁开始，一天一个来回。鸡子走路都要摔跤的冰雪天，一样上学，不能迟到，不能早退。初中在几十里以外的秀峰桥，周六回家，周日返校，背着粮食和小菜，一路步行，吃过早饭出发，常常没进校门晚自习的铃声就响了起来。

1986 年夏天，初中毕业，家里实在没有能力供他继续求学。农民的孩子，故乡的田野永远不会拒绝他们，总有一垄土地留给他们播种人生的花草。李发从，背着铺盖卷儿回到了耳厢。

第二年春天，布谷鸟在山上歌唱，李发从在耳厢点苞谷，他觉得这鸟叫得动听，种完苞谷他就要去村卫生室跟着幺爹李兴成学医，虽然一年村里只给六百元的生活补贴，好歹一双脚跨进了卫生室的大门，以后就是一名医生。

幺爹要求严格，发从学习刻苦。要他看的书，看五遍记不住，看十遍，十遍还记不住，他就用本子抄，抄了几大本，那是他的宝贵财富，只可惜，有一次搬家，被人当废纸烧了，他又气又急，可是气急又有啥用？

1989年9月，他被推荐来到县卫校学习。那是他第一次坐客车，第一次到县城。他第一次见到清江这样水势汤汤的大河，第一次见到几十层高的房子，第一次见到涂口红抱小狗的女人。他提着行李，沿路向人打听，好不容易才找到深藏在宗家湾里的长阳卫校。

从报名开始，他就一头扎进学习中，连双休他都很少上街，花时间，又花钱，这两样，他都舍不得。在这里，他较为系统地学习了医学基础知识，将他前两年跟幺爹学的一些知识串联起来了，就像有一盏点在面前的灯，越拨越亮，越拨越亮，终于照亮了前面的大路。

1990年6月，他回到了杜家村。这年年初，幺爹李兴成就调到大吉岭卫生所当所长去了，卫生室一时缺了医生，临时把大吉岭卫生所的邓之龙医生安排到杜家村顶了几个月。李发从回来了，邓医生迫不及待回卫生所了，李发从正式成为卫生室的医生。

十年以后，李发从再一次进入长阳卫校学习。这一次，不是全脱产，自学加集中面授，带着实践中的问题学，有的放矢，长进就快。次年，他获得中医师资格。

学习是没有止境的，十多年后，他又参加了宜昌市卫校的视频学习。为了保证学习效果，有一个正常的学习氛围，并不是在乐园村看视频，而是到榔坪镇卫生院集中看视频学习。每个月集中学习十来天，三十多公里的路程，骑着一辆建设50的摩托，突突突，弯弯拐拐上上下下两个小时才能到。吃住在酒店，一天八十元的花费，在那时是一笔不小的开销。两年的时间，他坚持下来了。

接下来，考执业医师证书，这不是个轻松事，第一次，没考取。然后是复习考试、考试复习，夜以继日，焚膏继晷，直到2014年，终于考上了助理医师证，也是在这一年，他拿到了驾驶证。

这一年，李发从鸿运当头。

发从一直在不停地奔走。少年时代，他在上学的道路上奔走；青年时代，他在学医追求前程的道路上奔走。

他现在是一个正儿八经的医生了，很多村卫生室医生只有乡村医生证，他手中有执业医师证，具备到镇医院看病的资质。不过，他依然在乐园村看病，在杜家村看病。

这是生他养他的土地，他需要在这片土地上奔走。

少年时的奔走，靠一双脚，从耳厢到秀峰桥，几十里路，没有客车，走了三年，那是他的万里长征。

正式进入卫生室的第二年，他买了一辆二手自行车，出诊、进药都骑着它。年轻，觉得啥都可以控制，只要轮子不扁，龙头不断，哪都可以去，多重都敢拖。有一回到大吉岭进药，中药几大捆，西药几大盒，粗绳子细绳子捆了一道又一道，可他跨上车，骑了几十米远，就下车了，晃得太厉害，怎么用力，那龙头总是不听使唤，左摇右摆。路平的地方他就骑一段，路不平了，他就下来推一推，经石桥河，过蒋家湾，一路推上杨絮坳，中药掉下一捆，把他吓出一身冷汗。幸好是中药，要是西药盒子掉下来，针药水就全完了。他卸下一半的药寄放到别人家里，先送一半到卫生室，跑第二趟才把另一半拉回来。

2002年，李发从买了第一辆摩托，又是二手的，建设50，无级变速，消声器密封不好，突突突响得厉害，老远人们就知道李医生的"响竹篙"来了。可毕竟比自行车省力，也比自行车快，出诊进药都更快更方便了。那时乐园没有加油站，得居心谋汽油，找货车司机讨一点，请人在榔坪买一点。那几年，去他寝室随时都可以看到墙边趸几个塑料壶，都是装的汽油。

2014年，他买了汽车，广汽三菱，新的。汽车花费大，也没有摩托灵活，两年以后，他又买了一辆新的摩托，豪爵150。

凭借着这六个轮子，他在乐园村奔走。43平方公里的面积，没有车，服务的触角伸不到最基层。虽然原来的自然村还有一名医生，但他是乐园村卫生室的室长，他要对全村的医疗卫生负责，村里的每个角落他都应该去。

他的广汽三菱、豪爵 150，就经常在乐园的乡道村道上奔跑。出诊、送药，有时还充当临时救护车。

记得那一回，乐园村三组的赵凤梅冠心病发作，时间就是生命，他二话没说，拉着病人和家属就往槟坪卫生院赶，一路喇叭，一路快速，赶到槟坪卫生院，比平时快了半个小时，衣服都汗湿透了。

还记得是映山红盛开的季节，四组的覃发端肾结石急性发作，疼得豆大的汗珠直滚，李发从也是迅速把病人送到槟坪镇卫生院。

病人家属要给他钱，他摆摆手，乡里乡亲，说钱就见外了。

六个轮子的奔走，比过去走得快，走得远，也走得贵。他的六个轮子，一年光油钱要八千元。跟村干部一样，乡村医生，汽车已是工作的标配，但他们没有车贴，没有出差补助，每一分钱的开支都是从腰包里掏出来的。他们没有怨言，因为，他们热爱这片生养他们的土地，只要他们还有能力反哺这片土地，他们不会犹豫。

从医的人，需要更多的悲悯情怀。患者往往也是弱者，俯下身子，用自己的心贴近他们的心，把手伸给他们，让他们拽着你的手腕，把他们带出精神的泥沼，让他们感受阳光、绿草和花朵。身心两医，是终点也是起点，而爱，是不竭的动力。

原来卫生室还可以输液的时候，可把李发从忙坏了，卫生室睡的坐的都是打吊针的，这个要皮试，那个要换药水，还有的要抽针，说忙得晕头转向不行，这可不能晕，可要保持清醒，乐园村卫生室，可没出过一次事故。

卫生室里忙碌不说，有些特殊患者，还要上家里去输液。三组赵光安的岳母邓习芝，患有严重的心脏病，年龄大，身体差，不能到卫生室输液，每每需要输液，发从都要骑着摩托赶过去。连续有两年的腊月三十，发从都在为邓习芝老人输液。那一次，有人要抓药，他刚回到卫生室，老人挪动身子时没有注意，又漏了针，他叫抓药的人稍等一下，他飞快地赶了过去。

大吉岭的空巢老人刘道美患膀胱癌，为了换尿管，村里把他安排住在紧挨着卫生室的安置房，发从每天都要去换一次尿管，一直坚持到七个月后老人去世……有一回，家里来了客人，等他回家吃饭，恰恰这一天看病的人多，换尿管就比平日里迟了一些，等他回到家，客人正准备上桌，他一边赔不是，一边洗杯子斟酒。

2019年7月的一个夜晚，电闪雷鸣，瓢泼大雨。李发从刚刚睡下，接到金银山范明仙的孙子打来的电话，说婆婆又晕又吐。发从连忙起床，摩托完全骑不了，他连忙启动汽车，挡风玻璃上好像有人提着水桶往下泼水，雨刮器根本不起作用。没办法，他只好穿上雨衣，冲进雨幕，一道金钩闪，一头插在金银山山顶，另一端伸到了骒马子岩，一瞬间把大地照得透亮，紧接着是锅底一般的漆黑，一声炸雷，金银山的陡岩好像垮了一半……他来到病人家，及时采取了措施，一直守在病人床前，病情稳定了，他才离开，到家已是下半夜三点。

2020年10月11日，这个日期他记得很清楚，因为这一天，他接待来乐园参观合作医疗纪念馆的一行人，签名的时候，有个人的姓名跟他的一个朋友一字不差，为此，他和这个人合了影。晚上，发从接到从小沟打过来的紧急电话，说马协柏不行了，他不敢相信，这个在秀峰桥放过电影，在大吉岭开过餐馆，在村委会任过职务，当时是乐园村六组组长的他，是一个社会活动家，六十三岁，哪一回见到他不是精神抖擞？怎么会不行了？电话里又说，晚上洗澡在卫生间摔倒了，头部落地……他一下明白了，连忙骑着摩托风驰电掣往小沟赶。他赶到时，人已经走了。家属请求他再抢救试一下，希冀有奇迹出现……这个请求，他是不能拒绝的，他马上实施心肺复苏，直到最后他含泪离开。

发从小时候，母亲眼睛生病，没有钱请医生，只能用别人介绍的小单方治疗，时好时歹，最终没有根治。他当医生后，总是为患者着想，尽量用价格低廉的药，尽量为群众多报销，手把手教他们使用电子医保卡，即使没带医保卡也可以报销，乐园村报销人次、报销金额全镇第一。

老年人的体检报告他都亲自送到他们手中，告知体检结果，对有病和疑似病的告知复查，进行干预、治疗，比如有脂肪肝、心肌梗塞的进行治疗和健康指导，今年体检，这部分人得到了好转。

发从是个平凡的人，他没有英雄壮举，没有惊天地泣鬼神的先进事迹，然而，他也是不平凡的，证明他的不平凡的不是那些奖证，而是村里人的口碑，是那些老太太老爷爷经常讲述的那些琐碎而感人的小事，是村民给他打电话时那充满信任的亲切的话语，是他们目送他的摩托远去时那眷恋的眼神。

家住曹家湾

曹家湾是个好地方。

一湾好柴，一湾好水。

中间是一坡田地，两旁都是树林，除了松树杉树好木材之外，都是栎树，好劈好烧，斧子下去，无须太大力气，定是两块。半干不干，塞几块在灶膛里，哗哗剥剥的声响之后，灶头就蹿出了火苗。栎柴火猛，两块栎柴烧开的半锅水，五块合欢都未必能行。农村有谚语：除了栎柴无好火，除了郎舅无好亲。曹家湾的好柴还不在这里，湾垴上一眼望不到边的林子，多铁桃树，九钢木，一等的好柴，扎实，经熬。过去烧木炭的时候，铁桃树、九钢木烧出的白炭，棍子一敲，颤颤的钢音，似如编钟。

曹家湾有一条小溪沟汩汩流淌，水清如镜，折一片树叶舀一口喝，甘甜清冽，可曹家湾人不喝这水，他们的水从湾垴上引来，肯定是胜过了溪沟的水，不知道是不是因为这个原因，我的表弟马明建从椅子台搬到了曹家湾。

我说的家住曹家湾的并不是要说马明建，而是本身就住在曹家湾的曹文阶。

曹文阶患小儿麻痹，先天的，右手抬不起来。他坚强，右手常挂着一根棍子，右手往棍子上尽量爬得很高，锻炼着右臂。

曹文阶聪明，动手能力也很强。那时的初中生，崇军，穿军装，戴军帽，还喜欢背一把木头做的步枪。曹文阶特会做这种步枪，杉木做的，枪栓上装了胶圈，扳机一扣，可以射出纸弹。左手为主，右手辅助，做出的步枪几可乱真，羡慕讨要的，他尽量一一满足，我们一个班，几乎都被曹氏枪械厂装备了。

枪玩腻了，打陀螺。他做特大的陀螺，一根杉树的粗细就是陀螺的粗细，抽陀螺的鞭子自然与之匹配，棍子头上凿子凿了半寸见方的洞洞，穿过一根苎麻绳索，抽得特响，也抽得尘土飞扬。肖校长说，灰尘太多，不要玩这太大的，他才改成小的。

初中的日子，在学工学农之中倏忽而过，好在我们都被推荐上了办在响水洞的高中，我在二班，他在三班。

关注过三班几个漂亮女生，其他关于三班的事情知之甚少。

有一天，三班传出爆炸性新闻，说曹文阶把一整本《汉语成语词典》背下来了。那时可读的书极少，字典、词典好像刚有再版，他竟然把一本词典背下来了。

周末，回家背上学的粮食和小菜，我拿着一本成语词典考他，我点一个词，他说词义，有时我说一个词的词义，他说这个词。路过我家门口，意犹未尽，我们继续往他家走，继续提问。饿了，把他背篓里因为太咸带回家的一包豆豉吃完了，那一晚，我们喝了几炊壶开水，夜里尿了床。

高中，懵懵懂懂就结束了，我们都做了民办老师，当然在不同的学校，有时周末也聚，步行几十里，赶到某个人执教的学校，煮一锅饭，炖一只鸡，沽两斤酒。夕阳落土了，月亮明亮了，一干人嗓子也明亮了，一边唱一边踩着月光胡乱地走，有一回，我竟然就在朦胧的醉意中走回了自己执教的松树包小学。

1973 年，我从松树包小学被推荐上了长阳师范，曹文阶因为身体原因，未被录取，以后好几年都是因为这个原因被师范学校拒之门外。记得有一次，他的语文成绩几乎满分，尽管数学分数较低，总分还是超过录取线许多，等待他的依然是榜上无名。

我离开了松树包，他来到了松树包，竟然还住在了我原来的寝室。

我师范毕业，分配在乡中学执教初中语文，我去松树包寻访，看到他挂在板壁上的两条毛巾，黢黑如墨，大概不好区分，毛巾上方的板壁上用毛笔书写了"浴巾""洗脸巾"的字样，那一刻，我感觉到了知识的力量。跟他们校长讲起，校长又举出一例，那时学校搞勤工俭学，种了校田，学生捡了粪来上学，见了坐在校门口石墩上的曹老师，忙打招呼，曹老师努了努嘴说："把牛粪担到地头去。"这句极书面化且具有明显北方语系特点的话，让师生传为笑谈。

在曹文阶的人生道路上，最最值得一谈的是他的长篇小说《山湾草药房》。

1966年，乐园在全国首创农村合作医疗，彼时的乐园，大队里有卫生室，生产队有草药房。

曹文阶激动异常，创作了长篇小说《山湾草药房》。

一个农民写出长篇小说，被称为新生事物，引起了高度重视，上级安排了专业文化工作者协助修改，那一年他当选为县人大代表。

小说被不断修改，最后定名为《山花报春》，纳入了1977年的出版计划。1976年10月粉碎"四人帮"，出版方认为最后改为同卫生部的走资派作斗争的《山花报春》似乎有些不合时宜，于是决定先搁一搁，这一搁，就永远搁下了。

一腔热血，遭遇了世事的冰霜，心中希望的太阳落了。

今天，他最原始的小说手稿陈列在乐园村合作医疗展览馆里。一寸多厚的稿纸，角上已经卷曲，蓝墨水书写的字迹已经有些浓淡不一。

小说夭折，一束希冀的光芒熄灭。落泪，选择没人的时候。

一个枝条的花朵凋落了，别的枝条自然更加努力去迎接阳光。曹文阶在教室分析课文，传导写作方法，他的讲述，学生似懂非懂，但觉得很有味道，希望明天继续听讲。

学生们的希冀不久便落了空。一个偶然的时间，公社一名干部光顾了他的寝室，这位当过兵的领导实在不能容忍他的邋遢，跟教育组领导说，如此这般怎么能教书育人？于是，他被辞退。

右手抬不起来的曹文阶回到了曹家湾，推动着生活的车辇艰涩前行。

也许是曹家湾柴方水便，也许是曹文阶的善良，他娶到了一房好媳妇，勤劳，贤惠，知书达理。

又一束光芒照进他的生活，杂乱无章变得井井有条，希望的蓓蕾挂满枝头。

田地经营得好，牲口喂养得好，一笼鸡格外肯生蛋，还有了一儿一女。欢笑经常从土墙上的窗格子飞出来，我们几个曾经的同事为之高兴。

那几年，几乎每家每户都种西红柿，就有人收购西红柿弄到城里去卖。种西红柿的赚了钱，贩西红柿的也赚了钱。一进乐园的地界，西红柿植株的青涩气味随风弥漫。

曹文阶也想试一下水，去贩西红柿。

收了一车西红柿，准备运到武汉的白沙洲蔬菜交易市场。古老背过轮渡时，他下车来透气，看到浩瀚的长江，滚滚东逝，阳光照射在叠叠波纹上，灿烂跃动。这似乎是一个好的征兆，他心情开朗。这时，一个家住宜昌县小溪塔镇的人走过来搭讪，交谈之中，那人告诉他，就这一车西红柿，运到小溪塔，两三天就销完了。曹文阶一想，何必舍近求远运到武汉呢？

于是他就把一车西红柿运到了小溪塔。

一个县城，蔬菜的需求量毕竟有限，一个镇又不止他一个贩西红柿的，好几天过去了，西红柿还剩不少，一个一个裂了口子，蚊蝇乱飞。市场管理的人要他雇人把这些裂了口子的西红柿运到垃圾场去。

这一趟生意，亏了。

他妻子在家里突发宫外孕，又被医生误诊，耽搁了治疗，撒手人寰。儿子受到刺激，精神自此时好时歹。

那时还没有手机，无法联系到曹文阶，他妻子归西之时，他还坐在小溪塔的菜场里央人买他的西红柿。

等他回到曹家湾，扑入眼帘的是一座新坟。他不敢相信这里面躺着的是他的妻子。他要去贩西红柿，起初妻子是不赞成的，见他下定了决心，也就不再阻拦，万一亏了，也是蚀些钱的事情，不让他试一下，他终不甘心。他跨进驾驶室，车子启动了，妻子再一次叮嘱："注意安全，早去早回。"现在他回来了，不见妻子的身影，没有听到那熟悉的声音，一堆黄土压在他的心头。

阴冷的云翳，落叶的枯枝。

没有了美好目标的牵引，没有了心爱之人的激励，也没有了温暖的慰安，生活的画面，总是墨黑。

前几年的一天，我路过乐园村村委会，在玻璃橱窗里的贫困户名单里看到了曹文阶的名字。我向村干部打听他的近况，他们说，跟很多人一样，他的姓名将很快从这个名单里消失，准确地说，再没有这个名单了，因为已经整体脱贫。

去年腊月，我去曹家湾看他，柴火生得很大很猛，没多少工夫，铜壶里的水就咕咕地开了，泡上一杯茶，他就打开了话匣子。他舍不得曹家湾，没有去集中安置的安置房，在旧房一旁接了两间房，政府按标准给的钱，村干部帮忙找的建筑队，朱书记还隔三差五来检查质量。新房做好了，他和儿子依然住在旧房里，女儿女婿逢年过节回来住在新房里。女儿女婿孝顺，在市一中旁边开一家书店，卖教辅资料，前些年，赚了一些钱，在宜昌买了房。最近几年，生意变得难做，也还能够挣回一年的开销。他们舍得给父亲花钱，家里的摆设和厨房里诸多的家用电器印证了这一点。

他一定要留我吃饭，说粮吃不完，肉也吃不完，杀了两头猪，火塘上炕了一头，堂屋的腰盆里腌着刚杀的一头。

其实，我也想和他喝一杯，我相信，一杯酒里会有很多故事，一杯酒里浸泡着多滋多味的人生。他做民办教师，我在中学教书的时候，每年暑假教师集训，我负责安排几个朋友的生活。有一天吃晚饭，菜摆好了，桌上倒好了四杯酒，其实只有一杯是酒，另外三杯是水，酒浅水满，他进屋首先抢到浅的一杯……吃完饭，去看电影，他一路唱着刘三姐走进放电影的操场，还站在椅子上用普通话朗诵《沁园春·雪》，一操场的人都看着他。

我看到他灶台上还没来得及收拾的碗筷，知道他们爷儿俩刚吃过早饭，就说还去看看我的表弟，饭，下次来吃。

我问及他儿子的婚事，又问他有没有想过自己再找个伴，他笑了笑说，都难。

听人说过，都难的两件事，他都做过努力，也开过花了，但没有结果。

于他而言，吃穿、居住、用度，都不是问题，精神也还丰盈，关心国家大事，读一读文学作品，充实有趣，只是，一个屋子没有一个女人的身影，就像一段干枯的河床，像一截嫁接失败的砧木，缺少生机。

我走时，他送我一块肉，我不好意思收。一年三百六十五天，天天要吃要喝的活物，伺候实在不易，我拿走一块肉，好比拿走他一段劳作的光阴，总有些于心不忍。

他递肉的手并不收回，他的目光中除了坚持，还有很多别的情绪附着。

我把肉放进后备箱，他仿佛如释重负。

离开他的家，看到门口的麦苗翠绿，一行一行，铺展春意，这是他的田地。

我们驶上了村里的大公路，曹家湾湾垴上的片片墨绿还在后视镜上闪烁跳跃。

何三叔的生意

翠鸟在屋旁的栎树林子里鸣叫，叫醒了太阳，叫醒了露珠，也叫醒了何三叔。

太阳一口气就爬上了乱石窖的青冈树梢，露珠为太阳捧出了镜子，何三叔开始了他的生意。

何三叔是个木匠，一个专门做寿枋的木匠，做寿枋就是他的生意。

寿枋是书面语，大吉岭人都叫枋子。

何三叔做了一辈子的枋子，学艺时跟师傅做，出师了一个人出门做。一三斗背的木匠家什背着三山五岳奔走，吃不同人做的饭食，睡软硬不同的床铺，见过不同的东家的脸色。

干沟里一家上顿下顿一锅懒豆腐，一盘土豆丝，一盘泡菜，再就是一碟油辣子，一斧头砍下去，一肚子懒豆腐荡得嘭嘭作响，他中途回了两次家，才做完了一副枋子。牛荆条岭的施家倒还过细，专门打了豆腐，女主人一向马虎，加上眼睛近视，一条黑抹布掉进了腊肉豆腐火锅里，何三叔一筷子拈了起来，女主人连忙说："烧豆腐浆时劈柴虽然退迟了，也没想到会有这么长一条豆腐锅巴……"在万家包吕家，家里没有客铺，女主人跟两个孩子睡，他跟吕大哥一床，吕大哥的鼾声山摇地动，咆哮了一夜，何三叔一夜没合眼。

何三叔回家讲给老婆袁婶听，他是当趣事讲的，袁婶听了心中不忍，不让他再出去吃苦。从此，何三叔就在家里接活，别人把杉木送来，说好时间来取货，一千五百元的加工费，若要刷漆，价格另算。都觉得价格公道，只有马家塝的鸿华冒了一句："你还赚了木渣和刨花。""你的木渣和刨花我给你攒着，你拉枋子时一起拉走。"何三叔说。鸿华来拉枋子时，没拉走木渣和刨花，何三叔硬是给他送去了。

木渣和刨花是张楷开农用车送去的，他的车穿过油菜花盛开的田畈，红色的车头跟一片金黄切割，一幅明快的图画，张楷就忍不住哼了几声小调。在鸿华家遭了叱责，张楷也只是笑，笑着倒车，笑着跟鸿华挥手告别。

张楷帮着何三叔拉来不少生意，杉木他免费送来，枋子他免费拉走。大家都知道何三叔厚道手艺好，横竖都是要做的生意，谁不乐意把这生意给何三叔呢？

何三叔和袁婶都明白，张楷瞧上了二闺女何欣洁，可是欣洁有了心上人，是榔坪街上的。花要开在别人的篱笆上了，怎能让张楷老来施肥呢？

这天下雨，张楷没有出车，何三叔打电话叫他吃晚饭。三叔家的饭他吃过不少，遇荤吃荤，遇素吃素，从来没有这么正儿八经邀请他吃过饭，他还拣了两件上档次的衣服穿上去三叔家。刚上稻场坎，看到停着一辆广本，进门刚接了何欣洁递过来的茶水，何三叔就说，时间把得真准，直接上桌。桌边坐了一位青年男子，一张方桌，五个人吃饭，何欣洁就和青年男子坐了一条板凳。何三叔说，这是欣洁的男朋友，第二次来我们家，他爱喝两口，我又不会喝酒，就喊你来作个陪，不介意吧。

那顿酒，张楷憋着劲喝，把欣洁的男朋友喝得滑到桌子底下了，他自己走出何三叔家的大门，只听到屋檐水像瓢泼一般，雨水打在广本的引擎盖上，咚咚地响。

后来听人说何欣洁的男朋友是装醉的，何三叔交代了，总得让输的人赢一回。那顿酒，张楷赢了。

赢了的张楷再很少到何三叔家来。

何三叔心中释然，日子就舒展而有序。每天在鸟叫声中醒来，简单地漱洗之后，他就进了自己搭建的工棚。清早，他不动斧头，怕声音大了吵醒了袁婶，其实，袁婶在工棚外看着，看他用刨子刨，弯进去的地方，用锛来刨平。何三叔是个过细的人，一口枋子，别的木匠十二天完工，他做个十四五天，十六七天也做过。他做出来的枋子，光滑饱满，漆匠特爱漆他做的枋子，上腻子简单，漆出来光亮。

袁婶站在门外看，她心疼他。一般来说，这做枋子不是一个人的活路，单是那枋子盖子一两百斤，一个人翻动不是一件易事。何三叔也是快六十的人，虽然也还可在木马上把点头（棺材盖子的大头）很高的枋子盖子翻动过来，但毕竟吃力。袁婶也劝过他做个别的，比如养羊或者养鸡。何三叔说，我只会这个生意，再说，闻了一辈子杉木的气味，上瘾了，戒不下来了。

袁婶不再多说，去灶屋做早餐。何三叔爱吃个懒豆腐，他们家一年四季就有懒豆腐。没冰箱的时候，袁婶每天半夜起来泡黄豆，一早就开始推懒豆腐。有了冰箱，打一次，管两天。她不用和渣粉，硌牙。

太阳老高了，门口白果树的影子印在稻场里，狗睡在影子里，收紧尾巴，耳朵偶尔摆动伸到影子之外。

何三叔听到了开饭铃声。灶屋在私檐里，怕袁婶难得出来喊他吃饭，他在工棚装了一个小电铃。铃声响过，何三叔来到厨房，夹米饭、泡红椒、炒腊猪肝、懒豆腐，欣洁在公司上班，回来少，两个人，两菜一汤，符合何三叔制定的标准。

饭没吃完，有人送杉木来，何三叔出来一看，是荒边的董老大，别人都是先打电话再送木料，怎么没打个电话哟？何三叔听人说，这个董老大不好缠，他不想接这笔生意。送上门的生意还挡在门外？传出去不受说。何三叔收了木料，强调了一句，枋子不像别的东西，不能赊账的哟。

晓得董老大难缠，何三叔做得特别仔细。遇到雨天，他停下来，怕木头受潮，太阳一晒缩水张了缝。没想到董老大来取枋子时说何三叔换了他的木头，他的木头粗，做出来点头怎会这么低？这话说给一百个人，一百零一个人都不信。可这种事，哪能寻到反驳的证据？董老大闹到村委会，村委会来调解，没想到何三叔说不用调解，在自己的阶沿上被狗咬了，认栽，我们两口子一人一副枋子，上好的十二圆花，你看得上哪一副挑哪一副，看不上，猪圈楼上还有十二根上好的杉木，你拉走。

董老大拉走了何三叔的枋子。拉走的那一天，日头不毒，却沉沉地闷热，让人喘不过气起来。他请的农用车穿过苞谷林中的乡村公路，两边站的人不让路，司机恐车子移动压了路人的脚，作揖打躬，伯伯叔叔大妈大婶，烦请让一让，是是非非我管不了，我挣一份辛苦钱。

车开走了，路上的人拥到何家大屋，安慰袁婶，安慰何三叔。何三叔在清点工棚里的杉木，哪个送来的，每根杉木上都写了名字。他不打算做枋子了，这些木头，他出钱给人送回去。每个人都发了短信，没有回复的都打了电话。

那是农历七月，知了在白果树上鸣叫，股股热风穿过何家湾，苞谷叶卷了喇叭，门口的娃谷却长得壮实，一串串红穗子粗粗壮壮，像袁婶那胖猫的尾巴。

好几个订了枋子的人上门来劝何三叔，何三叔铁了心不做了。来的人说，割了谷收了苞谷我自己把杉木拉回去，哪能要您送？

何三叔准备先送蒋家湾两户人家的杉木，村里支书来了，放了一段录音让何三叔听，是董老大的声音，说他如何骗了何老三一副顶好的枋子，怎样卖给桃山人赚了三千元钱，听着是喝醉了，说话舌头打卷。录音是一个昵称叫"丝绵树上的蜘蛛网"发来的，书记想不起来这个人是谁，啥时加的好友。语音通话打过去，问得急了，那人告诉他，是张楷转给他请他发给书记的，是在村里秀儿秀一湾农家乐录的。

书记想起去年秀儿秀一湾丢过一回东西就装了监控，他跑去一查监控，跟张楷提供的录音完全吻合。

董老大上门来道歉，把赚的三千元黑钱递给何三叔，何三叔把三千元朝他脸上一扔，关了大门。董老大三步并作两步逃出何家屋场，那些百元大钞在空中飞舞，然后东一张西一张落在何三叔的稻场上。何三叔打开门的时候，只见稀稀落落的红票子。

何三叔工棚里又响起了斧头斫砍杉木的声音，又有杉木的清香开始飘荡，何三叔每天在鸟鸣声中走进工棚，新闻联播的音乐响起时准时收工洗脸洗手吃晚饭。吃完晚饭，他搬把椅子坐在阶沿上，闻着门口一湾水田的稻花飘香，新谷的清香一直飘进他的胸腔。这米有他的一份，每年他都要找门口的陶家买八百斤稻谷，晒干，扬净，老陶给他送上门。今年插完秧，老陶腹痛厉害，医院一查，肠癌晚期，稻子抽穗时走了，在何三叔家兑了一副枋子，何三叔收了十二筒杉木，工钱免了。老陶的儿子说，新稻，依然有您一份。他点点头，泪湿了衣袖。

过了霜降，眼看就是何三叔六十岁的生日，二女儿何欣洁要给他张罗寿宴，遭了他的呵斥，已经出嫁的大女儿接他过去住几天，他也回绝了。他要带着袁婶出门看一看世界，只走到宜昌就被许叔在车站截了，是欣洁走漏了消息。

许叔的老伴去世后，他就来宜昌给大儿子带孙子，七八亩田小儿子种着，房子小儿子看着。他来城里三年了没回去过，想家乡都快想疯了。听说何三叔出来了，他一定要截住他，好好讲讲，好好叙叙，还有一件重要的事托付，那就是给他做一副好枋子。杉树砍了十几年了，老伴突然去世，在何三叔那兑了一副他加工后刷了漆准备出售的枋子，剩下的十二根杉木在猪圈楼上又搁了几年。

在生不能回去，死了一定要回到大吉岭跟老伴睡到一起，一根栎树两个丫，烂了腐了也要在一起，生一窝蕈子。许叔说着，泪水涟涟，脖子一仰，半杯酒一饮而尽。何三叔不胜酒力，也干了杯中酒。他俩修天柱山的公路时，睡的一个铺，晚上饿了，泡半杯许叔带的雀米饭。有一回，何三叔一把抓多了，懒得退回去，都泡了吃了，肚子胀得圆滚滚的，去连部找卫生员开了药，拉了半天才好。在那个粮食紧张的年代，三连有个人肚子胀得找卫生员开药，何三叔在全团出了名，见了熟人就把头低着走在许叔后面。

何三叔回到大吉岭，许叔的小儿子就把杉木送来了。这枋子他能马虎？二十天才做完，又漆了七道山漆，铜镜一般，照得见人影。何三叔拍了照片发给许叔，许叔发来三十个点赞的大拇指。末了，许叔说，他亲自回来送钱拉货，说啥也要在秀儿秀一湾点两个火锅谢一下师傅。

花开了，花谢了，叶青了，叶黄了，稻子割了，苞谷收了，转眼又到了冬天。这一天，下了一张瓜皮子雪，许叔回来了。火锅点了，请何三叔和袁婶吃了中饭，却不拉枋子，他要何三叔给他把枋子卖了。

遇到坎了？缺钱了？何三叔盯着他的脸问。

我能有啥坎？儿子在移动公司当老总，我还缺钱？

许叔说，小区里一直教他打太极的一位老大哥前不久走了，城里人是要火化的你知道，可大哥有遗嘱，骨灰埋到老家的一棵油杉树下，那天，来送老大哥骨灰的人好多，都是自觉来的。高级的人连死后的方式也是高级的，你看我们，好低级呀。棺材你帮我卖了，我也火化，骨灰埋到康家湾的珙桐树下……

许叔说得斩钉截铁，也说得眼眶湿润。

何三叔一直点着头，他一边点头一边在咀嚼他说的每一句话。

何三叔从此不再接新的生意，不久，他彻底关闭了做枋子的生意。

拆除工棚的时候，他找了一只玻璃盒子，装了一盒子杉树木渣，放在床头，进门出门揭开盖子闻一闻。

这些天，何三叔进门出门都耷拉着脑袋，别人同他打招呼他往往答非所问，因为他一直在想做啥新的生意。

蒋昌耀的柴垛

　　蒋昌耀的柴垛是我见过的最整齐美观的柴垛，顺着墙码放，边沿整齐的程度绝对可以铅锤吊线。一垛柴，就是一堵墙，一堵木头的墙。

　　乐园村，几乎家家户户都有几垛劈柴。因为家家户户都有烤火炉，金属的炉身，玻璃的面子，还有转盘，绘着红色彩画，好看，实用。

　　从深秋到第二年晚春，无论走进谁家的火塘，暖意融融，木柴在炉子里呼呼燃烧。炉子上坐着一把水壶，壶嘴喘着粗气。来人了，洗杯子，泡茶，一壶开水，方便称手。更方便的是吃饭，水壶换成火锅，炒菜摆在火锅周围，保温。炒菜外围，一圈饭碗，亮眼的白瓷，点几枝红花，看一眼顿生食欲。缺点是酒杯容易变热，热酒，有一股泔水的味道。于是，加一圈陶瓷的杯垫，又添了美观和韵味。

　　见到蒋昌耀的柴垛之前，我以为覃发良和尹兴三的柴垛是最整齐的。他俩都当过兵，当过兵的人爱整洁，被子叠成豆腐块，一家人的牙刷一溜顺摆着，同样的方向，同样的角度，他们码柴，整齐超于常人，当属正常。

　　蒋昌耀一天军服都没有穿过，他码的柴胜过了当兵的人。

　　他比我小一岁，高中却是一届。1973年高中毕业，回他的家乡叶溪河去晒黑皮肤炼红思想。1975年，一场大水，叶溪河受了水灾，区里把他一家人安置到乐园的杜家村，那一年，他十九岁。

　　此时，乐园的合作医疗正是红火的时候，常有代表来参观，需要表演节目。他参加了村里文艺宣传队，白天下地干活儿，晚上去大队排练。一干青年男女，相处多了，难免生情。蒋昌耀个子高挑，长相俊俏，两个女同伴递过来橄榄枝，蒋昌耀慌乱之中，莫衷一是，没有接受，也没有拒绝。排练完毕，送了这个又送那个。月光如水，月色如银，回到自己的家，月亮已经落进山坳，推开那扇木门，狗敷衍着在他的裤管上嗅了两下，回到窝里躺下了。

最后的结果可想而知，两只鸟儿都飞走了，那是初冬的一天，出着白太阳，格外地冷。虽然彼此都没有任何承诺，还是有着深深的失落。

蒋昌耀回到他住的杨絮坳，锯柴，劈柴。那时没有烤火炉子，只有灶膛烧劈柴，一摞劈柴要烧好些日子。一把手锯，不断地锯，锯子钝了，自己锉，钢锉拿在手里，用力在锯条上来回拉扯，那声音，连对面几里路的堰坳上都听得到。

他锯柴特讲究，钢卷尺量了一块篾片的比子，每一截同样长。弯的，结巴多的，丢出来在火塘里烧。劈柴码柴同样讲究，栎树好劈，一截四块，大小差不多，劈歪了斜了的都拣出来，挑好的劈柴顺着山墙码放，那个整齐，没人见过。都说廖三叔砌的梯田整齐好看，说屈二婶纳的鞋底顺溜养眼，那个齐整那个好，还是不顶蒋昌耀的柴垛。

蒋昌耀搬把椅子坐到柴垛对面看，他自己也觉得好看，他自己也没想到会码得这样好看。一块块劈柴依偎在一起，仿佛听得到它们亲密的呢喃，听得到它们温柔的絮语。闭上眼睛，仿佛看到一摞柴发芽生叶长成了一片茂密的林子，绿叶红花，随风舞动。那风，从柴垛上吹到了他心里，吹散了他心头的乌云。

一摞柴垛，医了心病。从此，蒋昌耀看到树，都觉得亲切。

没想到，他的命运跟树发生了太过深刻的关联。

在杜家村来了几年，乡里看他办事有能力，把他弄到企业办当主任。乐园的树多，砍木材，卖木材，是企业办的重要工作。一天，伐木队上山砍树，见到一片高大顺溜的好木材，操起斧锯，一根挨一根地伐倒了。他们不知道，其中有国家一级保护植物珙桐树，这可不是小事，他为此付出了沉重的代价，蒋昌耀的人生第一次跌入深谷。

对于他来说，责在失察失管，并非本人邪行，三年之后，重新回到党的怀抱，并被选为杜家村的村主任，叶溪河的一棵松树成了杜家村的栋梁。

这一年，村里决定修松树包小学。松树包小学原是覃氏宗祠，放过公社机关、卫生所，后来做学校，还办过几年初中。我在这里做过两年民办教师，我的宿舍就在祠堂里，每天从宿舍出来，穿过天井，走出祠堂大门，右拐，进入土起瓦盖的教室给学生上课。

蒋昌耀修学校是 20 世纪 90 年代，我已离开松树包好多年。他把土起瓦盖的房子换成预制结构，大队钱少，他到处化缘。县里管教育的副县长聂德媛在乐园公社当过副书记，也是乐园的儿媳妇，蒋昌耀找到她，张口就是十万元，全县多少大队，聂副县长没这么大的口袋，人来了，也不能空手回去，给了蒋昌耀三万元。这还差得远，又和覃祥官医生到省里找钱，祥官医生在省卫生厅找关系，讲困难，说好话，又弄了三万元，加上村里自筹的钱，花了九万八，修了钢筋水泥的两层楼房。

他没想到的是，村里生源萎缩得厉害，三年之后，松树包小学撤销合并到大吉岭小学，花九万八建的房子四万元卖给了私人。

2002 年，村级组织合并，原来的四个村合并为乐园村，杜家村不可能书记主任都进到大村的班子，蒋昌耀就卸任了村委会主任，拉了十一年的车，终于可以卸下轭头过轻松日子了，书记却不想让他彻底轻松，对他说："搭了多年的班子，你可不能一甩手就丢个精光，三组组长的担子你得帮忙挑起。"现在的三组，是原来五个小组合并的，相当于原来的半个村。苦荞粑粑总算切了一半，也还咽得下，这担子他就挑着。后来又提出过辞职，年岁大了，该让年轻人干，新的书记主任朱建波话说得暖和，大事小情也都记挂着这些最最基层的兄弟，要他还帮忙顶着，村里慢慢物色人，他好意思撂挑子？

组长天天直接和村民打交道，婆媳间的矛盾，邻居间的摩擦，山界田界的争端，都要找他。找得最多的还是吃水的事，原先有几个组，特别是耳厢吃水困难，国家投资不少钱从康家湾引的水，上万米的水管子，今天这里破了，明天那里脱了，后天又是管子不来水了，都给组长打电话。那天上午，我们去康家湾看珙桐博物馆，碰到蒋昌耀在接水管，因为道路施工，压破了进水管，水时有时无，一大早他就接到了好几个电话，他就带着工具来看来维护。水管接好以后，他还要打电话问那边来水没有。快要十一点了，他还没吃早饭，带着一瓶八宝粥，掰开盖子坐在溪边吃着。

现在，他是一人吃饱，全家不饿。老婆在武汉带孙子，儿子女儿都在武汉做事，事业做得红火，又孝顺，需要帮忙，老婆过去几年了。他一人在家，种田、喂猪，加上组里的事情，够忙。他会安排，一切都有条不紊，生活绝不潦草。屋里收拾得亮堂，桌子椅子窗台都干干净净。一个人吃饭，炖一个火锅，炒两盘青菜，安逸妥帖。

最能体现他的从容的还是柴垛，顺着猪圈的墙码了一圈，整齐到让人的目光不愿移开，像诗人看见一首好诗，画家看到一幅好画，古董商看到刚出土的青铜器……我老在想，今天，他锯柴劈柴码柴的心境跟第一次绝不相同，他不需要借此排遣什么。也许是他被第一次自己意外的作品所征服，他要沿袭发扬光大一种美，他的柴垛就一直是这样美观整齐。我脑海中老是浮现一个画面：他每锯一块柴都用那个做比子的篾片量一下，码柴的时候，稍有不齐，他用小的木块塞、垫，实在不好修正的他会放弃这一块，另选周正的替补。那种沉着、笃定和一丝不苟，只有一个生活井井有条、充满秩序感、具备几何头脑的人才能做得到。

看到他的柴垛是今年四月，我和老婆专门去拜访他，我们被他的柴垛震撼，老婆忙不迭地拍照片，我和他坐在柴垛对面说话，蓝天白云，清风徐徐。

他本来会做饭，但是，觉得我老婆是贵客，他的手艺多少有些拿不出手，于是，连忙杀了鸡送到堰坳上喻姐农家乐加工。我们离开他家的时候，脑海中老是美观的柴垛，那种整齐美、规则美一定可以震撼每一个来过他家的人，将来游客多了，可以开发一个项目：到蒋昌耀家看柴垛去，然后抱几块柴在灶里在炉子上去煮一只土鸡，炒几盘土菜，再斟几杯土酒，那个日子，就有了几何的严谨，文学的浪漫……

督官发端

七月十四日晚上，发端刚吃完晚饭，手端一杯清茶看着莽莽苍苍的土地岭出神。手机在窗台响个不停，他跑过去拿起手机接听，是明芝嫂子打来的，说发榜好像不行了。

发端一路小跑来到发榜家，这个患肺气肿多年的本家哥哥已经走路了，他连忙给儿子覃刚打电话，叫他快去买点鞭炮送来，他自己连忙上楼寻找火纸。

不一会，覃刚在稻场上燃放鞭炮，这是一个生命跟这片山水的告别，也是对周围乡邻的告知。

鞭炮响过，硝烟在炎热的夜空萦绕。发端走到稻场上，开始打电话，首先是死者的儿子们，一个在秀峰桥安家，一个在火烧坪打工，然后是周围的乡邻，通知他们来帮忙，不能等两个儿子回来再做安排。榜哥的儿子已经在电话里拜托了他，即使没有拜托，他也该出来挑这个头。

发端是这一方管事的，红事叫支客师，白事称为督官。

督官不是官，但不是人人能做的。行得正，做得端，有威望，还要排得开场面，说得上道道，才端得起这个饭碗。发端年轻时，当过多年杜家村大队六生产队的队长，能力强，队长当得游刃有余，公平公正，不怒自威，早年也是在响水洞中学听过几年水响的中学生，讲个话，论个理，十包花针拿来挑，也挑不出毛病。松树包、金银山、庙垭子、杨家冲的红白喜事，都是请他主场。本家哥哥走了路，自然不能袖手。

发端一通电话，来了不少人。乐园村不像别处，净是老人，这几年日子渐渐宽绰，一些打工的年轻人都回来了。其实，只要手头不至于太过紧涩，谁愿意离乡背井去讨生活？在家乡，不要说老的小的都能照顾周全，就说吃的喝的、炒个辣椒、煨个火锅、打一斤苞谷酒，那日子熨帖舒服，还不要憋得满脸通红弯着腔说普通话。

男男女女的来了，发端还在和他的搭档石付见安排各项事体负责的名单。端队长在这儿，知晓他的脾气，各自找事做，收殓、搭棚、找钱凿凿火纸、布置灵堂……

排布结束，发端召集帮忙的开会，各项安排，写在本子上，做得多了，条条框框都在脑海里，亮堂得很，好像一个电脑软件，只要往里面输入相关信息，帮忙人的排布表就会自己生成。他的本子不像电脑，不能删除和剪切，多数需要另写，有时图省事，原来的排布空间留得大，划掉原来的名字，换上新的名字，也还清晰，也有的就是同一个人的，比如统管车辆的，在甲处是徐雁，乙处还是徐雁，无需划掉姓名，这一页就好看许多。

发端开始宣布名单，装烟的、筛茶的、管酒水的、抓瓜子的、打盘的、添饭的、上燃料的、收桌子的、收垃圾的、管车辆的、接花圈的、接锣鼓家业的、管香烛的、写账的、负责水电的，还有十六日早上去做茔（挖墓穴）的，一一布置到堂。有些行当他还要重点强调，比如筛茶的到灵前奠酒的自然要筛茶，没到灵前奠酒的不要漏了；上燃料的手里要拿个湿抹布，炉子还在燃烧的先捂熄再才能加燃料；抓瓜子的要随时留意，哪里盘子没有了，马上补上；收桌子的要有眼力见，遇到一桌喝酒的，不能催，等人家吃完了才能收；管酒水的不光整瓶没喝的要收捡好，半瓶半瓶的要倒在一起收着，不能抛洒；接花圈的，重要亲戚的花圈要撑开，放到堂屋的棺材旁，太多了，后来的放进去把先来的换出来……也许大家明白了自己的职责，就有人窃窃私语，发端把桌子一拍，吼了一声，大家立马安静下来，发端叫石付见补充，石付见强调了早饭开饭的时间，要求各个岗位按时到位。

新搭起的棚子里灯泡有点大，显得特别亮，发端站起来，额头上就有了光泽，七十岁的人了，额上没有皱纹。他说，发榜哥一辈子是个好人，平日里跟大家也处得不错，他走了，我们来送他一程，都来帮忙，我谢谢大家！各位有困难克服一下，尽点心，把这场事办好！热天把火，辛苦大家，孝家先给各位落礼，还有一点心意我们代为转交到各位手上，各位都先拿着，实在不要的发放结束以后再个别退给孝家。

孝男孝女一起跪了下来，父亲去世，他们不在，等他们回家，一切已经安排得井井有条，他们真诚地谢谢大家，更要谢谢发端叔子。孝家为每个帮忙的人准备了两包烟，一个红包，一个开水瓶，一双解放鞋。坡上坎下的，很多人把红包退了回来，也有的一样都没有要。

安排妥当，把刚才布置的方案用毛笔抄写在大白纸上张贴出来，安民告示，各负其责，发端算是忙完了第一折，才觉得口干舌燥，这才想起从接到明芝嫂子的电话到现在一口水都没喝。

明天还有一天一夜，后天埋完人他才能卸下担子，就有人劝他，都已经安排到位各司其职，叫他回家眯一会儿。他说，随时有个大事小情的，留在这方便一些。手机快没电了，他回家取了个充电器马上回来了。这些天，天旱，苞谷卷了叶，晚上叶子才舒展开来，温度也才慢慢降下来，毕竟海拔千把米的地方，风一扫，热气就散了。月亮很亮，把松树包照得亮亮飒飒，在这片土地上跟自己一起劳作的人又少了一个，不知道自己还能晒多少个太阳，看多少回月亮。心思一转，想这干啥，身子骨还硬朗，能吃能喝能做，快快活活地过，兴许多赚些日子。

发端回到发榜家，找了个稍微僻静的地方，把木椅靠在墙上打盹，他把手机拿在手上，以便别人随时可以找到他。

果然就有事找他，帮忙的人中有个人拉肚子需要换人，石付见一个人不敢做主，找他商量，另外明晚来跳丧鼓的是外地的班子，本来是发榜出嫁的姑娘家请来的，一切都是姑娘家开支，这个外地的班子规矩不同，除了姑娘家讲好的价钱，孝家还要封红包，封不封，封多少，要给姑娘家回个话。发端捂着电话跑到屋旁的竹林里和石付见商量了一会，才定了眉目。

人忙，时钟也忙，天很快就亮了。发端这个督官跟别人不同，他还要看墓地。别人做督官，墓地是阴阳先生看的。今天的阴阳先生是李胜建，了解发端，知道他懂，也乐得清闲，就让发端去操办。

发端提着一条板凳，端着罗盘，先定方位，再勘穴地。他年轻时候喜欢乱看杂书，《阳宅大全》《阴宅大全》都囫囵地看过，什么龙、穴、砂、水、向，知道个梗概，不知道发端师承何人，竟然在这附近有些名气。他把罗盘放平，蹲在一片苞谷地里左转转右转转，他应该是在寻龙验龙，寻找龙停结穴之处，最后，他把墓穴选在两道石梁之间，后面是逶迤而来的山脊，这是一方典型的前朝后靠左右抱的好地，一个龙脉所行、地气藏蓄的吉穴。发端暗自高兴，他对得起这个本家哥哥。

他扛着板凳端着罗盘往回走的时候，情不自禁地把头扭向土地岭，他觉得土地岭庄严、肃穆，一直在默默地给他启示。这几十年，他每一步都走得端正，步步稳当顺遂，都是土地岭的护佑。刚才用罗盘定位的时候，他心中所思又是土地岭的雄伟和神秘。

十五日白天，一切按部就班，发端乘机眯了一会，当然还是靠在椅子上，还是拿着他的手机。

晚上是重头戏，送花圈的，送祭幛子送挽联的，一拨接着一拨，晚辈们来了还要游五方，孝子们不熟悉套路，他要安排人指点，来客中有重亲贵客他要亲自接待，带到专门的房间安坐，吩咐人装烟筛茶，慰问填情，说好开席时派人引导，才退出身子。

跳丧鼓的来了，土家的习俗，老人西归，顺头路，白喜事，歌之咏之，舞之蹈之。往日的丧鼓，古朴庄重，追思亡者，礼赞生命，鼓声歌声直击心之湖底，升华起哲学的云朵。现在，着彩服，戴耳麦，安音响，装灯光，违背祖上禁忌，竟有女性加入，舞蹈的场地也从灵前移到稻场。这丧鼓，已与死者无关，只是他们几个人的自娱自乐，只是有人花钱买来的一场表演唱。这等丧鼓，发端懒得瞅。四周巡看，帮忙的借此空当正在栽瞌睡，发端不惊动他们，辛苦，让他们歇息。只是有一男一女，椅子靠得太近，两人依偎着睡着了，还握了对方的手。他怕被人照相，影响两家的和睦，分开他俩的手，费了好大的劲才把男的椅子移动到柱子的另一边。真是岁月不饶人，往回二十年，这一男一女他可以一起抱起来。

开亮口了，三声醒炮，万物醒来。

要出枢了，发端主持，开棺，亲人看最后一眼，然后，子口上漆，合上棺盖，死者，被封闭在永远的黑暗里。帮忙的拢来，手托棺材千脚虫一般移到稻场的板凳上，发端指挥着人们，锯杠子，绑绳子，捆缚牢固，力气大的男子们钻到杠子下，一声吆喝，抬起了棺材。孝子在前面端着灵牌，举着岁签，老者、女人举着花圈，长龙般的队伍往墓地而去。

覃发榜，离开他生活了几十年的屋场，去到另一个世界。发端眼睛有些湿润。

做茔的天不亮就开始了，墓穴已经挖好。发端指挥人们下葬，棺材一步步移到墓穴，孝子在苞谷林边的空地上跪成一排，阴阳先生李胜建在做最后的法事，他手提装着大米的木斗，抓一把米（称为禄米）向孝子们撒去，口中念念有词：

禄米撒一撒
子子孙孙代代发
禄米抛一抛
子子孙孙代代高……

孝子们牵起衣襟接禄米，接得越多福禄越多。

紧接着，鞭炮齐鸣，锣鼓喧天，唢呐悠悠，号声绵绵。

一筐筐黄土掩埋了棺材，一块块青石开始垒砌坟头。日头已经高过一竿，翠绿相连的苞谷林中一块新土像伤疤一样显眼，乌鸦的翅膀划过，丢下几声搅聒，飞向远处。

人多心齐，坟头砌得很快，也很周正，人们陆续离去。大晴天，人们吃了早饭要去忙自己的生活，有的要卖辣椒，有的要卖李子，还有的要下榔坪去买猪饲料。发端留在最后，把胡乱摆放的花圈整齐地摆在坟两侧，虽然满五七时这些花圈都会烧掉，还是摆整齐些，让发榜哥看着舒心。

　　他是最后一桌吃早饭的，吃完饭，算完账，跟侄子们办好交接，他又去看了明芝嫂子，安慰一番，才回自己的家去。熬了两个夜，今天还要给别人上菜装车的，一个星期前就答应人家了，是变不得的。

　　他走出去好远，侄子侄媳妇还站在稻场的晾衣竿旁望着他，这个家，以后就靠他们经营了。他望了望头顶上的太阳，眼中忽然就有了盈盈的泪水……

熄灭的炉火

　　2009 年的月半节，天气格外炎热，花栎树上的知了一阵赶一阵地聒噪，狗躺在阴沟里吐着舌头，鸡们在那株高大的柿子树下刨了一个个深坑，然后蹲进去，让身子尽量贴着有几分湿气的土地。

　　丁桂成不怕热，在铸铧的炉子前操持了几十年，天天都承受着白炭火的炙烤，练就了不怕热的本领。这天，还是在那间厢房里，没有生白炭火，也没有拉风箱，反倒是在拆炉台、碎炉子，砖头、土疙瘩散了一地。炉子没有了，那些家什他舍不得丢掉，每一件都是他朝夕相处的伙伴，还有的是上辈人就用了好多年的物件，随便一件家什，都凝结了丁家人的心血。那化生铁的甑子，那铸铧的模子，都是从数十里之外的牛扎口背来的土做成的，那里的五花土好，别的地方的土即使勉强能做，做不了几张铧就散架了，牛扎口的五花土做的模子至少可以铸四十张铧。

　　丁桂成记不清去背过多少回土，每次都带着七八个人，天不亮出门，几颗清冷的星星斜挂在天边，走过了一个一个村子，听不到一声狗吠。作为午餐的粑粑和洋芋本来是按人定量的，但丁桂成一个人背着。背土是个苦活路，来的也都是平日走得近的人，自己的一份吃完了，还没吃饱，丁桂成是老板，把他的匀出来给别人，一顿午餐，匀上三个人，他自己就连半饱也够不上了。土还不能比别人背得少，回来时还在乱石窖一步没有迈稳，一下子摔倒了，系口袋的绳子断了，五花土撒了出来，他把撒出来的土一捧一捧捧到口袋里。几个人要把他背的土匀出来一些，他摆了摆手，扯了一根葛藤把口袋系好，站起来还是走在队伍的前面。后来找人背土，每个人的中饭自己带着，蒸好的粑粑煮熟的洋芋放在簸箕里自己拣，能吃多少拣多少。

背土也好，走亲戚也好，出门谈生意也好，不论多晚回家他都要到铸铧的厢房看一看，去拉一拉风箱，摸一摸甑子。有时半夜回家，他去厢房，也不点灯，坐在一把木椅上，吮吸那种泥土煅烧和生铁熔化的混合气息，土腥气和铁腥气彼此接纳融合的气味会让他如痴如醉。他安静地坐着，聆听每件家什的诉说，他听得懂它们的语言，他甚至听到了它们倾诉对他的思念，所以，只要他丁桂成还在，这些家什就绝不会丢。

化生铁的甑子摆在墙角，甑子边竖着风箱，紧挨着风箱的是一摞铸铧的模子，接铁水的瓢和舀铁水的舀子放到了楼上，剩下的几百斤白炭只能用来冬日取暖了。还没有卖完的铧、炉桥子、打墙的杵头、捣药的舂筒，收到里屋，现在买的人少，他也不卖了，都留着，是个念想。

过完末端阳，炉子就一直熄着，旋耕机普及了，继续用牛耕田的少之又少，铧，没有了市场，丁桂成做梦也没想到开了几辈人的铧厂会在自己手上寿终正寝。

作为铧厂车间的那间厢房，丁桂成清理了一整天。一整天，他不说话，直到晚上坐到饭桌旁，看到满桌的荤菜素菜他才想起这天是月半节，他才说了那天的第一句话："拿酒瓶来！"几乎从不端酒杯的丁桂成这天破例喝了半杯酒。

晚饭后，他静静地坐在堂屋里，也没有人敢跟他搭话。都睡去了，他还坐在那，关了灯，远远地只见他口中点着的山烟的光亮忽闪忽闪的。

没有风，门口那一片苞谷举着的天花纹丝不动。

在这个没有风的夏夜，丁桂成的思绪飘到很远很远。

丁家原籍江西，铸铧是祖传的手艺。江西填湖广时，祖先们挑着风箱和甑子一路向西，钱花没了，停下来铸几天铧，凑足盘缠再继续前行。三兄弟，一个到了渔峡口的丁家湾，一个到了土木乡的丁家坪，一个在资丘杨家桥的柳树湾落籍。

家族兴旺，开枝散叶，丁桂成的父亲离开柳树湾，在香江包置地造房，他就出生在香江包。四岁时，第一次到沙地丁荣楷叔叔家来做客，叔叔膝下无子，特别喜欢丁桂成，想把这个孩子过继过来。常言道：孩子是母亲身上掉下的肉。当妈的哪舍得孩子一个人去那么远的地方？就像一只风筝，荒前飘到荒后，一个影都见不着，线也被人家拽着，想一想就像心口插了簪子。

母亲回绝了叔叔：香江包落的籽，在香江包生的苗，开花结果也在香江包。

一晃丁桂成十三岁了，他的亲生父亲已经去世，为了支撑门户，母亲再婚。虽然是结了婚，继父和母亲分别在各自原来的家庭种田理事，遇有大事和重大节庆才聚到一起。兄弟姐妹六张嘴，靠母亲衔食来喂，饱饱饥饥的日子像深秋的梧桐叶，在风中飘摇。母亲心一狠，把丁桂成过继给了叔叔丁荣楷。

他是正月初一从香江包过来的，一天十二个时辰，没有哪个时辰不在思念母亲和兄弟姐妹，梦中的泪水打湿了枕头。正月十三，瞅准了机会，往香江包跑。跑到上河里，在一户人家讨水喝，主人客气，泡了一罐热茶，端着一杯茶倚在腰门上望山上的雪景，这时走过来一个人，是才叫了十来天"爹"的那个男人。爹也喝了一杯茶，两个人出了门。爹说，往哪里走，你自己选。丁桂成还是往香江包走，爹跟在他后面。上高树湾的时候，积雪没过膝盖，一个十三岁的孩子走得太艰难了，爹上来背着他，翻过了高树湾。那一刻，这两个姓丁的人第一次感受到彼此的温暖。

继父被叫过来了，三个大人轮番劝说着丁桂成，母亲的泪水融化了他抗拒的坚冰。他知道，香江包不属于他了，他将在那个叫作沙地的地方去挣饭食，去写他这一辈子的子丑寅卯。

四岁以后的这些年，他断断续续地听说过过继给人家的孩子的种种委屈和不堪，没办法，这是他的命，命中注定他这只鹞子要到别人的天空去单飞，哪能选晴空还是阴霾？

正月十四，丁桂成回到沙地，再也没有逃回过香江包。

他成了沙地的一棵树，在这里经受风霜雪雨。

八岁，他在沙地小学发蒙读书，沙地小学只是初小，高小就要到我们响潭园中小学上，我和他成为从五年级到初中的同学。

对他印象很深的是他几乎每天上学都会迟到，有时我们上第一节课他才来，有时甚至在上第二节课才听到他在教室门外战战兢兢地喊"报告"。原来他每天要割一捆牛草背回家才能去上学，有时还要给大人把早饭做好才能动身。他背起书包一路小跑，十几里上上下下的山路，跑到学校自然迟到了一两节课。放学回家，又要放羊打猪草，吃完晚饭，来做作业，妈吝惜煤油，常有呵斥，他把灯捻扭到几乎看不见灯光了，半看半摸着胡乱写完作业……

他的学业止于初中，当我们背着苞谷洋芋去响水洞上高中时，丁桂成已经在农田里挥汗如雨。他很快成为种田的行家里手，左邻右舍都夸他田里的活路做得好，这可能是他到沙地来之后少有的高兴时候，不过，他的笑容没持续多久，就被妈满脸的乌云覆盖：那是别人奉承你的，你还真以为你是个能手了？

种田的十八般兵器都会使会用了，他想学铸铧，这是丁家的祖传绝技，他是丁家这棵大树上的枝丫，应该开放丁家的花朵。可是，爹不教他，只让他帮忙记账，每一笔收入和开支都由他记下来，一月完结，算个盈亏。爹不在的时候，有人来买铧，他可以卖给别人，记好账就行。再就是去牛扎口背土、去炭窑背炭的外围事情也会安排他做，铸铧的核心技术环节总不让他参与。每到铸铧的关键时刻，厢房的门总是关得紧紧的，一口土窗透进屋的光芒有限，就在屋里点上草帽子灯补充照明。人手不够时，宁可从柳树湾丁家湾喊族人来帮忙，也不让他插手。他明白，那是丁家的看家本领，不能轻易让外人觑了去，可他不是外人，他是丁家的后裔。

1990 年的初春的一天，桃花李花点亮了沙地的春天。爹把他叫进了厢房，两杯酒，三炷香，敬了祖宗，再敬师父。眼前这个他喊爹的人，虽然不是亲爹，毕竟都是丁家树桩上抽出的枝条，血浓于水，灵魂深处有一种天生的认同和亲近。他和被称为妈的婶娘之间没有这层血缘关系的包裹，淡然，冷漠，在日复一日的重复之后，成为一种习惯。对于妈的责难，爹要么一言不发，要么巧妙地为他开脱，从来没有帮腔和助阵，相反，总是会给予他力所能及的抚慰。当他端着酒杯敬爹时，泪水夺眶而出，眼前的这个男人，内心承受的苦楚比自己多了太多，丁桂成只觉得自己委屈，爹还要平衡家庭的这条小船，他的委屈都被他当作一枚枚吕宋果吞咽下去，然后兴高采烈地维持家庭的风平浪静。

爹接过他递过去的那杯敬师父的酒一饮而尽，说道："铧厂以后交给你了。"然后爹开始传授技术，一门一门地教，一项一项地做，厢房门关了七天，那七天，炉火熊熊，他心中亮堂而温暖。第八天，丁桂成把他们父子一起铸的铧、炉桥子、舂筒、砧子在厢房里摆了一圈，爹说："你天生就是个铸铧的人！"然后开门大笑而去。

丁桂成成了铧厂的掌门人，他铸的铧饱满、平滑，没有沙眼，根据不同土质、坡度等多种因素设计的不同重量不同弧度的铧满足了多种需求。只要不是耕田的生手，在丁桂成的铧厂，都能选到中意的铧，大家都夸铧厂少掌柜青出于蓝而胜于蓝。

丁桂成一边在田里生产，一边在厢房里忙碌，最多的一年铸了八百条铧。那时用生铁来换，每条铧收五升苞谷的加工费。那一年，他收了几百斗苞谷，到处推销苞谷，找了几家酒厂才把苞谷销出去。后来，卖五十元一条，他才没有再为苞谷的事发愁。

有的人来找他换铧，拿不出五升苞谷，怎么办？来帮忙做一天田里的活路。其实，田里的活路他们自己能做得出来，没有换工的年月，播种、锄草、收获，事事项项都走在别人前头，也没别的窍门，安排顺遂，吃得苦，顶着星星下田，踩着月光收工，没有落在后面的道理。现在别人来换工，顶的是并不需要的劳力，还要供应饭食酒水。那年月，拿不出五升苞谷的还不是少数，总不能让人不耕田吧，都来换工他真不需要，于是说："我丁桂成不是地主，自己的田自己种，哪经得起请那么多工哟。"于是，打了欠条，等收完秋粮再来还苞谷。有的来还了，有的从收完秋粮就开始愁吃的，五升苞谷掺菜掺草，可以过好些天的日子，就上门来填情说好话。他就再宽限一年半载，遇到饭口，还得请人上桌吃饭，这是礼数，丁桂成是最讲礼数的。直到拆炉台碎炉子的那天，丁桂成手上还有十几张欠条，他全丢进火塘烧了。几束微弱的火苗闪烁之后，然后是一缕青烟几团纸灰飘飘荡荡化为乌有。

丁家的铧厂供应着几个公社的农民耕田犁地的铧，也有少量的炉桥子、打墙的杵头、捣药的舂筒和铁匠打铁的砧子方便周围的乡邻。每笔买卖他都记了账，按照今天的话来说，客户档案健全完整，但是，大多数只是写在纸上，很多人下一次遇到可能还是不认识。只有阳坡的老尤来换铧的事他永远忘不了，无论在哪里遇到他都会认得出来。

老尤本来出身穷苦，老实勤劳，地主家女儿有些呆傻，招老尤入赘。只过了两年，就土改了，老尤被划为地主，住进了原来的柴房。这一天，他在岩扒子田里耕田，犁铧撞在石头上，断成两截，民兵连长说他蓄意破坏春耕生产，开了批斗会，要他赔偿生产队的铧，却又不把断掉的铧给他来换。家里实在找不出生铁，最后把一口锅背到了丁桂成的铧厂。丁桂成记得那是 1975 年二月初六，头天刚满了二十二岁，过完他的生日，爹就上白岩跟烧炭的师傅订今年的白炭合同去了。丁桂成问明了他背锅的缘由，对他说，锅你还是背回去，一家五口人，靠鼎锅做饭怎么行？我前几年回香江包看我亲妈，从中湾里路过，捡到过两块大办钢铁时运漏了的生铁坯子，我匀给你半块，给你换一条铧……老尤要下跪，丁桂成一把揪住他的衣领，这生铁我也不白送你，等你有空闲了，来帮忙背一回白炭。

这年冬天农闲了，老尤来了，丁桂成陪着他，去白岩里背白炭，路上冻了凌，一天也就背一趟。老尤赶得快，回铧厂太阳才偏西，匆匆扒了两碗饭，就赶回白岩炭窑，在炭窑里住了一晚，第二天一早就下了山。这样，他两天背了三趟。临走时，丁桂成塞给他两块钱。走到葫芦坪，老尤请人捎信来说，丁桂成给他擦汗的袱子放在床铺草里，丁桂成掀开被子，汗袱子里包着两块钱……

拆炉台碎炉子时，他又想起了老尤，他刚接管铧厂时，也捎信让六十三岁的老尤再来背过两回白炭，年岁大了，不忍心让他做这下力的活路，以后就没叫过他。后来，老尤两个儿子在外打工挣到了钱，修了小洋房，可他没住两年就走了。

铧厂的炉火彻底熄灭了，那些火红的日子永远尘封在记忆深处。

丁桂成完全回到了田间，但他不做土地的奴隶。把汗水全部洒进田畈，长不出金果果，这是他总结几十年的人生得出的经验，或许也是祖上遗传下来的商业基因。他先是购买了制茶机械，焗茶收费，后来又买了榨油机，榨油赚钱。收入的涓流虽细，却淅淅沥沥没有断流，开支的口子紧扎着，非不得已不松绳子。三百六十五天，都被装订成精打细算的账册。勤劳加节俭，积攒下一些家当，丁桂成买下了大队茶厂的饲养场，在饲养场的地基上修了预制结构的房子，现在是大儿子丁杨周的住房，旁边还盖了瓦房，是茶叶加工和榨油的车间，丁桂成的两门手艺在这里被发扬光大，服务的范围早就超越了沙地的地界。在老宅的地基上新修的两层洋房，是为在外打工的小儿子修的，一碗水端平，是他一直秉承的信条。

今年春风绵绵的三月，我去参观铧厂留下的那些物件，换作他人这些东西可能早就丢了，因为已经永远不会再用了。他却完完整整地保留下来了，一件一件给我们讲解。在他的讲解中，我们仿佛看到了熊熊燃烧的炉火，看到了熔化的生铁被铸成犁铧的热闹场面，看到了丁桂成奔忙指挥的身影。那是他的高光时刻，现在讲起来，从他眼中还可以看到闪烁的光芒，甚至有不易察觉的泪花。

在时光流逝的长河中，几乎每年都有事物在终结，都有技艺在消失，这是无可奈何的事，丁桂成也想得通，他把双脚踩到现实的土地上，发展了大量皱皮木瓜，像养儿育女一样精心侍弄那些带刺的木瓜树，有不菲的收入。想办的事盘算好了，说办就办。他修了容积100立方米的水池，硬化了主线到自家的公路，每一分钱都是他从口袋里掏出来的，没要丁杨周出一分力。要是丁杨周没当村上的干部，他也许会拉儿子的夫，儿子当了村干部，他私人的事，绝不要儿子沾边。他绝不想占公家丁点便宜，他也听不得任何的闲言碎语。

丁桂成是一个特别健谈的人，绘声绘色，滔滔不绝，这一点，显然没有遗传给丁杨周。现在已经做了村书记的丁杨周，话特少，见到你，只是微笑，微信交流，也是惜墨如金。问他明天会下雨吗，回答：会。

问后天有没有车下榔坪，回答：没有。再不会有多余的字。话少的人主意坚定，啥事心里都有一把尺子，尺子内的事，不用你多说，就给你办了，超过尺子的分寸，你说得唾沫横飞，不行，两个字管总。说到天黑，还是这两个字。

这天我们来看那些旧物件，丁书记陪我们来了，看完风箱甑子模子之后，丁桂成的话匣子就打开了，起初，丁书记在一旁笑，后来，他干脆站起来去看木瓜树了。

也许，他更关心今天和明天！

发茂煸茶

农历二月，山乡大地像注射了激素，气温陡然蹿得老高，树叶子疯长，崇山峻岭得意了一个冬季的苗条身材，瞬间反弹，老鸦歇在树上讥笑。

燕子来了，尾巴剪开了云彩。

花开了，野樱花、山胡椒、桃花、杏花、李花、油菜花忙着装点一个季节，蜜蜂开启了一年的繁忙模式。

发茂的繁忙也在暖暖的阳光里开始，其实，他一年四季都在忙碌，像一只陀螺，总在旋转。陀螺旋转源于别人的鞭子抽打，发茂的鞭子来自他的内心。想日子富裕，想孩子们站在一堆孩子里不显得矮小，想老婆家宽出少年。力气，是他的入场券。

发茂是个煸茶的高手，村里村外闻名。每年清明前后，隔壁的沙地村、渔峡口的窝垴，巴东的肖二河都有人运来水叶子找发茂煸茶。

清明前几天，发茂打开煸茶的厂房，打扫收拾，把房子打扫干净，把去年劈好的栎柴从山墙边搬到杀青炉旁码好，把揉茶机擦洗干净，然后去采新发的树叶来洗杀青炉。

太阳像一张刚烙出的春韭饼，热乎，淡淡的芳香，挂在树梢，很有些诱人。发茂背着花背篓上山，来采白花栎树叶，白花栎树叶背面有毛，可以把杀青炉的金属叶片洗拭干净，叶子没有芳香，不会留下异味。

新发的叶片毛茸茸的，一丝恰到好处的温热，捏在手里，像握着洗净晒干的磨毛棉布，熨帖舒爽，催生了发茂内心的暖意，手的舞动加快，不一会，背篓就满了。他用手把叶片按实在了，又在上面加了一层，才回厂房去。

柴火生起来，杀青炉转起来，温度渐渐升高，一股铁腥的气味钻进鼻孔，采回的白花栎树叶丢进炉子里，马上就有一股嫩叶炙烤后的气味萦绕在炉子周围。烤熟的树叶倒出来，丢一些新的进去，再洗一次，微火中杀青炉继续转动，火熄机停，杀青炉就洗好了，只等煸茶。

清明前三天，有煸茶的来了，打过电话预约的。

夫妻俩来的，筐子，布袋子，装在后备箱，四个人摘了一天，晚上来煸。筐子袋子的水叶子倒在篾席上，发茂连忙来抖，嫩茶鲜叶的芳香立马散开。

发茂的茶厂设备简单，四台杀青炉，四台揉茶机。乐园的茶产量有限，二十几天的活路。太多的钱投在设备上，不划算。

没有仪表盘，更没有电脑设计的程序，除了用电力转动杀青炉和揉茶机，其余全是手工。自动化、电脑程序，相对于手工是一种进步，也是一种倒退，人的作用弱化，附着在产品上人的个性销蚀，艺术的元素荡然无存，技术没有体现特点的一个区间，被固定在某一个点上。它的优点是可以毫不走样地无限制复制，而且速度可以成倍地增长。

技术娴熟的人更热衷手工制作，可以展开艺术的翅膀，可以在某一个空间（哪怕是很小的空间）自由驰骋，把一个人的秉性、审美偏好、对生活的领悟寄托在产品上，使自己的产品不同于他人的产品。

发茂对这一点情有独钟，他有发挥自己技术特长的渴望。没有电加热，没有燃烧颗粒，他使用柴火。从山里伐来的木柴，说不定跟某一片茶树是邻居，两种植物，在这里相遇，相互问候，彼此成全。自然是他们共同的属性，它们在一起完成一个生命的裂变，快活而庄严。

熊熊的大火在歌唱，杀青炉有条不紊地转动，发茂靠眼睛、鼻子和所有控制感觉器官的每一根神经来掌握火候。他知道要打多长时间的提前量，一炉鲜叶杀青结束倒出来上到揉茶机上是最佳的生熟程度。

他没有专门的烘干设备，用杀青炉烘干。揉好的茶叶在杀青炉转动，还是柴火燃烧。茶香被柴火一缕一缕逼出来，在房间旋转，水分子恋恋不舍，跟一颗一颗茶叶作别。干茶，还在贴着杀青炉的叶片旋转，已是文火，炙烤，让茶叶上霜，将茶叶的醇香锁住。

在茶厂看煸茶，就如在酒厂看出酒，一杯茶尝鲜必不可少。一只玻璃杯，一勺茶叶，铜壶烧开的泉水，乡间简约的泡茶程序，洗茶，发窝子，两分钟的沉默等待，开水冲泡，茶叶在杯中旋转，一片片树叶，经过火的炙烤，现在跟水相遇，还原成一片片鲜活的茶叶，水，让生命复活。茶叶沉入杯底，茶汤，碧绿中有一点栗黄，汤汁浑厚，香味从杯口溢出，*丝丝缕缕*，若断若续，饮一口，先是涩苦，然后甘醇，回味沿着舌体萦绕，呵气如兰，飘飘欲仙。

好茶，却没有一件好的衣裳，网上订购的千篇一律的中国绿茶的塑料袋，抽真空，包好，半斤的，一斤的。水叶子拿来加工的，每斤干茶收十元的加工费，也有喝不完的，多余的水叶子卖给发茂，他加工成干茶，八十元一斤。当我们在宜昌买五百八十元、一千零八十元甚至几千元一提茶的时候，乐园村，发茂的茶卖八十元一斤。他很满足，这个，比纯加工赚得多一点。我说，去注册一个商标，提高包装档次，价格至少提高一倍。发茂摇摇头说，总共四千斤干茶，置一盘腰磨磨三升麦子，划不着。

煸茶，是个季节性强的活儿，海拔从低到高，前后半个月的时光。发茂的煸茶生意大约二十天的样子。这二十天，他几乎晚上没沾过床，都是白天摘茶，晚上煸茶。煸茶来得早的，也是晚霞烧起来的时候。发茂按照来的先后，一户一户来煸。最后一个离开茶厂时，天光亮得门口桃子树上的红花已经看得清一朵一朵。

送走最后一个来煸茶的人，发茂回到住房，妻子煮了一碗面条在卧室等着。人坐在床上，面条在写字桌上，吃到一半，已经倒在床上呼呼大睡。妻给他脱了鞋，盖了被子，从他口袋掏出手机轻手轻脚下了楼。让他踏踏实实睡上半天，今晚准又是一个通宵。

今年的茶叶煸了二十二个通宵，加工费加上卖茶的利润，小五万元，除去几千元的木柴，觉着赚了四万，很划算。发茂的脸庞小了一圈，是不会计入成本的。乡里人从来不会把力气折算成钱。"力气是奴才，去了又回来"，奴才是不值钱的。

算完了账，两口子乐呵呵的，宰了一只鸡，慰劳了一下自己。

等桃花李花谢了，发茂和妻子要上海拔1500米的贺家坪紫台村去种西红柿，又要把力气使在另一片土地上。已经在那种了好几年，赚赚赔赔，加起来还是算有一点毛毛雨的利润。今年还得继续，一家五口人，吃喝拉撒，人情来往，要不少的开销。

发茂的第一任妻子离了，留下两个孩子，第二任妻子，带来一个孩子。三个孩子，小学、初中、大学各一个，加起来要好厚几沓票子才理得顺哟！两个妈生的，不能厚此薄彼，捉襟见肘，就会多了比较，只有都宽绰一些，才会少了矛盾。

这矛盾的沟壑是用钱来填平的，就需要多挣钱。挣钱，靠发茂的力气，靠发茂的一双手。

其实，发茂只有大半双手。很小的时候，他的左手烫伤，家里穷，看不起医生，用别人介绍的土方，最后，手指粘连在一起……

这大半双手，比别人完整的一双手使出的力气要多，挣回的票子也多。一家人的日子虽过得不算光鲜，也还顺畅，又修了建筑面积几百平方的两层小洋楼。

他们在紫台租了15亩大棚，又租了25亩地自己建大棚。去年，露地种的西红柿都亏了，今年一定要建大棚，把去年亏的挣回来。

他带着煸茶赚的几万块钱上了紫台，租地、建棚、用机械打田、拢行子，每天七八个人干活，还要买种苗和肥料，晚上一算账，花出去的又是一大笔。他仿佛听到了哗哗的水声，流走的都是票子，是他的心血。

他和妻子要在紫台待上大半年，西红柿卖完，把田整完，就是农历十月了。不论是亏是赚，都要回家，买柴，买年猪，在雪花飘飘的日子，到亲戚家朋友家走走，腊月三十，照样要放一挂大的鞭炮，给逝去的亲人上坟送亮，这一年才画上了句号。

过了正月初一，又是新的一年，期待着太阳普照，万物萌生，期待着一种树叶像往年一样苗壮生长，期待着辛苦而又快乐的煸茶生活如期到来。他耳中是栎柴燃烧的炸裂声，眼中是鲜叶到干茶涅槃过程的回放，春茶的芳香似乎已经从厂房飘出来，一直飘到堰坳上去了……

仁安养猪

我第一次见到仁安，他在扫公路。

公路穿过一片桃树林，过了盛花期，桃花开始凋谢，公路上落下了一层薄薄的粉红，赏心悦目的颜色，要是一直没有车轮碾压，倒是难得的美丽。可总有车开过，隔一会一辆，车轮碾轧无情，一道车辙，一片花的尸首。仁安大不忍，扫了花瓣，捡来一匹枯梧桐叶包了，放在一株桃树下，又压上一块石头……他可能不知道黛玉葬花，否则，也会来一段仁安葬花，虽不一定凄婉，却也会让人动容。

扫公路的叫保洁员，公益性岗位。从村委会到黄光明门口，是分给他的路段。我最近老是在这段路上行走，总是干干净净，树叶都没有一片。除了特殊情况（比如节庆，比如领导来检查工作）临时加扫以外，每十天扫一回。仁安总是多扫，他把扫帚寄放在路边的人家。去卫生室、村委会办事，哪里不干净了，随时清扫。地上干净，心里才干净，才没有被啥东西堵住。

仁安原来住在簇叶冲，那年发大水，把房子冲垮了，村里在金银山下给他修了安置房。他这辈子可能犯水，安置房住了两年，漏水，几堵墙都漏湿了。仁安找村干部来看，村里要找原来的施工队来维修，人家到外地建房去了，不是说回来就能回来的，三三进九的日子过去了，还是没有解决。仁安找到村里说："堵漏的技术我也不会，我自己出钱加盖一层，上面的防漏我负责解决好。"

村委会研究同意了。乐园村村委会敢负责，有担当，不然书记朱建波怎么会在支部选举时全票当选呢？

安置房一旁也给仁安他们调剂了一块地，仁安让给了他老婆，仁安的土地还在簸叶冲，种庄稼不方便，就栽上了李子和吴茱萸。栽树，是个好的选择，定期打药、施肥，成熟了去收获，效益略胜于种庄稼，又不像庄稼需要全天候伺候，就腾出了时间养猪。

仁安的老婆也养猪，养的还不少，上前年和前年赚了不少，去年想扩大，想把仁安的猪圈也占了来养，说仁安养猪老是亏钱，不如把猪圈让出来。仁安坚决不干，说什么也不能停下养猪的事业。结果去年养猪的基本都亏了，老婆谢天谢地，仁安让她少亏了钱。

仁安和老婆的生活模式有点奇怪。两个人做事各做各的，收入支出AA制。但家庭基本建设，添置重要生产生活设备，仁安出三分之二，老婆出三分之一。

我感到新奇，想去探个究竟。那一天早上，我来到仁安家，他在田里拢行子，阳光下，他挥舞锄头的动作麻利得很，不像一个七十岁的人。拢好的行子，黏土已经晒成黄白色，刚挖出的新土，则是一溜深黑。他老婆在旁边的蒜田里拔蒜苗，在已经起薹的芫荽茎上摘嫩叶，这也许是最后一次了，已经看得见星星点点的白花了。

他老婆肯定在做饭，不知道她拔蒜苗的蒜田是谁的，也不知道他们的伙食是如何算账的，又或许她只是做一个人的饭。

仁安抬起头的时候，看见我来了，连忙提了锄头往家里走，一边走一边说，既然来了，陪他喝一盅。我说已经吃过早饭，他很有些失望。

仁安把带着泥土的鞋脱在阶沿上，换了摆在那里的一双干净拖鞋，进门洗了手，他老婆已经把一碗饭递到他手上。酒是他自己倒的，仁安一天三顿酒，老婆不喜欢他喝酒。哪怕今天给老婆做志愿者拢行子，老婆照样不会给倒酒。

跟所有农户人家一样，烤火炉子上炖了一个火锅，还有三个小菜零零落落摆在火锅周围，芫荽叶装在簸箕箕里，请一个帮工，基本也就这个伙食水平。

看他们吃完饭，我跟仁安说，要看看他养的猪。这些年，仁安养猪一直是金银山的一个笑话。他不喂饲料，只喂草和粮食，李子和吴茱萸田里他从不用除草剂，把草都扯来喂了猪，后来干脆撒了三叶草籽，田坎上种了聚合草，专门用来养猪。别人的猪七个月出栏，四百多斤，他的猪喂一年也就三百来斤。因为田里都栽了树，喂猪的苞谷全是花钱买的，喂猪就年年亏损，卖李子吴茱萸的钱，跟以前打零工挣的钱，包括扫公路的钱都亏进去了。

前年过年，打五斤酒，仁安找老婆借钱。老婆说，你买吃买喝我给你借钱，打酒，不借。他最后找对门的老张借的。

打酒回来的路上，大雪飘飘，雪花落在枯黄的栎树叶上，哗啦哗啦响。碰到慰问五保户的组长石付见，他说，我除了没有一个可以扎红头绳的喜儿，基本就是个杨白劳了。

石付见说："不能把那喂猪的路子改一改？"

仁安最听不进的就是这个话，就是不信这个邪，撞了南墙也不回头，他不信自己坚持的这条路就永远走不通。

老婆看他困窘，有些不忍心，更看不得别人奚落他。那几天，她悄悄撮了几瓢饲料倒在他的猪槽里，被仁安发现了，大闹了一通，两个人讲理讲到激愤处，差点要动手了，驻村第一书记华书记来调解。华书记是城里来的，跑到仁安的猪圈拍了一个短视频，加了一段文字介绍仁安这几年的尴尬坚持，发到朋友圈，仁安一下子出了名。

有个城里人专门跑到乐园村来看仁安，来看仁安养的猪。

那个人把车开到仁安门前，下了车，问仁安在哪，正好问到了坐在阶沿上的仁安，他说不知道，那人把视频翻出来，一下子认出了他。仁安不知道他的来路，爱理不理。来人又从车上搬下一件稻花香的白酒，他的笑容就绽开了。天天喝苞谷酒的仁安，知道稻花香是好酒，一等一的好酒，就给客人泡了茶，又带他参观了他的猪圈。已经过了端午，别人的猪拖坯已经结束，正在增肥，油光水滑，毛色发亮，仁安的猪，个头小不说，个个像条鳊鱼，毛参差杂乱。看完猪，又去看仁安熏的腊肉，来人只说了四个字"所言不虚"，就走出了炕房。

来的人说："我给你猪圈装上摄像头，每天要看得到你喂猪。我预订十头，给一万块钱的定金。过了小年我没来杀猪，一万元是你的，十头猪也是你的。小年前我来了，我比当时当地别人的猪价每斤多给你六元钱。"

仁安怕没听清楚，要他再说一遍，再说一遍之后，他要求写了协议。

相互加了微信，来人告辞了，仁安太过激动，不知道怎样表达，跑到屋里找出两包茶叶对他说："这是村里发茂煽的茶叶，莫看包装简单，味道很好的。"

来人像相信他喂的猪一样，相信了他推荐的茶叶。

等人走了，他才来看刚加的微信，这个人叫王佳伟，应该是个实名，自己还是用的昵称"箭直不怕弓弯"。觉得对不住人，连忙留言：我的本名叫仁安。

王佳伟秒回：看华书记的朋友圈早知道了。

五月的风吹动着满天的晚霞往骡马子岩飘去，一层一层的绚烂堆积，壮观极了。

老婆从侄子家回来，仁安已经把饭做好了，今天比平日多喝了一杯。仁安总是对着老婆笑，好几次都想把王佳伟买猪的事告诉老婆，最后还是忍住了，要是大话说出去到时候兑不了现，真怕被金银山人的唾沫淹死。

接下来的几个月，憋死仁安了，紧张，兴奋，激动，忍耐，对着摄像头，还要宠辱不惊。

腊月初一，王佳伟就来了，来了三辆车。十头猪，两个杀猪佬杀了大半天，砍好肉，装好车，吃过晚饭，王佳伟他们走了。

这一年，猪价大跌，活猪，九元一斤，仁安的猪，一斤卖到了十五元，十头猪，三千一百多斤，卖了四万多元，一万元的定金也没退脱，又成了明年的定金。

那几天，仁安的名字传遍了整个乐园村，好些人要仁安帮忙牵线。仁安把王佳伟的电话给了别人，要他们自己联系，他怕自己牵了线，订了协议，又有人悄悄加喂饲料。发现了，生意就到头了；不发现，对不住人家。

有了钱，仁安要治他的心病。儿子四十多岁了，在外打工，至今未婚，估摸结婚也难了。一家人商量，收养一个孙子。

这事办得还很顺，很快找到了一个合适的孩子，翻年就办妥了收养手续。

我又来看仁安的猪，他养的猪还是那样不受看，乱毛参差，骨瘦肉寡。倒是他猪圈又增加了一个摄像头，因为王佳伟又多订了十头，一个摄像头已经看不了那么大的面积。王佳伟怕订多了，仁安忙不过来，会不会图个简单喂些饲料？摄像头看得还是有限，也不一定百分之百真实。

仁安不知道王佳伟上次来看猪之前先打电话到村里，电话是我接的，来村里也是找的我，我们就成了朋友，他委托我来看一看。

看完猪，我们到客厅喝茶，见到了仁安收养的孙子，胖嘟嘟的长得可爱，聪明伶俐，见人三分熟。我以为他应该说普通话，没想到一口的乐园话里又夹杂着一些外地话的尾子。

我在仁安那里坐了一个多小时，那个小孩一直在玩手机，没停过一分钟，我担心，仁安花钱花心思收养的一个孙子会被手机毁了，从仁安家回来，想给他微信留个言，仔细想了想，还是作罢。

秋高气爽的十月，我要回城了，这两年我陆陆续续到乐园村体验生活，自我感觉已经是个乐园人。回城之前，我去找仁安买两块腊肉带回去送给朋友，乐园的腊肉在城里很出名。这回再次去看了他喂的猪，一个个长得匀称健硕，两指膘的肉头，丰满但不肥腻。入秋了，纯粮催膘，二十头猪，一溜顺地养眼，排好队，可以去走 T 台。

仁安送给我一布袋板栗，他说，这是土板栗，颗小，忒甜，他起了十几个早床，跟松鼠抢来的。

他把袋子递到我手上，我不接，他不说啥，手不收回去。

本来给他带了两瓶稻花香，收了他的板栗，反倒不好意思给他了，怕他理解为一种交换，只好交给朱书记，我走了之后请他转交。

他要我捎他出来扫路，我说路很干净，今天也不是扫路的日子。他说，你人吃了中饭就要走了，特殊情况加扫。

　　吃完中饭，我离开村委会，一路干干净净，清清爽爽。在主公路跟金银山的支路分路的地方，仁安坐在一块石头上，我以为他有什么话要说，忙停下车，他却朝我挥挥手，让我开车走。

　　后视镜里，我看到他呆呆地坐在那，不知道还能不能再见到他，人一路前行，其实，也是在一路永别……

兄　弟

　　2021年5月的一天，我们陪同《北京文学》的杨晓升社长一行到清江画廊游览，在码头上遇到了王明俊。知道他名字的不少，听过他歌的不多，作协的阎刚副主席揪住他不放，一定要他唱一曲。

　　王明俊唱了《花咚咚的姐》，那高腔带着很长的拖音越过山峦，飘过云彩，直达天外，声音高亢圆润，柔软而又坚硬的穿透力绝不亚于土苗组合的王爱民，沉醉，然后才是热烈的掌声。

　　"天生一副好嗓子。"很多人这样写歌手，我也这样写王明俊。

　　小时候在门口岭上放羊，羊吃草，他唱歌。他喜欢有高音的歌，《赞歌》《乌苏里船歌》唱得最多。山上树叶婆娑，山下溪水汩汩，一个村子都安静了，听着他唱歌。伯伯王光文说，这娃子只怕要靠嗓子讨饭吃。伯伯行医，懂阴阳五行，能掐八字算命。父亲王光斌一口唾沫吐在石磙上说："混杯茶喝，讨支烟抽还行。吃饭，还是要在土堡疙瘩里刨食。"父亲自己嗓子好，身段好，叫丧鼓，声音飘过几条湾，还是脆生生的。玩狮子，四张桌子四条板凳叠起来，他如履平地，玩出花样，轻易取下别人吊在房檐上的香烟，只赚到了几声喝彩，几杯茶几支烟。

　　1971年9月，王明俊上了初中，学校在相距十几里路的响潭园，父亲不让他寄读，早上割牛草，放学回家要背柴，三天有两天迟到，班主任还是喜欢他，"六一"演出、元旦晚会靠他拿奖。

　　两年后，初中毕业，父亲有言在先，上完初中，回来帮忙养家，扶持两个弟弟。看着同学们一个个到榔坪上高中，王明俊，躲在树林暗自落泪。

此后的光阴里，他在大吉岭接待站（为解决来乐园参观合作医疗的代表的食宿，县招待所在乐园公社所在地大吉岭修建的小招待所）帮忙做过早餐，在响潭园木制品加工厂绷过棕床，父亲虽不乐意，但还有为数不多的现钱补贴家用。离家也不远，家中有事，捎个信就能回家，也就没坚决阻拦。

不论在哪，不论干啥，王明俊依然爱唱歌，唱歌不耽误工夫，还添精神，大家都喜欢听他唱，渐渐地，很多人知道了沙地有个会唱歌的王明俊。1977 年，宜昌地区文艺汇演，特邀乐园公社组队去宜昌参加演出，公社副书记聂德媛挂帅，文化站站长郭承轩具体负责，全公社抽了二十几个人在杜家村集中排练，王明俊名列其中。那一个月，王明俊终生难忘，少男少女，无忧无虑，每个日子都像镀了金边的玉盘，光滑圆润，瓮桥河的水声格外好听，油杉树顶上的月亮格外明亮。

全地区唯一公社级别的文艺代表队在宜昌的演出出尽风头，王明俊和马协菊的山歌对唱让一礼堂的人都屏住呼吸谛听，王明俊的高音飙得好爽，一缕缕绸带，钻出礼堂的屋顶，在天空游弋盘旋……

这个山里来的小伙子，忘我忘物，舞台是他的，礼堂是他的，他心中流淌着清泉，飘荡着云彩，野花绽放，霞光万道。歌唱，是他的一切，他不知道，台下坐着的一些业内人士已经记住了他的名字。

第二年七月一日，乐园公社举办文化节，王明俊竟然和歌唱家付祖光的爱人张玉敏合作了一首《开创世界我工农》。这是一首改编的山歌，旋律简单明快，一些音长的处理上他们融进了自己的情感体验，加上男女声重唱的处理，既充分展示了个性和特色，又丰富了歌曲的表现内容。王明俊只顾唱得酣畅，他同样不知道，坐在台下的专业人士交头接耳间，一次改变他命运的机会即将降临。

日历很快翻到九月中旬，王明俊在抽屉找螺丝刀，无意间翻到了一张武汉音乐学院的通知书，要他到武音声乐系进修学习两年……通知来了快两个月了，一定是父亲把通知书收起来故意不告诉他。一看入学时间还有三天，他背着几十斤苞谷准备到秀峰桥粮管所去转支拨。走到葫芦坪，碰到割草回家的父亲。"刺柯茏的麻雀子，老在做梦飞上天，先折了你的翅膀看你飞！"父亲一顿呵斥，还打了王明俊两个耳光。两个耳光，像两把刀，切断了他的前程。许多年以后，王明俊成为长阳民族文化村的台柱子，他接父亲来玩，看了他们的演出，父亲说："还是你伯伯看得准，你真的是靠嗓子讨饭吃，要不是我耽误你，你会端更大的饭碗。"他安慰父亲："到哪都是吃唱歌的饭，饭碗小，就多吃一碗。"

按照父亲的要求，王明俊回到沙地，在土堡疙瘩中刨食。一边种地，一边跟伯伯学医，他悟性好，初出茅庐，就看好了几个病人，当上了生产队的卫生员。

1981 年，王明俊结婚了，爱人李彩莲，跟他一起在土堡疙瘩里刨食。

看着别人致富，两个人不信自己栽不活发财树。左合计，右盘算，决定煮酒，酒糟喂猪。煮酒是个费水的行当，那时没有自来水，从门口溪沟里挑水，全是上坡。晚上，李彩莲打着手电，王明俊挑水，一挑就是几十担，一作酒煮出来，肩膀都磨破皮了，可是出酒率太低，耽误的工夫不算，苞谷本钱都不够！养猪的事自然也就黄了。王明俊这辈子跟农活相克，一个口袋里舀出的谷种，别人生出来是秧苗，他撒在秧田里，长出来的全是稗子……

王明俊这个土生土长的农村娃，竟然水土不服！没办法，他跟着侄子肖海洲来到秀峰桥大理石厂上班，工资不高，每月都有，不会赔了钱财又赔工夫。

1993 年，一个姓杨的老板来长阳开发日月山庄，要成立一个艺术团，电话打到大理石厂邀请王明俊去艺术团唱歌，八百元一个月。鱼儿见到了水，鸟儿见到了天空，王明俊趁着月色回家跟李彩莲商量，李彩莲一百个支持，王明俊不声不响把大理石厂的行囊搬到了日月山庄。父亲怪李彩莲没有拦着王明俊，半个月没和她说话。

1996 年，日月山庄艺术团上北京演出，全国人大常委会副委员长王光英观看了演出，上台跟演员握手并合影留念。这次演出，让王光英副委员长记住了王明俊。第二年，他到长阳调研考察，特别提出要听王明俊唱山歌，演出开始前还跟他开玩笑："我们一笔难写两个王，自家屋里人，开个后门，多唱两个！"那天的节目多，王明俊多唱了一首歌，王光英副委员长坐在台下一个劲地鼓掌。

日月山庄歇业后，王明俊又到三峡集锦艺术团唱了两年。1999年春天，他接到长阳歌舞团的电话，要他去歌舞团上班。他回长阳时想先去看一下在民族文化村当演员的女儿平儿，碰到了原来的文化局副局长覃发池，他现在是民族文化村的负责人。王明俊跟覃局长是老熟人，覃局长说："我们这里表演的都是原汁原味的土家族的歌舞，这是你的强项，女儿也在这里，你就在我们这里唱土家歌跳土家舞，多好！"

王明俊留在了民族文化村，县领导多次来看演出，马尚云书记夸奖他嗓子好，唱得好！年终还请覃发池局长给他带来一笔奖金，还把他推荐为县政协委员，政府还给他解决了一套经济适用房。

王明俊最后在清江画廊退休，退休后又被连续返聘。他的歌声激荡着清江的涟漪，应和着群山的林涛。

一个人一个衣禄，王明俊在土堡疙瘩里刨不了食，在乡村奔走了三十六年，磕磕绊绊，跌跌撞撞，生活的齿轮转动艰涩。直到他抖落尘土，站在舞台上一展歌喉，人生的车辇涂上了油润，开始轻快地奔跑，车轮转动的声音清脆而连贯。一副嗓子，养家糊口，老婆来城里帮衬，三个女儿养得如花似玉。人情往来，亲戚走动，虽不阔绰，也轻重适当。

他只顾唱歌，只顾演出，挣回来票子，也挣回来荣誉。他曾获得文化部举办的全国第六届原生态民歌大赛多人组合组铜奖，全国第七届原生态民歌大赛优秀演唱奖，获得广西"三月三"全国山歌邀请赛"最佳演唱奖"，中国武陵片区山歌邀请赛二等奖，还受邀参加了全国第五届非遗文化博览会展演，还被评为宜昌市的优秀非遗传承人……奖证奖牌一箱子，我去他家好多次，每一次都来不及一一翻看。

　　　　花咚咚的姐
　　　　姐儿是花咚咚
　　　　回娘家背个花背笼

听着王明俊穿云裂帛的演唱，我的心又回到了沙地那片土地之上。王明俊就像一棵树，花开在外面的世界，根永远在沙地。

王明俊的父亲是个出类拔萃的民间艺术家，也是一个优秀的木匠。他把艺术的基因遗传给了王明俊，而把一个能工巧匠的基因遗传给了二儿子王明章。不论啥木工制品，只要看到过，王明章都能做出来，他有丰富的空间概念，每看到一个物件，立马会在脑海里形成一个立体多维的构图，然后大脑指挥手，手指挥斧子锯子刨子凿子，一件产品就诞生了。

1987 年，王明章恋爱结婚，爱人叫涂世容，本大队肖家坡的，别人介绍认识的。脾味相投，都是没啥心计的直爽人，对上眼了，就拿了结婚证。肖家坡田好养山好，好发展种植养殖，王明章就把自己"嫁"过来了。

两口子勤快，涂世容种田，王明章做木活。不缺粮，不缺肉，隔三差五还有现钱的进账，日子滋润，两个女儿也都争气，在宜昌置业安家，发达旺相。

虽然啥木制品都能做，王明章有所为有所不为，专做枋子，扎椅子。他是一个看重名声的匠人，人出了门，东西留在那，要经得住时间的过滤，经得住世人的评价。他做的枋子榫卯严实，丝丝入扣，周身饱满，光滑如壁。扎椅子更是他的一绝。有的师傅扎的椅子，晒得三个太阳，人坐上去，咯吱咯吱响。他的椅子，从堂屋里扔到稻场上，落地的声音是木木的一声，听不到第二声。

五十岁以后，他把木工工具收上了楼。做过几次手术，身体大不如年轻时，有些做不动了。他也有自己的小算盘，这些年皱皮木瓜行情好，再差的年份，也比种苞谷强了好多倍，他想大力发展。转念一想，很多人都在发展木瓜，该不会像前些年发展银杏，头年金，二年银，三年四年无人问。两口子一合计，找了城里一个眼界宽的大哥咨询，人家告诉他：皱皮木瓜不光是名贵中药，还大量用来做保健品，做饮品，需求量就大，市场就不会萎缩……于是，他攒着劲发展，几年就栽种了十几亩。

今年春天，我来肖家坡王明章家参观他的木瓜，叶片还没有长起来，只见花朵微露笑脸，还有的花蕾刚刚散开，有几分欲说还休的羞涩，粉红和深红的花毡从脚下铺到山边，我们的目光被绚烂的花海点亮。

村里的丁书记告诉我，再过几年，王明章将是沙地村最大的木瓜种植户。我问王明章，一年能收多少干果？他沉吟了一会说："争取达到一万斤。"他留有余地我可以理解，有的人喜欢把番茄说成南瓜，而有的人却喜欢把大象比成水牛。我笑了笑说："你拿根杆子把木瓜花打些下来。"他问："这是啥新技术？""那才能保证不超过一万斤。"我的回答把他惹笑了，他的笑容那样灿烂，那样松弛，有一种挥霍快乐的感觉。

跟大哥二哥不同，老三王明波既是一把种田的好手，又有很好的艺术天赋，还具备管理能力，当了好几年的组长。前几年，我到村委会去，看见橱窗里贴着他的照片，在一大排照片中，只有他一副忍不住笑的表情。去年，没看见他的照片了，问他，说辞了组长。实在是时间有限，他只有半只脚踏在艺术的花圃里，别的顾不了，只能分出一些工夫侍弄土家丧鼓，这也是他的强项，得了父亲的真传。他叫丧鼓时声音嘹亮婉转，富有激情。同样的唱词，于别人而言不过是一些歌喽句，而他融进了自己的情感，融进了对生命的叩问和思考，每一句都击中你的灵魂，把你的思绪装进他的频率，让你生出哲学和宗教的思考。他的鼓点又敲出了花儿，似乎想要稀释过于沉重的气氛，让一种深邃的情绪贴着地面弥漫。而他要是来跳丧鼓，动作方正大气，没有投机耍滑的机巧，没有花里胡哨的枝蔓，一板一眼，一招一式，规矩而不呆板，灵活而不轻佻。

很多人家死了人，一些商业化的班子为了博人眼球，不顾民族禁忌，让女性加入跳丧，还穿戴了颜色鲜艳的表演服装，这样的跳丧，几乎没有了观众。只要说王明波的队伍来了，散开的人群会很快聚拢来。跳丧，不是表演，不是娱乐，人们愿意来领略一场真正悼念亡者、激励生者的有质感有分量的歌舞。

王明波也有基本队伍，也偶尔出场挣些银两。但他不像有些班子，置办了好些家当，专干与婚丧嫁娶相关的事体。他是农民，他要种地，要养猪。包括大哥的田在内，有十几亩，苞谷菜蔬之外，种了六七亩木瓜，五六亩桃树李树，母猪肉猪养了六十多头，夫妻两个两双手，忙完这些活路，闲暇实在不多。

王明波或许也想过组个班子，专事婚丧嫁娶吹拉弹唱的活路，他爱人覃建英绝不同意。建英的父亲当过多年民办老师，深受传统文化的影响。耳濡目染，耕读为本的观念在她头脑中深深扎根。她觉得要么像大哥一样靠唱歌养家糊口，要么老老实实把田种好，不能整天鼓捣一些上不沾天下不着地的奇技淫巧，荒了田，还可以再种，荒了心，作为一个农民就废了。

王明波的跳丧舞就一直处于业余状态，他也觉得很好，把心贴着土地，人觉得稳当充实。他的木瓜果树种得好，猪养得好，收入也不菲，日子也滋润，修了小洋楼，装修布置得洋气大气，还买了车。稍稍消缓的时候，夫妻两人开着车逛逛街，走走亲戚，惬意极了。

农历四月，我来王明波家，楼上楼下看了他的房子，他站在阳台上，指给我看他的果园，李树桃树好大一片。他说，开花时才漂亮，明年一定要来看。他说这话时，一脸的陶醉，他已经沉醉在他的花花世界里了。

靠劳作获得幸福，靠劳作过得快乐，这种幸福和快乐一定是长久的，因为只要土地在，他们的幸福和快乐就在。

雁鸣声声

第一次见到徐雁，就觉得他是一个有故事的人。生活的风霜在他脸上留下了丰富的印记，这印记不是皱纹，徐雁那张年轻的脸上光滑细腻，没有皱纹。这印记更多的是过了黄洋界险处不须看的淡定从容，是阅尽人间春色、参透世态炎凉的不喜不悲。

徐雁1985年出生在渔峡口的窝坳，徐家是窝坳的大家族，他的父亲共有兄弟八个，一个屋场的喧闹可想而知。门口的大栎树上三个喜鹊窝，三窝喜鹊的叫声盖不住八兄弟的吵闹。据说，有一年办年货，八兄弟都要去，八个人有的背背篓有的提袋子，几个小些的空脚达手跟在后面蹦跳奔跑。腊月的白太阳在山路上投下八个移动的影子，生动而滑稽。在铺子里买了饼干杂糖，打了四斤酒，因了好奇，都想尝一尝白酒，你一口我一口，回家的时候，只剩一只空酒壶和夕阳下的八个歪歪倒倒的影子……

徐雁在渔峡口上完初中，家里的条件不允许他像其他同学一样读高中上大学，一只麻雀翅膀还没硬，就要学衔枝垒巢的本领，他选择了到恩施职业技术学院学烹调。因为机灵，好学，他的老师梅昌孝很赏识他，希望他留校。有几次，梅老师把他约到清江边深谈，晚霞灿烂，江水无声，徐雁用右脚搓动泥土，面对梅老师一言不发。梅老师说："看来我们师徒缘分已尽，你好自为之吧。"徐雁含泪跟老师告别，他的目光越过了起伏的山峦。

从恩施回来，经人介绍，他来到火烧坪一家餐馆炒菜。火烧坪，是一个不平凡的地方，20世纪五六十年代，武钢在这里开采铁矿，简易公路纵横交错，红砖房子鳞次栉比，人声鼎沸，机械轰鸣。后来，铁矿下马，曾经的喧闹衬托出的寂静像停摆的闹钟，时间静止，生命蛰伏。它的再次热闹是因为高山反季节蔬菜，漫山遍野都是萝卜白菜，大路小路人流奔涌。种菜的，卖菜的，买菜的，运菜的，都张着嘴巴要吃饭，档次不一的餐馆遍地生长。徐雁，手执一把勺子，像一棵漆树站立在火烧坪。

烹调菜肴，也烹调生活，他在这里认识了后来成为他妻子的杨娇艳。火烧坪，成为他人生坐标上一个重要的节点。

蔬菜的生长买卖季节性很强，每到冬春淡季，连本地人很多也住到了县城，火烧坪只有雪花飘落的沙沙声，偶尔一只乌鸦的鸣叫才平添几分生机。餐馆的铁锅勺子生了锈，生锈的还有厨师和服务员的荷包。徐雁，离开火烧坪，再次来到恩施职院进修，拿到了高级厨师证后，来到巴东野三关的真诚酒店掌勺。

他来野三关，因为这里是由鄂入蜀的通道，是巴东县的旱码头，同时，也因为杨娇艳是这里的人。这一点，隐藏在他内心深处。

徐雁是一个不安分的人，站在绿树摇曳的山头，看到对面山峰的红花开得鲜艳，他要攀摘花朵，他更期盼参与果实的丰收。锅盆碗盏的叮咚声日复一日终觉单调，他弃了那把在菜鲜油香中滋润翻滚的勺子，褪下那顶巍峨的白帽子，到福建的工厂去打工。这一年，他二十二岁。

在福建待了一年，付出的劳动和获得的收入似乎不成比例。他乡的榕树还是比不上故乡的花栎，可是窝埫已无家人，房屋坍圮，他回不去了。想到乐园村有两位叔叔，于是，他携新婚妻子杨娇艳来了乐园。恰好，村里的松树包小学已经撤并到大吉岭，乐园村到处生长着适合种植香菇的栎树，于是，他把学校租过来发展香菇。

种植香菇不是一件简单的事，从老百姓那里买来栎木，碎成木屑，然后消毒发酵，发酵完再装袋，放种子，每一步都马虎不得。有一回消毒的蒸汽老是达不到100度，大火烧了两天两夜，栎柴烧了一大堆，怎么都没有 100 度，徐雁跪在地上仰天长叹，号啕大哭。男人的号哭是最凄怆的，好多工人都流下了泪水。

香菇种出来了，他骑着一辆旧摩托，车上挂两个篮子，到处销售香菇，风里雨里，日里夜里，只想着把香菇卖出去，把投的钱收回来，几乎没想到过停歇休憩。他永远记得那个暮春之夜，摩托在半路上坏了，他推着没卖完的香菇往回走。月牙挂在山顶的树梢，清冷的星辰似乎在讥讽他的狼狈。饥肠辘辘，前不巴村，后不着店，没办法，他只好抓起生香菇来充饥，从此，他一闻到鲜香菇的气味就会作呕。

种香菇亏了，不明不白地亏了，也是明明白白地亏了。离开松树包小学时，他回望这栋曾经是覃氏宗祠的老房子，似乎每根柱子上都留下了他辛苦的印记，每一扇板壁上都有他汗水洇过的痕迹，只是没有一处书写他的捷报。

每个人都会有铭刻在记忆深处永远无法删除的东西，对于徐雁来说，那就是炒菜。有时虽然刻意要疏远，逃避甚至遗忘，但是每试验一次，铭记的刻痕就加深一次。

他离不开炒菜。别人家过事，他骑个摩托，带个猛火灶几个盘子，去给人家帮忙炒菜。在菜香弥漫中，在蒸汽缭绕里，徐雁的灵魂像一树干枯的木耳遇到一场透雨，立刻变得饱满变得精神变得活力四射。

因为他的厨艺，他对炒菜做饭浓浓的情感和过人的天赋，很多人劝他把工具置办齐全，组织一个班子，给过红白喜事的人家下厨。

徐雁的包厨生涯从此开始。

以往的乡村，红白喜事，请一个厨师几个帮手"帮忙"，完事后封个"利市"，或者没吃完的肉菜包一包给厨师和帮手们，道过谢就出门了。有人料定，这个按多少钱一桌包厨的法子恐怕长不了。

没想到，徐雁做起来了，巴东、渔峡口、枝柘坪、乐园、沙地，找他的人越来越多。

人们爱找他是因为他是怀里揣着高级厨师证的包厨人，更因为他为人耿直不斤斤计较，得失进退看得轻浅，把情义看得珍重。

把事做好，这是徐雁的原则，跟他做了十来年的老伙计都知道他这秉性。那一次在渔峡口沿坪村的一场白事，主人只订了二十桌，可丧鼓一开场，送葬的人潮水般涌来，只怕四十桌都要突破，师傅们一下子慌了。徐雁从筲箕里拿出一片洗过的白菜，水印子上还有泥巴的痕迹。他把洗菜的大姐好好训了一通，那可是跟他干了八九年的老人了，从此，再忙大家也不敢马虎。

事少要认真，再忙也要认真，生意最忙的时候，他一天同时做过六家，一家在枝柘坪，一家在渔峡口，一家在巴东，一家在乐园……徐雁把工具和人员分成六组，最远的两组，派了两个最得力的徒弟带班，其余离得近的四家，他跑去跑来，督促检查协调，前后三天，他几乎都是在车上度过的。他都习惯了，因为这是他的生活常态，经常是几家跑，实在困了，把车停在路边打个盹，冬天里，常常是冻醒的。

吃百家饭，办百家事。徐雁碰到过各种东家，大多厚道，也有不太好缠的。有一回一个儿子结婚的，请了徐雁的班子包菜带料，进门时主人看了单子，也不清点菜的种类和斤两，第二天悄悄过秤，说数量不对。徐雁是一个糖来蜜回刺来钉对的人，他最讨厌门角落里簸簸箕阴着来的招数。"对不起，昨天不清点，今天料已用了大半，您说数量不对，说到天边头去，我不会背这个黑锅。"徐雁说着，把炒菜的勺子在锅边敲得咚咚响，东家急了说："我的锅，我的锅。""锅敲坏了，我可以赔，黑锅绝不会背。"

事完了，还是按照徐雁的单子结的账，徐雁主动把零头抹了，他一边数钱一边说："您动了一出心思，湿了一双手，多少也沾点油腥……"

更多的是过一回事，包一回厨，就成了彼此信任的熟人，成了相互关照的朋友。

蒋家湾的护林员蒋训海巡山时意外离世，徐雁脱不了身，安排徒弟蒋训莲带队去的，那天下着大雨，土稻场里稀泥烂浆，大家穿着胶靴下厨，一盘一碟端上来干干净净，色香味形都不走样。逝者入土，包厨的班子收拾好东西离开时，孝家送给每人一瓶土蜂蜜，徐雁第二天去结账，东家一个劲夸徐雁带了个好徒弟，这回的"席"办得好，临走时，硬是把一瓶土蜂蜜塞给了他。

前年"五一"期间，他的另一个徒弟周小玲带队在渔峡口连做了五场，一场连一场，没有一点空档。最后一场做完，徐雁去接他们，看他们眼睛都熬红了，徐雁心疼，可是五个东家都来夸这个包厨的班子做得好，以后跟前有事，一定推荐徐雁的班子，他的笑容从心底升腾起来。他感谢这些共事的兄弟姐妹，名声是大家一步一步做起来的。就像一棵树，浇水、施肥，每一片叶子、每一个枝丫都护着、爱着，这棵树渐渐长大，他会记着这个团结的集体。他知道，班子里的人，大多不具备远走他乡打工挣钱的条件，顾着家，照看着老的小的，一年还挣个一两万块钱，大家就很珍惜这份活路，很在意这个团队，徐雁不止一次为这个难得的精神风貌所感动。很多人说徐雁是个很犟的人，这个犟人为他的团队不止一次流过激动的泪水。

跟警察一样，徐雁的手机二十四小时不关机，也不能换手机号码，别人随时要能找到你。不论什么情况，接到电话，就要安排，就要出发。响潭园的吴班奎去世，徐雁的班子赶到时，棚还没搭好，大家赶忙帮忙搭棚。支客的督官还没到位，徐雁帮忙安排，因为他见得多，各种程序烂熟于心，他安排的都在线上理上。

徐雁最怕的是，红事已经排满，突然遇到一件白事。别人请了，这事你得接，这里有一份信任，也有一份责任。人家亲人离世，为主人分忧，让逝者入土为安，是一个温良的社会每个人应持的一种态度。二话不说，安排人，赶菜，马上给合作多年的菜市场老板秦家桂打电话。秦老板一直支持着徐雁，需要哪些菜，她垫钱迅速进货，徐雁开车去拿菜，在东家结了账再来付钱。临时加场的怕出差错，徐雁都亲自掌勺。逝者入土，送葬者各自回家，徐雁收拾好包厨的一应家什，把下厨的地块打扫干净，来和主人告别，少不得慰安几句，才开车赶往结婚打喜的人家。

疫情期间，白事简办，重要亲人得到场送逝者一程，总要有人把棺材抬到坟地，大家不能饿着肚子。讲收入，三桌五桌，能挣啥钱？别人叫了请了，你得应，脆崩地应。约人，拉着家什去，戴双层口罩，把几桌席办好。一个人的人生落幕，不热闹，也不能寒碜。

活路做得好，价格公道，不少人家过了一回事，下次有事，毫不犹豫依然找他。跟前有过事的，第一个推荐他。去年，渔峡口高峰村一场白事，有四拨人给主人推荐包厨的班子，没想到都是推荐的徐雁，三天的活路做完，主人告诉他他才知道。那一年簸叶冲打水泥路，车辆不能通行，徐雁要到渔峡口包厨，簸叶冲是必经之路。"雁子（乐园村对徐雁的昵称）有难处，我们得帮。"一冲的人出动，背的背，扛的扛，炊具、桌子、凳子、盘子、碟子、饭碗、干菜，一件一件运到了候在路口的汽车上，看着那长长的队伍在蜿蜒的山路上行进，徐雁忍不住热泪盈眶。

现在，徐雁每年做一百多场，刨去一切开销，也有一二十万的进账。很多人说，雁子发财了。他们只看到数钱的光鲜，不晓得背后的艰辛。大热天，擦汗的毛巾搭在肩上，汗水多，毛巾承不住了，顺着肩膀流。做的是吃的喝的，徐雁不允许这样邋遢，毛巾在冷水里搓过，拧干，再用。那年六月初八在巴东夏支坪包厨，两个人中暑，一边请人往医院送，一边从老家调人补充。寒冬腊月，过红事的多，冰天雪地，徐雁开着双排座，前后轮胎都上了防滑链，因为紧张，双手汗津津，怕握不住方向盘，不时停下来擦手心的汗。前年腊月，徐雁开着车到渔峡口高峰村包厨，板板凌，车子像个醉汉两边摇摆，离包厨的人家还有五里地，实在不敢开了，他把车上的人都赶下了车说："要死只死我一个人。"他在前面开，其他的人每人抱着一块石头跟在车后，只要他的车一打滑，他们就把石块塞到轮胎下……五里地，走了一个小时，刚一到，主人连忙端来一盆火让他们烤，没想到他们一个个都是大汗淋漓。

最闹心的是，那结婚打喜的，本来已经请了徐雁，他已经安排了人员，却接到电话，支支吾吾地，最后才告诉他某某包厨的是侄媳妇大姨妈的老表的亲侄子，这亲戚关系不好驳了人家的面子，只好给徐雁退信，下次有事一定请他。徐雁说，没事儿，提前送个恭贺。

地方小，没多久就知道是谁敲了他的生意，明着来的，他懒得计较。彼此见了面，依然递烟倒茶，说说笑笑。有一回，这个人在邻村包厨，差了桌子，无奈之下给徐雁打电话，徐雁二话没说叫他来拖。还桌子时，那人说："上一次实在对不起……"徐雁立马摆手："打住打住，你看今天的太阳多好。"

　　从此，再没有人敲徐雁的生意。人们不怕斤斤计较的人，怕宽容的人，宽容的人有着巨大的力量，这种力量会在时光中成长。

　　徐雁的日子像小河里的流水，春天来了，渐渐丰润。其实他也不容易，几年前刚在乐园村买了地做了房子，两个孩子，一个上初中，一个上小学，妻子在秀峰桥租了房子照顾两个孩子上学，一家四口人，全靠他一个人劳作。还有更让他费心费力的事体，前几年，看见别人种菜发财，他在包厨之余也在巴东租了田种菜贩菜，后来又学着别人养猪，这两项都亏了钱。亏了钱才认识到他只能靠手上的勺子养家糊口挣银子，于是安下心来琢磨包厨的事，渐渐做出了门道，好名声的花朵已经四处绽放，每年还些钱，不要几年就可以无债一身轻，再就可以伏下身子为自己挣钱攒钱了。想到能为自己挣钱的日子已经不远，徐雁有一种从未体味过的畅快！

　　徐雁，这只在窝堆出生的大雁，把巢垒在了乐园村，他已经彻底融入了这个温暖宽厚的村庄，他的鸣叫曾经嘶哑、低沉，现在，终于叫得洪亮、悠长，甚至有了悠扬婉转的乐感，因为他飞翔得更高了，他看到了更美的世界，他的鸣叫在更辽阔的天空回响！

歌手和号手

李道翠在秀峰桥中学读书的时候，看不出她会唱歌。只记得她圆圆的脸蛋上常挂着笑容，记得她家住小沟，上学远。

那时学校实行大周制，上十一天课，放三天假。第一天放假，步行72里，回到家，月亮已经升起来了，月亮搁在对面唐二坡的山顶上，仰着头，才看得见山顶。

第三天，背着粮食、小菜，又开始72里路的步行。到校天就黑了，放下背篓，赶到教室上晚自习，多要迟到，班主任倒还和蔼，看着她的笑容，也没批评。她沿着课桌间的巷道往后走，煤气灯照着她的影子在地上移动，肚子里咕咕叫唤，还得等晚自习结束去寝室吃干粮。

两年高中，有人计算，她走了一万多里路。一个万里长征，还是没有走出乐园的地界，成绩好的几个学生也只考取了中专。基础稍好的去一中复读去了，学习中不溜秋的李道翠回到了小沟。

李道翠就是这个时候开始学唱山歌的。

四周都是大山的回音壁，唱一句，反射回来，还带着越来越弱的颤音，有意思极了。她对着大山歌唱，蜿蜒的小溪为她伴奏，树上的小鸟跟她和鸣。歌喉清亮，婉转，像绕着一个球体转动，没有棱角。高音，像一张永远撕不破的纸箔，高过唐二坡的山尖了，还是那样圆润，她找不到高音的边缘。

连她自己都不知道有这好的嗓子，天天唱歌，对着山唱，对着水唱，小沟，满满地盛着她的歌声。

歌声中，日子的钟摆摆得很快，也摆得声音悦耳。不久之后的一个晴天，太阳一直照进了小沟沟底，她进了大吉岭供销社，当了营业员，物资匮乏的年代，这是个让人眼热的行当。笑容挂在她圆圆的脸蛋上，进出都是铜铃般的歌声。

会唱歌的少女，可以找她买烟、买肥皂、打煤油、扯花布的少女，被异性的目光包围。大吉岭，是她的王国，她愿把绣球抛给谁就抛给谁。但她现在还不想抛，还想自由自在地玩耍，自由自在地唱歌。

绣球挂得越高，想摘绣球的人就越多，就越是敢于攀高来取。

李道翠承受不了过于强大的势能的冲击，想不了那么多了，她把绣球抛出去了。

她把绣球抛给了胡友典，乐园的第一代拖拉机手。也许是上高中时走路太过辛苦，想找一个可以驾驭机械代步的人（在地无三尺平的乐园，拖拉机基本没有耕过地，主要是用来做运输工具）。胡师傅常给供销社跑运输，不时给她捎个小东西，或者让她坐在前叶子板上出去兜一兜风。日久生情，她想把一辈子的行囊挂在这棵结实的栎树上。

胡师傅家住胡家坪，离乡政府所在地秀峰桥三四公里，跑到离秀峰桥三四十公里的小沟来做上门女婿，李道翠的吸引力可见一斑。

甜蜜的日子总是短暂。映山红开了，谢了；蜡梅开了，谢了。一年又一年的光阴在花开花落中落进了年轮的纹理之中，就像杉树籽落在草丛里没有一点声响。

放开市场，搞活经济，供销社的好日子结束了。长阳供销社路子走得彻底，一律自谋生路。李道翠和胡师傅回到了小沟，胡师傅的拖拉机换成了汽车，拉拉活儿。没活的时候，在家经营那些田地，种西红柿，栽桃树，发展李子，脚不沾地。李道翠读高中时走路吃了两年苦，田里的活路却终没上路，回到家，也多是收收扫扫，做饭洗衣。山歌倒是没忘，四周是山的小沟，是个更适合山歌生长的环境，站在稻场坎上一开腔，一条沟，全是山歌的回荡：

一把扇子二面黄

上头画的姐和郎

郎在这边看不到姐

姐在那边看不到郎

姻缘只隔纸一张

山歌摇动了土门坳的树梢，摇动了唐二坡的树叶，也摇动了在李子田里打药水的胡师傅的心旌，让他想到了奋斗的艰辛和快乐，想到了人生漫长又短暂，他的眼睛湿润了。这个一辈子跟机械打交道的人，不但从不唱一句山歌，他也记不住一句山歌的歌词，但是，他却是李道翠的忠实跟班。不论李道翠去哪里演出唱歌，他都是专业的司机，送到指定的地点，然后自己把车开到僻静处抽一抽烟，看一看风景。演出一结束，他一定会准时出现在演出的现场，等李道翠上了车，还有一起吹打或是唱歌的顺路的伙伴都上了车，坐好，他才徐徐启动汽车。李道翠经常坐在副驾驶的位子上，看着这个给她服务了一辈子的男人，真想说一句对不起，胡师傅指了指放在车前的"请勿与司机交谈"的牌子，然后目视前方，专心致志地开车。李道翠不知道他是啥时候去做的这个牌子，还是发光材料做的，他真舍得花钱。

因为歌唱得越来越好了，影响也越来越大了，李道翠参加了更多的山歌演出活动，椰坪镇每年的木瓜文化节，她一直是被邀请的歌手。自治县成立十周年、二十周年的县庆，她和乐园村的几个姐妹参加了表演，特别是二十年县庆，她们还参加了欢迎贾庆林主席的演出，还跟贾主席握手留影。中央电视台在长阳举办的"山歌好比清江水"的大型文艺演出，她和姐妹们也应邀参加，跟李双江、李谷一、凤凰传奇、斯琴格日乐等诸多大腕同台献艺。2022年5月19日，全国首家珙桐博物馆在乐园村开馆，李道翠和她的团队演唱的山歌赢得了阵阵掌声。

一分耕耘，一分收获。李道翠先后获得"土家歌王"的称号，还获得湖北省首届民歌大赛银奖，同时，被评为市级优秀非遗传承人。

在李道翠家里，我们看到了一本本奖证，一张张奖状。多数是她独立获奖，也有一个团队集体获奖的证书。湖北省民歌大赛银奖就是她跟李德翠、付祖秀、江翠云一起获得的。四个人中，除了李德翠以外，三个人都是乐园村的。

付祖秀唱歌声音干净利索，像雨后的一片桑叶，碧绿青翠。唱歌之外，还做得一手好茶饭，我们在覃发良家里、她自己家里都领略过她的厨艺。江翠云不单在乐园出名，在民间演艺的圈子里，影响也很大。她的出名，一是歌唱得好，二是人长得漂亮。她的漂亮是一种庄重的美，不佻巧，不轻浮。歌美人美，县歌舞团曾经几次要把她招去县上，因为出身富农，没能如愿。三中全会以后，过了招工年龄，她先后在几个景区唱歌。她的歌穿云裂帛，穿透力强，有一种自带光芒的感染力。她和李道翠是公认的黄金组合，两人合作多次，好评如潮，只可惜，遭罹重疾，香消玉殒，令人扼腕。

乐园村，是山歌的摇篮，有很多厉害的老歌手。最出名的自然要算覃培吉，在那个信息传递缓慢的时代，她的名字靠着口口相传让很多人羡慕敬仰。她不但山歌唱得好，会拉二胡，会跳花鼓子，还是有名的支客师，一场喜事，安排得利利索索，井井有条。

宜昌的、长阳的那些搞音乐的，动不动来找覃培吉搜集山歌，一唱就唱好几天，又是记谱，又是录音，后来还录了像。武汉的小说家王振武以她为原型创作了小说《培幺姑》，发表在《芳草》杂志上。王振武去世后，她专程到武汉扁担山公墓为王振武上坟，燃一炷香，烧几张纸，唱几段山歌，武汉作协的同志们听得泪水涟涟。

女歌手人们司空见惯，心诚艺术团有个女号手给人们带来了不一般的新奇。因为吹号需要很好的气力，吹响就很不易，吹个几分钟不换气就更不易。一两米长的长号举向天空，向天长鸣，那气势，那姿态，彰显的就是一种阳刚之美。这活路，似乎天生属于男人。

心诚艺术团的女号手一点也不比男号手差，每一次都把雄浑和激越演绎得恰到好处。

女号手名叫喻洪先，巴东上阳坡人。上阳坡姓喻的多，我们生产队原来队长的姑娘就是嫁在上阳坡一户姓喻的人家。上阳坡是低山，田土好，肯长庄稼，光是木瓜就够了一年的吃喝拉撒。还有梨，一咬一包水的梨。介绍人一番夸赞，队长的姑娘就嫁过去了。其实，上阳坡缺水，更不用说有水田。对于我们长期住在小河边、一年有一半日子吃着大米的人来说，嫁到那样的地方，亏大了。

喻洪先赚了，因为她从上阳坡嫁到了柴方水便的乐园村。老房子在王河沟的树林边，每天都是在各种鸟鸣声中醒来，前几年在交通更为方便的堰坳置了地修了预制结构的两层小洋楼。

喻洪先能把男人玩的物件玩得很好，是因为她具备很多男人的特点，说话声音洪亮，走路大步流星，办事干脆果断，拖泥带水、优柔寡断的事她做不来。

喻洪先终归还是女人，心细如发，对别人关爱有加。艺术团的人隔三差五一起出去，帮别人照看个衣服，帮忙拿个锣鼓家什。渴了买几瓶水，饿了买两包饼干，不吝力气，也不吝金钱。大家就亲热她，尊敬她，称她"喻姐"。

喻姐是心诚艺术团的骨干，除了因为是女号手格外引人注目，成为艺术团的招牌以外，她还是多面手，敲锣、打鼓，哪行缺人她都捡得起来。她还眼力见儿好，瞧见缺人，立马就补上了，这在一个团队，是最难能可贵的。

喻姐还开了一个农家乐，前不久，杭州市作家协会副主席袁明华先生沿着威尔逊的足迹来乐园考察珙桐，就是在喻姐的农家乐吃的饭。饭后，袁明华副主席欣然为喻姐题写了"鸽子花人家"五个大字，现在，这五个字成了喻姐农家乐的"大名"。

5月19日，心诚艺术团的伙伴们为全国首家珙桐博物馆开馆迎宾，喻姐要在她的农家乐为艺术团的同伴们安排生活。她不能去把她的长号举向天空，把她内心的欣喜通过号声表达出来，不能不说是一个遗憾。但是，准备好饭菜，准备好茶水，让同伴们全身心投入到活动当中去，她虽然没到现场，也贡献了一份力量，这对她来说，又是一个安慰。

喻姐在厨房忙进忙出，她的心在康家湾，她一直在等待同伴们锣鼓家业的响动。终于听到了一声嘹亮的唢呐，接着锣鼓敲响，然后是长号的加入。此时，她仿佛觉得是她自己把长号举向了雨丝交织的天幕，所有的目光聚焦在她的身上，她把对大山的景仰、对珙桐的欣喜、对生活的赞美通过号声淋漓尽致地表现了出来，禁不住泪水湿了眼眶。帮忙做饭的人叫她，她才想起，她不在康家湾，赶忙擦干泪水，进屋淘米择菜去了。

这晚，喻姐做梦了，她梦见那支长长的铜号被雨水濯洗得干净明亮，湿透了的红缨颜色特别鲜艳……

新闻官

钟品新是乐园村的新闻官，是村里的一个"人物"。

我在乐园村采风时，时常有人在我面前提到他，而只要提到他，少不得从他的祖父和父亲讲起。

我摆摆手，制止了他们的继续讲述。

我曾经在竹园荒小学教书，学校就在钟家所在的杜家村大队四队，自然认识他的祖父和父亲。

钟品新的祖父钟昆成是一名教师，1957 年，回乡劳动。竹园荒人厚道善良，觉着钟老师原先是握教鞭拿粉笔的，哪能真的跟农民一样把身子伏在土地上刨食，就给他安排了相对轻省自由的差使——看水。所谓看水，就是查看水田哪里缺了口子及时填补，哪里干了水马上疏通水渠引水灌溉。队上虽然有一百多亩水田，因为有一条常年不涸的溪沟汩汩流淌，不缺水源，这差使并不繁重。他时常扛着一把锄头沿着田埂转悠，要是不扛锄头，你绝对看不出他是个农民。鲁迅一般的胡须，干净整洁的中山装，读书人的气质经得住时光的漂洗。我到竹园荒小学任教时，未满十八岁，个头矮小，村人多不信任，加之我的前任陈祥茂老师教书仔细深得家长信赖，就有家长嘀咕着要找公社文教干事反映把我换走。钟老师说："不急不急，我来掂掂斤两。"于是，我讲课时，他蹲在阳沟里谛听，听了三天，他给那些家长说："这个伢子还有两下子。"于是，我在竹园荒得以立足。钟品新的父亲钟源泉，字德沁，中学毕业，做过小队和大队的会计。他是个特别关注时事的人，身在僻乡，心怀世界。他一直是《参考消息》的忠实读者，从可以自费订阅开始，一直订到五十九岁离世。他是六月份走的人，报纸订了全年，人走了，报纸还在送，家人见一回报纸难过一回，后来才叫邮递员不送了……

钟品新也是在竹园荒小学发蒙的，此时我已经离开。他在这里读到二年级，学校撤并到松树包小学，他在松树包读到小学毕业，考到大吉岭中学。读到初二，大吉岭中学又要撤并到乡政府所在地秀峰桥中学去，钟品新想了几个日夜，选择了辍学。

钟品新自幼体质差，严重缺钙，覃祥官医生来给他打针，每天一针，打了两年，到四岁时才能走路。去秀峰桥上学，要步行二三十公里，一个星期一趟，他放弃了。

他背着箱子铺盖回到竹园荒的时候，晚霞满天，霞光把村庄和房舍涂成了不真实的五颜六色，父亲表情凝重，但很快在霞光中幻化成一脸笑容。中学毕业的他，知道中断学业的后果，但是，孩子的身体情况他也知道，没有拼搏的底子。一个鸡子扒一路食，上天让他来到世间，总会给他一条生路，他想得通畅。

"伯伯大妈，你们放心，我能养活自己，争取长成一根杉树条子，不做一把二拃柯子。"

小时体弱多病，先生说，找个干爹干妈才养得活。生辰八字一论，找了李少阶夫妇做干爹干妈，自己的父母叫伯伯大妈。

此时的钟品新，已经满了十六岁，要是身体好，是个硬劳力了，可他体质弱，像瘠土上的一棵簌竹，在风中摇摆。田里的事，他也帮伯伯大妈做，大人不忍心让他硬顶着来，做一做，歇一歇。就是不做，也有他一口饭食。

时光流淌，转眼钟品新就过了十八岁的生日，钟家的长子，要顶立门户，娶妻生子，延续一个家族的链条。于是，想着给儿子搭个好窝，不能让过门的媳妇进了门自己衔泥垒巢。1987年，新屋落成了，在当时的竹园荒，也是排得上号的好房子。有了梧桐，好引凤凰。1989年，二十一岁的钟品新第一次恋爱，对象就是屋后的姑娘，伯伯是竹园荒的人物，要闹出个动静，农历十月二十八，举行了隆重的订婚宴。客人来了不少，送恭贺，喝喜酒，伯伯大妈忙得眉开眼笑。钟品新像个看花灯的局外人，灯火辉煌，煞是好看，自己站在河的对岸。

接下来，水水火火，阴阴晴晴，1990 年农历二月，一段本没萌芽的爱情永远封存了。这一年四月初八，现在的妻子刘世英正式过门，这一回没办酒宴。钟品新跟刘世英的哥哥刘世界初中同学，一张床上睡了两年，那时就见过刘世英，彼此很有好感。跟屋后的姑娘分手之后，正儿八经请了媒人上门提亲，鲜花和蝴蝶，相互吸引。1991 年十月十六，刘世英正式嫁到了竹园荒，这一天，正好是她的生日。

结了婚的钟品新，突然感到自己是个成年人了，身体也好多了，可以仗剑天下了。于是，他开始了他的打工生涯，隔河岩、火烧坪、广东、福建、重庆、山西，很多地方都留下了他的足迹。他打工跟很多人不同，他不凭力气吃饭，拼体力不是他的强项，他做的工作都是凭着脑袋灵光或者有点技术含量的事情。这种事情往往是阶段性的，不是一直都有，他就在不断换老板换地方。加上家有贤妻，过些日子要回家看看老婆，他的打工岁月，一半在工地，一半在路上。

打工挣了钱，新崭崭的票子几沓装在背包里，一沓装在口袋里，捏一捏，摸一摸，那份熨帖，那份安稳甚是甜蜜。有了钱，首先想到的是做最喜欢的事，做最向往的事。

跟钟源泉一样，钟品新关心时事，但他不喜欢读，他喜欢听。听，更直接也更舒服。同时，他特喜欢听音乐，上中学时，数学物理他都逃过课，音乐课，他一直是到得最早的。音乐中，朝阳升起，鲜花盛开，泉水滑过卵石，画眉掠过枝头。

他以为他的喜欢是大家的喜欢，一个人出钱，让大家快乐、受用，这钱就花得值。

1998 年十月，钟品新在室外架了一个木头音箱，室内装了功放机，转县里乡里的有线广播，播放中央台的新闻联播、县台的天气预报、办事处和村里各种通知，还有各种综艺晚会的节目、各种好听的歌曲。只要有音乐听，多干一会活，迟一会吃饭他依然快乐。

　　时隔三个月，他将木头音箱换成了高音喇叭。那天，飘着雪花，好不容易把高音喇叭绑缚到杆子上，手都冻红了，拧开功放机，洪亮的声音从喇叭传出时，他没有感觉到一丝寒冷，相反，他热血沸腾，浑身充满暖意。他相信，竹园荒、杜家村、耳厢、杨絮坳、松树包、金银山的人都听到了他的广播，他以后可以为更多人服务。他猜得没错，这些地方的人都听到了他的广播，起初有人以为来了宣传车，很快，几乎都同时想到是钟品新换了喇叭。

　　乐园村的人幸福，知道国际国内大事，知道哪天下雨哪天刮风，知道摩托车几时可以上牌、烹调培训几时开班在哪里报名……时间长了，也厌了，烦了。熬了夜想睡个早床，天亮不久，这喇叭就响了；家里有人生病了，图个安静，这喇叭偏偏就像安在你的床头；你遇到了烦心事着急事，心烦气躁，喇叭里正在播放欢乐的歌曲。他又不是一个正规的广播站什么的，没有个上下班时间，钟品新开着喇叭出门有事耽误了，或者说他觉得那一组歌曲特好听，喇叭就持续地放着。

　　我在乐园村听到一个段子，说有一天有个人提了几斤面条，找到钟品新，要他把喇叭车个方向。面条他没要，喇叭车了。没过几天，又来了一个人，拿的礼物更重些，要他把喇叭车回去。他没办法，就把喇叭向着天上，一天下暴雨，装了一满喇叭水……这个段子绝对是有人编排，但对他的喇叭有意见的人确实是有，还不止一两个。

　　知道了别人的意见，他也改，广播时间固定，内容上尽量做到实用有益。大家转念一想，他图啥？还不是为了方便村民，觉得他也不容易，理解了他，就听得习惯了。碰上他外出打工了，人们遇到刘世英，会问她，品新几时回来，好些日子没听广播了，啥事都不知道了，要不，你也学习学习放广播，他出门了你顶着？

　　刘世英摇摇头，要说恼火，她才真恼火，她晓得，钟品新光是烧干电池的扩音机就用坏了五个，后来又用了四个功放和一个小扩音机。常常机器遭雷击了，请人来修，他是个急性子，为了快点修好，他不讲价，钱就哗哗地往外花。她吵过，骂过，起啥作用呢？你能扳过来犟牛的轭头，扳不过来一个着了魔的疯子。钟品新就是个疯子。转念一想，他就是这个喜好，不赌不嫖不抽烟不喝酒，很少给自己买一件新衣服，不论在哪挣到好吃的，总是给她和家人带回来。没有了这点盼头，他的日子就像鼎锅里的青蛙，四周都是漆黑，没有一束光亮，那日子就苦到头了，想通了，也就随了他。

有些人有一些奇怪的爱好，是钱多了烧的。钟品新不同，他不富裕，十来亩田，栽了核桃、冬桃、银杏，耕种着五亩的样子，苞谷洋芋又不赚钱，前些年也种过蔬菜，那一年，卖菜卖了两千多元，他拿了一千多元买了座式录音机，在喇叭里放歌曲。现在，一家人一年大约三万元的收入，够紧涩的。他不愁，他快乐，他有自己钟爱的喇叭。

QQ 和微信发展起来以后，钟品新建了一个 QQ 群，两个微信群，加起来一千多人，广播的功能很多迁移到这两个群里来了，各种通知传达迅捷，也没有声音干扰，除了文字，还有图片、视频，还可以互动，立马受到大家的拥护。也许因为我在竹园荒和松树包教过书，钟品新把我也拉进了微信群。进了他的微信群，一个乐园村就装在你的脑海里了。搞广播时，没有自办节目，现在有了群，钟品新还写了不少村里的新闻配上图片和视频发在群里。这几年，乐园村的事情多，中国农村合作医疗发源地展览馆和欧美珙桐发源地展览馆先后建立起来，有很多人来参观考察，很多活动他都做了报道。这都是他自发地去做的，只要晓得了消息，他骑上摩托车赶去拍照，回来写好文字，然后发出去。

我问过钟品新，你这相当于村里的新闻官了，你发到群里的新闻需要村里审吗？村里干部都忙不过来，哪抽得出人来审稿子哟！我翻看了很长时间群里的新闻，觉得钟品新这个人很不简单。他的政治觉悟高，敏感性强，那么多新闻没有一句话有政治性的问题，也没有跟事实有出入的报道。作为一个只读到初二的学生，他的报道文从字顺，通顺流畅，更让我刮目相看。我问他，上中学时，喜欢哪门功课，他说除了音乐就是语文。

村里的干部们有一次开会讲到钟品新，大家你一言我一语都觉得钟品新不容易，这么多年顽强地坚持自己的爱好，他的爱好对大家有好处，有帮助，促进了村里的文明进步。平时不觉得，这一讲，还讲出了一条二条三条，干部们讲得有些动容。朱书记记下了这件事，去年十一月，给他弄了一个公益性岗位，专门来管理全村的村村通广播，每周播放两次，宣传道德法治，科学种田，防火防盗，防电信诈骗，防学生溺水，内容非常丰富。钟品新，纯民间的新闻官终于有了名正言顺的身份。

　　现在，他自己的广播放得少了，村村通的广播在他对面的田包上就安了一个，他的广播偶尔放放音乐。时间也有讲究，夕阳西下的时候，大家差不多都收工了，在家做晚饭，袅袅炊烟升起，他播放的音乐在晚风中飘荡。乐园村，沐浴在晚霞中，也沐浴在音乐里，一派祥和，一派温馨，很多人在音乐中陶醉，钟品新无疑是醉得最深的人！

瓦匠发哲

在乐园，瓦匠指两种匠人。

把黄土弄到泥池里，牵着水牛一圈圈转着踩泥，泥踩活了，在瓦桶上做成瓦坯，放进瓦窑用烈火焚烧。过些日子，闭了窑，再过些日子把烧成的瓦起出来，盖到屋上。过去鄂西的瓦房都盖着这种被称为千字瓦的布瓦。做瓦烧瓦的人叫作瓦匠。

瓦盖到屋上，夏天的烈日，冬日的冰雪，还有瓢泼桶倒的大雨都来和瓦斗争。再好的瓦，像灯盏窝万红烧的一等一的好瓦，也有破了、损了、漏雨了的。徐家河徐瓦匠烧的瓦就更不用说，像麻花掉在石板上，碎得多，就有人把破的坏的瓦检出来补上新瓦，这个工作谓之检屋。检屋的人也叫瓦匠。

发哲是第二种瓦匠。

第一种瓦匠要特能吃苦，牵着牛踩泥转圈圈，一天是好多里路程，窑火点上了，日夜不能睡觉，得加柴，得守着火候。这等劳累，受得住的人多，关键还要会些法术，不能让人给你"架了窑"，让你的窑火烧到中途突然熄灭或者强一阵弱一阵，烧出的瓦要么变了形，要么半边是瓦半边还是泥坯。上世纪我们家修房子，在双满桥瓦厂烧瓦，点火之前，师傅把一只公鸡的头拧了下来，沿着瓦窑跑了三圈，一边跑一边念念有词，断断续续的鸡血把瓦窑围得严实，就是让架窑的人妖术不能近前。万一妖术进来，还要有破解的法力。

　　这一招，师傅们都是花了本钱学来的，还有的，抖了家底方才学来，家境困窘的人就做不了这瓦匠。

　　这瓦匠不知啥时候悄无声息地消失了，现在大都修了水泥平房，坡面屋顶都用了机制瓦，再没人请师傅烧瓦了。

　　检屋的瓦匠也会消失，会稍迟一些。发哲常常说，他这一辈子还是有营生可做的，他今年六十五岁，有些瓦房子一定还会死在他后头。

　　发哲一边说一边望着门口那棵高高的白杨，这是他的习惯，只要说到令他充满信心的话，他都会望着一棵树，一棵很高的树。

　　检屋的瓦匠说不上多高的技术，就是要过细。破的坏的瓦片换下来，换上去的瓦一块一块衔接好，铺好，椽子上的扬尘扫干净。一场雨下来，没有哪漏雨，名声就出去了。

　　发哲并没有太大本领，只是会检屋，找他的人多。在几十里以外的青林头、渠安头、旱龙潭、榔树坪，提起瓦匠发哲，一罐茶喝完，一袋烟抽完，他的故事还没讲完。

　　有一天，发哲接到一个电话，是青林头一个女的打来的，说请他检屋，他说插完苕就过去。那女的加了他微信，昵称叫"一碗敲不烂的骨头"，世上哪有敲不烂的骨头？他懒得多想，要她发了位置，还发了房子的照片。

　　这一天，他骑着摩托，按照手机导航找到了"一碗敲不烂的骨头"的房子。检屋的师傅来了，男的说马上要修平房了，不检。女的说，你卖个土特产三天打鱼两天晒网，五年内修起了平房我把名字倒挂起。这句话惹毛了那男的，就要动手，女的毫不示弱，径直走到男的面前，把胸脯迎着男的，男的拳头已经举了起来，发哲上前一把握住那男的手腕说："打女人，不害羞？"嘴里说得平淡，握着的手腕就是不能动弹，拿瓦片子的手还这么有力。最后，女的说要给他误工费，他一边启动摩托一边说，免费看了表演，扯平了。

　　发哲在青林头的名声就不胫而走，后来这屋还是找他检了，是男的打电话来找的，检了三天屋，跟那男的喝了一顿酒，成了哥们，付工钱自然先加微信，这男的昵称叫"会啃骨头的老狗"。发哲一笑，上次不是发哲捏住他的手腕，那一碗骨头定然碎了。

在渠安头安哥家检屋时，正是酷暑，太阳眼都不眨，瓦片子晒得滚烫滚烫，汗水滴在瓦片上，瞬间没了痕迹。正午时分，安嫂喊他下去歇一歇，凉快一会儿，他硬是坚持着一行一行往下检。安嫂说："这房子虽是包给你了，可这热的天，你也不惜着自己的身体，好多挣几年。"

发哲在屋上说："多费了老板的饭食也不好。"

"现在，哪家愁吃愁喝了？你在我这吃上十天半月，我保证不说半个不字。"

发哲还是没有下梯子去歇凉，他觉得这天热得不正常，定然要下大雨，今天一定要检过山墙，不然屋里就漏惨了。

就着最后的晚霞，他检过了山墙，接头的地方还铺了油布。

他走下梯子，大团大团的乌云遮住了晚霞，夜色的黑纱提前挂在了村口。

这一晚，他喝了两杯苞谷酒，沉沉地睡去了。夜里电闪雷鸣，瓢泼桶倒的大雨，他一点都不知道。

检完屋结工钱的时候，安哥多给他一百元，说那一天你知道要下雨，才一直在屋上大半天没下来，我们谢谢你！

他拿了原来讲好的工钱，那一百元他没有要。

他的摩托车骑出去好远，安哥两口子还站在屋角的桂花树下朝他挥手。

榔树坪，海拔高，却找他冬月检屋。一般来说，寒冬腊月是不检屋的，偏偏是渠安头安哥打的电话，说是他的侄儿子侄媳妇打工从福建回来了，前不久下了一场小雨，屋里漏得厉害，要他一定年前帮忙去检一下，好让他们过一个安生年。安哥还说，这冷的天，按照百分之一百五十给工钱。

他骑着车赶到榔树坪，好几段冰雪路，摩托车在公路上画着 S，差点就摔倒了。

走到了，看了房子，也是不理事的人，看这房子也修了不下十年，竟然还没有铺楼板，房子大概修好就没检过，瓦坏得厉害，又没有瓦往上加，不够的接石棉瓦。大致估了面积，讲了价钱，他还是原价，多加的那个百分之五十他不会要。

发哲有早起早上屋的习惯，十米开外，分得清男女，他就上屋了。他搂开了一行瓦，看到小两口还在床上喘着粗气体味幸福生活，他觉得晦气死了，他想骂人，想点火把这房子烧了。

最终，他没骂人，更没有点火烧房子，他下了梯子，在火塘生了很大很大的火，烤火、煨茶喝。小两口起床说："师傅生这么大的火呀？"

"今天见了鬼了，我应该生更大的火，好把鬼烧走。"发哲手里捏着火钳在条石上一边敲一边大声吼道。

小两口有些莫名其妙，连忙进厨房造饭去了。

检完屋，发哲反悔了，原先说好不要的那百分之五十，现在他是坚决要。收下钱，他心里想，椰树坪，定是不会来了。

发哲下的决心没起作用，椰树坪，他还是来了。这回，不是安哥打的电话，是另一位朋友健哥打的。

和健哥相识也是因为检屋。

健哥已经做了新平房，跟老房子连在一起，老房子的千字瓦本来打算换成机制瓦的，可他父亲还攒了几千匹千字瓦，就找发哲来检屋。

房子本来是有楼板的，而且都是合了缝的松木楼板，过了刨子，光滑如壁。锅里烧菜煮肉，蒸汽就一团一团贴着楼板弥漫，没办法，撬开了两块楼板透气。哪想到发哲不小心，两块沟瓦掉下来恰恰从撬开的楼板那里落下去，砸坏了装水的瓦缸，一缸水泼出来在厨房四处流淌。发哲慌了，几乎是从梯子上滚下来，跑进厨房，提了水桶舀水，水舀干了，又用拖把擦拭，最后，才来捡拾瓦缸的碎片。两撮箕，一担挑出来，倒在河坎上，哗啦哗啦，那响声好生刺耳。

晚上，坐在火塘里喝茶。发哲说，瓦缸钱给健哥微信转账。健哥说，厨房马上搬到新屋里，不用水缸了。发哲不理会，说："不论你搬不搬厨房，瓦缸是你的东西，坏在我手上，我赔。没用的话，我赔给你，你再砸碎。"

一个晚上，没有结论，悻悻睡去，发哲一辈子不想欠人家的，这回也一样。检完屋，说结账时扣钱，健哥这回不用微信转账，准备好了现金用红纸一层一层包好，塞到他口袋里，把他推出了门，直到他的摩托车响起来，健哥才出来站在竹园旁目送他。

他在镇上买了瓦缸，请一个农用车送到健哥家，运费付了一半，见到健哥的收条，再付另一半。

这情，健哥记下了，刻在内心的湖底。他不知从哪里弄到了发哲生日的日期，发哲六十岁时，硬是来给他祝了寿，没拿啥高档的东西，米、油、面，用得着的东西装了半个后备箱。

健哥一个电话请他去榔树坪检屋，他能不去？

这回上榔树坪，是阳春三月，榔树坪的梨花开得正闹，梨花淡白柳深青，柳絮飞时花满城。榔树坪不是城，遍地梨花的乡村同样是一幅美景。

发哲是从旱龙潭廖家检完屋赶过来的，上午赶到，下午开工。今天不知为啥，那些瓦片握在手里不再像捧着白瓷的饭碗，不再像握着媳妇的手掌，相反，总觉得有几分别扭，有几分魂不守舍。他蹲在屋顶上看榔树坪，四周房舍俨然，人们在田地忙碌，春天到了，拢行子，铺底肥，为春播做准备，发哲忽然想到自己的老家杨絮坳比榔树坪海拔低，说不定已经在播种苞谷了，于是他想到老婆一个人忙碌的样子。这个原来五大队支书的女儿，自从嫁了他，泥里水里，灶上灶下，没有片刻的消缓。到现在，很多人开了汽车，他还只有一辆农用车，卖粮食买饲料运农家肥卖猪都是它，发哲说，这是他的脚背篓。正月初一回娘家拜年，他用着脚背篓背着媳妇——一把木椅子绑在车厢里，媳妇坐在木椅上。发哲把车开得很慢，怕颠了媳妇，对面来了汽车，老远就停了下来，碰上熟人会车，他才开得快，打个招呼："走了？""走了。"忽的一下，农用车就开过去了。这些年，他挣钱攒钱，也想换个小汽车，二手的也行，让媳妇坐回汽车回娘家，他觉得这辈子就算是个成功的人。

看着想着，太阳慢慢移动，人的一辈子就是在太阳的移动中一分一秒消耗掉的，想到这，心中一股刺痛。

正要低头去盖瓦时，看见公路上开来两辆货车，一辆装着水泥，一辆装着机制瓦，毫无疑问，这是谁家要盖房子了。他仿佛看到周围都是钢筋水泥的房子，把自己还在检屋的这一栋瓦房包围了。

太阳落下去了，不是落下去的，是在山坳上停了很久，突然倏地掉下去了，太阳掉下去的地方，一片绛红……

光荣的腊月

赵光荣在回金银山的路上下起了雪，今年的第一场雪。

在杨家冲侯家杀完第二头猪，天就黑了，又牵了一颗大灯泡杀了一只羊，匆忙扒了几口饭，就急着往家赶。麻木车车灯坏了，时明时暗，没看清雪花飞舞，凭着雪花落在栎树叶子上的沙沙声，他感受到了这场雪不小。

明早开门，定是一片银白，金银山又会像一头伏在崖顶的白毛狮子。他的麻木车说不定又会打滑，幸好杀猪工具今天就被人接走了，开不了麻木，步行也行。

过了冬至，可以熏腊肉熏香肠了，农户人家就开始杀年猪。到了腊月，杀猪的班子更是忙得辫搭子搭桥，赵光荣这"班主"的忙碌可想而知。

他是金银山的人，金银山各家各户找他杀猪，说初一他不好意思推到初二。袁家街、松树包、杨家冲是村组合并后的四组，一个组的人，人家看得上你的人品，看得上你的手艺，才打电话找你，你也不好推辞，再者说，一旦今年别人插足了你的地盘，明年收复失地就难了。外围的地方若有人找，那是开疆拓土的事，自然不能放弃。人生像一块板田，就是这样一寸一寸往前锄进，偶然捡拾到一枚去年犁地时遗失的硬币，一盏生活之水滴进了一滴蜂蜜，泅甜了平淡的日夜。

就一个多月的时间，要杀那么多猪，起早贪黑自不必说，还要善于沟通，合理安排，相邻的两户人家一个定了初三，一个定了初四，沟通好，调整到一天，就腾出了时间。还有屋连屋兄弟俩一个打早一个打夜工，出面商量调整，妯娌之间互不相让，光荣就安排班子里善于和女人沟通的家新出面。雅的俗的，荤的素的，打嘴仗，说笑话，说到对方心花怒放，递过来一句话："随你安排，就在弟媳妇的后面杀。话说到前面，我救了你们的事，猪肠子给我整干净点哟。"

这嫂子也知道这句话有些多余，不过是下一个台阶。光荣的班子杀猪是最讲究的，肉砍得周周正正，肠子肚子整得干干净净。早些年杀猪，除了找个杀猪佬，其余的都是跟前帮忙，帮忙的人如何，光荣不管，他自己做得干净仔细，用地灰、生石灰把肠子洗得没有一点气味。后来到处时兴组杀猪的班子，光荣也组了班子。那是冬月的一个晚上，风摇着满坡的松树，松涛阵阵，偶尔有几只野鸡的鸣叫，让人感受到了山乡的萧索。光荣把大家叫到一起吃了一顿饭，这个班子就宣告成立了，没有什么仪式，光荣一板一眼地强调了几条：一是守时讲信用，那种把水烧成锅巴了杀猪佬还没影的事我们不做；二是讲究质量，毛刮干净，肉砍周正，肠子肚子洗干净，有特殊要求的尽量满足。他还特别交代也在班子里的大儿子赵明海随时带点纯碱，主人家没备的，拿出来洗肠子肚子……本分厚道就像树的年轮，只要树在生长，年轮就不会偷懒，赵光荣觉得该做的就要做好，不吝力气，力气是奴才，去了又回来。

几个人点头应允，不是晚辈就是同学，一根树上的枝丫，风来了，一起摇晃，阳光来了，同沐金辉。维护赵光荣二三十年来在这个行当做出来的名声，班子才做得起来，走得下去。

赵光荣是 1982 年开始杀猪的，那一年，二十三岁。也是这一年，他结了婚，把手有一双嘴有一张的覃发珍娶进了门，别人就常常笑话他说：命中注定，这是你动刀子的年份。

其实，这一年动刀子杀猪有些偶然。他的姑父是个有些名气的杀猪佬，杀了一辈子的猪，没补过刀，砍出来的肉方方正正，每年冬天忙不赢。很多小伢子怕看杀猪，赵光荣不怕，他喜欢跟着姑爹看杀猪，张家看到李家，看得手痒痒的，姑爹却不让他摸刀子。"好好读书，以后谋个日头不晒雨不淋的好差使才是正经。杀猪宰羊，一身油腻不说，死了阎王还要我们赎罪的，你莫动这个心思。"赵光荣点头点得像鸡啄米，可他就是怕进学校，怕进教室，书本一拿，呵欠连天。有一回早自习竟然还睡着了，梦见自己正在杀猪，白刀子进去，红刀子出来，酣畅淋漓，嘴里还在说："快接血盆……"入心入脑的事戒不掉，他还是跟着姑爹看，姑爹也就给他讲些基本要领，一边讲一边直摇脑壳。

时光就滑到了1982年冬天，对于杀猪，他还在向往之中。有个农户的猪子病得不行了，要是病死了，就只能扔了，趁着还没断气，放个血，几块薄肉还可以煮几顿白菜。这事只能悄悄地做，不敢找杀猪佬，找了，他们也不敢接这活，怕被大队没收了刀把子，断了挣油盐钱的门路。赵光荣的机会来了，别人找到他，一口应承。手上有姑爹淘汰下来的几件家伙，第一次派上用场。跟着姑爹看了几年没有白看，利利索索，一刀毙命。猪子也收拾得干净，连猪肚子都给别人洗刷得没有一点脏气。主人把茶递到他手上时说："你真是一块做杀猪佬的好料。"他一边接茶一边暗自高兴。

他还在高兴劲中没缓过神来，就通知他去大队。请他杀猪的人"三提五统"没有交齐，没有拿到大队的条子，你赵光荣好大胆子，别人叫你杀你还真敢杀？严厉批评之后，罚款三十元，限他一个星期把钱交到大队会计手上。

从大队回来的路上，北风呼呼，他把一双手放在嘴边哈气，越哈越冷，他干脆脱了衣服，捡了石头往树林里扔，石头撞在栎树上，咣当咣当响，真是解气，身上也发热了，直到传来斧头砍柴的声音，他才连忙跑了，刚被罚款再伤了人可不是好玩的。

赵光荣回到家，倒头便睡，杀一头猪他只得了一副小肠，他哪有三十元钱。1982年，三十元钱可以买一百七十六斤盐，可以打八十一斤煤油，他想都没想过何时会有三十元钱。

请他杀猪的人哪能要他出这个钱？代他交了这笔罚款。

从此，光荣正式进入杀猪的行列。

那时，国家还在实行购半留半的政策。杀一头年猪，要给国家卖一头；家中缺粮少米只喂了一头猪的，猪宰杀后要卖一扇给食品所。雪花飘飘的寒冬里，常常看到有人背着一扇猪肉往大吉岭食品所而去。仔细的，肉上覆着麻袋；随便的，就把一块肉捆扎在背篓上，雪花落在猪肉上，慢慢融化。

范爷一家七口，只杀一头猪，连毛带食百十来斤，一扇肉一家人要管一年，光荣砍肉的时候，猪头下得大一点（卖一扇猪肉的食品所不收猪头），脊背上故意砍偏了一点，范爷在食品所受了批，问是谁杀的，范爷不说。不说有啥用？一问就知道是赵光荣干的，收了他杀猪的家伙，让他办了几天学习班，托了人去书记家说好话，才把一背篓杀猪的工具背回来。

以前是一个人，现在组了班子，那些做人做艺的要领要经常念叨，就像砍肉的刀子隔些日子就要在磨刀石上磨一磨。

一个腊月，赵光荣忙得脚不沾地，天没亮他的麻木车就在乡村公路上奔跑，昏黄的车灯切割着乡村的夜幕，田畴、树林、房舍，像幻灯片一帧一帧向身后滑去。其实，这是光荣生活的常态，老婆心脏换了瓣膜，小儿子得了尿毒症住在宜昌透析，"新农合"报销了绝大部分医疗费，还给他俩办了低保。政府给了照顾，自己哪好意思得了初一又望着十五？还不得狠命地去劳作去挣攒。光荣就一直在奔忙，日里夜里，泥里水里，不敢停歇，夜深人静的时刻，才有喘气的工夫。他的力气像拃不到头的绳子，一头拴着他自己，一头系在希望的气球上。一年十二个月，月月没松过弦，腊月，弓就拉得更满。

天不亮出发，有时到了人家，水还没烧开，他叱开坐在灶门口的人，自己坐到那张热烘烘的椅子上，火钳三捣两捣，火熊熊地燃烧起来，又慌忙去猪圈揪猪。都是经验丰富的老手了，猪的嚎叫刚刚撕破熹微的底幕，就偃旗息鼓了。帮手们忙着拔猪鬃的当口，他重返灶门口控火，一锅水立马翻着牛眼睛大的泡，接着提过水桶大瓢舀水，提出来浇在已经卧在腰盆里的肥猪上，热气蒸腾，人影朦胧，只听见刨猪毛的刨子在猪皮上刨动的噗噗声急切而干脆。接下来开膛，清理内脏，洗肠子肚子，卸猪头，砍肉，穿卯子……收拾停当，天刚刚亮，电灯的光芒被曙光淹没，吊着的灯泡像一只只惺忪的眼睛。光荣和他班子上的人从凌晨的灯光里走进生活的演艺场，在暗夜的灯光里退回黑夜中的自我，回到家已是子夜，洗漱上床，梦里都是油腥弥漫。

腊月是忙年的时间，光荣的时光大多被猪夺走。幸好乡村杀猪的禁忌多，四六不杀猪，逢亥不杀猪，破群日不杀猪，他才有时间去砍柴、运柴、锯柴、劈柴，山墙边的柴垛不输他人。他也才有时间播种洋芋和油菜，也才有时间熬糖打豆腐，才有工夫去铺子里置办年货。赴力的事不能让妻子做，但要让她走得出去，迎得进来。穷富都是一户人家，不攀高，也不屈低，像模像样，别人有的也有。虽说一家两个病人，政府兜了底，光荣舍得卖力气，日子也不致太过艰涩，他要把这"年"弄得有点声色，让一家人看到温暖的朝阳，听到岁月的麦秆拔节的脆响。

猪子杀到腊月二十九，腊月三十，光荣收了家伙，洗了杀猪穿戴的行囊，痛痛快快洗了一个澡。扫了阳尘，收拾了房间，炖了猪蹄子，煮了羊胯子，敬了祖宗，附近已经响起了团年的鞭炮，他们一家人也准备团年，小儿子赵明辉也回来了，过完年再去宜昌透析。这是一年少有的一家人聚齐的时候，光荣总想制造些喜庆的气氛，忙把办年货时买的一副对联两个灯笼拿出来，和赵明辉一起挂灯笼，贴对联。大红的灯笼照射着大红的对联，一座静卧在田畈之中的土房子就有了生机，有了几分喜庆和祥和。这气氛是他为妻子和儿子营造的，其实，更是为他自己营造的，这个家，他苦苦撑着，他不能倒，他需要一个支柱！

赵明辉点燃了团年的鞭炮，赵光荣的腊月即将结束，他要站稳，要挺起胸，去迎接新一年的轮回。

起风了，赵光荣家门框上的灯笼在风中摇摆。

高师傅

高师傅家住张家湾，是个高级裁缝。

高师傅跟我小学同学，高我两届。小学毕业，就拜了师傅学艺，几个寒暑，出师了，在响潭园开了个裁缝铺。

裁缝铺开在响潭园，是经过深思熟虑的。响潭园是一大队大队部所在地，是全大队的政治经济文化中心。除此之外，响潭园的供销社当时是全公社最大的，公社的粮管所和高小也放在这里。公社干部每个月还要在响潭园来买米买面，全公社的学生在各个大队读完初小，都要在响潭园来读高小，按照现在的说法，响潭园属于社域副中心大队，自然是做生意的首选。

响潭园属于一大队二小队，人户稠密，经济也相对宽裕。那时是大集体生产，响潭园人锄草时，排着长长的队伍，穿得花花绿绿，比其他地方出门吃酒还要光鲜齐整，成为一道引人注目的风景。对这道风景最为敏感的是高师傅，他站在学校旁边的高坡上看他们锄草。那飞舞的锄头，那嘹亮的山歌不是他关注的重点，他的目光紧盯着那一件一件色彩各异的衣衫，那些衣衫仿佛一件一件都是在他手中缝制而成。

于是，他在响潭园明书大叔家中租了房子，开起了裁缝铺，铺子就在供销社屋后，人们买了布，穿过一条大路，走过两丈长的斜坡就到了裁缝铺里。

铺子门口有一大树李子，春天去，李花飞扬，雪白素净的意境爬上心头，夏天里，还可以吃到脆甜的李子。

我随母亲多次到过店里，看过李花，吃过李子，也去领略过寒风中李树虬枝苍劲的意蕴。

高师傅把缝纫机摆在靠近大门光亮的地方，一根皮尺搭在肩上，旁边的高板凳上支着裁板，裁板一侧的竹竿上搭着好多新布，每块布上都用画粉写着姓名，已经做成的衣服放在一口柜子里。倘是冬天，缝纫机旁的火盆里会放着烙铁，夏天，烙铁则插在主人火塘里。火塘不是一天到晚有火，需要用烙铁时，在山墙旁抓来一把枯杉毛、几根干树枝把火生起来烧烙铁。响潭园是个缺柴的地方，偷柴是他们的基本功课，明书大叔看到瓦缝中钻出的烟雾，知道高师傅生火了。看到过好几次烟雾之后，明书大叔说："高师傅从张家湾过来反正是空脚达手，松毛杉毛，栎树棵子顺手捎一把，烧个烙铁也宽绰些。"高师傅连连点头，以后也时常捎带捡两根干树枝放到山墙边的柴垛上，火反而生得少了，除了要赶紧拿走的衣服，他把衣服攒齐好几件，等到下雨，明书大叔一家人不出工，家里是要生火的，他就烧烙铁集中烫一次衣服。

高师傅天分好，从师傅那学来的手艺，操练了几个月，就烂熟于心。他还善于变化，根据人的不同体形裁剪衣服，那针脚也是细密稳实，他的生意就好。

生意好，又都要得急，不好冷了别人的心，取衣服的日子都往前头许诺。结果是都不能按照许诺的时间取到衣服，多半要跑好几趟。那一次，学校通知我期中考试后参加全公社"三好"学生表彰会，母亲说给我做一套新衣服去开会，扯了布拿到裁缝铺，高师傅还在家里没有来，我们在明书大叔火塘里喝完一罐茶，高师傅来了。他是一个谦和的人，连声说来迟了对不起，一边道歉一边给我量尺寸，看到高师傅把尺寸和取衣时间都写到本子上了，母亲一再强调，那是几月几日开大会要穿的，可等我拿到衣服，表彰会的日子早就过了，连试新衣服的热情都没有了。

就是取这套衣服的那一次，我在高师傅那见到一个妇女，说布送来一个月了，缝了夏日里薅草穿的，头道草薅完了，还是一块布，那人说得气愤："天底下又不止你一个高师傅，把布还给我，我找别的师傅去。"

高师傅连声说对不起对不起，病了一场，十几天没上工，耽搁了，耽搁了。说完找出一块阴丹士林递给那位妇女，她气冲冲地走了。

又过了个把月，我在高师傅那给裤腿的膝盖上打两块补巴，又见到了那位妇女，她跑了十几里地，把布送到金银山的谢师傅那，一个月过去了，她还是拿回了原封不动的一块布。没法子，还是只有来找高师傅。这一回，她没有发火，泪水涟涟地伤心："您看二道草又薅完了，快要扳苞谷了……"大概是很少看到女人哭诉，高师傅不知用啥言语来安慰，连忙说："我一个通宵不睡，也把您这件衣服弄好。"

"那我就在这等着您缝好了我拿走。"

"那要不得要不得，您在这坐着，我踩不匀缝纫机，长一针短一针像个啥？"

取衣服不准时是常有的事，取衣服没钱给更是家常便饭。踮起脚才凑了钱扯了几尺布，哪还有钱给缝衣服的工钱？许个还钱的时间，腊月间许的春上卖菜籽，夏日里许的秋天卖猪子，谁家没有个捉襟见肘的时候？你还能把别人的衣服扣着？本子上记下欠钱的数量预计还钱的日期，一个软皮本，从前往后写的衣服的尺寸，从后往前写的欠账的明细，还一个，勾一个，到他从明书大叔那搬走时，还有几十个名字没打钩。

跟所有的裁缝一样，高师傅很乐意缝"期衣裳"。所谓"期衣裳"就是新郎新娘婚期穿的衣裳。婚期定下来后，就要给新郎新娘缝制新衣裳，春夏秋冬，长的、短的、棉的、单的都要缝齐全，那年月扯布要布票，一家人的布票都拿出来还不够，还要找别人借布票，来年还给人家。期衣裳比不得平日做的衣服，迟个三五七八天不得出拐，期衣裳是只能提前，一天半日都不能迟的。所以，缝期衣裳多不是把布送到裁缝铺来，而是把师傅接到家里去缝制，一是保证时间，二是盯着师傅怕师傅"落布"。对于师傅而言，这是一笔稳定可观的生意，更主要是一日三餐，生活有着落，油水要胜于平日许多。

双满桥的栾家接儿媳妇，男女双方定下喜期之后，就来和高师傅商量，按照衣服的多少，预估了缝制需要的时间，请通阴阳五行的先生看好师傅进门的日期时辰，就派人来接高师傅了。

人家是喜事，上门做艺也该讲究。天兰卡的褂子，灰卡其的裤子，一双买了两年舍不得穿的解放鞋，布袋子里还装了两件换洗衣服。高师傅在试衣镜前照了照，看到了一个净爽果敢的中年男子，仿佛不是一个裁缝师傅，至少是一个公社里分管手工业的干部。

来接的人把皮尺、竹尺、烙铁、剪子、机油盒子、画粉，还有高师傅的换洗衣服、牙刷毛巾——放进背篓里，最后把缝纫机绑在了背篓上，高师傅来跟明书大叔道别："终于可以清净些日子了，过些日子再来吵闹。"明书大叔说："油汤油水把肠子养细了，只怕再吃不下烧洋芋烤粑粑了哟。"高师傅在裁缝铺是早来晚回，午餐多是带几个洋芋或是苞谷粑粑简单对付一下，有时候明书大叔打了懒豆腐也请高师傅喝一碗，广椒酱泡豇豆也叫他挑一筷子。

高师傅和接他的人走出去好远，明书大叔还伏在腰门上看他俩一高一低的影子。

走得有点快，为了准点进栾家的门，他俩在乔家喝了一杯茶，巳时准时踏进了栾家的门槛，稍事歇息，正赶上午饭。第一顿饭，有酒有肉的，高师傅不好酒，省了开支，主人高兴。儿子结婚，大事喜事，请师傅进门缝期衣裳，自是不能怠慢。那年月，万物拮据，自然费神谋算，行行点点都要撑得开，也都要省着敛着，把日子过匀称。高师傅在栾家，保证每日见荤，蒸肉、扣肉、蹄子火锅也是稀疏，猪大肠蒸南瓜萝卜丝，猪肚子炖四季豆米，腊猪肝炒泡洋荷，自然算作见荤了。高师傅不是个挑剔的人，就是一天不见荤，他也笑嘻嘻的，炒茄子、炒土豆丝、炒南瓜叶，加一碟泡球白、一碟广椒酱、一锅懒豆腐，吃得有滋有味。一边踩缝纫机还一边哼个小调：

> 半夜又三更
> 哥哥来敲门
> 花猫撞开了窗格子
> 吓掉哥哥的魂……

　　不知不觉，一个月的光景了，婚期也近了，高师傅的活也完了。这一天，新郎新娘试衣服，一件一件地试，合身中意。末了，高师傅拿出两套婴儿服，说："衣服多，匀出来两套娃娃的衣服，祝两位早生贵子。"主人一脸惊喜，不知道他是啥时候做的这两套衣服。这才想起，前两天，他打过两个大夜工，是在做这两套娃娃衣服吧。

　　高师傅说："都说裁缝爱落布，你们做袄子里子的花绒布，我也落了一块，沾沾喜气。"说完，他打开眼镜盒，里面有一块花绒布的眼镜布。

　　最后的晚餐很丰盛，主人劝高师傅喝了二两酒。

　　开工钱的时候，主人多开了十元钱，高师傅高低不要。

　　"不说别的，那两套衣服也远不止这十元钱。"主人握着他退钱的手。

　　"账不能这样算，布是您的，我不过多剪两剪子，缝纫机多踩两脚，只当饭后锻炼了身体。"

　　"我们知道，您打了两个大夜工。"

　　"那还费了您的煤油。"高师傅就是不把手缩回来。

　　主人把他的手握得生疼。

　　"好，这十元钱算我收了，我请你帮个忙，新婚大喜的那天，给我在账本上挂个号，让我再沾一回喜气。"

　　主人收下了那十元钱，高师傅交代，明天把背来的家什包括他装换洗衣服的布袋子全部送到裁缝铺去，他回张家湾去了。

　　他干干净净地来，干干净净地走。

　　第二天，他回到响潭园，走的时候，李子刚谢花，回来的时候，有了小指头大的李子了。

　　明书大叔说："你一个月没来，房租就减一个月。"

　　"我是按年租的，又不是按月租的，怕是没有减的道理。"

　　"没见过你这种见钱不眼开的人。"

　　"大哥不消说得二哥。"

　　两个人说完话，高师傅摊开裁板，刚好缝纫机送来了，原来不是很急的十几件衣服又让人家多等了一个月，赶紧找出来缝好捎信叫人来取。

　　十几件衣服还没赶完，荒上死了人，找高师傅做装老衣。现在，人值壮年，就把装老衣置办齐全了。那时，哪有闲钱剩米，火石落到脚背上不办不行的事，才东挪西借来办。人不行了，才筹钱扯布请师傅缝装老衣。

高师傅不爱缝装老衣。不是说晦气，天下哪有不死的人，自己有朝一日也要走到这一步的，而是装老衣时间紧，多是做得毛手毛脚的，很多穿到死者身上，还没抻平，炸了线缝。这不是高师傅的做事风格，他不会捏着鼻子哄眼睛。

孝子来找他，一个头磕下去，他的心就软了。是啊，他是离得最近的裁缝，还能让人多走十里八里去找师傅，让别人说响潭园的人哪就这样冷漠？

过去做装老衣多是做对襟褂子，孝子要做中山装，说下辈子托生要当个干部。高师傅做了中山装，为了节约布，四个口袋只做了口袋搭子，没有做真口袋，孝子发火了："您这不是弄虚作假么？哪有穿这种衣服的干部？"

"你看，左边的小口袋上我还缝了两根笔夹，下辈子托生当个老师也不错。"

"老师能和行政干部比？还是干部好！笔夹拆了，口袋必须加上。"

费了半个时辰的工夫，总算符合要求了，孝子拿了衣服离开时，从窗子里能看见那棵李子树不甚分明的影子，不知谁家的鸡叫了，响潭园的鸡接二连三都叫了起来。

打这以后，每遇到缝装老衣的，他先询问，下辈子托生想干什么？做什么样的装老衣？做对襟褂子的老价钱，根据下辈子的托生愿望设计装老衣的另加工钱。

一年又一年，想当干部的最多，只是没有一个想做裁缝的，高师傅不禁有了一份惆怅。

年龄大了，视力不如从前，特别是忽然患了腿疼的毛病，不能从张家湾走到响潭园来了，高师傅关了响潭园的裁缝铺，回到了张家湾。住在孩子们修的两层小洋房里，又在屋后公路边起了一个简易房子，门上写了电话，有人缝衣服，打电话高师傅就上来。锁边机、电熨斗都是大半新的，只有那台缝纫机有了年头，别的设备他都赶了时髦，只有电动缝纫机他用不惯，他习惯了老式缝纫机，脚一踩，手就动……

　　前年过年回家，我们给母亲买了两套衣服，母亲说："还是喜欢穿高师傅缝的衣服。"我们连忙带着母亲，开车来找高师傅，打了电话，十几分钟后，高师傅才拄着棍子走上来。他现在既做衣服也卖布，我们在他那买了最好的布给母亲做了两套衣服。高师傅一边量尺寸一边说："您年纪大了，走远路也有困难。衣服做好，我请人捎过去，捎过去……"他这话是对着母亲说的，又像是自言自语。

　　今年春天，我回老家，看到高师傅屋后简易房子上的电话号码被擦掉了，心中一惊，忙去他屋里看他，他说："腿疼得厉害，踩不动缝纫机，也走不到公路上去了，裁缝的饭碗端出头了。"

　　他说这话时，不免有几分伤感，端在手里的茶杯摇晃了几下，茶水溅了出来。

　　回到家，我对母亲说高师傅再不会缝衣服了，母亲把高师傅缝的那两套衣服拿出来晒了半日，叠得整整齐齐，放进了衣箱。

两个人的黄昏

这是一个春日的黄昏，叫不出名字的小鸟在松林里跳来跳去，叫声轻盈而婉转。山喜鹊总是喜欢抛头露面，一棵树和另一棵树之间的飞翔引人注目，从长长的尾巴上，我们看到了夕阳的余晖。

杉树站在悬崖边，听瓮桥河的水响，枫香树的叶片在风中抖动，大蓟的花朵绽放猩红，牛蜂跟花蕊的亲吻有些不伦不类，矮子冲松涛的接力一波一波向前涌动，在村委会旁的松林里停歇下来。

蒋李翠的脸一片绯红，因为她迎着火红的落日。覃吉虎看着这张脸，仿佛回到了三十多年前的深秋，他去大吉岭买货，年轻，有的是力气，没有够不着的东西。过了杨絮坳，一路小跑，快到蒋家湾，一个急停，一个趔趄。从湾里走出来一个姑娘，脸绯红，像春天的一枝木瓜花，又像入秋的一只红苹果。吉虎心跳加速，脸发烫，犹豫了许久，才加快步伐走上前去问姑娘的名字，姑娘望他一笑说："蒋李翠。"这一笑，天上是蓝天，地上是红花，蒋家湾的溪水哗啦啦……

很多年以后，覃吉虎在家里看电视剧，古装戏，一位公子遇到一位小姐，公子问："敢问小姐芳名？年方几许？"小姐以袖掩面，答曰："你我素昧平生，怎就问起姓名年岁，小女以为甚为不妥。"于是小姐拂袖而去。吉虎就想起第一次在蒋家湾见到蒋李翠的情景，蒋李翠没有责怪他甚为不妥而是如实回答了他，然后他就跟在蒋李翠后面，两人一前一后走到了大吉岭。

从大吉岭回来，吉虎被父亲好一顿责备，吩咐他买的东西他大多买错了，做家具的合页没买，打虫的农药没买，泡茶的茶罐没买，买的是丝巾香皂雪花膏，买对了的只有一件：炖火锅的三角炉子。

父亲的责备他不回嘴，因为他错了，他也没时间回嘴，他脑海里全是蒋李翠那张绯红的脸，那张脸就是吉虎的整个世界。

吉虎想请个铁伙计去蒋家湾打探打探蒋李翠的家境，请谁呢？左思右想，自己请了自己。

一个秋雨绵绵的午后，吉虎打着一把旧伞，背着一个布口袋，来到蒋家湾。溪水汩汩，稻田里收割后的稻茬生出几茎鹅黄的新叶，风吹到湾口，吉虎打了一个冷噤，此行会不顺吗？既然来了，是疼是痒总要试一烙铁！

吉虎装作一个收香菌的，七问八问问到了蒋李翠家，见到了她的父母和哥嫂，一边喝茶一边讲了些香菌的等级和价格，说得头头是道。可是蒋李翠家里没有香菌卖，种了十几节栗树段木的香菌，种了自己吃的。吉虎再无话，低着头喝茶，第二杯茶喝了一半，蒋李翠回来了，看到那张绯红的脸他就心慌，放下茶杯连忙告辞。

蒋李翠一家，个个是硬劳力，在那个年代，虽说不上富足，也是温饱无虞，蒋李翠又是老幺，有了两个儿子，终于盼来一个姑娘，一家人护着宠着，而吉虎的家境实在不好攀比。他们原来在补巴洲居住，家中失火，房子用具燃烧殆尽，大队在做了松树包小学的覃氏宗祠腾出几间房，让他们一家住了进来，农具生活用具都是东家一件西家一件凑的。我那时正在松树包小学执教，跟吉虎一家同一个大门进出，每遇晴夜，都搬了椅子坐在天井里看月亮星星，若是雨夜，便坐在自己的房间听雨落天井的声响，大雨滂沱，雨声如鼓的时候，我们还会起床一起捅天井出水的暗沟，那时吉虎还小，只能在一旁打着手电。

几年以后，吉虎一家从学校搬了出来，在松树包修了房子，大哥结婚以后出来另立门户了，吉虎跟父亲以及结了婚的二哥住父母修的老房子里。房子窄逼不说，父亲年迈体弱，干不了活，看病还要开销。补巴洲一把大火伤了元气，这个家，就像一口沁水的水井，水瓢等在井口，流出半瓢恨不得舀出一瓢，没有一分钱的积攒。吉虎觉得蒋李翠不会看得上他的家境，再者，享福享惯了的幺姑娘进了这穷门窄户，能够泥里水里俯得下身子？

左思右想，前思后想，吉虎一夜一夜不能合眼，故意挨到夜深上床，待到曙光漂白了窗纸，鸟雀在阳沟的树林里叽叽喳喳地叫，他的眼睛依然睁得溜圆。

吉虎终于豁出去了，请了媒人上门提亲。活，活个痛快，死，死个明白。媒人来到蒋李翠家里话刚起头，大哥问："您是要给谁提亲？就是那个收香菌的。"一家人都明白了，都觉得这小伙子还顺眼，还不招人嫌，不过主意要蒋李翠自己拿。蒋李翠倒不糊涂："嫁与不嫁，不是今日能定的。房子朝哪开门，太阳出来先晒在那面墙上，脾气秉性是张飞还是诸葛我都要探个清楚，以后就不劳烦您老人家了，自己的豇豆子，自己插站子。"

来来往往，进进出出，蒋李翠把吉虎的一切都摸透了。论家境，一抔瘠土，一株瘦栎，论人品，吉虎本分实诚，舍得力气。蒋李翠自己也是开在酸枣树上的一蓬葛花，开得再闹，芳香还飘得过七座山八个垭？最终也不过是寻一块相宜的田土来扦插，既是如此，何不就扦插到松树包，扦插到吉虎的土地上。

蒋李翠是在 1992 年初夏嫁到松树包来的，他们相识一年了。男娶女嫁，没办酒席，没选日期，乡政府里扯了结婚证，两个人商量了时间，吉虎一个人去蒋家湾接蒋李翠，看到现今年轻人婚礼的排场，想起来，只觉恓惶。

那天的午饭吃得晚，女儿在娘家吃的最后一顿饭，爹妈做得有些奢阔，日头偏西才上桌。一桌菜，一家人。两个哥哥敬吉虎的酒，除了栎柴无好火，除了郎舅无好亲。他敬着岳父岳母，亲着两个哥哥，这酒只能应着，不善言辞的吉虎喝了两小杯，话也多了起来，敬爸妈，敬哥哥嫂嫂，最后端着杯子来敬蒋李翠，却没见她的人影，她端着空碗在阶沿上流泪。生活了二十年的山水，养育了自己二十年的父母，朝夕相处的哥哥嫂嫂，饭后就要别过，泪水像断了线的珠子……看着吉虎端着酒杯，她擦了一把眼泪，接过吉虎手中的酒杯，一口喝干了杯中酒，笑呵呵地进了屋。笑着离开，爹妈才放心。

告别了往日的脚印，告别了昨天的太阳，蒋李翠跟覃吉虎踏上了回松树包的路。夕阳下，两个影子靠得很近。上杨絮坳，经堰坳，过瓮桥河，到江家坳时晚霞已经烧起来了，松树包上曾经作为学校的覃氏宗祠的断壁残垣在晚霞中有些苍凉，那栋倾圮的砖墙房子后面，就是蒋李翠的新家，那是人生之河一个新的码头。在这里，她将踏上勤劳、节俭的船只，和吉虎一起，把船划出贫困的泥沼，划向花红叶绿的彼岸。

转过弯来，就是矮子冲。松树包以往多是在死水的水塘里挑水吃，这矮子冲有一股清冽甘甜的溪水，愿意下力气不怕路远的人会在这里来挑水。我在松树包小学教书时，许多朝阳明媚的早晨，我挑着水桶，越过校门口的死水水井，沿着稻田的田塍，走到矮子冲去挑水。向日葵开花的季节，我还会折两片向日葵叶子盖在水桶上，水就不会荡出来。我放心地在田塍上奔走，合欢树的扁担一闪一闪合着我迈步的节奏，白杨树上的鸟鸣是那样清脆，把清晨叫成了清亮的诗章。

暮色被雾幔包裹，慢慢沉了下来。斑鸠在草丛里咕咕鸣叫，不知是不是求偶。吉虎一下捉住了蒋李翠的手，两个人手拉着手在黄昏里漫步，晚霞在骡马子岩燃烧。不，在他俩脸上燃烧，两颗心滚烫滚烫，他们希望矮子冲离家里的路更远些。但是，走得再慢，他们还是在太阳没有落进山坳时就跨进了家门。父亲正倚在门框边张望，从太阳照到山墙上的蜂桶开始，他就在这里看着门口的小路，直到此时，他的目光快要被夜色吞没。

接下来，跟每个农人的家庭一样，种田、养猪、打工、生子，勤扒苦挣，勤俭持家，日子就像一件自己亲手缝制的衣服，说不上花团锦簇，却也光鲜熨帖。女儿在龙舟坪开个店子，照顾孩子上学，女婿开车，一个小家经营得有滋有味。蒋李翠在村委会当炊事员，我在乐园村采风时，吃过她做的饭，味道很不错，一看就知道是勤劳人家出来的姑娘，定然有一个贤惠能干的娘调教。吉虎买了旋耕机，给别人耕田。今年春天，他在袁家街石付见家耕田，我蹲在田头看他操作，技术熟练，舍得力气，半天不歇，连水都不喝一口。还在石付见家跟他一起吃过一顿饭，一说一脸笑，就是话少。看着他有些木讷的样子，怎么都不能跟那个把香菌的等级价格说得头头是道的人联系起来。爱情，不但给人胆量，也给人智慧。

村委会的坎下有几块薄田，蒋李翠就种些蔬菜，让食堂常有新鲜蔬菜供应。这天下午，她在田里点广椒，覃吉虎出门耕田，收工早，就来帮忙挑粪，两个人忙到傍晚，收拾停当，一起回家。

依然要从矮子冲往家走，霞光把满山的松树涂抹成一片金黄，风摇动树梢，像金狮移步。他俩一边走一边说笑，像久别重逢的朋友。几十年来，他们没拌过嘴，没生过气，心平气和地把日子过成了一幅水墨，看似平淡，却处处生机。爱情，像一树熟透的柿子，随便把杆子伸到哪，又一个下来都是甜蜜多汁！

吉虎不时回头看蒋李翠那张绯红的脸，还是那样迷人，他像当年那样，捉住蒋李翠的手，蒋李翠一边往回抽手，一边咕哝了一句："都老夫老妻了。"吉虎不管，这世界只有他俩，这是他们两个人的黄昏。

两个人的黄昏是一组浪漫的诗章！

雷雷劁猪

雷雷的大名叫邓正周，但叫他大名的少。男女老少，都叫他雷雷。

雷雷，家住范家街的鹊树湾。门口一株高大的女贞树，几百年的树龄，当年覃氏先祖自三友坪迁徙至此，跟他们一起飞来的一对喜鹊栖于女贞树上，不再飞走，一行人遂落籍于此。于是，称女贞树为鹊树，那一方土地就叫鹊树湾。

雷雷的爷爷是巴东人，入赘鹊树湾覃家，那时上门是要改姓的，爷爷改名覃万吉，他父亲就改回姓邓了，这叫回宗，一辈人就回宗，算是很快了。

雷雷1984年出生，属鼠。他成长起来的时候，是一个价值观和生存方式裂变的时代，农村里子承父业、稼穑为本的传统观念被颠覆，愿意把汗水挥洒在土地上的人越来越少。跟许多人一样，雷雷渴望在商海打捞金子。

他上的第一条船是酿酒的划子。鹊树湾、范家街到处是金灿灿的苞谷，是酿酒的好材料。不论走到哪家，主人都提出一壶酒来，斟一杯，坐在火塘里，一边喝酒一边说话。即便仇家，争论、叱骂，也得先喝了酒。酿酒，应该有生意。于是，学艺，请师傅，买设备，酒厂开起来了。

那时，鹊树湾上空烟雾缭绕，酒香弥漫。

烟雾缭绕酒香弥漫的不止鹊树湾，酒厂像野樱桃花，这里一树那里一树，点缀在树林里。喝酒的人没变多，酒厂增加了好多倍，比质量，比价格，比到后来，关门歇业。雷雷亏了钱财，攒了几坛子苞谷酒。

船没有翻，他下船了。上船时花红叶茂，下船时落叶缤纷。

再次上船，他选了养殖业。城里那么多吃肉的嘴巴，一天要消耗多少肉食？养猪，一定有钱可赚。雷雷是个雷厉风行的人，说干就干，修猪圈，买小猪，学技术，订饲料，养猪场弄起来了，那么多活物件吃喝、走动、叫唤，鹊树湾一片热闹。

他养肉猪，也养母猪。自繁自养，是养猪场盈利的第一关。他的母猪喂得好，也喂得多，小猪除了供自己的养猪场饲养肉猪以外，还有部分对外出售。

养母猪的也不止雷雷一家，怎么样才能让自己的小猪俏起来，能在市场占得先机？雷雷是个爱琢磨事的人，在秀峰桥上初中时，他没有钱坐客车，60里路自己走，还要背着半个月的粮食（用苞谷换的大米）和小菜。他就找坐车上学的同学阿财商量："你把我的粮食给捎上，我给你一斤米。"阿财倒还慷慨，说："你自己送上车，米我就不要了。"阿财拦住了客车，自己背着背篓上了车，他提着袋子送粮食上车，司机说："他的粮食为啥不放在自己背篓里，是你的吧？""我哪还用得着从家里带粮食，揣着钱去秀峰桥街上买。"雷雷说得慷慨激昂，司机不再质疑。等他步行到学校，阿财说："真成了我一个人的粮食了，从车站背到学校，差点没把我压趴下。""我邓正周日后若有出息，一定报答你的大恩大德。"雷雷双手打拱，正要弯腰，晚自习铃声响了，他立马收住：这可怨不得在下。

雷雷琢磨，如果是我买小猪，希望买到什么样的小猪？当然希望小猪从出生就按流程做疫苗，希望小猪是劁好后再卖的。一束光芒照亮了他的思维，让他看到了商机。疫苗，他是按流程做的，现在要做的是把小猪劁好后再卖。当时找兽医劁小猪，公猪十元一头，母猪十五元一头，成本实在太高，雷雷哪有这么多钱拿出来劁猪？

雷雷打算自己来劁小猪，可他没学过，他也不想大张旗鼓找人去学。书是师傅，买来相关的图书，自己看，那些文字基本能横流倒背了，那些图一幅一幅都装在脑海里了，才去猪圈抓来小猪实验。第一次，抓了一个公的。雷雷坐在一把小木椅上，刀子衔在嘴里，两只脚摁住了小猪，就要下刀子了，突然脑海一片空白，他连忙喊老婆陈双把书拿来，翻到阉割的画图铺到地上，雷雷一刀子下去，小猪脚一弹，鲜血洒在书页上，洒在陈双手上，雷雷一只脚本能地一松，小猪跑了。

陈双说还是算了吧，跟别人一样卖吧。雷雷是个开弓没有回头箭的人，不但要做下去，还硬是把跑掉的那只小公猪捉了回来，既然选了你当第一，你就别想当老二。

第一个花的时间长，好不容易把两颗睾丸掏出来，那小猪已经喊得声音嘶哑，只能轻声哼哼了，不过，手术结束，往地上一放，它还是跑了起来，这个倒霉的地方，离开得越快越好。

这半天，鹊树湾的小猪喊了半天，这半天，鹊树上没有落雀子。晚上，邻居来他们家，问是啥情况，雷雷端着一海碗小猪的睾丸端详，都说这是好东西，是大补。过去，落山闻名的劁猪佬尤骗匠，哪天劁得五个牙猪（公猪），必定提着几个猪卵子（公猪的睾丸）和半斤苞谷酒到他相好的屋里炖个小火锅喝两杯老烧。雷雷怎么看都觉得这东西咽不下去，一海碗倒在了鹊树下，回来洗了手给邻居泡茶，茶杯刚端在手上，就听到鹊树下两只狗的厮打声。

雷雷告诉邻居，他在劁猪，劁小猪，以后他们家的小猪不仅按流程打了疫苗，还劁好了才卖，不加一分钱。

这消息像三月的风，吹遍了范家街，他们家的小猪就卖得格外好。

雷雷的劁猪生涯就这样开始了。

有自己养猪场的猪做实验，练技术，操手法，他做得越来越快。说了你可能不信，最后，他一个小时可以劁一百头，那速度，比我们切个萝卜还快。他一天跑路带劁猪，也可以做五六百头。2021年一年，他就劁了一万多头小猪。2022年到6月上旬，就已经劁了七千多头。

雷雷的名声大了，从千才岭到文家坪，不论是办养猪场的，还是养十几头二三十头的养殖散户，没有人不认识雷雷，没有人不知道他的电话，年纪太大的不会在通讯录存电话号码，也用一支粉笔或是一块兔儿泥把他的电话写在火塘门背后。找他的人多，自然是因为技术好，还没听到猪崽喊手术就结束了。他在养猪场劁猪来观赏的人特多，坐在猪圈门口，几个人在猪圈抓小猪往他手上递，他只顾埋头操作，劁完一个活蹦乱跳跑一个……这一套流水作业让人们看呆了，一个一个直咋舌头。当然还因为他的价格低，不论公母，五元一头。虽然喂养数量特少或者太过偏远的养殖户还给老兽医留了做盐不咸做醋不酸的生意，但雷雷的价格却是大家都知道的，让人跑上十里路挣个五元十元实在也不好意思，也只能去请的时候提两斤酒几包烟，价格还是五元没人更改。那些老兽医无可奈何地摇摇头，没想到一辈子的饭碗，碎在了一个伢子手上。他们也佩服他的技术，也知道长江后浪推前浪，只是这后浪来得太快，也太猛。

雷雷的电话特多，都是找他劁猪的。现在找他劁猪必须先预约的，不同地点不同路线他需要统筹安排。当然，他那辆牌照为鄂 EN29M8 的庆铃五十铃的皮卡一上路，时不时也有人"拦驾"。和他的电话号码一样，他的车牌号也有很多人知道。

这一天，他还没有出范家街的地界，有人站在路当中拦住了他的车，他停下车，没想到是阿财。这几年，阿财家里只要有劁猪的活儿，雷雷随叫随到，而且免费，他拦车干啥？原来他的邻居家一窝小猪马上满月了，还没劁，因为数量少，预约的时间排得很后，请阿财来开后门。

还能说啥？让阿财上了车。

"对不起，惊了驾了。"

"多备些酒菜压惊便是。"

"嘛。"

在两人的调侃中不觉就到了，一窝小猪，三两下完事，非但压惊仅是戏说，连茶也没喝一杯，钱也免了。雷雷忙，上车就走了。

2021 年年底的一天，雷雷在荒上劁小猪，预约了几次的一个散户。有个养猪场数量大，想往前挪一挪排到今天白天，雷雷说，生意不论大小，讲个先来后到，荒上这户人家的十二头小猪已经满月几天了，人家都是等着劁了来捉猪的。荒上搞完，我直接去你那，你们陪我打个夜工。

养猪场的电话还没接完，又一个电话进来。养猪场的电话讲得长，那个电话一直在打，雷雷跟养猪场拜拜，来接这个电话，是襄阳安估饲料公司打来的，说饲料公司对用户做出了承诺，凡是使用襄阳安估饲料的，公司负责免费为用户劁猪，厂里决定聘请雷雷为他们的用户劁猪……

雷雷实在想不到他劁猪这点事竟然传到了襄阳，传到了安估。从荒上下来，他一路哼着小曲儿，在养猪场打夜工劁猪时，还在哼唱不断，养猪场伙计们说："雷哥遇到啥好事了？"他说："今晚要下雪啦！"

众人你看看我，我看看你，听了雷哥的回答都是丈二和尚摸不着头脑。

从养猪场回来的路上，真的下雪了，纷纷扬扬，筛糠一般。他的车灯坏了一个，借着雪的反光，他把车开回了鹊树湾。

这雪真是好雪。

从来不过阳历年的雷雷一家，2022 年元旦破例热闹了一回，微信约来亲朋好友，好吃好喝的都拿了出来。过完元旦，他就要去安估签合同，他就又有了一份新的工作。这个，他没说，只说好久没聚，大家一起乐呵乐呵。这天，酒闹到很晚，雷雷自己也喝醉了，他醉了不说话，只是笑，前仰后合地笑。

他在安估签完合同并且做完了第一个月的工作回来的那一天，是个温暖的晴日，合同揣在怀里，像一团火，发热。六千元一个月，交完五险一金，可以净拿五千三百元。一个月只要去工作两到三天，猪劁完了，他就回来了，继续在乐园劁猪，继续经营他的养猪场。

雷雷说，他跟襄阳有一种缘分，有一种上天注定的牵连。他老婆陈双是襄阳谷城石花镇包家湾村的，是经人介绍认识的，两人一见钟情，好像相互在寻找也相互在等待。这次安估也是一样，彼此都在等待对方出现，只是说不清楚这种等待始于何时。

我去过襄阳多次，也去过谷城多次，去过大薤山、承恩寺、南河风景区，还写过几首关于谷城的诗，其中一首《夜抵谷城》写道：

鄂西北的广袤

被暮霭笼罩

汽车的喘息

略带着河南的口音

像情人的约会

激动中带着几分仓促

我深一脚浅一脚

迈过了汉水

踏进了石花大曲的

广告灯海

夜色

先我一步抵达

谷城的夜景

因为霸王醉

多了几分妩媚

更多的是狂放

和无法言说的不羁

　　作为一个饮者，对石花酒有一种说不清楚的情愫，70 度的霸王醉，确为悍妇，当留给北方大哥们来对付，一品石花，42 度，自是可人，小酌，微醺，也不辜负汤汤汉水。

　　下次去鹊树湾，再不跟雷雷聊劁猪的事了，一定要跟这来自石花镇的陈双好好谝一谝，谝一谝空心奎面，谝一谝石花酒……

后记：乐园烟火

时光的河流总是在不经意间向前奔涌，把村庄、森林、房舍和人群留在原地一寸一寸接近衰老。

有些过往随风而逝，而有些经历被历史老人之手镌刻在记忆的标尺上，历久弥新。

2019 年 8 月 8 日晚，我在家里看电视。为庆祝中华人民共和国成立七十周年，中央电视台推出了七十个"新中国的第一"系列节目，这一天播出的是新中国第一个合作医疗试点，这个试点就是当年湖北省长阳县乐园公社的杜家村大队，合作医疗在杜家村试点后，迅速在全公社推广实施。1968 年 12 月 5 日，《人民日报》加编者按在头版头条发表长篇调查报告《深受贫下中农欢迎的合作医疗制度》。此后，全国除了台湾和西藏以外先后有近五万名代表前往乐园参观考察，他们把乐园的经验带回去，全国绝大多数农村都实行了合作医疗。作为全国第一个合作医疗试点的医生覃祥官，先后被选为县委常委、地委委员，上天安门城楼参加国庆观礼，当选第四、第五两届人大代表，中日通航，作为中国代表团成员赴日访问，以中国代表团副代表的身份出席太平洋西片卫生会议，在大会作了题为《中国农村基层卫生工作》的发言并接受记者采访，回国后被任命为湖北省卫生局（厅）副局长……现在全国实行的新型农村合作医疗制度就是在当年乐园合作医疗基础上发展起来的。

我出生在乐园公社的响潭园大队，我高中毕业走向社会的第一站就是杜家村的竹园荒小学，学校正好在覃祥官医生家所在的第四生产队，覃祥官医生的夫人刘维菊在养猪场当饲养员，而养猪场正好跟竹园荒小学是一栋房子，我常常被邀请去她家做客。记得祥官医生访日回家的那天，《湖北文艺》（《长江文艺》前身）小说组组长吴芸真、作家王振武、作曲家鲍传华等几位老师去他家做客，他们也邀上了我。我们在他家聊了大半夜，听他讲在日本的见闻，还给我们展示了他从日本带回来的套在手腕上的一个环形收音机……在竹园荒小学工作了半年，我调到村完小松树包小学，跟村卫生室只隔一条小溪，每每有代表要来参观，祥官医生喊我去帮忙写标语、办专栏，因此常常在卫生室蹭饭，跟卫生室的医生都成了朋友。

看到中央电视台的报道，在竹园荒、松树包工作的场景一幕幕在我脑海里重现，山脊上的林涛阵阵喧响，溪沟的清水汩汩流淌，我的朋友我的学生一个个在我记忆的屏幕上被瞬间激活，原来，在杜家村两年半时光的经经纬纬真正被镌刻在了记忆的标尺上！

我要回到乐园去，去祭奠已经逝去的合作医疗的功臣们，去看看那些还健在的为了合作医疗贡献热血和青春的人们，也要看看在精准扶贫和乡村振兴背景下乐园人的生存状态，还要看看在这片土家族聚居的土地上文化的传承和碰撞……

我来了，在乐园住了两个月。这里既是熟悉的，也是陌生的；既有我想到了的硬件建设和生活方式的变化，也有我没有想到的对传统文化的坚守；既看到了城镇的倒影在这里铺展的痕迹，也领略了人们对生活惯性的牢牢把持；既体味了很多人逐渐变得富足的满足和快乐，也感受了他们奋斗的艰辛甚至面对某些不尽人意的处境而无可奈何的叹息。

毋庸讳言，乐园早不是当时的乐园，很多农民富了，住洋楼，开小车，即使最贫困的农户，也比过去上了几个台阶，基本生活得到了保障。

在这里，我结交了很多朋友，村组干部、驻村第一书记、工作队员、医生、老师、商贩、支客先生、民间歌手、匠人、阴阳先生、跳丧人、包厨者、杀猪佬、劁猪佬……他们每个人都有着不同的故事，都有着色彩纷呈的人生。特别是那些朴实的农民。他们对人生没有太高的奢望，很容易满足，只是希望用力气和汗水换来衣食无忧的生活；他们怀念过去良好的治安和大家一样困顿的生存状态，但同时又向往富足和宽裕；他们充分享受政策的阳光，又总觉得别人享受的阳光似乎更多一些；他们用跟过去的对比来消解眼下的某些不平，他们把自己不能实现的理想加倍地寄托在下一代身上……他们是勤劳的、善良的、诚挚的，他们正在为改变命运奔跑和跳跃。

我激动不已，打开电脑，书写这片土地上的沟沟岔岔，描摹这里的草木芬芳，展示这里的民俗风情，记叙这里各式人物平凡跌宕的人生，不觉就有了三十万字的篇幅，经过整理筛选，结集为这本《乐园志》。《乐园志》勾勒的是乐园最本色的山水风光，记录的是人们生活的日常，描写的是乐园人最普通的喜怒哀乐，一句话，表现的是乐园的人间烟火！

乐园，有三个概念，一是最早的乐园公社，二是后来的乐园乡，再就是现在的乐园村。《乐园志》的写作契机是因为这里是农村合作医疗发源地，所以本书观照的是当时的乐园公社的范畴。遗憾的是，还有些内容没有反映，比如大吉岭的钱继文医生，不仅医术高明，而且是当年合作医疗的中坚力量，像他这样经历了合作医疗的创办、巩固、发展的各个阶段的医生不多了。我去采访他，他不愿意被书写，被记录，只好作罢。还有乐园村和沙地村（当年的乐园公社分成的两个村）的村干部都拒绝我的采访，坚定地告诉我，不要写他们。其实，村干部是很有看点的一个群体，讲起工作，他们是干部，说到待遇，他们是农民。书记主任一肩挑，一年不到四万元钱，作为一家之主，三万多元钱能养家糊口？乐园村的书记主任朱建波不得不经常在他老婆开的超市拿钱用。沙地村的书记主任丁杨周，不论是在镇上开会，还是在组里处理纠纷，夜里回家，还要到自己的养猪场去喂猪。没有自己的产业贴补，这书记主任你当不下来。一年上头，他们没有双休的概念，日里夜里奔忙，还要面对种种误会，苦，咽到心里，委屈，吞进肚里，答应了组织的事，不能退却。《乐园志》里没有了这一类人的身影，不能不说是一个遗憾。

《乐园志》能够成书，要感谢市文联、市作协的支持，他们认为这个深入生活、扎根人民的写作实践，很有意义，鼓励我采访好，写好。要感谢李兴成医生、覃立林先生、朱建波书记、丁杨周书记为我的采写提供的种种支持，特别是李兴成医生不但为我提供免费食宿，还给我推荐采访对象，陪同我体验民族文化，感受乡风民俗，采访各种人物。要感谢李书波、华令军两位驻村第一书记为采写提供的种种帮助。要感谢有方文化创意发展公司的覃总为我的采风提供的无私支持，覃总抽出宝贵时间陪我在乐园采访，还带领一个小团队拍摄了珍贵的视频资料。要感谢所有的采访对象，也对那些接受过采访最后因为种种原因没有写成文章的朋友表示歉意。要感谢徐贵堂先生，为本书的封面制作提供摄影作品，让封面和内容高度谐和。要感谢长江文艺出版社的厚爱，我的第一本散文集《小雨中的回忆》、获得全国少数民族文学"骏马奖"的散文集《他乡故乡》以及获得湖北省屈原文艺奖的散文集《典藏乡村》都是长江文艺出版社出版的。除此之外，我还在长江文艺出版社出版过两本小说集。现在，长江文艺出版社再一次全力支持《乐园志》的出版发行，并安排了热心的责任编辑，着实让我深受感动。还要感谢我的家人的理解和支持，姑娘女婿没有认为带外孙是外公外婆必须承担的责任和义务，他们认为老人应该有自己的生活，大外孙上幼儿园他们自己接送，又请了保姆带小外孙，让我有时间驻村采访，完成写作任务；我的老婆开车陪我下乡，照顾我的生活起居，跟我一起走村串户了解风土人情完成采写任务；更要感谢热心的读者，《乐园志》收录的文章，大多数已经在刊物发表，很多热心的读者给我真诚的鼓励，还给我提出修改意见，让我获益匪浅。还要感谢站在我的身后默默支持这本书的出版的朋友，他们的帮助我将终生铭记！

最后，要特别感谢著名作家、中国散文学会会长叶梅老师给《乐园志》作序，这篇题为《一个叫乐园的地方》的序言字里行间都是光芒，都是温暖，将成为我以后写作的动力源。

生活是文学的源泉，当我们从灯红酒绿中一脚踏进鲜活的生活场景，满目清新，一脸激动。震动、愧疚、觉悟、欣喜，生活原来是如此精彩，如此厚重，虽然来晚了，终究还是来了，来了就对了！在以后的岁月中，我将继续沉入生活的绿荫之中，吮吸、品味、提炼、表达，虽然写不出黄钟大吕之作，却可以少一些傍花随柳，无病呻吟。

　　写作，这支带给我痛苦和快乐震颤的橹棹，我不会放弃，握紧它，用力划动，生命的船只会多出一些意义，也多出一些快乐，当它靠近彼岸的时候，船舱里也能有一些多少有些价值的豆粱……

2023 年霜华之中